KB241210

Phantom Lady
환상의 여인

국립중앙도서관 출판시도서목록(CIP)

환상의 여인 / 지은이: 윌리엄 아이리시; 옮긴이: 이승원
-- 서울 : 창, 2008 p. ;   cm

원표제: Phantom lady
원저자명: William Irish
영어 원작을 한국어로 번역
ISBN 978-89-7453-157-7 03840 : \9000

미국 현대 소설[美國現代小說]
843-KDC4
813.52-DDC21   CIP2008002084

Phantom Lady

환상의 여인
Phantom Lady

윌리엄 아이리시 지음 | 이승원 옮김

창
Chang
Books

Phantom

목 차

1. 사형 집행 150일 전(오후 6시)·8
2. 사형 집행 150일 전(한밤중)·30
3. 사형 집행 149일 전(새벽)·44
4. 사형 집행 149일 전(오후 6시)·61
5. 사형 집행 91일 전·84
6. 사형 집행 90일 전·96
7. 사형 집행 87일 전·97
8. 사형 집행 21일 전·99
9. 사형 집행 18일 전·109
10. 사형 집행 17일, 16일 전·126
11. 사형 집행 15일 전(롬버드)·135
12. 사형 집행 14일, 13일, 12일 전(젊은 여성)·141

Lady

13. 사형 집행 11일 전(롬버드) · 166

14. 사형 집행 10일 전(젊은 여성)·182

15. 사형 집행 9일 전(롬버드)·220

16. 사형 집행 8일 전·251

17. 사형 집행 7일 전·251

18. 사형 집행 6일 전·251

19. 사형 집행 5일 전·258

20. 사형 집행 3일 전·278

21. 사형 집행 당일·284

22. 사형 집행 시간·297

23. 사형 집행일 하루 뒤·315

ℙ 작가와 작품에 대해서·341

나는 대답하지 않을 것이며,
두 번 다시 돌아오지도 않는다.
-J. 잉걸스

M호텔 605호실에
진정으로 감사의 인사를 전한다.
(더 이상 그 방에서 살지 않아도 좋게 되었으니까.)

1. 사형 집행 150일 전

오후 6시

5월의 초저녁에 풍기는 상큼한 공기가 풋풋한 그의 젊음과 잘 어울리는 밤이었다.

그윽한 밤의 공기가 그를 감싸고 있었지만 그의 기분은 씁쓸하기만 했다. 마치 벌레라도 씹은 것처럼 심하게 얼굴을 찡그리고 있어서 멀리서도 쉽게 그의 기분을 알아 볼 수 있을 정도였다. 짙은 어둠이 드리워져 있는 그의 얼굴은 가슴에 도저히 풀리지 않을 울분이 응어리져 있음을 말해주는 것 같았다.

그의 표정은 주위의 분위기와 전혀 어울리지 않았다. 금방이라도 큰 소리로 미친 듯 날뛸 것 같은 그의 얼굴은 연인들로 가득한 5월의 달콤한 밤풍경과 너무도 동떨어진 표정이었다.

5월의 밤거리는 어디를 가나 데이트를 즐기려는 젊은 청춘들로 넘쳐났다. 머리를 단정하게 가다듬은 20대의 젊은 사내들이 두둑한 지갑을 주머니에 차고 약속시간에 늦지 않으려고 거리로 쏟아져 나왔고, 얼굴을 예쁘게 화장한 또래의 젊은 여인들도 화사한 나들이옷을 걸치고 경쾌한 발걸음으로 거리를 향하고 있는 시간이었다.

길모퉁이, 레스토랑, 술집, 약국 앞, 호텔 로비, 보석 상점의 시계 밑, 거리 곳곳에서 기대에 찬 마음으로 누군가를 기다리며 설레임으로 넘쳐났다. 젊은이들이 사랑을 기다리는 이런 모습은 오랜 세월 동안 수도 없이 되풀이 되는 광경이다. 수만 년 동안 변함없이 존재하고 있는 거대한 산처럼 되풀이 되고 있지만 언제나 신선한 아름다움을 잃지 않는 광경이었다.

"정말 미안해! 많이 기다렸어요?"

"오늘 밤 자기 정말 멋진데. 어디로 갈까?"

이른 저녁의 거리에는 이런 말들이 홍수처럼 넘쳐났다. 붉게 물든 서쪽 하늘의 석양은 마치 그런 젊은이들을 위한 치장처럼 보였다. 다이아몬드 단추가 달린 이브닝드레스처럼 작은 별 두 개가 다이아몬드 장식이 되어 빛나고 있었다. 어둠이 짙어지면서 하나 둘 불을 밝히기 시작한 네온 불빛도 거리를 오가는 사람들에게 눈짓을 보내는 것 같았다. 택시가 요란하게 경적을 울리면서 모두가 함께 어디론가 떠나려는 모습처럼 느껴지기도 했다. 공기도 그냥 공기가 아니고, 코티 향수를 듬뿍 머금은 샴페인을 뿌려 놓은 듯했다. 그리고 그 공기는 머릿속까지 아니 심장 속까지 스며드는 것 같았다.

그는 마치 주위의 분위기를 깨뜨리려고 하는 듯이 떨떠름한 표정으로 걷고 있었다. 사람들이 '왜 저렇게 불쾌한 얼굴을 하고 있는 거야?' 하고 이상한 얼굴로 흘끗흘끗 쳐다보며 지나갔다. 걸어가는 속도가 빠른 것을 보면 몸이 불편한 것처럼 보이지는 않았다. 호주머니 사정이 형편없어서 기운이 빠진 것처럼 보이지도 않았다. 맵시 나게 차려입은 값비싼 양복이 갑자기 갖춰 입은 것처럼 어설프지 않고 잘 어울려 보였다. 나이 탓도 아닌 것 같았다. 서른은 넘어보였지만 그리 많이 넘어 보이지는 않았다. 고작 몇 개월이나 많아야 몇 년 정도 넘어 보였다. 얼굴도 역시 그렇게 찌푸리고 있지 않는다면 제법 잘생긴 남자였다.

그는 마치 누군가 싸움이라도 걸어오면 기꺼이 상대해 주겠다는 듯이 날카롭게 눈매를 세우고 입가는 활처럼 아래로 구부러뜨려서 마치 코 아래 말발굽을 붙여놓은 것 같은 표정으로 성큼성큼 걷고 있었다. 걸을 때마다 팔에다 아무렇게나 걸쳐놓은 코트가 위아래로 심하게 흔들거렸고 뒤로 눌러쓴 모자는 엉뚱한 곳이 움푹 찌그러져 있었다. 인도를 거칠게 걸어가는 그의 기세가 얼마나 사나운지 구두 밑창이 고무로 되어 있지 않았다면 불꽃이라도 튈 것 같았다.

그가 갑자기 어느 술집에 들어갔다. 하지만 그곳은 그가 처음부터 가려고 했던 곳은 아니었던 것 같았다. 그는 그 술집 앞에서 갑자기 발을 멈추었다. 길을 가다가 갑자기 멈춰서는 모습을 '글쎄 뭐라고 표현하면 좋을까?' 마치 한쪽 바지 자락이 다리에 엉켜 갑자기 걸을 수 없게 된 것 같은 모습이었다. 머리 위에서 네온사인이 깜빡이지 않았다면 그곳에 술집이 있는지도 몰랐을 것이다. 제라늄 같은 진홍색의 네온에는 '안젤모'라고 적혀 있었고, 네온사인 불빛이 마치 토마토 케첩을 통째로 부어놓은 것처럼 인도를 새빨갛게 물들이고 있었다.

그는 갑자기 멈춰서는 충격 때문에 잠깐 휘청하더니, 술집 안으로 천천히 걸어 들어갔다. 그곳은 인도에서 층계를 서너 칸 내려간, 내부가 좁고 긴데다 천장이 낮은 술집이었다. 가게 안은 좁은 편이었지만 그다지 붐비지는 않았다. 은은한 호박색의 조명도 천장으로 향해 있어서 눈을 피곤하게 만들 것 같지도 않았다. 벽의 양쪽이 움푹 파이고 그 안쪽을 향해서 테이블이 나란히 놓여 있었다. 그는 테이블 쪽은 쳐다보지도 않고 곧장 안쪽에 있는 카운터 쪽으로 걸어갔다. 반원형의 카운터는 안쪽 벽을 등지고 술집 입구 쪽을 향하고 있었다.

그는 카운터에 다른 손님이 있는지 없는지 아무런 상관이 없다는 태도였다. 등받이 높은 의자에 코트를 걸치고 그 위에 모자를 얹고는 그 옆의 의자에 털썩 앉았다. 마치 '오늘 밤은 이곳으로 정했다'는 듯한 태도였다. 희미한 조명 속으로 하얀 재킷을 입은 사람이 고개를 숙이고 있는 그에게 다가오며 인사를 했다.

"어서 오십시오."

"스카치. 그리고 물도 조금."

그는 고개도 돌리지 않고 내뱉듯이 간단히 말했다.

그는 위스키 잔이 나오자 단숨에 비우고 물 잔에는 손도 대지 않았다. 들어올 때 오른쪽에 마른안주 접시가 있는 것을 보았는지 똑바로 앞을 보고 앉은 채로 그 쪽으로 손을 뻗었다. 그런데 손에 닿은 것은 안주가 아니라 매끈매끈한 것이었고 그것은 움찔하고 움직였다. 그는 그곳을 바라보면서 뻗었던 손을 얼른 거둬들였다. 다른 사람이 그보다 먼저 접시 안으로 손을 뻗었던 것이다.

"미안합니다. 먼저 드시지요."

그는 혼잣말처럼 중얼거리더니 다시 얼굴을 앞으로 돌리고 입을 다물었다. 잠시 침묵의 시간이 흐른 다음 그가 고개를 슬며시 돌려서 그곳에 앉아 있는 사람을 가만히 쳐다보았다. 표정은 우울했지만 그곳에 앉아 있는 여인에 대해서 가늠이라도 하는 듯한 시선이었다.

그녀는 좀 특이한 모자를 쓰고 있었다. 모자가 마치 호박처럼 생겼다. 모양과 크기만이 아니고 색깔도 호박 같았다. 밝은 오렌지 빛을 띠고 있어서, 그 강렬함에 눈이 아플 지경이었다. 그녀의 모자는 정원에 낮게 달려 있는 초롱불처럼 카운터를 환하게 비추고 있었다. 모자 한가운데는 얇고 기다란 새 깃털이 꽂혀 있어서 곤충의 더듬이 같았다. 이런 이상한 모자를 쓰고 태연하게 다닐 수 있는 여자는 아마 거의 없을 것이다. 하지만 그 여인은 그런 모자를 쓰고도 아무렇지도 않게 태연하게 앉아 있다.

언뜻 보아서는 사람을 놀라게 하는 것 같지만 아주 정상적인 여인이었으며, 우스꽝스러운 면은 어디에서도 찾아 볼 수 없었다. 모자 이외의 다른 복장은 검정색으로 통일되어 잘 어울리는 모습이다. 모자만 등대처럼 화려하게 빛났다. 그녀에게 그 모자는 마치 자유의 상징처럼 보였다. '내가 이 모자를 쓰고 있을 때는 조심하세요! 무슨 일을 저지를지 몰라요!' 라고 말하는 것 같았다.

그가 한참동안 시선을 고정시키고 있었지만 그녀는 쉬지 않고 마른 안주를 씹을 뿐이었다. 마치 그의 시선을 알아채지 못하는 것처럼 보였다. 순간 안주를 씹던 그녀의 입이 잠시 멈췄다. 그건 바로 누군가가 자기를 쳐다보고 있다는 것을 느꼈다는 증거이다. 그러자 그가 의자에서 일어나서 그녀의 곁으로 한 발짝 다가갔다. 그녀도 그쪽으로 약간 고개를 기울였다. 그 모습은 마치 '할 이야기가 있다면 하세요. 단, 대답은 이야기를 들어보고 내용에 따라서 결정해보겠어요.' 라고 말하는 듯했다.

그가 아주 간단명료한 말을 건넸다.

"무슨 약속이라도 있습니까?"

"있을 수도 있고, 없을 수도 있지요……."

그녀의 대답이 명확하지는 않았지만 결코 상대를 희롱하는 듯한 말투는 아니었다. 미소도 띄지 않았고, 그렇다고 상대방에게 빈틈을 보이지도 않았다. 품위 있는 말씨나 태도를 보아 가벼운 여자처럼 보이지는 않았다.

그렇다고 그의 말투에도 거리에서 흔하게 보이는 바람둥이처럼 가벼운 점은 하나도 찾아볼 수 없었다.

"약속이 있으시면 있다고 하세요. 방해하고 싶은 마음은 없습니다."

그도 음흉한 마음이 섞이지 않은 진실한 말투로 물었다.

"방해라고 생각지 않아요, 지금까지는."

한치의 망설임도 없이 대답하는 그녀의 태도는 마치 '내 마음을 아직 어떻게 할지 결정하지 못했어요' 라고 말하는 것 같았다.

그는 고개를 들어 카운터 위쪽에 있는 벽시계를 바라보았다.

"6시 10분이군요."

그녀도 동시에 시계를 쳐다보면서 별스럽지 않다는 듯이 대답했다.

"그렇네요."

그는 얼른 지갑에서 작고 네모난 봉투를 꺼내더니 가늘고 길게 생긴 표를 두 장 보여주었다.

"이건 '카지노 극장'의 쇼 VIP석 티켓입니다. AA열의 통로 쪽 좌석 인데, 같이 가시지 않으시겠습니까?"

"성격이 급하시군요."

그녀는 표를 보던 눈을 들어서 그의 얼굴을 바라보았다.

"시간이 없습니다. 만일 선약이 있으시면 말씀하십시오. 얼른 다른 파트너를 찾아야 하거든요."

그는 마치 화가 난 사람처럼 그녀에게는 눈길도 주지 않은 채로 표 만 쳐다보며 무뚝뚝하게 말했다. 순간 여인의 표정엔 언뜻 호기심이 스치고 지나갔다.

"그 표는 꼭 사용해야 하는 건가요?"

"당연합니다."

"하지만 예의바르지 못한 행동을 해서 이상한 오해를 받고 싶지는 않아요. 우리는 아직 서로를 잘 알지도 못하는 처지잖아요. 아, 물론 당신에게 다른 꿍꿍이가 없다는 것은 알겠어요. 꾸밈없고 무뚝뚝한 말투를 보면 다른 계략이 숨어 있는 것 같지는 않아요."

"정말 아무것도 없소."

그는 여전히 얼굴을 잔뜩 찌푸린 채로 말했다.

여인은 조금씩 자연스럽게 남자 쪽으로 몸을 기울이고 있었다. 그리 고 별다른 거부반응 없이 그의 제의를 받아들였다.

"나는 예전부터 누군가가 이렇게 멋진 제의를 할 것을 은근히 기다 려 왔어요. 지금이 바로 그 순간이에요. 이 기회를 놓친다면 이런 기 회는 두 번 다시 오지 않겠죠?"

"그렇다면 약속을 하나 해둡시다. 쇼가 끝난 뒤에 귀찮은 일이 생기 지 않도록 말이죠."

"무슨 약속인지는 몰라도 좋아요. 받아들이도록 하죠."

"나와 당신은 오늘 하룻밤만 친구가 되는 겁니다. 둘이 함께 식사를 하고 쇼를 보는 거죠. 하지만 이름이나 주소와 같은 시시콜콜한 개인 정보에 대해서는 일체 묻지 않기로 합시다. 다만……."

그 다음에는 그녀가 말을 이었다.

"우리 둘은 오늘 하룻밤만 연인이 되어 쇼를 구경한다고요? 당연하고 또 꼭 필요한 약속이군요. 합리적이고 깔끔하군요. 좋아요, 가도록 하죠. 서로 체면을 차릴 필요도 없고 거짓말을 할 필요도 없이 끝나는 일이니까."

서로 합의라도 하듯 여인이 손을 내밀자 두 사람은 가볍게 악수를 나누었다. 여인은 기분 좋다는 듯이 미소를 지어보였다. 약간 달콤하면서도 수줍은 듯한 미소였다.

그는 바텐더에게 신호를 보내 계산을 하고 일어서려 했다. 그가 두 사람의 술값을 치루려고 하자 여인이 말했다.

"제 것은 이미 지불했어요. 그리고 천천히 음미하고 있는 중이었지요."

바텐더가 상의 호주머니에서 작은 전표 다발을 꺼내더니, 연필로 '스카치 1-60'라고 쓰더니 찢어서 그에게 건네주었다. 전표에는 번호가 적혀 있었는데, 그에게 건네진 전표 위쪽에는 바텐더가 새까맣고 크게 '13'이라고 써놓았다. 그는 쓴웃음을 지으면서 그 전표에 돈을 얹어서 건네주고는 그녀의 뒤를 쫓았다.

그녀는 한걸음 앞서 출구로 향하고 있었다. 벽 쪽의 테이블에 앉아 있던 사람들 중에 젊은 여자 하나가 몸을 앞쪽으로 내밀며 그녀의 화려한 모자를 바라보았다.

술집을 나오자 여인은 뒤를 돌아보더니 재촉이라도 하는 듯이 말했다.

"자, 이제부터 모든 것을 당신이 알아서 하세요."

그가 손님을 기다리고 있는 택시를 부르려고 손을 들었다. 그러자 마침 거리를 달리고 있던 다른 택시가 쏜살같이 끼어들어오려 했다. 하지만 기다리던 택시가 한 발 앞서 그가 부른 장소에 차를 갖다댔다. 새치기하려던 택시기사가 심한 욕을 퍼부었고, 욕을 먹은 운전사도 되받아쳤다. 한참을 실랑이 하던 운전사가 열을 식히고 출발하려고 뒤를 보니 여인은 이미 좌석에 앉아 있었다.

"메종 블랑으로 가주세요."

운전석 옆에 서있던 남자도 행선지를 말하더니 택시에 올라탔다. 택시 안에는 미등이 켜져 있었지만 두 사람은 그대로 두었다. 불을 끈다면 사이가 가까운 애인으로 오해받을 수 있다. 그런 것을 의식해서인지, 둘은 등을 끄는 게 좋을 거라는 생각은 하지 못했다. 그때 갑자기 그녀가 웃음을 참기 어렵다는 듯이 킥킥, 웃음소리를 냈다. 그도 그녀를 바라보다가 저절로 웃음이 나왔다. 운전면허증에 붙어 있는 운전사 사진이 마치 만화주인공처럼 보였기 때문이었다. 대개 뛰어난 미남은 드물지만, 이 사진처럼 완전히 만화 캐릭터 같은 인물도 드물 것이다. 주전자의 손잡이같이 생긴 귀, 뒤로 물러난 턱, 튀어나온 눈, 게다가 이름도 기억하기 아주 쉬운 앨 앨프이다. 그도 이런 것들을 머릿속으로 떠올렸지만 그 순간 이후로는 더 이상 의식하지 않았다.

'메종 블랑'은 아주 고급 레스토랑은 아니었지만, 요리는 뛰어나다고 알려져 있었다. 아무리 붐비는 시간이라도 손님들이 이해하고 협조하여 조용하고 고급스런 분위기가 유지되는 레스토랑이었다. 조용한 분위기를 즐기러 오는 단골손님들을 괴롭히는 음악 같은 것은 일체 금지되어 있었다.

그녀는 레스토랑에 들어서자마자 남자에게서 떨어지면서 말했다.

"잠깐만 실례하겠어요. 화장 좀 고치고 오겠어요. 제가 찾아 갈테니 자리에 먼저 가 계세요.”

화장실 문이 열렸을 때 그녀가 한쪽 손을 쳐드는 것처럼 보였다. 그는 그녀가 모자라도 벗으려니 하고 생각했다. 마음 한 구석으로는 ‘그녀가 혹시라도 너무 무모했다고 후회라도 하는 것은 아닐까’ 라는 생각도 스치고 지나갔다. 화장실에 갔다가 모자를 벗고 혼자 들어온다면 사람들 눈에 띄지 않을 것이다. 이런 생각을 하면서 안으로 들어가자 입구에서 지배인이 반갑게 인사를 건넸다.

“혼자 오셨나요?”

“아니, 두 사람 좌석을 예약했소. 예약자는 스코트 헨더슨입니다.”

“아, 예약이 되어 있습니다. 그런데 일행 분은 함께 안 오셨나요, 헨더슨 씨?”

예약자 명단에서 그의 이름을 확인한 지배인은 테이블로 안내하면서 뒤따라오는 사람이 없는 것이 이상하다는 듯이 물었다.

“그렇지 않습니다.”

어정쩡한 대답을 건넨 헨더슨은 눈을 돌려 홀 안쪽을 살폈다. 비어 있는 테이블은 하나뿐이었다. 후미진 곳의 벽이 움푹 패여진 곳에 놓여 있는 테이블이었다. 삼면이 벽으로 가려져 있어서 테이블에 앉으면 정면만을 볼 수 있었다. 그때 모자를 벗은 여인이 식당입구에 모습을 드러냈다. 그녀를 본 헨더슨은 모자가 그녀를 얼마나 돋보이게 했었는지를 깨닫고 깜짝 놀랐다. 입구에 나타난 여인은 그저 평범한 여인에 지나지 않았던 것이다. 조금 전까지의 호화로움은 어디로 사라져 버렸고, 독특한 개성과 박력도 시들어 버렸다. 그저 갈색머리에 검은 드레스를 입은 평범한 여인, 어디서나 만날 수 있는 흔한 물건과 같은 여인 그 이상도 그 이하도 아니었다. 그렇다고 심하게 못생긴 것도 아니었다. 키가 크지도 작지도 않았고 현란한 매력이 있는 것도 아니었지만 그렇다고 형편없는 몰골도 아닌 여인, 어디서나 볼 수 있는 그런 여인, 흡사 갤럽조사에 표를 던진 수많은 표 중에 한 표처럼 드러나지 않는 그런 존재였다.

문이 열리는 순간 손님들이 그쪽으로 고개를 돌렸지만 아무도 한참을 쳐다보려 하거나 아니면 그녀의 모습을 눈에 담으려고 하지 않고 즉각 제 위치로 돌아갔다. 그저 습관적인 고개돌림에 불과했다. 마침 지배인도 샐러드를 만들고 있어서 그녀를 안내할 여유가 없었다. 헨더슨이 일어나서 자기가 있는 곳을 알려 주었지만 그녀의 발걸음은 벽 쪽으로 향했다. 가능하면 시선을 피하면서 벽을 따라 조심스럽게 들어오고 있었다. 조금 불안해 보이기는 했지만 사람들의 관심을 피하기에는 좋았다. 화려한 모자는 옆구리에 끼워져 있었다. 그녀는 테이블에 도착하자마자 모자를 내려놓더니 뭐라도 묻을까 조심하듯이 테이블보로 모자 끝부분을 살짝 가려 놓았다.

"여긴 자주 오시나요?"

그녀가 물었지만 그는 일부러 못 들은 체했다. 그러자 그녀가 목소리를 낮추어 속삭이듯 말했다.

"미안합니다. 이런 질문은 서로에 대해서 알려고 하지 않는다는 약속에 어긋나는군요."

테이블 담당 바텐더가 오자 헨더슨이 그녀의 의견을 묻지도 않은 채 주문을 했다. 헨더슨은 주문을 하면서 담당 바텐더의 턱 옆에 있는 점을 쳐다보지 않는 것이 좋겠다고 생각했지만 자꾸 시선이 가는 것을 멈출 수 없었다. 주문을 마치자 여인은 주문이 마음에 든다는 듯이 슬쩍 그를 쳐다보았다.

이제부터 힘든 시간이 시작되었다. 그녀로서는 화제를 선택하는데도 엄격한 제약이 있었고 답답한 기분도 쉽게 떨쳐내지 못했다. 보통의 남자들이 다 그렇듯이 이 남자도 유연하게 화제를 돌려가면서 이런 어색함을 풀려는 노력을 보여주지 않았다. 자기의 말을 듣고 있는 것 같기는 했지만 무언가 다른 일에 생각을 빼앗기고 있다는 것도 쉽게 느낄 수 있었다. 그도 그런 태도가 상대에게 실례가 된다는 것을 알고 있는 듯했다. 때때로 힘든 고통을 참는 것처럼 현실로 마음을 돌리려고 했지만 오히려 상대에게는 더 큰 실례가 될 수도 있는 태도였다.

"장갑 벗는 걸 싫어하십니까?"

모자를 벗은 그녀의 모습은 모두 검정색뿐이었다. 검은색 장갑은 칵테일이나 푸레를 먹을 때까지 벗지 않고 있었다. 그녀가 가자미 요리에 딸려 나온 레몬을 포크로 눌러 짜면서 포크를 구부러뜨리자 그가 더 이상 참지 못하고 말을 던졌다. 그러자 여인이 곧 오른쪽 장갑을 벗었다. 그러나 장갑을 벗는 것이 별로 마음 내키지 않아 보였다. 한참이나 시간을 끌더니 약간 신경질적인 동작으로 왼쪽 장갑도 벗었다. 그는 그녀의 왼손에 끼워진 반지를 보지 않으려고 홀 안을 여기저기를 쳐다보았다. 자세히 보지 않아도 남자로부터 받은 결혼반지가 틀림없었다.

여인도 이제는 많이 익숙해져서 이런저런 이야기를 힘들이지 않고 이어갈 수 있었다. 성격도 빈틈이 없어서 날씨나 신문기사 또는 지금 먹고 있는 요리에 대한 이야기처럼 지루하고 재미없는 이야기는 대화에 올리지 않았다.

"그 '멘도자'라는 여자는 정말 재미있어요. 우리가 지금 보러 가려는 쇼에 등장하는 남미 여자예요. 머리 스타일이 약간 이상하지요. 내가 1년 전에 그 쇼를 봤을 때는 사투리를 거의 쓰지 않았거든요. 그런데 그 동안 연기하면서 점점 영어를 잊어버렸는지 사투리가 엄청 심해진 것 같아요. 이 정도로 한 시즌만 더 지나다보면 그녀의 말은 완전히 스페인 어로 되돌아가 버릴지도 모르겠어요."

그는 그녀의 이야기에 웃음으로 응답하면서 이야기하는 것을 보면

꽤 교양이 있는 여자라는 느낌을 받았다. 단지 정말로 교양이 있는 여자라면 이제부터 시작되는 오늘밤의 모험을 어떤 구실을 붙여서라도 처음부터 깨끗이 거절했을 거라는 생각도 들었지만……

그녀의 태도는 너무 딱딱하지도 않고 흐르는 물처럼 살랑거리지도 않았다. 그저 적당한 선에서 이야기를 이어나갔다. 만약 어느 한 쪽으로 치우친 언행을 보였다면 그녀에 대해서 적당히 짐작할 수도 있었을 것이다. 예를 들어서 요란하고 천박한 언행을 했다면 어려서 성장 과정이 나빴지만 갑자기 팔자가 펴진 여자라는 느낌을 받았을 것이다. 아니면 좀 더 교양 있는 어투를 사용했다면 교육을 잘 받은 총명한 여자라고 생각했을 것이다. 그러나 그녀는 그저 적당한 선에서 자신을 노출시키고 있기 때문에 그저 2차원적인 존재보다 조금 나은 수준이라는 느낌이었다.

식사가 끝날 때쯤 해서 그는 여자가 자기의 넥타이를 물끄러미 바라보고 있다는 것을 느꼈다.

"색상이 어색합니까?"

그가 무늬 없는 단색의 자기 넥타이를 보면서 묻자 그녀가 당황한 듯이 자기의 생각을 이야기했다.

"아니에요. 그냥 넥타이만 보면 아주 멋져요. 그런데 왠지 잘 어울리지 않는다는 느낌이네요. 당신이 입고 있는 것 중에서 넥타이만 조화를 이루지 않는군요. 어머, 미안해요. 뭐 꼭 당신을 탐색할 뜻은 없었어요."

그녀는 입을 다물었지만 그는 자기의 넥타이를 쳐다보면서 이런저런 생각을 해보았다. 그러고 보니 지금까지 자기가 어떤 넥타이를 매고 있었는지 자세히 생각해보지 않았던 것 같다. 그리고 그녀의 지적을 받고서 새삼스레 그것을 깨닫고 놀라는 표정이었다. 그는 색의 부조화를 조금이라도 가리려는 듯이 윗옷 주머니에 조금 삐져나와 있는 장식용 손수건을 꾹 눌러 집어넣었다. 그는 담배에 다시 불을 붙이더니 잠시 코냑을 음미했다.

잠시 후에 두 사람은 레스토랑을 나왔다. 그녀가 다시 모자를 쓴 곳은 온몸을 비추는 큰 거울이 있는 현관 옆의 작은 방이었다. 모자를 쓴 그녀가 갑자기 생기를 되찾았다. 그러자 그녀가 지닌 멋진 분위기도 힘을 발하기 시작하였다. 그는 그녀의 묘한 매력을 보면서 마치 유리로 된 샹들리에에 불이 들어온 것과 같다는 생각을 했다.

택시가 극장에 도착하자 190 센티미터도 훨씬 넘을 것 같은 몸집 큰 도어맨이 택시 문을 열어주었다. 도어맨은 그녀의 화려한 모자가 자신의 코앞을 휙 스쳐서 지나가자 놀라듯이 눈을 동그랗게 떴다. 놀라는 그의 모습을 보았다면 누구라도 웃음을 터뜨렸을 정도였다. 도어맨은 코밑에 새하얀 물개수염을 기르고 있어서 그 모습이 마치 '더 뉴요커' 잡지에 화보로 실렸던 어떤 극장의 도어맨을 연상시켰다. 금방이라도 튀어나올 듯 부리부리한 눈을 크게 뜨고 모자의 주인이 택시에서 내려 자기 앞을 완전히 지나가는 것을 한시라도 놓치지 않고 쳐다보았다. 헨더슨도 그의 우스꽝스러운 표정에 잠시 마음이 쓰였지만 금방 잊어버렸다. 극장 로비에는 아무도 없었다. 극장 입구에 당연히 있어야 할 검표원조차도 이미 자리를 떠나서 보이지 않았다. 로비를 지나 극장 안으로 들어서자 곧 어두운 무대의 불빛 사이로 누군지 알아 볼 수 없는 그림자가 - 아마 안내원이리라 - 두 사람에게 다가오더니 손전등으로 표를 확인하고 불빛을 뒤쪽으로 돌려서 두 사람의 발밑을 비춰주면서 좌석으로 안내해 주었다.

좌석의 맨 앞줄에 있는 그들의 좌석은 무대에서 아주 가까운 위치였다. 갑자기 어두운 곳으로 들어온 두 사람의 눈에는 무대가 오렌지빛으로 희미하게만 보였지만 잠시 시간이 지나자 곧 익숙해졌다. 두 사람은 영화처럼 한 장면이 다음 장면으로 겹쳐서 이어가는 무대를 보면서 미소를 짓기도 하고 가끔은 커다란 소리로 웃기도 하였다. 그러나 그의 웃음은 억지로 만들어낸 웃음이라는 것을 쉽게 알 수 있었다. 시끄럽게 울리는 음악소리, 현란한 조명과 색채 그리고 무대의 배우의 연기가 최고조에 달하자 양옆으로 막이 내리면서 제1막이 끝났다. 객석에 불이 켜지고 자리에서 일어나서 밖으로 나가는 사람들이 웅성거리는 소리가 들려왔다.

"잠깐 나가서 담배를 한 대 피울까요?"

"그냥 여기 있겠어요. 우리는 도착한 지 얼마 안 되잖아요."

헨더슨의 물음에 여인이 외투 깃을 여미면서 대답했다. 하지만 그녀의 표정에는 될 수 있으면 다른 사람들에게 얼굴을 보이지 않으려는 기색이 역력했다.

"아는 사람이라도 있나요?"

그가 물었지만 그녀는 미소만 지으며 고개를 가로저었다. 그가 연극 프로그램을 펼치더니 손가락을 재빠르게 움직였다. 그는 프로그램의 위쪽 오른편 모서리를 한 장씩 안으로 접어 넣었다. 얼마 지나지 않아서 위쪽 오른편 모서리는 사각형이 아닌 삼각형 모양으로 변해 있었다.

"이건 제 습관입니다. 오래 전부터 마음이 안정되지 않을 때 이렇게 합니다. 뭐 낙서하는 것과 비슷한 거지요. 그런데 제 스스로는 이것을 전혀 느끼지 못한답니다."

무대 아래의 쪽문이 열리더니 오케스트라 단원들이 제2막의 연주를 하기 위해 줄지어 들어왔다. 두 사람이 앉아 있는 바로 옆, 난간의 바로 앞에는 드럼연주자의 자리였다. 드럼연주자는 마치 10년 동안 바깥 공기를 한 번도 쐰 적이 없는 사람 같았다. 얼굴은 초췌해질 대로 초췌했고, 머리카락은 찰싹 달라붙어서 마치 흰 줄무늬가 있는 젖은 수영모를 쓰고 있는 것처럼 보였다. 코 밑에 볼품없이 붙어 있는 콧수염은 콧물이 흘러내린 것 같았다. 그는 자기 자리에 앉더니 객석으로는 잠시도 눈길을 주지 않고 급하게 의자의 위치를 바꾸기도 하고 악기를 조율하기도 했다. 드디어 연주할 준비를 모두 마친 듯 고개를 든 그의 눈에 여인의 모자가 보였다. 김빠진 맥주 같은 그의 표정이 갑자기 굳어졌다. 무언가 묘한 감정을 느낀 모양으로 물고기처럼 벌어진 입을 다물지 못했다. 어떻게든 그녀를 쳐다보지 않으려고 애썼지만 그의 시선은 어쩔 수 없이 다시 그녀에게로 되돌아와 있었다.

처음 얼마 동안은 헨더슨도 재미있는 일이 벌어질지도 모른다는 기대감으로 두 사람을 번갈아 쳐다보았다. 하지만 그녀가 심한 불쾌감을 느끼고 있다는 것을 알아차리고는 재빨리 얼굴 표정을 바꾸어 그 남자를 매섭게 쏘아보았다. 그러자 당황한 드럼연주자가 황급히 악보를 보는 체하더니 다시는 그녀 쪽을 바라보지 않았다. 하지만 그녀가 앉아 있는 뒤쪽 방향을 향해 시선과 목에 힘을 주고 있는 모습에서 그녀를 보고 싶은 것을 애써서 참고 있다는 것을 쉽게 알 수 있었다.

"내가 저 남자에게 강한 인상을 준 모양이에요."

그녀는 낮은 목소리로 킥킥 웃으며 말했다.

"드럼의 고수가 오늘밤은 체면이 말이 아니군."

두 사람 뒤쪽의 좌석으로 관객들이 채워졌다. 객석의 불도 어두워지고 무대 조명이 밝아오면서 제2막의 연주곡이 울려 퍼졌다. 그는 표정 없는 얼굴로 프로그램의 모서리를 계속 접고 있었다. 제2막의 중반부에 이르러서 커다란 산장이 무대 위에 나타났다. 그러자 미국인들로 구성된 극장 전속 오케스트라가 악기를 내려놓았다. 그 대신에 이국적인 톰톰(징의 일종)이 울리기 시작하였다. 둔중한 악기가 연주되는 하이라이트에 남미의 인기 배우인 에스텔라 멘도자가 무대 위로 모습을 나타냈다. 하지만 헨더슨은 그때까지 무슨 일이 일어나고 있는지 전혀 알지 못했다. 여인이 팔꿈치로 그의 옆구리를 쿡쿡 찔렀지만 아직 무슨 일이 일어났는지 깨닫지 못했다. 하지만 두 여자는 이미 엄청난 일이 벌어지고 있는 것을 알고 있는 것 같았다. 조용히 속삭이는 소리가 그의 귓전에 들려왔다.

"저 여자의 얼굴 좀 보세요. 중간에 스포트라이트 조명이 있으니까 잘 보일 거예요. 노려보는 눈초리가 마치 나를 죽일 듯 하군요."

그도 그때서야 무대 위 여자 배우의 짙은 검은 눈동자에 증오의 빛이 이글거리고 있는 것을 알아차릴 수 있었다. 자기가 쓰고 있는 것과 똑같은 모자를 객석에서 발견하고 불길처럼 증오의 불길이 타올랐던 것이다. 더구나 객석의 맨 앞줄에서 보란 듯이 앉아 있으니 눈에 안 들어올 수가 없는 것이다.

"이제 알겠네요. 내가 주문한 이 특별 주문품이 어디에서 힌트를 얻은 것인지……."

그녀가 씁쓸한 어조로 중얼거렸다.

"그렇다고 저렇게 화를 낼 것까지는 없잖아요? 오히려 큰소리로 자랑해야 하는 것 아닌가요?"

"여자의 마음을 남자들이 알 리가 없지요. 여자는 보석이나 금니는 잃어버려도 괜찮지만, 모자만은 절대로 양보할 수 없어요. 게다가 이 경우는 이 쇼의 등록상표라고도 할 수 있는 거잖아요. 그런 걸 도둑맞았으니 화가 날 만도 하지요. 이 모자를 만들도록 저 여자가 허락해 주었을 리도 없었을 테니……."

"말하자면 도용한 것이군요?"

정신이 번쩍 날 정도로 대단한 사건은 아니었지만 그의 호기심을 돋우기에는 충분한 것이었다. 그는 관심을 가지고 무대에 집중하기 시작하였다. 그녀의 연기는 아주 단순했다. 예술이라는 것이 대부분 그러하듯이 다른 사람들이 보기에는 별 것 아닌 것 같아도 그것에는 짙은 예술성이 배어 있다. 그녀의 스페인어 노래도 별다른 의미가 있는 것처럼 보이지는 않았다. 그저 이런 가락이 몇 번이고 반복되는 노래였다.

치카 치카 붐 붐
치카 치카 붐 붐

그녀는 좌우를 번갈아 보면서 한 걸음 옮길 때마다 엉덩이를 요란하게 흔들어댔다. 그리고 옆구리에 달린 우묵한 바구니에서 작은 꽃다발을 꺼내어 여자 관객을 향해서 한 개씩 던졌다. 두 번째 합창이 끝날 무렵에는 앞쪽의 두세 줄에 앉아 있는 여자 관객들의 손에는 모두 꽃다발이 하나씩 들려져 있었지만 헨더슨의 여인은 여전히 빈손이었다.

"이 모자에 대한 반감으로 일부러 나한테는 던지지 않네요."

그녀는 다 알고 있다는 듯이 속삭였다. 실제로 무대 위의 여인이 엉덩이를 흔들며 발을 쿵쿵 구르며 춤을 추다가 시선이 그녀를 향할 때는 기분 나쁠 정도로 눈동자를 번득이는 것이 마치 불꽃이 튀는 듯했다.

"잘 보세요, 이 쪽을 쳐다보게 할 테니까."

헨더슨만 알아들을 수 있는 작은 목소리로 말하더니 양손을 깍지 끼워서 턱을 괴었다. 하지만 그 정도로는 무대 위 여자의 관심을 끌 수 없었다. 그녀는 꽉 움켜쥔 손을 다시 앞으로 쭉 내밀었다. 무대 위 여자가 잠시 눈을 가늘게 뜨는 듯하더니 다시 보통의 표정으로 돌아와서 다른 쪽으로 시선을 돌렸다. 그 순간, 헨더슨의 옆에 앉은 여인의 손가락에서 '딱'하고 커다란 소리가 났다. 크기가 오케스트라의 소리처럼 컸다. 무대 위 여자의 눈동자가 커지면서 빛을 발하더니 헨더슨이 앉아 있는 쪽으로 향하였다. 허지만 이번에도 이쪽으로는 꽃다발을 던지지 않았다.

"누가 이기나 보자."

집념에 가득 찬 여자의 중얼거림이 헨더슨의 귀에 들려왔다. 그 말이 무슨 뜻인지 알아차리기도 전에 그녀가 자리에서 벌떡 일어났다. 그녀는 얼굴 가득이 미소를 띠고 우뚝 서서 무대 위를 노려보았다. 순간 두 여자 사이에 숨 막히는 정적이 감돌았다. 그러나 승부는 이미 예정되어 있었다. 객석의 관객이 조금 무례한 태도를 취한다 해도 배우가 관객에게 대들 수는 없는 것이다. 많은 관객 앞에서 감미롭고 환상적인 연기를 보이던 중에 다른 여인이 객석에서 우뚝 일어서는 바람에 상황이 이상하게 변하고 말았다. 무대 중앙에서 엉덩이를 흔들며 춤추고 있던 여배우를 비추던 스포트라이트가 갑자기 무대 아래로 방향을 바꿔서 객석에 있는 여자를 비췄던 것이다. 객석 맨 앞줄에서 벌떡 일어서 있는 여인의 머리부터 어깨가 환하게 드러났다. 무대의 배우와 똑같은 모자를 쓰고 있는 여인에게 관객의 시선이 집중되면서 여기저기 조그맣게 웅성거리는 소리가 들렸다. 소리는 점점 커지더니 소란에 가깝게 큰 소리로 변했다. 두 사람이 쓰고 있는 똑같은 모자를 번갈아서 쳐다보면서 수근거리는 관객들의 소란은 마치 조용한 수면에 돌을 던진 것처럼 점점 커졌다.

이런 상황은 그리 오래 가지 못했다. 무대 위의 여배우가 미묘한 상황에서 벗어나고자 모자를 벗었기 때문이다. 모자를 벗은 여배우는 꽃가지를 하나 들더니 스포트라이트를 받고 있는 객석의 여인에게 던졌다. 큰 원을 그리며 날아가는 꽃가지와 함께 여배우는 그녀에게 어색한 미소를 보냈다. 마치 '미안합니다. 당신을 못 봐서 빠트렸어요. 고의는 아닙니다' 라고 말하는 것 같았다.

그런 표정을 짓고 있었지만 그 표정 뒤에는 남미 여인들에게서 보이는 특유의 거센 분노를 완전히 감출 수는 없었다. 헨더슨과 함께 있는 여인은 자기에게 날아오는 꽃가지를 가벼운 동작으로 받아들고 자리에 앉으면서 웅얼거리듯 아무에게도 들리지 않은 낮은 목소리로 한 마디 내뱉었다.

"고맙구나. 이 스페인 벌레야!"

그녀의 거친 욕설을 혼자 들은 헨더슨은 숨이 콱 막혀오는 느낌을 받았다. 큰 충격을 받은 무대 여배우는 조금씩 몸을 흔들면서 뒤쪽으로 가더니 숨듯이 무대 뒤로 사라져 버렸다. 그녀가 사라지는 속도에 맞추어 오케스트라 음악도 기차 소리 멀어지듯 조용하게 사라져갔다. 사라진 그녀를 향한 갈채가 아직 끝나지 않았을 때 무대의 양 옆에 앉아 있던 관객들은 아주 잠깐이지만 그녀의 모습을 다시 볼 수 있었다. 흰 셔츠를 입은 두 팔이—아마도 무대 감독의 팔이었으리라—무대로 다시 뛰어 오르려는 멘도자를 잡아끄는 모습이었다. 그녀가 관객을 향해 커튼콜을 하려는 것이라면 그가 강제로 끌어내리지는 않았을 것이다. 감독에게 붙잡혀서 주먹을 쥐고 부들부들 떨고 있는 그녀의 모습은 아까의 수모를 되갚아주지 못해서 한이 맺히는 것 같았다.

화를 삭이지 못하는 그녀를 남겨두고 무대는 다시 어두워지면서 다음 공연으로 이어졌고 드디어는 마지막 장의 막이 내렸다. 헨더슨이 프로그램을 자리에 놓고 일어서자 여인이 프로그램을 들어서 자기 것과 합치면서 말했다.

"오늘 밤 기념이에요."

"당신에게 그런 소녀적인 취미가 있으리라고는 생각지 못했소."

그가 그녀의 뒤를 따라 혼잡한 통로를 걸어 나오면서 말했다.

"이건 소녀적인 취미가 아니에요. 나는 가끔씩 충동적인 생각을 하고 그것을 실행에 옮기면서 즐기는 것을 좋아하거든요. 이것은 그럴 때 도움이 되요."

충동적인 행동이라고? 그렇다면 처음 본 나와 하룻밤을 보내는 것도 그런 충동을 즐기는 것이란 말인가? 그는 이런 생각을 하면서 어깨를 으쓱했다.

극장을 나선 두 사람이 혼잡한 거리의 사람들을 헤치면서 택시를 타러 가는 도중에 급작스런 사건이 벌어졌다. 택시를 잡아서 막 타려는데 장님 거지가 그녀에게 다가오더니 동냥그릇을 내밀었다. 거지가 움직이지도 않고 동냥그릇을 내밀고 있는 순간 그녀의 손에 들려져 있던 담배가 떨어지면서 동냥그릇으로 들어갔다. 옆에서 누가 밀었는지 모르지만 불이 붙은 담배가 거지의 동냥그릇 속에 떨어진 것이다. 헨더슨이 그녀를 쳐다보았지만 그녀는 그 일을 모르는 듯했다. 그가 팔을 뻗어서 거지를 말리려고 했지만 무언가 떨어지는 것을 느낀 거지의 손은 이미 동냥그릇을 더듬고 있었다. 순간 거지가 화들짝 놀라며 그릇에서 얼른 손을 빼냈다. 담뱃불에 손을 덴 듯했다. 헨더슨이 불붙은 담배를 그릇에서 꺼내고 미안하다는 듯이 1달러 지폐를 거지의 손에 쥐어주며 작은 목소리로 말했다.

"아저씨, 미안합니다. 일부러 그런 것은 아니오."

장님거지가 불에 덴 손가락을 호호 불면서 괴로워하는 것을 본 헨더슨은 지폐를 한 장 더 꺼내서 그의 손에 쥐어주었다. 담뱃불을 일부러 떨어뜨렸다고 트집을 잡힐 수도 있기 때문이다. 오해의 소지는 있지만 그녀가 일부러 그런 것은 아니었다.

그녀의 뒤를 따라 헨더슨이 택시에 오르자 금방 출발하였다. 택시가 속력을 내기 시작하자 그녀가 짤막하게 말했다.

"감동적이네요."

택시운전사에게 아직까지 행선지를 말해주지 않았다.

"지금 몇 시인가요?"

"12시 15분 전이요."

"그럼, 우리가 처음 만났던 안젤모로 돌아가서 다시 한 잔 마시고 헤어지기로 해요. 그리고 각자의 길을 가는 거죠. 나는 완전한 원을 좋아하거든요."

그는 '그 원은 모두 속이 비었소'라는 말이 목에까지 올라왔지만 가까스로 억눌렀다. 그런 말로 분위기를 망치는 것이 좋아 보이지 않았기 때문이었다.

술집 '안젤모'는 두 사람이 처음 만났던 6시경에 비하면 사람이 훨씬 많았다. 그는 카운터 끝의 벽 쪽에서 빈자리를 하나 찾아내고는 그녀를 거기에 앉도록 했다.

"자, 한 잔 하세요……."

그녀는 옆에 서있는 헨더슨을 향해 잔을 치켜들면서 의미심장한 눈길을 보냈다.

"이제는 헤어져야 하겠네요. 오늘은 정말 즐거웠어요."

"즐거우셨다니 저도 기쁩니다."

건배를 외친 헨더슨이 잔을 단숨에 비웠지만 그녀는 잔에다 가볍게 입술을 댈 뿐이었다.

"나는 여기 좀 더 있겠어요."

그녀는 그만 헤어지자며 손을 내밀었다.

"즐거운 밤이 되시기 바랍니다."

"안녕히 가세요."

하룻밤 친구답게 가벼운 악수를 나누고 밖으로 나가려는 그의 등을 향해 그녀가 웃음 섞인 목소리로 충고하듯이 말했다.

"이제 기분이 좀 괜찮아지셨지요. 집에 가서 부인과 화해하세요."

깜짝 놀라 표정을 굳히는 그를 향해 그녀가 조용히 말했다.

"나는 처음부터 알고 있었어요."

그녀의 말을 등 뒤로 하고 그는 입구 쪽으로 가고, 그녀는 다시 술잔으로 고개를 돌렸다. 그렇게 두 사람은 헤어졌다.

그날 밤의 해프닝은 그렇게 막을 내렸다.

헨더슨이 술집을 나가기 전에 뒤를 돌아보니 카운터 끝의 벽 쪽에 앉아 있는 그녀의 모습이 보였다. 깊은 상념에 잠긴 듯이 얼굴을 숙이고 있었다. 아마도 술잔으로 장난을 치고 있었으리라. 카운터 옆에 앉아 있던 두 남자의 어깨 사이로 오렌지빛 모자가 눈에 들어왔다. 눈부신 오렌지빛 모자가 그가 본 마지막 모습이었다. 그와 동떨어진 다른 세상의 일처럼, 담배연기 속에 보이는 길 건너편의 모습처럼 그것은 마치 꿈과 같았다. 현실도 과거도 아닌 그저 머릿속의 장면으로만 희미한 기억으로 떠오르고 있었다.

2. 사형 집행 150일 전

한밤중

그로부터 10분 후에 헨더슨은 길모퉁이 아파트 앞에서 택시를 내리고 있었다. 아파트는 그곳으로부터 직진해서 일곱 블럭을 간 후에 다시 좌회전해서 한 블럭을 떨어진 길모퉁이에 있었다.

그는 거스름돈을 받아 호주머니에 넣고 나서 열쇠를 꺼내들었다. 그리고 아파트 현관문을 열고 안으로 들어갔다. 현관으로 들어서자 입구에서 어슬렁거리는 한 남자가 보였다. 그는 할 일 없이 서성이는 사람처럼 이리저리 왔다갔다 하고 있었다. 이 아파트에 사는 사람은 아니다. 헨더슨도 처음 보는 사람이었다. 엘리베이터를 기다리는 것처럼 보이지도 않았다. 층수를 알리는 숫자판에 불이 꺼진 것을 보면 엘리베이터는 윗층 어딘가에 멈춰 서있는 모양이다.

헨더슨은 그 남자를 별로 의식하지 않으면서 스치고 지나치더니 엘리베이터 버튼을 눌렀다. 남자는 벽에 걸려 있는 별다를 것도 없는 그림을 쳐다보면서 헨더슨과는 등을 지고 서있었다. 일부러 자신을 드러내지 않으려는 행동처럼 보였지만 어딘가 어색한 것까지는 숨길 수 없었다. 그 남자가 쳐다보고 있는 그림은 그렇게 오랜 시간동안 감상할 가치가 있는 것은 아니었다. 헨더슨도 뭔가 이상하다는 느낌을 받았지만 그저 누군가 내려오기만을 하염없이 기다리는 가엾은 사람이라고 생각했다. 그가 '내가 왜 저런 사내에게까지 신경을 써야하지? 나와 무슨 상관이 있다고'라며 생각하는 순간 엘리베이터의 문이 열렸다.

그가 엘리베이터에 올라타서 맨 위층인 6층 버튼을 누르자 육중한 도어가 닫히고 천천히 위로 올라가기 시작했다. 엘리베이터가 현관을 지나서 2층으로 사라지려는 순간 작은 창문을 통해서 방금까지 그림을 보고 있던 사내가 재빠르게 구내전화기 쪽으로 움직이는 것이 보였다. 헨더슨도 그 장면을 보았지만 그 남자가 누군가를 더 이상 기다릴 수 없었던 것뿐이지 자신과는 아무 상관없는 장면이라고 생각했다.

6층에서 내린 헨더슨이 아파트 열쇠를 찾으려고 주머니를 뒤적거렸다. 조용한 복도에는 그가 주머니를 뒤적일 때마다 주머니 속의 동전이 짤랑거리는 소리가 크게 들렸다. 한참 후에야 열쇠를 찾아내서 아파트의 문을 열었다. 아파트 입구는 엘리베이터에서 내리면 오른쪽이었다. 집안은 불이 모두 꺼진 채 깜깜했다. 그는 어둠이 두렵기라도 한지 화가 치미는 목소리로 으르렁거렸다.

불을 켜자 아담한 현관이 모습을 드러냈다. 하지만 전등은 현관 부근만 비출 뿐, 그가 들어가고 있는 실내 쪽은 여전히 어둠에 잠겨있었다. 그는 돌아서서 문을 잠그고는 옆에 있는 의자 위에 모자와 윗도리를 팽개치듯 내려놓았다. 쥐 죽은 것처럼 고요하고 불까지 꺼져서 깜깜한 집안이 그에게는 약이 오르는 듯했다. 표정도 여전히 무뚝뚝했다. 오후 6시에 길거리를 지나다니는 사람들에게 유난스럽게 눈에 띄었던 그런 무뚝뚝한 표정이다.

"마셀라—."

그는 아치 안쪽의 어두컴컴한 공간을 바라보며 이름을 불렀다. 다정한 목소리와는 거리가 먼 다소 신경질적인 목소리였다. 그러나 어둠 속에서는 아무 대답도 들리지 않았다. 그는 호통치듯 날카롭게 고함을 지르면서 성큼성큼 안으로 들어갔다.

"야, 뭐하는 거야! 멀쩡히 깨어 있으면서 누굴 놀리는 거야? 그 방

창에 불이 켜져 있는 걸 밖에서 다 봤어. 무조건 그렇게 버텨봤자 아무 소용없다니까."

그러나 어둠은 여전히 아무 대답이 없다. 그는 어둠 속으로 슬금슬금 들어가더니 이미 익숙하게 알고 있는 벽의 한 지점을 노려보았다. 그는 바로 전까지 소리치던 격앙된 목소리가 아닌 낮은 목소리로 중얼거렸다.

"당신은 내가 들어오기 전까지는 분명히 깨어 있었어! 그런데 내가 들어오자 일부러 잠든 척하고 있는 거야. 이렇게 한다고 어물쩍 넘어갈 줄 알고!"

그가 팔을 앞으로 뻗었다. 그런데 손에 아직 아무 것도 닿지 않았다. 그 순간 어디선가 '탁!' 하는 소리가 나는 동시에 위쪽에서 빛이 쏟아져 내렸다. 그는 소스라치듯 깜짝 놀랐다. 전혀 예상하지 못했는데 갑자기 전등이 켜졌기 때문이다.

헨더슨이 당황하면서 자기 손끝을 바라보았다. 전등 스위치까지는 약 7~8cm 정도 떨어져 있다. 자기 손은 스위치에 아직 닿지도 않은 상태였다. 그때 스위치를 누르고 있던 누군가의 손이 스위치에서 떨어지더니 벽의 옆면을 따라 움직이고 있었다. 무의식중에 그 손을 따라 움직이던 헨더슨의 눈에 어떤 사람의 팔과 어깨를 지나 낯선 남자의 얼굴에서 멈췄다. 흠칫하고 놀라서 옆으로 몸을 돌리자 거기에 또다른 남자의 얼굴이 자신을 쳐다보고 있었다. 당황한 그가 다시 몸을 돌려 뒤를 바라보았다. 그러자 거기에도 또 다른 얼굴이 기다리고 있는 것이 아닌가?

그를 중심으로 반원을 그리 듯이 세 개의 얼굴이 마치 마네킹처럼 미동도 하지 않은 채 늘어서 있었다. 헨더슨은 너무 놀라서 이 세 물체, 아니 세 사람의 얼굴에 둘러싸인 채 멈칫멈칫 주변을 살펴보았다. 혹시 내가 집을 잘못 찾아들어온 것은 아닐까? 여기가 정말 내 아파트인지 몹시 혼란스러웠다.

그는 눈을 들어 벽 쪽 테이블 위에 놓여 있는 전기스탠드 받침대를 보았다. 분명 하늘색으로 자기 것이 맞다. 방 한쪽 구석에 놓여 있는 높이가 조금 낮은 의자도 자기 것이 분명했다. 고개를 들어 문갑 위에 놓인 접이식 사진액자를 보았다. 사진 한쪽에는 뽀글뽀글 파마한 숱이 많은 머리에 눈이 동그랗고 예쁜 여자가 새침한 표정으로 서 있고 다른 한쪽에는 자기의 얼굴이 있었다. 두 얼굴이 서로를 외면하듯 반대 방향을 향하고 있는 것을 보니 자기집을 바로 찾아 온 것이 틀림없다는 사실을 깨달았다.

세 명의 남자는 먼저 말을 걸어올 기색이 전혀 없는 것처럼 보였다. 그대로 두면 밤새도록 그를 쳐다만 보고 서 있을 것 같은 태도였다. 그가 참지 못하고 먼저 입을 열었다.

"당신들 도대체 내 집에서 무슨 짓을 하고 있는 거요?"

그는 거친 소리로 외쳤지만 사내들은 아무 대답이 없었다. 그가 다시 물었다.

"당신들 여기서 뭐하고 있느냔 말이오?"

그래도 대답이 없었다.

"내 집에 대체 무슨 볼일이 있소? 그런데 당신들은 아파트에 어떻게 들어온 거요?"

그는 뒤를 돌아보며 아내의 이름을 다시 한 번 소리쳐 불렀다. 이번에는 먼저와는 달리 '이 남자들이 왜 여기에 와 있는지' 아내에게 설명을 들어보려는 외침이었다.

그가 방금 지나왔던 아치를 제외하고는 지금 얼굴을 돌린 침실문이 실내에 있는 유일한 문이었다. 그렇지만 왠지 쉽게 열리지 않을 것처럼 굳게 닫혀 있었다. 쥐죽은 듯 조용한 것이 마치 풀리지 않은 수수께끼 같았다.

순간 사내들이 뭔가 말하는 소리가 들렸다. 그는 얼른 뒤를 돌아보았다.

"당신이 스코트 헨더슨이오?"

그를 둘러싸고 있던 반원이 조금 좁혀져 있었다.

"아, 그렇소. 내가 헨더슨이오."

그는 다시 굳게 닫혀 있는 침실문 쪽으로 눈을 돌렸다.

"어떻게 된 일이오? 도대체 무슨 일이 있었던 거죠?"

궁금하게 몰아치는 그의 질문에 상대방은 아무 대답도 없다. 그들은 기분 나쁠 정도로 침착하게 자기들의 질문만을 연달아 쏟아 부었다.

"당신은 여기 살고 있소?"

"틀림없이 여기에 살고 있소!"

"당신이 마셀라 헨더슨의 남편 맞지요?"

"그래 맞아요. 그런데 도대체 무슨 일이 일어난 거냐구요?"

그 중의 한 남자가 무슨 신호를 보내듯 손바닥을 내밀었다. 무언가를 보여준 것 같은데 그는 즉시 알아차리지 못했다. 잠시 후 그가 눈치를 챘을 때는 이미 그 남자가 손을 치워버린 후였다. 헨더슨이 문쪽으로 움직이려고 하자 한 남자가 앞을 가로막았다.

"내 아내는 지금 어디에 있죠? 여기 없는 거요?"

"있기는 있습니다, 헨더슨 씨."

그 남자가 부드럽게 말했다.

"있다면 어째서 나오지 않는 거요?"

그의 목소리는 매우 격앙되어 있었다.

"말해 보시오. 대체 무슨 일이 일어난 거요? 당신들은 누구고?"

"당신 부인은 나올 수 없어요, 헨더슨 씨."

"잠깐, 방금 전에 당신 손에 있던 게 무엇이었소? 경찰 배지 아니오?"

"가만가만, 진정하세요, 헨더슨 씨."

이렇게 실랑이를 하는 네 사람의 모습은 마치 그들이 우스꽝스러운 스퀘어 댄스라도 추고 있는 것처럼 보였다. 그가 한쪽으로 약간이라도 움직이면 사내들도 같은 방향으로 따라 움직였다. 또 다시 그가 본래의 위치로 되돌아오면 그들도 따라서 똑같이 위치를 바꿨다.

"침착하라니! 내가 침착할 수 있겠소. 무슨 일이 일어났는지 알아야겠소. 강도? 아니면 사고? 아내가 자동차에라도 치였나? 손을 치우시오. 나를 저 방으로 들어가게 해주시오."

헨더슨이 그들을 밀치고 침실로 들어가려고 했지만 상대방은 셋이니 그마저도 쉽지 않았다. 한 사람의 손을 뿌리치면 즉시 다른 두 사람의 손이 그를 붙잡았다. 그는 갑자기 화가 치밀어 올라 금방이라도 폭발할 것만 같았다. 네 사람의 거친 숨소리가 조용한 실내를 잔뜩 긴장시켰다.

"나는 이 집의 주인이야. 여긴 내 집이라구! 이 따위 장난치지 마! 도대체 당신들이 무슨 권리로 나를 붙잡는 거야?"

그러자 그들이 갑자기 손을 놓았다. 가운데에 선 남자가 문 쪽에 가깝게 있는 남자에게 신호를 보내면서 내뱉듯이 말했다.

"좋아, 들어가게 해주라구, 죠!"

그 말과 함께 갑자기 문이 열리는 바람에 헨더슨은 안쪽으로 헛발을 내딛었다.

방안은 아름답고 달콤한 사랑의 보금자리였다. 장식품은 대개 푸른색이거나 은색으로 꾸며져 있었고 그에게는 익숙한 향기가 전해져 왔다. 화장대 위에 놓인 인형은 파란색 치마를 입고 있었고 커다란 눈이 마치 공포에 질린 것처럼 보였다. 스탠드에도 푸른색 갓이 씌워져 있었다. 스탠드 유리 기둥 중 하나가 인형의 무릎 쪽으로 비스듬히 쓰러져 있었다. 두 개의 침대에도 역시 푸른색 커버가 씌워져 있었다.

침대 하나는 평평한데 다른 하나는 불룩하다. 마치 그 안에 누군가가 숨겨져 있는 것처럼 보였다.

누군가 깊은 잠에 빠져 있거나 중병이 든 사람이 누워있는 것 같았다. 머리부터 발끝까지 완전히 시트로 덮여 있다. 시트 한쪽 끝에서 거품처럼 느슨하게 말린 머리카락 몇 가닥이 삐져나와 있는 것이 보였다.

일순간 그가 발걸음을 멈추었다. 얼굴에 창백한 빛이 역력하다.

"저, 저런……, 앗! 이게 무슨 일을 한 거야! 바보 같은 사람……."

그는 겁에 질린 표정으로 침대 사이에 있는 작은 테이블을 살펴보았다. 거기에 약병이나 약봉지 같은 것은 보이지 않았다. 그는 후들거리는 다리를 끌면서 침대로 걸어갔다. 몸을 구부려 시트 안에 있는 그녀를 만져보더니 양 어깨를 잡고 세차게 흔들었다.

"마셀라, 괜찮아?"

세 남자도 헨더슨의 뒤를 따라서 방으로 들어왔다. 자신의 행동 하나하나가 그들에게 계속 감시당한다는 것을 느낌으로 알아차렸지만 지금으로서는 아무 것에도 신경을 쓸 수가 없었다. 오로지 아내가 어떻게 된 건지를 알아내야 했다.

침실 입구에 선 사내들은 헨더슨이 푸른색 시트를 만지는 것을 지켜보고 있었다. 그가 시트의 한쪽 끝을 확 잡아 젖히자 눈앞에 도저히 믿을 수 없는 끔찍한 광경이 나타났다. 평생토록 기억에서 지워지지 않을 장면이었다. 이를 살짝 드러내어 웃고 있는 모습으로 아내가 누워 있었다. 죽은 시체의 얼굴에서 볼 수 있는 특유의 싸늘한 미소를 띠고 있었다. 머리카락은 제멋대로 헝크러져 베개 위에서 나뒹굴고 있었다.

순간 세 사람이 달라붙어 그의 행동을 제지시켰다. 할 수 없이 그는 비틀비틀 한 발씩 뒤로 물러섰다. 그는 침대에 누워 있는 아내의 모습에서 눈길을 돌렸다.

"이런 일만은 막고 싶었는데……. 이, 이런 일이 벌어지리라고는 정말 생각지도 못, 했, 어."

그는 더듬거리며 말했다. 이제부터 그가 하는 말 한마디 한마디는 세 남자들의 머릿속에 차곡차곡 정리되어 쌓이게 될 것이다. 그들이 헨더슨을 방에서 끌어내어 소파에 앉혔다. 한 남자는 얼른 되돌아가서 침실 문을 닫았다.

소파에 멍하니 앉아있는 헨더슨은 불빛에 눈이 부신지 한쪽 손으로 눈을 가리고 있었다. 세 남자 중 한 사람은 창가에서 멍하니 밖을 바라보고 있었고, 두 번째 남자는 작은 테이블 옆에 서서 잡지를 뒤적이고 있었다. 그리고 나머지 한 사람은 그와 마주보고 앉아 있었다. 그러나 그를 바라보고 있는 것이 아니고 손톱을 다듬고 있는 중이었다. 지금 자신에게 가장 중요한 일을 하는 것처럼 완전히 몰두해 있었다.

한참 있다가 헨더슨이 눈에서 손을 뗐다. 그리고 정신을 차려 사진 속의 아내를 바라보았다. 접이식 액자가 자기 쪽으로 기울어져 있었는데 그가 갑자기 손을 뻗어 그것을 탁 덮었다.

돌덩이 같은 침묵 속에 세 사람이 서로 눈짓을 주고받았다. 드디어 앞에 앉아 있던 남자가 입을 열었다.

"당신에게 물어볼 말이 있소."

"잠깐만, 잠깐만이요. 너무 당황스러운 일이라 어떻게 해야 할지 모르겠으니……."

마주앉아 있던 남자도 이해한다는 듯이 고개를 끄덕였다. 창밖을 바라보던 남자는 여전히 밖을 내다보고, 테이블 옆에서 잡지를 보고 있던 남자도 여전히 잡지를 뒤적이고 있었다. 이윽고 헨더슨이 양손으로 눈꼬리를 비비면서 조금 큰 소리로 말했다.

"이젠 됐습니다, 말씀해보시죠?"

그들은 일상적인 대화를 나누듯 자연스럽게 말문을 열기 시작했다. 그것은 무엇인가 단서를 알아내려는 능숙한 화술일지도 모르지만, 그런 냄새는 전혀 느낄 수 없었다.

"헨더슨 씨, 나이는?"

"서른둘입니다."

"부인은?"

"스물아홉."

"결혼한 지는 얼마나 됐나요?"

"5년 됐습니다."

"당신의 직업은?"

"주식중개인."

"오늘 밤 집을 출발한 시간은?"

"5시 반에서 6시 사이죠."

"조금 더 정확히 말씀해 주셔야겠는데요?"

"그래요. 정확히 몇 시 몇 분인지는 모르겠는데, 5시 45분에서 5시 55분 사이일 거예요. 길 모서리를 지날 때 6시 종이 울렸거든요. 다음 블럭에 오래된 교회가 있어요."

"그럼 저녁식사는 하고 나갔습니까?"

"아닙니다. 먹지 않고 나갔습니다."

"그럼, 식사는 밖에서 했습니까?"

"네, 밖에서 했습니다."

"혼자서?"

"그렇습니다. 아내는 집에 있었으니까요."

테이블 옆에서 잡지를 보던 남자는 마지막 장을 넘기고 있었다. 창밖을 쳐다보는 남자도 흥미를 잃었는지 더 이상 밖을 보지 않았다.

의자에 앉아 있는 남자는 형사 특유의 어투로 헨더슨이 술술 이야기를 하도록 잘 구슬려가며 일부러 호들갑스러운 어조로 이야기를 계속해 나갔다.

"흠, 그렇다면 오늘 밤은 보통 때와는 달랐다는 거군요? 부인은 집에 있고 당신은 밖에서 저녁식사를 했구요."

"네. 보통 때와 달랐습니다."

"그럼, 오늘 밤에 무슨 특별한 일이라도 있었습니까?"

형사는 무언가 중요한 것을 물어보는 것을 감추기라도 하듯이 헨더슨 쪽은 쳐다보지 않고 옆에 있던 재떨이로 눈길을 돌렸다.

"저는 오늘 밤에 집사람과 함께 외식을 하기로 했지요. 그런데 외출할 때쯤 아내가 갑자기 머리가 아프고 컨디션이 나쁘다고 해서 혼자만 나갔습니다."

"무슨 문제가 있었나요?"

이번에는 형사가 목소리를 깔고 낮은 소리로 물었기 때문에 얼른 알아듣기 어려웠다. 헨더슨도 형사처럼 낮은 목소리로 대답했다.

"한두 마디 티격태격하기는 했지요. 하지만 대수로운 일은 아니었어요."

형사는 마치 부부들 간의 사소한 말다툼이 뭔지 너무 잘 알고 있다는 듯한 표정을 지었다.

"그저 아주 사소한 말다툼이었다는 말이지요?"

"당신들은 무슨 추측을 하고 있는지는 잘 모르겠지만, 집사람이 저렇게 될 만한 일은 전혀 없었습니다."

그는 말을 멈추고 잠시 숨을 돌리더니 갑자기 생각이라도 난 듯 소리쳐 물었다.

"그런데 어떻게 된 겁니까? 당신들은 내게 아무 것도 말해주지 않았잖아요. 도대체 어떻게 해서 이런 일이……."

그때 갑자기 문이 열리면서 몇 사람이 들어오더니 침실 문을 열고 안으로 들어갔다. 그는 마치 최면에라도 걸린 사람처럼 멍하니 그들을 바라보다가 침실 문이 닫히자 벌떡 일어서서 소리쳤다.

"저들은 대체 뭐하는 사람들이요? 무슨 일로 온 거요? 저들이 침실에서 무슨 일을 벌이는 겁니까?"

그러자 의자에 앉아 있던 남자가 다가오더니 그를 주저앉히려는 듯 어깨에 손을 댔다. 손은 댔지만 힘을 주어 누르지는 않았다. 오히려 위로해주는 듯이 부드러운 자세였다. 창가에 서있던 남자가 뒤돌아보며 말했다.

"조금 흥분하시는군요, 헨더슨 씨."

그 소리를 듣자 헨더슨이 울컥하면서 소리를 질렀다.

"날더러 침착하라고? 어떻게 그런 말을 하나? 외출했다 돌아오니 아내가 죽어있는데. 이런 상황에서 나보고 흥분하지 말라고?"

그는 벌컥 화를 내며 날카로운 음성으로 외쳤다. 창가의 남자도 그 일에 대해서는 더 이상 아무 대답을 할 수 없었다. 다시 침실 문이 열리더니, 안에서 수선스럽게 움직이는 소리가 났다. 헨더슨은 눈을 크게 뜨고 침실 쪽으로 천천히 시선을 옮겼다.

"아니, 그렇게 하면 안 돼! 이봐! 사람을 쌀자루처럼 담아서 끌고 가다니! 저 아름다운 머리카락을 바닥에 질질 끌고 가다니! 그 사람이 얼마나 소중히 여기던 머리카락인데."

안타깝게 부르짖으며 달려가려는 헨더슨을 형사들이 가로막았다. 그리고 현관문이 소리도 없이 닫혔다.

텅 빈 침실에서는 향수 냄새가 희미하게 남아 있었다. 그 향수 냄새는 마치 '제발 나를 잊지 말아요. 당신과 즐겁게 지낸 시절의 우리들의 추억을 간직해주세요'라고 속삭이는 것 같았다. 그는 힘없이 소파에 주저앉아 두 손으로 얼굴을 감싸쥐었다. 마음을 진정시키지 못하는 거친 숨소리가 들려왔다. 여태껏 참아왔던 분노가 일시에 치밀어 올랐다. 그는 한동안 넋이 나가도록 울었다. 한참을 울고 나서 천천히 고개를 들었다.

맞은편 의자에 앉아 있던 형사가 위로하듯 담배에 불을 붙여 내밀었다. 불꽃이 헨더슨의 눈동자 속에서 반짝였다. 그의 이러한 행동이 애처로웠는지, 물어볼 것을 다 알아냈는지 형사는 더 이상 질문도 하지 않았다. 그러더니 얼마가 지난 후에는 시간을 때우려는 수작인지 쓸데없는 잡담 수준의 질문을 던졌다.

"헨더슨 씨, 옷차림이 무척 화려하군요."

의자에 앉아 있는 남자가 말을 걸었다. 헨더슨은 못마땅하고 불쾌한 표정으로 아무런 대답도 하지 않았다.

"당신 패션 감각이 있으십니다. 아주 멋져요. 화려하면서도 조화를 잘 이루어 완전히 예술입니다."

이번에는 잡지를 보던 형사도 끼어들어서 한 마디 거들었다.

"구두, 셔츠, 그리고 윗도리 호주머니의 장식용 손수건까지."

"그런데 넥타이는 어딘가……."

창가의 남자가 약간 머뭇거리며 말을 받았다.

"당신들은 이런 상황에서 패션 어쩌구 하는 말이 나옵니까?"

헨더슨이 힘없이 항의했지만 형사들의 질문은 계속 이어졌다.

"그것도 푸른색이어야 되지 않나? 다른 것들이 모두 푸른색인데 말이야. 그 넥타이 때문에 전체적인 조화가 무너져 버렸어요. 난 유행이나 패션 감각은 없지만, 누가 봐도 좀 이상하다고 생각할 거요. 다른 것은 모두 조화로운데 가장 포인트가 되는 넥타이 때문에 멋을 망쳐 버리다니. 혹시 푸른색 넥타이가 없나요?"

형사의 말에는 악의가 없어보였지만 헨더슨은 힘없이 대답했다. 제발 그대로 내버려두라는 말투였다.

"도대체 내게 무슨 대답을 기다리나요? 지금 내겐 이런 걸 생각할 겨를이 없는 걸 당신들도 잘 아실 텐데……."

그런데도 형사는 변함없는 목소리로 다시 한 번 물었다.

"푸른색 넥타이가 없나요? 헨더슨 씨?"

헨더슨이 손으로 머리카락을 쓸어 올리면서 비명을 질렀다.

"당신들은 나를 미치게 할 작정인가요?"

그리고는 더 이상 참지 못하겠다는 듯이 냉정한 목소리로 대답했다.

"푸른색 넥타이는 방 안 장롱 속에 걸려 있소."

"푸른색이 있으면서 오늘은 왜 그걸 매지 않았지요? 당신 패션은 온통 푸른색으로 조화를 이루고 있는데 말이오."

형사는 상대방의 기분을 맞춰주려는 듯이 부드럽게 말했다.

"처음엔 푸른색을 매려다가 갑자기 마음이 바뀌어 다른 색을 맸다면 모르겠지만."

"도대체 그것이 어떻다는 거죠? 어째서 그토록 쓸데없는 일로 나를 못살게 괴롭히는 겁니까?"

헨더슨은 비명을 지르듯 소리쳤다.

"난 지금 아내가 죽었어요. 지금 내 머리는 혼란스럽다구요. 그런 내가 왜 푸른색 넥타이를 맸는지 매지 않았는지 이야길 해야 합니까?"

그런데도 질문은 멈추지 않았다. 형사의 질문은 마치 물방울이 머리 위에 똑똑 떨어지듯이 일정한 간격처럼 계속해서 이어졌다.

"정말 확실한가요? 처음부터 푸른색 넥타이를 매지 않은 것이?"

그는 잠시 자신을 진정시키며 말했다.

"그래요, 확실해요. 푸른 색 넥타이는 침실 장롱 속에 걸려 있을 거예요."

형사가 태연하게 계속 질문을 했다.

"그런데 장롱 속에는 푸른색 넥타이가 없어요. 그러니까 우리가 이렇게 묻고 있는 거예요. 우리는 이미 다 확인을 했단 말입니다. 하지만 그게 없었어요. 다른 넥타이들은 가지런히 걸려 있는데 말이죠. 그건 바로 당신이 처음에 그걸 매고 나갔다는 것을 말해주는 겁니다. 그런데 중요한 점은 왜 갑자기 마음을 바꿔서 하루 종일 매고 있던 넥타이를 풀고 다른 것으로 바꿔 맸느냐 하는 점이죠. 그것도 저녁 외출용으로는 전혀 어울리지 않는 그런 넥타이로. 왜지요?"

헨더슨이 갑자기 손바닥으로 이마를 탁 치며 벌떡 일어섰다.

"그만 두시오! 더 이상 들을 말도 할 말도 없소. 대체 당신들은 무얼 바라는 건지 말해주시오. 그게 장롱 속에 없다면 도대체 어디에 있겠습니까? 난 결코 그 넥타이를 매지 않았어요. 그런데 그게 어디 갔단 말입니까? 알면 가르쳐주시죠! 그게 어디에 있든 아무 상관없는 일이겠지만,"

"헨더슨 씨. 사실 바로 그게 큰 문제입니다."

한동안 긴 침묵이 이어졌다. 헨더슨이 형사의 말뜻을 알아 챈 듯 얼굴이 점점 새하얗게 변해 갔다. 그리고 형사의 말이 이어졌다.

"그게 바로 당신 부인의 목에 꽉 졸려져 있었어요. 결국 푸른색 넥타이가 당신 부인의 숨통을 막았단 말이요. 그것도 칼로 끊지 않으면 풀 수 없을 정도로 단단히 묶여 있었단 말이에요."

3. 사형 집행 149일 전

새벽

질문과 대답이 끊임없이 반복되는 사이에 어느덧 새벽이 밝아왔다. 사람이나 방 안에 있는 모든 물건들은 모두 그대로인데도, 묘하게 어딘가 다른 분위기가 풍겼다. 마치 밤새워 큰 파티를 끝내고 난 뒤 같았다. 재떨이뿐만 아니라 집안에 있는 그릇은 모두 담배꽁초로 가득 가득했다. 여전히 파란색 전기스탠드는 켜진 그대로였고, 사진틀도 제자리에 놓여 있었다. 하지만 사진 속의 그녀는 죽어서 이 세상에 존재하지 않는 사람이다.

방 안에 있는 사람들은 모습이나 행동이 마치 술에 취한 것처럼 보인다. 대부분 상의와 조끼를 벗은 채 와이셔츠도 단추까지 풀어헤치고 있다. 형사 중에 한 명은 정신을 차리려고 욕실에 들어가서 세수를 하고 있다. 문을 활짝 열고 있어서 '팽팽'하고 코푸는 소리도 들렸다. 다른 두 사람은 아직도 담배를 피워대면서 무언가 초조해하며 실내를 서성거리고 있다.

헨더슨만 혼자서 밤새도록 앉아 있던 바로 그 소파에 아직도 조용히 앉아 있었다. 그는 태어나서 지금까지 그 소파 위에서 한 발자국도 떨어져 본 적이 없는 듯한 태도로 앉아 있다. 욕실에서 세수하던 남자가 밖으로 나왔다. 그는 이름이 '버지스'였다. 머리를 통째로 세면대에 담갔다 꺼냈는지 물방울이 뚝뚝 떨어지고 있다.

"수건은 어딨소?"

아주 평범한 질문이었지만 헨더슨에게는 날카로운 비수처럼 파고드는 말이었다.

"모르겠소. 난 수건을 직접 꺼내 쓴 적이 없어서 모릅니다. 필요할 땐 언제나 아내가 꺼내 주어서 수건이 어디 있는지도 모르오."

그의 목소리는 비통에 잠겨 있었다. 버지스 형사가 황당하다는 얼굴 표정으로 물방울을 뚝뚝 흘리면서 다시 물었다.

"그럼 커튼으로 좀 닦아도 되겠소?"

"좋으실 대로……."

낮게 가라앉은 헨더슨의 목소리에는 아무려면 어떠냐는 듯이 힘이 없었다.

심문은 아직도 끝나지 않았다. 이제 끝났는가 하면 또다시 시작하고 이제 정말 끝이구나 하면 또다시 시작되는 것이었다.

"극장표 두 장을 갖고 있었다는 건 그리 중요한 문제가 아니지. 그런데 우리에게 그걸 믿어 달라고 강조하는 당신이 더 이상하다는 거요. 왜 그런 겁니까?"

헨더슨은 고개를 들어서 천천히 앞에 앉은 사람을 쳐다보았다. 대화할 때는 상대방의 앞에서 말을 건네는 것이 일반적일테니까. 하지만 지금의 말은 헨더슨과 마주앉아 있는 형사가 한 말이 아니었다.

"그게 사실이니까 그렇다고 말하는 겁니다. 사실을 강조하는 것이 무슨 문제가 있다는 거죠? 부부가 둘이서 극장표 두 장을 가지고 옥신각신했다는 이야기가 그렇게 이상한가요? 그런 건 아주 흔히 볼 수 있는 이야기인데요. 안 그런가요? 형사님!"

이번에는 다른 형사가 끼어들었다.

"어이, 헨더슨씨! 돌리지 말고 이제는 사실대로 말하지. 대체 그 여자는 누구요?"

"그 여자라뇨?"

"이런 제기랄! 다시 처음부터 시작하자는 거야!"

형사가 어이없다는 표정으로 중얼거렸다. 말투도 어느덧 거칠어져 있었다.

"이 얘기를 시작한 지 벌써 두 시간이 훨씬 지났소. 밤새도록 하고 있단 말이야. 마지막으로 묻겠는데, 그 여자는 대체 누구요?"

헨더슨이 피곤해서 견딜 수 없다는 듯이 두 손으로 머리카락을 휘어잡더니 더 이상 뭘 어떻게 더하라는 말이냐는 듯이 고개를 떨구었다.

버지스가 와이셔츠의 옷자락을 바지춤으로 쑤셔 넣으면서 욕실에서 나왔다. 욕실에서 나오면서 주머니에서 시계를 꺼내 손목에 차면서 힐끗 시간을 보고는 느리게 전화기 쪽으로 걸어가면서 소리쳤다.

"너무 걱정하지 마, 타니."

그러나 아무도 그의 말에는 주의를 기울이지 않았다. 헨더슨은 눈을 반쯤 감은 채로 멍하니 바닥에 깔린 카펫을 바라보고 있었다. 버지스는 통화를 마친 후 방 안을 서성거리더니, 창가 쪽으로 가서 블라인드를 움직여 햇볕이 많이 들어오게 했다. 그때 창틀 바깥쪽에 작은 새 한 마리가 앉아 있는 것이 보였다. 그는 새를 쳐다보면서 고개를 갸웃거렸다.

"어이, 이리 좀 와보시오. 헨더슨씨. 이 새가 무슨 새요?"

헨더슨은 금방 일어날 기색을 보이지 않았다.

"이봐요, 얼른 안 오면 새가 날아가 버려!"

마치 세상에서 그 일이 가장 중요한 일이나 되는양 소리쳤다. 헨더슨이 마지못해서 일어서더니 창문쪽으로 다가가서 그와 나란히 섰다.

"참새로군."

헨더슨은 짤막하게 말하고 남자를 바라보았다. 마치 그의 표정은 '당신이 정말로 알고 싶은 것은 이것이 아닐 텐데' 하고 말하고 있는 듯했다.

"나도 참새라고 짐작하긴 했소만……."

버지스가 이렇게 대답하면서 헨더슨이 자연스럽게 창밖을 보도록 하였다.

"이곳은 전망도 좋은 편이군, 그래."

"좋으시다면 몽땅 다 가지시오. 참새까지 다 몽땅!"

헨더슨이 무슨 엉뚱한 소리를 하냐는 듯이 이를 악물고 소리쳤다. 한동안 침묵이 계속되었고, 형사들도 질문을 하지 않았다. 한참 후에 뒤를 돌아 본 헨더슨은 깜짝 놀라며 얼어붙은 듯이 멈춰섰다. 방금 전까지 자기가 앉아 있던 그 소파에 젊은 여자가 앉아 있었다. 언제 그녀가 방으로 들어왔는지 전혀 알아차리지 못했다. 문소리도 사람의 움직임도 일체 없었기 때문이다.

헨더슨을 노려보는 세 형사의 시선이 마치 그의 얼굴을 뚫어버릴 것처럼 강렬했다. 그는 애써 침착하려고 노력했다. 너무 긴장한 나머지 근육이 딱딱하게 굳었지만 그런 내색을 하지 않으려고 안간힘을 썼다.

그는 그녀를 바라보았다. 그녀도 그를 바라보았다. 귀엽게 생긴 여자였다. 요즘엔 앵글로 색슨족의 특징을 갖추고 있는 사람을 만나기 어려운데, 그녀는 앵글로 색슨족의 특징을 골고루 갖추고 있었다. 파란 눈을 가졌고, 갈색 머리카락은 이마를 따라 가지런히 잘 빗어넘겼다. 가르마는 남자처럼 선명하게 나 있었으며, 어깨에는 연한 갈색 낙타털 코트를 걸치고 있었다. 손에는 핸드백을 꽉 움켜쥐고 있으며 모자는 쓰지 않았다. 아직은 어린 편이어서 '순수한 애정만으로 남자를 만난다'는 것을 믿을 만한 그런 나이의 여자였다.

한눈에 보기에도 오래도록 사랑의 순수함을 믿고 살 여자 아니면 사랑의 환상을 품고 사는 여자처럼 보였다. 헨더슨을 바라보는 그녀의 눈빛을 보면 더욱더 그런 느낌을 확실히 느낄 수 있었다. 헨더슨을 쳐다보는 그녀의 눈동자는 상대에 대한 열정으로 활활 타오르듯이 반짝거렸다.

헨더슨은 혀로 마른 입술을 적시고 나더니 미약하게 고개를 갸우뚱거렸다. 그의 행동은 마치 이름도 잘 생각이 안 나고, 어디서 만난 적이 있는지조차 가물가물한 여자를 보는 것 같았다. 하지만 전혀 모른 체하고 넘어가고 싶지는 않은 여자라는 듯한 표정이다. 헨더슨은 지나칠 정도로 그녀에게 무관심한 태도를 취했다.

바로 그 순간 형사들이 갑자기 밖으로 나가버렸다. 아마도 버지스가 모두 철수하라는 신호를 은밀하게 보낸 모양이었다. 이제 방 안에는 헨더슨과 그 젊은 여자만 남았다. 그러자 때를 기다렸다는 듯이 그녀가 낙타털 코트를 벗어 소파 안 구석으로 던져버리고 폭탄처럼 날아서 그에게 달려들었다. 헨더슨이 손을 들어서 그녀의 행동을 제지하려 했지만 이미 늦었다.

"이러지 마. 조심해야지 이러면 안 돼. 저놈들의 속셈에 말려들면 안 돼. 저놈들은 지금 어떻게 해서든 무슨 꼬투리라도 잡아내려고 혈안이 되어 있다고……."

"저는 아무 것도 두려울 게 없어요. 당신은? 당신은 어때요? 대답해 봐요!"

여자가 그의 팔을 잡고 세게 흔들었다.

"난 지금 대여섯 시간 동안을 당신에 대해서 말하지 않으려고 몸부림치고 있어. 근데 저놈들이 어떻게 당신을 불러온 거지? 어떻게 당신을 알아낸 거야? 제기랄! 내 몸이 부서지더라도 당신만은 끌어들이지 않을 생각이었는데……."

"그런 말씀 마세요. 당신이 고통에 처하면 저도 함께 그 고통을 겪고 싶어요. 당신은 진정 내 마음을 모른단 말씀이에요."

헨더슨이 무슨 말을 하려는 순간 그녀가 얼른 자기 입술로 그의 입을 막아버렸다. 잠시 뒤 그가 말했다.

"내가 한 일인지 아닌지 확인도 하지 않고 키스부터 하는군……."

"아니에요, 아니란 말이에요."

애처롭게 중얼거리는 그녀의 숨결이 그의 얼굴에 느껴졌다.

"아니에요. 그럴 리가 없어요. 그렇게 잘못된 일을 했을 리가 없어요. 아니, 잘못될 것도 없는 거예요. 내가 만일 그렇게 의심한다면 그건 내 마음이 잘못된 거죠. 그렇다면 정신병원에라도 가야 하겠지요. 하지만 내 마음은 분명해요."

"그럼, 네 마음에 걱정이 없다고 말해봐."

그는 안타깝다는 듯이 말했다.

"나는 마셀라를 미워한 것이 아니야. 다만 이 상태로는 함께 생활을 지속시켜 나가기가 어려울 수도 있다는 판단은 한 적은 있지. 아주 미친듯이 사랑하지 않았을 뿐이라고. 그것뿐이야. 나는 마셀라를 죽이지 않았어. 내가 사람을 죽인다는 건 불가능해, 정말 말도 안돼……."

그녀는 정말 그럴 거라고 수긍하듯이 기쁜 표정을 지으며 달려들어 그의 가슴에 얼굴을 묻었다.

"더 이상 말하지 않아도 돼요. 저는 이미 모든 걸 알고 있어요. 우리가 함께 거리를 걷다가 떠돌이 개가 당신에게 다가왔을 때 얼마나 가여워하는 표정을 지었는지 이미 보았거든요. 짐마차를 끄는 말이 길가에 서있을 때도……, 아니야. 지금 이런 말을 하고 있을 때가 아니지요. 어쨌든 제가 당신을 사랑하는 것이 당신이 미남이기 때문이라고 생각하시나요? 똑똑하기 때문에요? 용감하기 때문이라고 생각하시나요? 당신도 그렇게 생각하지는 않잖아요?"

헨더슨이 엷은 미소를 지으며 그녀의 머리카락을 쓰다듬었다. 그러면서 손을 멈추고는 살짝 입을 갖다댔다.

"내가 사랑하고 있는 것은 당신 가슴 속에 있는 거예요. 그것은 아무에게도 보이지 않는, 단지 나만이 볼 수 있는 거예요. 당신의 마음속에 얼마나 좋은 것들이 들어 있는지 아세요? 당신은 정말 멋진 분이세요. 하지만 그것은 모두 마음 속에 숨겨져 있어서 나 말고는 아무도 볼 수 없는, 나만의 것이에요."

천천히 얼굴을 든 그녀의 눈에는 눈물이 가득 괴어 있었다.

"이젠 그만해. 나는 그렇게 좋은 사람이 아니야."

"판단은 내가 하는 거예요. 자신을 학대하지 마세요."

그녀가 마음을 가라앉히고 조용한 목소리로 말했다. 그리고 현관 쪽을 바라다보았다. 환하게 밝아지려던 그녀의 얼굴이 점점 어두워졌다.

"저 사람들은 뭐라고 하나요? 그들은 뭔가 알고 있나요?"

"지금까지는 반신반의하고 있어. 확실하게 알고 있다면 이렇게 지금까지 나를 붙잡고 있겠어? 그런데 어떻게 해서 당신까지 끌어들이게 되었지?"

"어젯밤 집에 들어갔더니 당신이 6시쯤에 전화했었다고 하더군요. 그래서 내가 이곳으로 전화를 걸었어요. 11시쯤 되어서요. 그때 저 사람들은 이미 이 집에 와 있더군요. 저 사람들이 할 이야기가 있다며 곧 내게 사람을 보내겠다고 했어요. 그래서 그 이후 줄곧 감시당하고 있었어요."

"아니, 그럴 수가! 밤새도록 잠도 못 자게 했단 말이야!"

헨더슨이 흥분을 이기지 못하고 소리쳤다. 그녀가 다독거리듯이 그의 얼굴을 쓰다듬으면서 말했다.

"당신에게 이런 일이 생겼는데 나만 혼자 편하게 잠을 잘 수 있겠어요? 지금 중요한 것은 오직 한 가지 밖에 없어요. 다른 것은 문제도 되지 않아요. 진실은 머지않아 밝혀질 거예요…… 그런데 저 사람들에게는 어디까지 이야기했어요?"

"우리들의 일말인가? 하나도 이야기하지 않았어. 나는 당신을 끌어들이고 싶지 않았거든."

"그러니까 더 어려움을 겪으셨을 거예요. 지금 저들은 당신이 뭔가 숨기고 있다고 생각할 수밖에 없어요. 이제 그것을 오히려 거꾸로 이용하는 거예요. 이젠 나도 드러났으니까 저들이 알고 싶어하는 것을 모조리 말해주세요. 우리들에게는 창피한 것도, 두려운 것도 없잖아요. 이것은 빨리 풀어버리면 풀수록 빨리 끝날 거예요. 게다가 저들도 이미 우리가 단순한 사이가 아니라는 것을 눈치 채고 있을 거예요……."

그녀는 갑자기 말을 멈추고 입을 다물었다. 버지스가 방으로 들어온 것이다. 그의 얼굴은 무언가 만족스러운 것을 얻었다는 표정이었다. 그의 뒤를 따라서 다른 두 형사도 들어왔다. 헨더슨의 눈에 버지스는 한 사람에게 눈짓을 보내는 것이 보였다.

"리치몬 양, 저희가 집까지 모셔다 드리겠습니다. 차가 아래 대기하고 있습니다."

"그녀를 이 일에 개입시킬 필요는 없잖아요. 당신들은 무언가 잘못 판단하고 있는 거요. 그녀는 정말로 아무 것도 모른다구요."

"모든 것은 당신이 하기 나름이지, 헨더슨씨. 여자 분을 여기에 데려온 것도 모두 당신의 기억을 되살리기 위한 거요."

헨더슨이 버지스에게 소리쳤다.

"모두 말해 주겠소, 내가 알고 있는 모든 것을, 하지만 신문기자들이 그녀를 취재하려고 달려들거나, 그녀의 이름이 신문에 오르내리지 못하도록 그쪽에서 먼저 조처를 취해주어야 합니다."

"모든 것을 사실대로 말해 준다면."

버지스도 그런 조건을 받아들일 수 있다는 듯이 말했다.

"알겠소. 모두 말하리다."

헨더슨은 그녀에게로 돌아서서 부드럽고 조용한 목소리로 말했다.

"캐롤, 아무 걱정하지 말고 이젠 그만 돌아가. 걱정 말고 편안히 잠을 자도록 해. 아무 문제없이 잘 될 거야."

많은 사람들이 보고 있었지만 자연스럽게 그녀가 그에게 다가와서 키스했다. 그리고 뭔가에 들뜬 목소리로 말했다.

"모든 상황을 자세히 알려주세요. 가능한 한 빨리요. 될 수 있다면 오늘 안으로 모두 알게 해주면 좋겠어요."

그녀가 문 쪽으로 향하자 버지스가 따라오더니 밖을 지키고 있는 경찰관에게 말했다.

"타니에게 전해, 누구라도 이 여자에게 접근하지 못하게 하라고. 이름도 가르쳐 주지 말고 어떤 질문에도 대답하지 말라고 말이야. 작은 정보라도 새어나가면 안 된단 말이야."

그가 방으로 돌아오자 헨더슨이 감사의 뜻을 전했다.

"신사답게 약속을 지켜줘서 고맙소."

버지스가 흘끗하고 쳐다보더니 아무 말 없이 자리에 앉았다. 주머니에서 수첩을 꺼내더니 무언가 빽빽하게 쓰여진 두세 장에 줄을 죽죽 그어버리고 새로운 쪽을 펼쳤다.

"자, 그럼, 시작해 봅시다."

"그러시오."

"부인과 부부싸움을 말다툼으로 했다고 말했소? 틀림없지요?"

"예, 그래요. 정말입니다."

"두 장의 극장표 이야기도 사실이고?"

"예."

"그렇다면 부부 사이에 나쁜 감정이 있었던 것이로군?"

"애초부터 감정이 없었어요. 서로 무관심이었죠. 내가 얼마 전에 아내에게 이혼하자고 말했습니다. 캐롤과의 일은 벌써 아내도 알고 있는 일이고요. 내가 말했으니까요. 뭐, 숨길 생각이 없었어요. 사실대로 이야기하고 싶었던 거죠. 그런데 아내가 이혼해 줄 수 없다고 하더라구요. 밖에서만 만나는 것도 캐롤에게 못할 짓을 하는 것 같았습니다. 나도 그런 불장난으로 지속시킬 마음이 없었거든요. 정말로 무슨 수를 쓰더라도 캐롤과 결혼해서 함께 하고 싶었습니다. 하지만 이혼은 되지 않고 서로 사정이 그러니 서로 떨어져 있을 수밖에 없었지요. 도저히 보고 싶어서 참을 수가 없더군요. 이런 이야기도 도움이 됩니까?"

"아, 좋아요. 아주 좋아요."

"그제 밤에는 더 이상 어떻게 할 수 없어서 캐롤에게 하소연을 해보았습니다. 그랬더니 내가 난감해하는 것을 보고는 그녀가, '내게 맡겨 두세요. 내가 이야기해볼게요' 하며 자기가 나서겠다고 하더군요. 나야 물론 안 된다고 펄쩍 뛰었죠. 그러자, '그럼, 한 번 더 당신이 설득해보세요. 방법을 바꾸고 이치를 따져서 설명을 하는 거예요' 하고 그녀가 말하더군요. 나는 그런 방법이 내키지는 않았지만, 할 수 있으면 최선을 다해 보리라고 마음먹었습니다. 그래서 사무실에서 내가 잘 다니는 레스토랑에 전화로 자리를 예약해두었습니다. 그리고 극장쇼 티켓도 두 장 구해두었습니다. 무대 앞쪽의 통로 쪽 좌석으로 말입니다. 마지막으로 둘도 없는 친구의 환송연에 갈 수 없다고 연락했지요. 잭 롬버드라는 친구인데, 남미에 가서 2~3년 안에는 돌아오지 않을 예정입니다. 환송연에 가야지 그 친구의 얼굴을 마지막으로 볼 수 있었지만 갈 수 없다고 했지요. 어떻게 해서든지 결말을 지어야겠다고 단단히 별렀던 겁니다. 그런 마음으로 집에 돌아왔는데 상황은 조금도 바뀌지 않았습니다. 아내는 그 문제에 대해서 조용히 이야기를 나눌 마음이 애초부터 없었습니다. 여태까지처럼 그런 식으로 이것도 아니고 저것도 아닌 생활을 계속해 나가자는 거지요. 그때 마음속으

로 울컥하고 화가 치밀어올랐다는 것은 인정합니다. 보통 화가 나는
게 아니었습니다. 아내는 끝까지 버티더군요. 내가 샤워를 하고 옷을
갈아입을 때까지도 입을 꼭 다물고 있었습니다. 내가 외출준비를 끝
냈는데도 아내는 의자에서 일어서려고도 하지 않았죠. 아내는 큰 소
리로 비웃으면서, '내 대신 그 여자를 데리고 가는 게 어때요? 어떻게
아까워서 내게 10달러씩이나 쓰겠어요?' 하며 빈정거리더군요. 그래
서 보란 듯이 아내 앞에서 리치몬 양에게 전화를 걸었지요. 그런데
마침 그녀가 집에 없더군요. 마셀라는 배를 움켜쥐고 고소하다는 듯
이 크게 웃어대는 겁니다, 글쎄. 그런 상황에서 내 기분이 어땠을지는
당신도 알 수 있을 겁니다. 나는 핏대가 머리끝까지 올라서 큰 소리
를 버럭 질렀습니다. '지금 거리에 나가서 맨 처음 만나는 여자를 당
신 대신 데리고 가지! 군소리 없이 고분고분하고 포근한 여자를 말이
야!' 그리고는 모자를 집어 들고 문을 '쾅' 닫고는 밖으로 나와 버렸습
니다."

그의 목소리가 점점 힘이 없어지더니 느리고 잘 들리지 않을 정도로
가늘어졌다.

"지금까지 말한 것이 전부입니다. 그밖에 어떤 일이 일어났는지 저
는 모릅니다. 이것은 누가 뭐래도 바뀔 수 없는 진실이에요."

"외출에서의 행적과 시간은 아까 이야기한 대로입니까?"

"틀림없어요. 그때 나는 처음 만난 여인과 함께 있었습니다. 혼자가
아니었다구요. 내가 아내에게 말한 대로 처음 만난 여자에게 무조건
함께 극장에 가자고 제안했고, 상대는 그것을 흔쾌히 받아들였지요.
그래서 집에 돌아오기 바로 전까지 그녀와 함께 있었습니다."

"그녀를 만난 것은 몇 시죠? 생각나는 대로 말씀해 보슈."

"집을 나서자마자 한 2, 3분 후였어요. 50번 구획에 있는 술집에서
만났습니다."

헨더슨은 손가락을 꼼지락거리더니 말을 이어갔다.

"아 참, 지금 갑자기 생각났어요. 그 여자와 만난 정확한 시간이 말이에요. 극장표를 꺼내들고 벽시계를 쳐다봤는데, 정확히 6시 10분이었습니다."

버지스는 손가락으로 아랫입술을 문지르면서 물었다.

"그럼 그 술집 이름이 뭐요?"

"정확하게 떠오르지 않네요. 빨간색 네온 간판이 현란하게 번쩍였습니다."

"그렇다면 정말 당신이 6시 10분에 그 장소에 있었다는 사실을 증명해 보시오?"

"제가 분명히 그곳에 있었다니까요. 왜 그게 문제가 되죠?"

"당신을 좀 더 조급하게 만드는 것이 좋은 방법이긴 한데, 난 성격이 좀 급해서……, 솔직히 말하자면 당신 부인은 정확히 6시 8분에 죽었소. 부인이 쓰러지는 순간에 손에 차고 있던 손목시계가 화장대의 모서리에 부딪혀서 깨어져버렸더군요. 그게 정확히 말하면……."

그가 수첩을 꺼내보면서 또박또박 읽어주었다.

"6시 8분 15초. 날개가 달려있지 않은 이상 사람이 여기서 50번 구획까지 1분 45초 안에 날아갈 수는 없는 일이지. 만약 당신이 자신의 주장대로 6시 10분에 거기에 있었다는 사실을 입증하기만 하면 당신은 깨끗하게 혐의를 벗을 수 있소."

"방금 이야기했잖소! 내가 벽시계를 봤다고요."

"그것을 증거로 삼기는 어렵지. 아직은 근거 없는 진술에 불과하오."

"그럼, 어떻게 하면 증거로 인정할 수 있나요?"

"술집에 있었던 시간을 증명할 수 있다면 되겠지요."

"반드시 술집에 있었던 시간을 증명해야 합니까? 지금까지 말한 것 가지고도 시간만 분명하다면 그로써 충분하잖습니까!"

"지금 당신은 당신의 말 말고는 그것을 확인해 줄 방법이 없잖소. 우리가 어젯밤부터 계속해서 당신 곁에 붙어 있었던 이유가 뭔지 모른단 말이오?"

헨더슨이 알아들었다는 듯이 다소곳해졌다.

"알겠습니다."

그는 알아들을 수 없을 정도로 작은 목소리로 말하더니 잠시 침묵을 지켰다. 다시 버지스가 말했다.

"당신이 술집에서 만났다는 그 여자가 당신과 만난 시간을 확인해주면 좋겠는데, 가능하겠소?"

"난 그녀와 함께 벽시계를 바라보았으니, 꼭 기억할 거예요. 그 정도는 정확하게 확인해줄 수 있을 겁니다."

"좋아, 그렇다면 이 문제가 간단하게 해결되게 되겠네. 그녀의 증언이 진실하다면 말이야. 일단 그 여자의 주소를 알려 주시오."

"앗! 제가 그걸 생각못했네요. 처음에 만났던 술집으로 돌아간 다음 별 생각없이 그냥 거기에서 헤어져버렸거든요."

"그럼, 이름이나 그 밖의 다른 것 아는 게 뭐지?"

"그것도 몰라요. 내가 물어보지도 않았고 그리고 그 여자도 그런 것을 말하지 않았습니다."

"그래? 여섯 시간 동안이나 함께 있었다면서 이름도 모른다, 성도 모른다? 그럼, 만날 때는 그녀를 뭐라고 불렀소?"

"그냥 '당신'이라고 불렀습니다."

버지스는 어두운 모습으로 대답하는 남자의 대답을 메모하려는 듯 다시 수첩을 꺼냈다.

"좋아요. 그럼, 그녀의 인상이 어땠는지 설명해 보시오. 무슨 짓을 해서라도 찾아내야 하니까."

헨더슨의 얼굴은 많이 창백했다. 그는 긴장을 풀려는 듯이 침을 꿀꺽 삼키고 나서 매우 안타깝다는 표정으로 내뱉듯이 말했다.

"제기랄, 아무리 기억을 되살리려 노력해도 생각이 나질 않는군! 그녀에 대해선 금방 깡그리 잊어버렸소. 머릿속에서 아주 깨끗이 사라져 버렸단 말이오. 어젯밤이라면 기억이 났을 텐데, 지금은 전혀 생각나지 않습니다. 너무 충격이 큰 탓인가봐요. 죽은 마셀라의 시체를 봤고, 당신들에게 잠도 못 잔 채로 가혹하게 심문을 당했어요. 사실 그녀의 모습은 함께 할 때도 상세하게 살펴보지 않았어요. 그런데 마치 강렬한 빛에 노출된 필름처럼 신기하게도 머릿속에서 완전히 사라져 버린 것 같아요. 지금 내 머릿속은 너무 어수선하고 복잡한 것들로 꽉 차서 아무 생각도 떠오르지 않아요."

그는 제발 자기를 좀 도와달라고 애원이라도 하듯이 주변 사람들의 얼굴을 차례차례 둘러보았다.

"그녀는 별다른 특징이 없었습니다."

"차분하게 정신을 진정시키고 잘 생각해보시오. 이를테면 눈동자의 색깔이라도 떠오르는 게 없는지?"

그래도 헨더슨은 꽉 쥔 손을 양쪽으로 펼치며 모르겠다는 몸짓을 했다.

"그렇게 기억나는 것이 하나도 없단 말이요? 좋아, 헤어스타일은? 그럼 머리 색깔은?"

"아무 생각이 안 나요. 검은색인가 하면 갈색이었던 것 같기도 하고. 갈색이었나 하면 금방 검은색이었다는 생각이 들기도 해서 도저히 갈피를 잡을 수가 없어요. 이거야 원! 알 수 없는 걸요. 분명히 중간색이었는데. 갈색도 아니고 검은색도 아닌. 대부분 모자를 쓰고 있었기 때문에 잘 보이지 않았거든요……."

그러더니 그가 갑자기 얼굴을 번쩍 쳐들고 말했다.

"모자 색깔은 분명하게 기억해요. 오렌지색 모자, 이것은 도움이 안 될까요? 그래요, 틀림없어요. 분명 오렌지색이었어요."

"만일 그녀가 어젯밤에 썼던 모자를 앞으로 반 년 동안 쓰지 않고 다닌다면 어떡하겠습니까? 좀 더 다른 내용을 구체적으로 기억해낼 순 없겠소?"

헨더슨은 고통스러운 듯이 두 손가락으로 양 옆의 관자놀이를 꽉 눌렀다.

"뚱뚱한 편이었소? 그렇지 않으면 비쩍 마른 편이었소? 키는 큰 편이었소, 작은 편이었소?"

버지스도 속이 터진다는 듯이 안타까운 표정을 지으며, 숨 쉴 틈도 없이 질문을 퍼부었다. 헨더슨은 더 이상 견딜 수가 없는지 몸을 좌우로 비틀었다. 마치 소나기처럼 쏟아지는 질문을 피하기라도 하려는 듯한 몸부림이었다.

"안 되겠어요. 도무지 기억이 나질 않아요!"

"뭐야? 지금 우리를 놀리는 거야!"

옆에 있던 다른 형사가 차갑게 말했다.

"분명히 어젯밤 일이잖아? 1주일 전이나 1년 전의 일이라면 모르겠지만 그게 말이 되는 소리야?"

"나는 전에부터 다른 사람의 얼굴을 잘 기억 못하는 버릇이 있습니다. 보통 때도 그렇습니다. 분명히 그녀 얼굴을 보긴 했는데……."

"나보고 지금 그 말을 믿으라고? 지금 제정신이야!"

형사가 다시 소리쳤다. 헨더슨이 마음속으로 새겨야 할 말을 무심코 내뱉는 바람에 듣는 사람을 화나게 만들었던 것이다.

"몸집은 보통 체격이었습니다. 내가 분명히 기억하는 것은 그것뿐입니다……."

그 말이 버지스에게는 결정적인 말이었던 것 같았다. 그의 얼굴이 점점 험악해지더니 순식간에 굳어져버렸다. 그래도 버지스는 마음이 넓은 사람 같았다. 손에 잡고 있던 연필을 무심코 주머니에 집어넣으려던 그가 마음속에 쌓여 있던 분노를 털어내려는 듯 연필을 맞은편 벽을 향해 집어던져버렸다. 그러나 금방 의자에서 일어나서 연필을 주워들더니 화난 표정도 가라앉혔다. 그리고는 벗었던 상의를 급하게 챙겨입고 넥타이를 단정하게 고쳐매더니 서둘러 떠날 준비를 하며 말했다.

"이제 나가지. 너무 늦었어."

그는 현관 쪽으로 나가려다말고 헨더슨을 싸늘한 눈초리로 쳐다보았다.

"어이, 당신, 대체 우리를 뭘로 보고 그렇게 건방지게 구는지 모르겠어. 당신이 우리를 하찮게 보았다면 큰 실수요. 당신은 그 여자와 자그마치 여섯 시간은 함께 있었어. 그것도 바로 어제야. 그런데도 당신이 그녀의 인상착의에 대해 아무 것도 기억하지 못한다는 것이 말이 된다고 생각해? 술집에서도 어깨가 맞닿을 정도로 가깝게 앉아 있었고, 식당에서는 테이블에 마주앉아서 식사했다면서. 또한 극장에서는 세 시간 동안 나란히 앉아서 구경을 했다면서 모른다는 게 상식적으로 이해가 되냐고? 이동할 때도 택시를 타고 다녔고 그러면서도 여자가 오렌지색 모자를 썼다는 것밖에는 아무 것도 기억이 나지 않는다고 말할 수 있냐구! 우리들에게 당신 말을 믿으라는 거야? 이름, 키, 몸집, 눈, 머리카락 등등 아무 것도 기억나지 않고 다른 아무런 특징도 하나 없는 가공의 환상 같은 것을 우리에게 믿으라는 말이지? 그 환상의 여인과 함께 저녁 내내 있었고, 아내가 살해되었을 때 나는 집에 없었다 이거군요. 내 말을 액면 그대로 죄다 받아들여라 그 말이군! 당신! 그런 정도는 열 살 먹은 어린애라도 모두 알아차릴 수 있어. 당신이 하는 말로 봐서 우리는 두 가지를 추측할 수 있소. 하나는 실제 인물은 존재하지 않는데 당신이 적당히 꾸며댄 것이라는 것, 두 번째는 저녁 때 복잡한 거리에서 우연히 본 여자를 한 명 떠올려서 그 여자와 함께 있었다고 말하려는 것이오. 어떤 경우이든지 두 가지 모두 함께 있지도 않았던 사람을 있었던 것처럼 우리에게 믿게 하려고 애쓴다는 것이오. 내 생각에는 두 번째가 더 가능성이 높을 것 같군. 지금으로서는 그것 밖에는 달리 추측할 것이 없어. 그렇기 때문에 당신이 일부러 그녀의 인상에 대한 설명이나 특징을 모른다고 하거나 대강 얼버무려서 우리들이 그녀를 찾아내어 사실을 밝히지 못하게 하려는 수작인 것 같은데, 그렇지 않아?"

"자, 어서 가자구."

다른 사람이 건조하고 투박한 목소리로 헨더슨에게 소리치더니, 농담처럼 이런 말을 던졌다.

"버지스는 웬만해선 좀처럼 화를 내지 않는 사람이지만, 한번 화가 났다고 하면 철저하게 파헤치는 사람이오."

"그럼 지금 날 체포하는 겁니까?"

헨더슨은 다른 남자에게 팔을 붙잡힌 채 문 쪽으로 끌려가면서 버지스에게 물었으나 그는 헨더슨의 질문을 무시하고 대답하지 않았다. 그들이 막 출발하려는 순간에 버지스가 어깨너머에 있던 세 번째 남자에게 지시를 내렸다. 그 지시는 헨더슨의 물음에 대한 대답으로도 충분했다.

"죠, 전기불을 모두 *끄*게. 당분간 여기는 불을 켤 일이 없을 거야."

4. 사형 집행 149일 전

오후 6시

길모퉁이에 자동차가 멈춰서 있다. 그때 가까운 교회에서 시간을 알리는 종소리가 들려온다.

"이제 울리는군."

버지스 일행은 약 10분쯤 전부터 자동차 안에 앉아 이때를 기다리고 있었다.

헨더슨은 자유의 몸도 아니고 그렇다고 확실히 체포된 것도 아닌 어정쩡한 상태로 그들과 함께였다. 버지스와 다른 남자 사이에 끼어 차 뒷자리에 앉아 있었다. 다른 남자란 바로 어젯밤 내내 그의 아파트에서 끈질기게 심문했던 나머지 두 형사 중의 한 명이다. 나머지 한 명은 더치라는 형사인데, 그는 길가에서 서성거리고 있었다. 서성거리던 그가 바로 전에 길 한가운데 주저앉아 구두끈을 매다가 교회종이 울리자 벌떡 일어섰다.

인파로 넘쳐나는 활기찬 거리는 어젯밤과 똑같은 모습이었다. 해가 넘어가는 서녘 하늘은 노을로 아름답게 물들기 시작했고, 외출하는 사람들이 하나둘씩 거리로 쏟아져 나왔다. 헨더슨은 두 남자 사이에 갇혀 있다. 하지만 그의 마음속에는 몇 시간만 지나면 깜짝 놀랄만한 변화가 일어날 것이라는 기대로 가득 차 있는 것 같았다.

그들이 있는 곳은 헨더슨의 집에서 가까운 곳이다. 불과 두세 집만 지나서 만나는 뒤쪽 모퉁이가 헨더슨의 집이다. 허나 이제 그는 집에서 지낼 수 없다. 지금 그가 머물고 있는 곳은 경찰서 유치장이다. 얼이 빠진듯 앉아 있던 헨더슨이 버지스에게 힘없이 말했다.

"여긴 조금 앞쪽이오. 한 집 뒤로 물러나야 적당해요. 내가 바로 저기 있는 여성복 옷가게 앞을 지나갈 때 막 종이 울리기 시작했거든요. 아, 이제 조금씩 기억이 나는군."

그의 말을 들은 버지스가 길가에 있는 남자에게 그 사실을 전달해주었다.

"어이, 더치! 한 집 더 뒤로 물러나. 거기에서 시작해. 그래, 아, 바로 그 지점이야. 그럼, 이제 시작이야!"

때마침 두 번째 종이 울렸고, 버지스는 손에 들고 있던 스톱워치를 작동시켰다. 신호를 기다렸다는 듯이 길가에 있던 큰 키에 다리가 쭉 뻗은 빨간 머리의 남자가 성큼성큼 걷기 시작했다. 동시에 차도 움직이기 시작하더니 그 남자와 나란히 길가의 바깥쪽 차도로 나아갔다. 처음에는 더치의 행동이 약간 어색하고 다리의 움직임도 좀 부자연스러웠으나 머지않아 자연스럽게 걸을 수 있게 되었다. 잠시후에 버지스가 물었다.

"속도는 어때? 비슷한가?"

"이것보다 약간 더 빨랐던 것 같아요. 저는 기분이 나쁠 때는 빨리 걷는 버릇이 있거든요. 제가 생각하기에 아마 어젯밤에는 상당히 빠르게 걸었을 겁니다."

"더치! 조금만 빨리 걸어봐!"

버지스가 큰 소리로 명령을 내렸다. 긴다리에 빨간 머리 남자가 발걸음을 조금 빨리했다. 이어서 다섯 번째 마지막 종소리가 울려왔다.

"이 정도면 비슷한 거 같은가?"

"예. 대강 비슷한 것 같습니다."

헨더슨은 고개를 끄덕이며 대답했다. 교차로에 도착해서 신호등 때문에 자동차가 멈춰섰지만, 다리가 긴 남자는 그대로 길을 건너고 있었다. 어젯밤의 헨더슨도 신호등을 무시하고 길을 건넜던 것이다. 다음 블럭의 중간 정도에서 자동차가 더치를 따라붙었다. 그들은 50번 블럭에 와 있었다. 한 블럭을 스쳐 지나가고 이어서 두 번째 블럭—

"찾았나?"

"아직 못 봤습니다. 혹시 지나쳐 버렸는지도 모르겠군요. 왠지 눈에 확 들어오질 않는데…… 저것도 아니고, 매우 새빨갰거든요. 보도가 온통 빨간색 페인트로 덮어쓴 것 같았으니까."

세 번째 블럭, 이어서 네 번째.

"있소?"

"눈에 띄지 않습니다."

"당신이 지금 무슨 행동을 하고 있는지 잘 생각해보라구."

버지스가 경고하듯이 말했다.

"어떻게든 시간만 끌어보려고 한다면 당신이 만들어 놓은 그 알리바이마저도 당신에게 불리하게 될거야. 당신 진술대로라면 지금쯤은 이미 술집 안에 들어가 있어야 하잖아. 벌써 8분 30초가 지났단 말이야."

헨더슨도 차갑게 가라앉은 목소리로 맞받아쳤다.

"어차피 당신은 나를 믿고 있지 않잖소. 그러니 뭐 다 어찌됐던 다 똑같은 거 아니오?"

다른 쪽에 있는 남자가 끼어들었다.

"걸어서 가는데 시간이 얼마나 걸리는지를 측정하는 것은 대단히 중요해. 그래야 당신이 실제로 그곳에 도착한 것이 언제인지 알 수 있을 테니까."

"9분을 넘었어!"

버지스가 혼잣말처럼 말했다. 헨더슨은 머리를 낮추고 천천히 스쳐 지나가는 바깥을 내다보았다. 어떤 간판이 스치듯 눈에 들어왔다. 가게의 네온사인 간판에는 아직 불이 켜져 있지 않았다. 그는 얼른 되돌아보며 소리쳤다.

"저기요! 간판에 불이 들어와 있지 않지만 저게 틀림없어요. 안젤모, 맞아요, 저 술집입니다. 분명해요."

"멈춰, 더치!"

버지스는 소리치며 스톱워치를 눌렀다.

"9분하고 10초 반— 복잡한 거리에서 사거리의 신호등도 매일 밤 똑같이 작동한다고 볼 수 없겠지. 그러니 10.5초 정도의 오차는 무시해도 괜찮을 테고. 정확히 9분—당신 아파트가 있는 길모퉁이에서 이 술집까지 걸어오는 데 걸린 시간이오. 당신이 아파트에서 종소리를 들었던 모퉁이까지 가는 시간을 1분으로 생각하겠소. 그 시간은 여기서 조사해보면 되니까. 다시 말해서……."

그가 헨더슨 쪽으로 몸을 돌리며 말했다.

"당신이 늦어도 이 술집에 6시 17분—, 그 이후라면 곤란하지—그 시간에 벌써 술집에 들어와 있었다는 알리바이만 증명되면 당신은 혐의를 벗고 자유로운 몸이 될 수 있는 거요. 아직도 기회는 있다는 뜻이지."

"그 여자를 찾아낼 수 있다면……, 그렇다면 내가 6시 10분에 여기에 있었다는 것이 증명될 텐데."

버지스가 차의 문을 열면서 말했다.

"자, 들어가 봅시다."

일행이 안으로 들어가자 바텐더가 부시시한 얼굴로 무슨일이냐는 듯이 그들을 맞았다.

"이 남자를 본 기억이 있습니까?"

버지스가 묻자 바텐더가 턱을 쓰다듬으며 말했다.

"글쎄요, 뵌 적이 있는 분 같기는 한데, 뭐 우리 일이라는 것이 언제나 수도 없이 많은 손님들과 얼굴을 마주치는 일이라서…….”

그가 천천히 헨더슨의 얼굴을 요리조리 유심히 살펴보더니 고개를 갸웃하면서 조심스럽게 말했다.

“글쎄, 잘 모르겠는데요.”

그때 버지스가 말했다.

“때로는 그림보다도 액자가 더 잘 보이는 경우가 있지. 자, 위치를 좀 바꾸어봅시다. 당신은 저쪽 카운터의 맞은편에 가서 서 보시오.”

바텐더가 맞은편으로 가서 서자 다른 사람들은 모두 카운터 쪽을 향해서 섰다.

“헨더슨 씨, 당신은 어느 의자에 앉아 있었지?”

“이 근처입니다. 벽시계가 바로 위에 있었고, 마른안주 접시가 옆에서 두 번째 자리 앞에 놓여 있었으니까.”

“좋아, 그럼 그쪽에 가서 앉으시오. 그렇게 다시 확인해 봅시다. 이봐요, 우리들한테는 신경쓰지 말고 이 남자의 얼굴을 잘 보시오.”

헨더슨도 어젯밤처럼 무표정한 얼굴로 앉아서 카운터 쪽을 쳐다보았다. 효과가 있었다. 바텐더가 ‘탁’하고 손바닥을 치면서 말했다.

“아, 맞아요! 그 화난 얼굴로 앉아 있었던 손님이시군요. 생각났어요. 아마 어젯밤이죠? 딱 한 잔만 드시고 돌아가셨습니다.”

“그 시간을 알고 싶은데……,”

“내가 가게에 출근한지 미처 한 시간도 안 되었을 시간이었을 겁니다. 그때는 손님이 그리 붐비지 않았거든요. 그리고 어젯밤에는 밤이 깊어서부터 손님들이 오기 시작했거든요. 그런 경우가 간간이 있거든요…….”

“당신이 가게에 온 지 한 시간이 안 되었다면, 그게 몇시쯤?”

“6시부터 7시 사입니다.”

“아, 그렇군요. 그런데 우리는 그때가 정확하게 6시 몇 분이었는지 알아야 합니다."

바텐더는 고개를 흔들면서 말했다.

"글쎄요, 미안하지만 손님. 저희는 자기 담당시간이 끝날 때만 시간을 확인하거든요. 뭐 일을 시작할 때도 시간을 보지 않습니다. 끝나는 시간이 중요하니까 다른 시간은 정확히 알 필요도 없고, 알아도 소용없거든요."

버지스가 눈을 치켜뜨더니 헨더슨을 쳐다보던 눈을 돌려서 바텐더에게 다시 물었다.

"그때 여기에 앉아 있었던 여자는 어떻게 생겼던가요?"

"여자요?"

바텐더가 무슨 말인지 잘 모르겠다는 표정으로 되묻자 헨더슨의 얼굴이 새파랗게 질리기 시작하더니 어느새 창백하게 변해 있었다. 그가 벌떡 일어나서 무슨 말인가 하려고 하자 버지스가 막아서면서 다시 바텐더에게 물었다.

"그러면 이 사람이 자리에서 일어나 그 여자 곁으로 가서 함께 이야기하는 것도 보지 못했나요?"

"보지 못했습니다. 이 손님께서 다른 사람에게 가서 이야기하는 것은 본 적이 없습니다. 확실하지는 않지만, 제 기억으론 그 시간에는 이 손님과 이야기할 만한 상대가 가게 안에는 한사람도 없었습니다."

"그러니까 당신말로는 혼자서 여기 앉아 있는 여자를 본 적이 없고, 또 이 사람이 다가가서 말을 거는 것도 보지 못했다는 거지요?"

헨더슨이 화를 참지 못하고 두 번째 자리를 손가락으로 가르키면서 소리쳤다. 이번에는 버지스가 말릴 틈도 없었다.

"오렌지색 모자 말이야!"

"그런 이야기하면 안 돼."

다른 형사가 헨더슨에게 경고하듯이 말하고, 바텐더도 답답하다는 듯 말했다.

"나는 37년째 이 일을 하고 있습니다. 정말 질릴 정도로 많은 손님들의 얼굴을 보고, 그들이 매일 밤에 술을 주문하고 어떻게 마시는지도 봅니다. 그런 나에게 손님이 어떤 모자를 썼는지, 누구와 누가 눈이 맞았는지까지 기억하라는 건가요? 그런 것은 기억할 수도 없고 또 기억할 필요도 없어요. 나에게 중요한 것은 손님이 아니라 주문이에요. 손님은 바로 주문이라는 말입니다, 술 주문이요. 그렇지 않나요? 손님은 그냥 술을 주문하는 사람에 불과해요. 좋습니다, 그러면 그 여자가 무슨 술을 주문해서 마셨는지 말해주세요. 그러면 그 여자가 여기에 정말로 있었는지를 가르쳐드릴 수 있겠군요. 영수증을 모두 보관해 두거든요. 지금 사무실에 가서 갖고 오지요."

바텐더의 말이 끝나자 사람들이 모두 아무 말도 없이 헨더슨을 쳐다보았다.

"나는 물을 섞은 스카치 한 잔을 마셨습니다. 내가 언제나 마시는 술이지요. 아 잠깐만요, 그때 그 여자의 잔에는 술이 바닥에 조금밖에 남아 있지 않았었는데……."

바텐더가 큰 양철통을 들고 들어왔다. 헨더슨이 중요한 것이 기억났다는 듯 말을 이었다.

"그 잔 밑에 체리가 있었어요."

"체리가 있는 술이라면 종류가 여섯 가지입니다. 좀 더 자세히 말해 보시죠. 받침대가 있는 잔이었나요, 아니면 밑이 평평한 것이었습니까? 잔에 남아 있던 술은 무슨 색이었죠? 맨해턴일 것 같은데, 받침대 있는 잔에 술 색갈이 갈색이고……."

"예, 맞아요, 그 여자가 받침대가 있는 잔을 만지작거리고 있었어요. 그런데 술 색갈은 갈색이 아니었던 것 같은데, 그래, 핑크색이었던 것 같습니다."

"잭 로즈군."

바텐더가 그 정도쯤이야 하면서 말하면서 영수증을 뒤지기 시작했다.

"그렇다면 금방 알 수 있습니다."

먼저 팔린 영수증이 맨 밑에 깔려 있었기 때문에 확인하는데 시간이 좀 걸리는 듯 했다.

"보십시요, 영수증은 이렇게 번호 순서대로 잘 정리해 놓거든요."

영수증을 뒤적이던 바텐더가 설명하는 순간 헨더슨이 갑자기 생각났다는 듯이 몸을 앞으로 기울이며 낮은 목소리로 말했다.

"잠깐! 지금 생각났는데, 내 전표 위에 13이라는 숫자가 인쇄되어 있었어요. '13, 기분나쁘게 왜 13이야'라고 생각했었죠. 건네받았을 때 그런 생각을 했었기 때문에 확실히 기억이 납니다. 그런 숫자는 누구라도 기억하잖아요."

바텐더가 영수증을 두 장 빼더니 사람들 앞에 펼쳐 놓았다.

"예, 그 말씀이 맞군요. 이 영수증이 손님 겁니다. 그런데 영수증이 두 장입니다. 13번이 물 섞은 스카치 한 잔, 그리고 이것은 잭 로즈 세 잔, 번호가 74번이구요. 그런데 이건 내 앞 시간 담당인 토미가 끊은 영수증이네요. 글씨가 독특해서 그 친구 것은 쉽게 알아 볼 수 있어요. 그런데 그 여자에게는 다른 남자 일행이 있었던 것 같네요. 잭 로즈 세 잔에 럼이 한 잔 이거든요. 이걸 혼자서 모두 마시는 여자는 없거든요."

"그렇다면……?"

버지스가 확실한 것을 확인하고 싶은 듯 낮게 중얼거리며 말했다.

"그 여자가 내가 일하는 시간까지 오랫동안 버티고 있었다고 해도 내 기억에는 없습니다. 주문받은 것은 내가 아니라 내 앞에 일하던 토미니까요. 그리고 그때까지 앉아 있었다고 해도 내 37년의 경험에 따르면 이 손님께서 그 여자에게 다가가서 말을 걸 수는 없었을 것 같은데요."

그는 잠깐 말을 멈추었다가 다시 계속했다.

"아마도 그때까지 먼저 함께 있었던 남자가 그 여자와 같이 있었을 거에요. 80센트나 하는 잭 로즈를 세 잔씩이나 사주면서 작업을 걸었는데, 그 투자물을 뒤에 오는 손님에게 남기고 가버리는 사람이 있을까요? 내 오랜 경험으로 보면 그런 경우는 아마 거의 없을 겁니다."

그 말을 끝으로 이젠 더 이상 할 말이 없다는 듯이 카운터 위를 행주로 닦기 시작했다. 헨더슨이 겁에 질린 목소리로 물었다.

"하지만 당신은 내가 여기에 왔던 것은 기억하면서 어째서 그 여자는 기억나지 않는다는 겁니까! 나보다 그 여자가 훨씬 잘 눈에 띄었을 텐데."

바텐더도 자기 말이 틀림없다는 듯이 고집스럽게 말했다.

"당신은 분명히 기억나요. 지금 이렇게 다시 만났으니까요. 그리고 그 여자도 얼굴을 다시 본다면 생각날지도 모르지요. 그렇지 않으면 확신할 수 없습니다."

헨더슨은 주정뱅이처럼 다리에 힘이 풀리면서 카운터에 두손을 짚고 매달렸다. 버지스가 그의 한쪽 손을 잡아당기며 낮은 목소리로 말했다.

"이제 그만 돌아갑시다, 헨더슨 씨."

하지만 헨더슨은 카운터를 잡은 한 쪽 손을 꽉잡고 버티면서 외쳤다. 낮은 목소리였지만 절규에 가까웠다.

"이러지 맙시다, 제발! 내가 지금 무슨 혐의로 여기까지 왔는지 아십니까? 살인입니다, 살인!"

버지스가 재빨리 손을 뻗어서 그의 입을 틀어막았다.

"쓸데없는 말은 하지 마, 헨더슨!"

계속해서 버티던 헨더슨을 형사들이 달려들어서 끌어냈다.

"13번이라는 말은 틀림없이 맞는 것 같군."

형사 한 명이 비꼬는 투로 중얼거렸다. 헨더슨이 형사들에 끌려서 밖으로 나오자 버지스가 쐐기를 박듯이 말했다.

"이젠 당신이 어젯밤에 이 술집에서 여자와 같이 있었다는 것이 확인되어도 큰 도움은 안 될거요, 헨더슨 씨. 당신 말 대로라면 아무리 늦어도 6시 17분까지는 그 여자가 저 술집 앞에 나타났어야 해. 하지만 내 생각에는 그 여자가 나타났다고 해도 시간은 그보다 훨씬 늦은 때였다고 보여지는데. 늦은 것은 물론이고 얼마나 늦었는지도 궁금해. 그래서 이렇게 하나하나 당신의 어젯밤 행적으로 처음부터 끝까지 조사해보는 거요, 조사하면 다 나오니까."

"그는 그 여자를 분명히 알고 있어요. 모를 리가 없어요! 그리고 어젯밤에 우리가 간 곳에 있었던 사람들 중 누군가는 그녀를 보고 기억하고 있을 겁니다. 만일 그녀를 찾아낼 수 있으면 그녀가 언제 어디서 나를 처음 만났는지 말해줄 겁니다."

버지스의 지시에 따라 택시 기사들을 조사하던 형사들이 돌아와서 보고했다.

"운전기사 두 명을 다 데리고 왔습니다. '선라이즈 택시 회사'라는 회사에 소속된 사람들인데 어젯밤에 안젤모 근처에서 차를 대기하고 있었다고 합니다. 버드 히키와 앨 앨프라는 기사입니다."

"앨프!"

그 말을 듣고 있던 헨더슨이 소리쳤다.

"내가 기억하려고 노력하던 우스운 바로 그거예요. 아까 이야기했었죠? 너무나 우스꽝스러워서 우리들이 큰 소리로 웃었다고."

"앨프라는 사람을 데려와. 나머진 돌려보내도 좋아."

앨프라는 사람은 면허증 사진과 마찬가지로 실제의 모습도 매우 우스꽝스럽게 생겼다. 아니, 실물이 더 우습게 보였다. 버지스가 그에게 물었다.

"어젯밤에 여기서 메종 블랑이라는 레스토랑까지 손님을 태워다 준 적이 있나요?"

"메종 블랑이라, 메종 블랑……."

그가 한참동안 기억을 더듬더니 가까스로 기억이 나는 것처럼 이야기했다.

"밤새도록 수도 없이 손님들을 태우고 내리고 해서……, 메종 블랑은 날씨가 좋은 밤에는 65센트가 나오는 거리인데……."

다시 낮은 목소리로 중얼거리다가 목소리를 높여서 외치듯 말했다.

"아, 맞습니다. 태웠습니다! 30센트 짜리 손님이 두 번 있었는데, 그 중간에 65센트 짜리가 한 번 있었습니다."

"잘 보세요. 이 중에 당신이 태워다 준 손님이 있소?"

그의 시선은 헨더슨의 얼굴을 그냥 지나쳤다가 다시 되돌아왔다.

"이 사람이 맞는 것 같은데, 아닙니까?"

"분명히 말해보세요."

택시기사가 틀림없다는 듯이 말했다.

"이 분이 맞습니다."

"혼자였소, 아니면 다른 일행이 있었나요?"

그가 잠시 동안 생각에 잠기더니 천천히 고개를 흔들었다.

"동행은 없었던 것 같습니다. 누가 함께 있었던 기억은 없어요. 혼자였던 것 같은데요."

헨더슨은 갑자기 발을 헛디딘 것처럼 휘청거렸다.

"당신이라면 그 여자를 틀림없이 보았을 겁니다! 다른 여자와 마찬가지로 그녀는 나보다 먼저 타고 먼저 내렸습니다."

"쉿! 조용히 하라고."

버지스가 가로막았다. 택시기사가 기분 나쁘다는 듯이 말했다.

"여자라니요? 당신은 기억하지요. 예, 틀림없이 기억해요. 당신을 태우려다가 차가 부딪칠 뻔했는데 기억 못할 리가 없지요."

헨더슨이 이유를 알겠다는 듯이 소리쳤다.

"그래, 그랬지요. 그래서 당신은 그 여자가 차에 타는 것을 보지 못했군요. 당신은 그때 다른 쪽에 정신을 쏟고 있었으니까요. 그러나 목적지에 도착했을 때에는……."

"목적지에 도착했을 때에는……."

택시기사가 헨더슨의 마지막 말을 되풀이하더니 확실하다는 어조로 말했다.

"다른 쪽이라니요. 나는 다른 쪽엔 신경쓰지 않았습니다. 택시 운전사들은 요금 받을 때는 한눈 팔지 않거든요. 그렇지만 나는 여자는 보지 못했어요. 자, 이제 됐습니까?"

헨더슨이 애원하듯이 말했다.

"실내등이 켜져 있었잖아요? 당신 바로 뒤에 앉아 있는 그 여자를 못보았을 리가 없어요. 백미러에, 그 정도라면 아니 앞 유리창에라도 비쳤을 겁니다."

"그렇다면 분명합니다."

택시기사가 '그럼 그렇지'라는 투로 말했다.

"제 말이 틀림없습니다. 택시 운전 8년입니다. 실내등이 켜져 있었다는 것은 당신이 혼자였다는 증거입니다. 여자와 함께 있으면서 실내등을 켜는 사람은 지금까지 본 적이 없거든요. 다시 말해서, 차내등이 켜져 있었다면 그것은 손님이 혼자였다는 증거라고요."

헨더슨은 어이가 없고 너무 황당해서 숨이 막혀올 지경이었다.

"내 얼굴은 기억하잖아요. 그런데 그 여자의 얼굴은 기억하지 못한다니? 어떻게 그런 일이?"

택시기사가 대답하기 전에 버지스가 쏘아붙이듯 말했다.

"그 여자 얼굴은 당신도 모른다며? 당신 말을 그대로 믿는다면 당신은 그 여자와 무려 여섯 시간을 함께 있었어. 하지만 택시기사가 함께 있었던 시간은 20분 정도밖에 안 돼요. 그것도 그 여자를 등 뒤에 두고 있었던 상황인데 기억이 안 난다고 해도 이상할 것도 없지."

버지스가 단정하듯 잘라 말했다.

"어떻습니까, 앨프. 당신이 한 말을 확신할 수 있겠지요?"

"물론입니다, 저는 분명하게 말할 수 있습니다. 어젯밤에 이 사람이 택시에 탔을 때는 분명히 혼자였어요."

그들이 '메종 블랑'에 도착했을 때에는 종업원들이 영업을 마치고 뒷정리를 하는 중이었다. 테이블보가 모두 벗겨져 있었고, 손님들은 모두 돌아간 뒤였다. 종업원들이 밤참이라도 먹고 있는지 주방 쪽에서 '쨍그랑'거리는 그릇 부딪히는 소리가 났다. 그들은 아무 장식이 없는 한 테이블에 다가가더니 의자를 끌어당겨서 앉았다. 그 모습은 마치 유령의 파티장과도 같았다. 유령들이 보이지 않는 잔치상을 앞에 놓고 난장 파티를 한바탕 벌리려고 앉아 있는 모습처럼 보였다.

지배인이 그들에게 가까이 오더니 손님에게 의례 인사를 하듯이 정중하게 인사를 건넸다. 근무시간이 아니라도 지배인에게는 직업적으로 몸에 밴 습관 같았다. 정중한 인사와는 달리 그들의 행동은 예의 바르지만은 않았다. 단추를 풀어헤친 셔츠에 헐렁하게 걸려있는 넥타이, 게다가 입에는 음식물을 가득 넣고 있어서 볼이 금방이라도 터질 것 같았다.

"이 사람을 본 적이 있습니까?"

버지스가 먼저 질문을 하자 지배인이 헨더슨을 쳐다보았다. 검고 깊게 패인 지배인의 눈이 한동안 헨더슨을 살피더니 고개를 끄떡이며 대답했다.

"예, 뵌 적이 있습니다."

"가장 최근에 본 것이 언젠가요?"

"어젯밤이지요."

"어제밤에 이 사람이 어디 있는 것을 보았나요?"

"저쪽이었습니다."

지배인은 생생하게 기억한다는 듯 조금의 망설임도 없이 벽 쪽에 있는 테이블을 가리켰다.

"흠, 그게 전부요?"

"전부냐니요? 무슨 말을 듣고 싶으신가요?"

"누구와 함께 있지 않았나요?"

"아니요, 혼자였어요."

헨더슨의 이마에 진땀이 배어나서 더 이상 참을 수가 없었다.

"내가 들어 온 다음에 어떤 여자가 조금 늦게 내 자리에 오는 것을 보지 못했다고요? 식사를 끝내고 자리에서 일어날 때까지 계속 함께 있었는데……, 왜 그런 거짓말을 하는 거요. 당신이 옆으로 다가와서 인사도 했잖아요. '뭐 불편한 것은 없습니까, 손님?' 하고 묻기도 했는데 본 적이 없다구요?"

"인사를 하는 것은 제 직업이에요, 일이지요. 어떤 손님이나 한 번씩은 인사를 합니다. 손님은 기억이 분명합니다. 뭐라고 할까……, 굉장히 화가 난 얼굴로 앉아 있었으니까요. 저는 손님 양옆에 아무도 앉은 사람이 없었다는 것을 또렷이 기억합니다. 그리고 당신 말대로 제가 '손님'이라고 인사했다면—사실, 그렇게 말했지만—그것은 당신이 혼자였다는 절대적 증거입니다. 여자 일행과 함께 계신 손님에게는 반드시 '손님, 그리고 부인'이라고 인사를 드리거든요. 이건 이 직업에 있는 사람들이 모두 사용하고 있는 틀에 박힌 인사법이에요."

자기 말이 틀림없다는 듯 크게 뜬 지배인의 눈빛에는 조금의 흔들림도 없었다. 지배인이 재차 확인하듯이 버지스에게 말했다.

"못 믿으시겠다면 어제 예약 장부를 조사해보시죠?"

"뭐, 그것도 괜찮겠군."

버지스는 별거 아니라는 듯이 느릿느릿 대답했지만, 그도 그 방법이 아주 좋은 생각이라고 만족하는 듯했다. 지배인이 식당을 가로질러가더니 찬장에 붙어 있는 서랍을 열고 장부를 가져왔다. 그는 밖으로 나가지 않았고 모든 사람이 볼 수 있는 위치에서 움직였다. 가져온 장부도 자기가 펼치지 않고 형사들에게 건네주면서 짧게 말했다.

"맨 위에 날짜가 쓰여 있습니다."

헨더슨만 약간 떨어진 곳에 앉아 있었고 다른 사람들의 머리는 모두 장부 위로 모였다. 특별한 형식도 없이 연필로 기록되어 있는 장부였지만 내용을 알아보는 데 아무런 지장도 없었다. 날짜를 확인하면서 펼친 면의 맨 위에 '5월 20일 화요일'이라고 쓰여 있었다. 그 면은 대각선으로 크고 굵은 선으로 X자가 그어져 있었다. 이미 지난 날짜라는 뜻인 것 같았다. X자가 그려져 있어도 글자를 읽는 데는 조금도 방해가 되지 않았다. 그곳에 이름이 열 개 정도 적혀져 있었다.

테이블 No. 18 — 로저 애슐리, 4인분
테이블 No. 5 — 레이번 부인, 6인분
테이블 No. 24 — 스코트 헨더슨, 2인분(1)

지배인이 세 번째 이름의 옆에 작은 글씨로 (1)이라는 숫자가 적혀 있는 것을 손가락으로 짚으며 설명했다.

"이걸 보면 모두 알 수 있습니다. 밑줄로 지운 것은 예약 손님이 오신 경우입니다. 밑줄이 없는 것은 오지 않았다는 표시지요. 그리고 밑줄 없이 옆에 숫자를 덧붙여 적은 것은 예약한 손님이 다 오시지 않고 일부만 오셨다는 뜻입니다. 이 괄호 속의 작은 숫자는 기억하기 편하라고 제가 적어 넣은 것입니다. 이렇게 해두면 손님의 일행이 나중에 오시는 경우에 이것저것 묻지 않고도 어느 테이블로 모셔야 하는지 금방 알 수가 있지요. 예를 들어서 디저트를 드실 때라도 식사가 끝나기 전까지 일행이 오시는 경우는 밑줄을 그어서 모두 오신 것으로 표시하게 됩니다. 그러니까 이 장부에 의하면, 이 손님이 예약은 두 사람 했지만 혼자만 오셨다는 이야기죠."

헨더슨은 지치고 괴로워서 모든 것을 포기한 듯이 테이블에 앉아 있었다. 한 쪽 손으로 얼굴을 괴고 있지 않았다면 테이블에 얼굴을 처박고 쓰러져 버릴 듯했다. 버지스가 손가락으로 장부에 쓰여진 내용을 하나하나 짚으며 살펴보면서 말했다.

"고친 흔적은 없군."

지배인이 장부를 두 손으로 치켜들면서 말했다.

"저는 이 장부가 틀림이 없다고 말할 수 있습니다. 그러니까 저 분, 헨더슨 씨는 어젯밤에 혼자 오셨지요. 장부에 이렇게 쓰여 있는데 어떻게 다른 생각을 할 수 있겠습니까."

"그렇군, 우리도 그렇게 생각할 수밖에 없겠군. 어이 이 사람의 이름과 주소를 적어 둬. 나중에 다시 필요하게 될지도 모르니까. 그럼 다음으로 이 테이블 담당 웨이터인 미트리 맬러프를 오라고 하시오."

조금 있다가 어떤 얼굴이 헨더슨의 눈앞에 나타났지만 그의 움직임은 없었다. 그저 자기와는 아무런 상관이 없는 듯했다. 꿈인지 장난인지도 알 수 없는 이 게임은 자기와 상관없이 계속되었다. 이것은 속이 뻔한 연극이었다. 웨이터에게는 평생에 한 번 있을까 말까 한 심각한 상황이었지만, 다른 사람들에게는 그저 우스운 게임에 지나지 않았다. 형사가 메모하고 있는 것을 보던 웨이터가 재빨리 지적했다.

"아, 잠깐만요, 손님. 제 이름이 잘못되었어요. D가 하나 더 들어갔어요. 발음되지 않는 D 예요."

버지스가 말했다.

"우리가 알고 싶은 것과는 아무런 상관이 없네. 자네가 24번 테이블 담당인가?"

"예, 저쪽 10번에서 28번까지 담당하고 있습니다."

"자네, 어젯밤에 24번 테이블에서 남자 손님께 서빙한 것 기억하나?"

웨이터는 자기가 손님에게 정식으로 소개되는 것으로 생각한 모양이었다. 표정이 밝아지면서 그를 쳐다보며 인사했다.

"예, 맞습니다! 어서 오십시오. 안녕하셨습니까? 또 찾아주십시오."

손님을 맞이하는 듯이 반갑게 인사하는 그는 찾아 온 사람들이 형사라는 것을 눈치채지 못한 것처럼도 보였다.

"아니야, 이 분은 다시 올 수 없어."

버지스가 퉁명스럽게 말하면서 판에 박힌 듯한 인사를 막았다.

"자네가 서빙할 때, 테이블에는 몇 사람이 있었지?"

웨이터의 얼굴에 일순간 당황한 듯한 표정이 지나갔다. 가능하면 자기가 도움을 주고 싶지만 어떤 말을 해야 도움이 될지를 알지 못한다는 표정이었다.

"이분뿐이었습니다. 아무도 없었습니다. 혼자였어요."

"어떤 여자하고 함께 있는 것을 보지 못했나?"

"아니요, 여자라니 대체 어떤 여자 말입니까?"

웨이터의 대답은 한 술 더 떠서 아무 것도 모른다는 듯한 대답까지 덧붙였다.

"무슨 일인데 그러세요? 이 손님께서 여자와 헤어지시기라도 했나보죠?"

주위가 갑자기 시끌시끌해졌다. 헨더슨은 굳게 다물고 있던 입을 벌리더니 심하게 상처입은 사람처럼 고통스런 신음소리를 내며 크게 심호흡을 했다. 형사 한 명이 비꼬듯이 말했다.

"아, 물론 밤새도록 헤어져 있었지."

웨이터는 '역시 그랬구나' 하는 표정으로 눈을 껌벅거리면서 서있었다. 그때 헨더슨이 힘없이 웨이터 옆으로 걸어오더니 겁에 질린 목소리로 말했다.

"자네가 의자를 빼주면서 그녀에게 앉기를 권하지 않았나, 그렇지? 그런 다음에 메뉴를 펴서 그녀에게 건네주었잖아! 나는 자네가 그렇게 한 것을 다 보고 있었단 말이야. 그런데 여자를 본 적도 없었다니? 그게 말이 되나?"

헨더슨은 답답해 죽겠다는 듯이 자기 머리를 몇 차례 가볍게 때리면서 말했다. 웨이터는 동부 유럽 사람들이 보이는 특징처럼 커다란 몸짓으로 애교를 보이면서 변명처럼 대답했다. 애교스럽게 말하는 듯했지만 누가 보더라도 예의를 갖추어서 말하는 태도는 아니었다.

"물론이지요, 여자 손님이 오시면 당연히 의자를 빼드리지 그럼 그냥 가만히 서있습니까? 하지만 오시지도 않은 여자에게 어떻게 의자를 빼드리지요? 손님 말처럼 하면, 제가 빈자리에서 의자를 빼고 메뉴를 펼쳐보였다는 것인데, 그게 말이 됩니까?"

"이 사람에게 설명할 필요 없어. 할 말은 우리에게 하면 돼, 이 사람은 지금 체포된 사람이야."

버지스가 이렇게 말하자 웨이터가 홱하니 돌리더니 말을 계속했다. 상대만 달라졌을 뿐 말투는 여전히 거칠기 그지없었다.

"어젯밤에 이 손님께서 한 사람 반에 해당하는 팁을 주셨어요. 그런데 무슨 여자와 동행했다고 하는 겁니까? 여자와 함께 왔으면서 팁은 한 사람 반만 줬다면 오늘 제가 이렇게 친절하게 반기겠습니까?"

"한 사람 반이란 무슨 뜻이지?"

버지스가 물었다.

"팁이 한 사람에 50센트예요, 두 사람이면 1달러지요. 그런데 이 손님은 75센트를 주시더라구요. 그러니 한 사람 반의 팁이지요."

"두 사람을 서빙하고 팁으로 75센트를 받는 경우도 있을 수 있잖아?"

"농담하세요?"

웨이터는 말 같지도 않은 소리 하지 말라는 듯 숨을 거칠게 내쉬면서 말했다.

"만일 그런 경우라면 이렇게 해주지요."

웨이터는 접시를 테이블에 내던지 듯 내려놓은 시늉을 해보였다. 마치 더러운 것을 던져버리는 행동과도 같았다. 손님을 완전히 무시하는 동작이었다. 그리고 사나운 눈초리로 손님을 쳐다보는 시늉을 했다. 그때 그의 시선은 바로 헨더슨을 똑바로 쳐다보고 있었다. 상대를 저주하는 눈빛이어서 누구라도 위축될 만한 그런 따가운 시선이었다. 그리고는 두터운 입술을 삐죽거리며 어기적대는 목소리로 말했다.

"그리고 이렇게 말해주지요. '고맙습니다, 손님. 정말로 고맙습니다. 정말로……, 정말로 고맙습니다. 이렇게 많이 주셔서 정말 감사합니다' 라고요. 손님이 여자와 함께 왔다면 쪽팔려서라도 조금 더 주게 될 수밖에 없지요"

"나라도 더 줄 수밖에 없겠군."

버지스가 고개를 끄덕이면서 헨더슨을 쳐다보며 말했다.

"헨더슨 씨, 당신은 팁을 얼마나 주었나?"

헨더슨이 기운 없는 목소리로 말했다.

"웨이터가 말한대로요. 75센트 줬습니다."

"하나만 더 부탁하지. 영수증을 좀 볼 수 있겠나?"

버지스가 웨이터에게 물었다.

"지배인이 알고 있습니다."

웨이터의 얼굴에는 거친 표정이 사라지고 진지한 표정으로 돌아와 있었다. 영수증을 보면 자기 말이 확실해 질 것이라고 기대하는 표정이었다. 지배인이 영수증을 가지고 왔다. 영수증은 하루치 씩 묶여 있었다. 월말에 집계하기에 편리하도록 정리해 놓은 것이다. 문제의 영수증은 곧 찾을 수 있었다.

테이블 No. 24 웨이터- 3번(정식 1인분 - 4.25)

그리고 '완불 - 5월 20일'이라는 보라색 잉크로 둥근 스탬프가 찍혀 있었다. 어제 날짜로 24번 테이블에서 계산된 영수증은 두 장 더 있었다. 하나는 '홍차 1 - 0.75'이고, 저녁식사 전쯤이었다. 또 하나는 4인분 식사로, 문닫기 전의 늦은 시간 것이었다.

헨더슨을 차에 태우려고 여러 사람이 힘을 합쳐야만 했다. 그는 완전히 정신을 잃은 상태였다. 다리가 마비되어 움직이지도 못했다. 차창으로 지나가는 건물이나 가로수가 마치 꿈에서 보는 장면같이 느껴졌다. 현실에서 일어나는 일이라고는 도저히 믿을 수 없었다. 그가 갑자기 악을 쓰듯이 소리치기 시작했다.

"모두 거짓말이야, 저놈들이 거짓말을 하고 있다고. 나를 죽이려고 모두 짜고서 하는 말이야! 도대체 내가 무슨 잘못을 했다고 저놈들이 저렇게……."

헨더슨이 한바탕 몸서리를 치더니 고개를 푹 떨구고 잠잠해졌다.

무대에서는 쇼가 한창이었다. 음악소리와 웃음소리 그리고 간간히 들리는 박수치는 소리가 멀리 떨어진 사무실에서도 들릴 정도였다. 소리는 높게 들렸다가 다시 희미해져 사라지기를 반복했다. 지배인은 전화기 앞에 앉아서 싱글싱글 웃고 있었다. 오늘 입장객이 만원이었는지 회전의자에 앉아 있는 그의 태도가 느긋해 보였다.

"표는 틀림없이 두 장 사셨어요. 하지만 동행하신 분은 없었습니다."

정중한 말투로 대답하던 지배인이 갑자기 무언가 생각이 났다는 듯이 헨더슨을 보면서 말했다.

"아, 이분은 기분이 좀 안 좋으신 것 같으신데요. 미안하지만, 지금 이분을 여기서 데리고 나가주시면 고맙겠습니다. 쇼 도중에 소란이 생기면 곤란합니다."

형사들이 문을 활짝 열더니 짐짝처럼 끌어서 헨더슨을 밖으로 데리고 나갔다. 헨더슨의 등이 뒤로 젖혀져서 바닥에 끌리는 것처럼 보였다. 밖으로 끌려나가는 헨더슨의 등 뒤로 한 줄기 바람처럼 노래소리가 들려왔다.

치카 치카 붐 붐
치카 치카 붐 붐

헨더슨이 애원하듯이 말했다.

"아, 이젠 그만합시다. 더 이상 견딜 수가 없습니다!"

그는 경찰차의 뒷좌석에 내팽겨치듯이 처박혔다.

"이젠 털어놓지. 여자 같은 것은 애당초부터 없었다고. 그러면 시간도 절약되고 우리 모두 편하게 되잖아, 그렇지, 응?"

버지스가 달래듯이 말했다. 헨더슨은 마음을 가라앉히고 냉정하게 대답해 보려고 애써보았지만 그의 목소리는 울부짖듯했다.

"그래서 그것을 인정하면, 아니 인정할 수밖에 없게 된다면 그 뒤는 어떻게 되나요? 아마 나는 미쳐버리고 말 겁니다. 모든 것을 믿을 수 없게 되어버릴 겁니다. 내 이름이 스코트 헨더슨이라는 것도 믿지 못할 거란 말입니다. 이것이 내 허벅지라는 것조차 믿을 수 없게 될거란 말이에요. 그리고 모든 사실을 의심하고 거부하다가 결국에는 미치지 않고는 버틸 수 없을 거예요. 미치지 않고 견딜 재주가 있나요? 그 여자하고 여섯 시간 동안 함께 있었어요. 그녀와 팔이 스치기도 했단 말이에요."

자기 넓적다리를 두드리며 소리치던 헨더슨이 손을 뻗어서 건장하게 생긴 버지스의 어깨를 붙들면서 말했다.

"그녀의 옷이 스치는 소리, 소곤대던 목소리, 은은히 풍기던 향수 냄새, 그녀가 숟가락을 달그락거리던 소리, 의자에 앉을 때 희미하게 들리던 소리, 차에서 내리는 그녀가 만들어 내던 작은 요동, 건배하던 그녀의 잔에 비치던 내 눈빛 이런 것들은 모두 어디로 사라져 버렸단 말인가요? 도대체 어디로 사라졌나요?"

헨더슨이 주먹으로 자기의 무릎을 내리쳤다. 두 번, 세 번, 네 번, 다섯 번.

"그녀는 틀림없이 있었어. 분명히 나하고 있었다구!"

울상이 되어 소리치는 그의 눈에서 금방이라도 눈물이 흐를 것 같았다.

"그런데 어째서 모두 짜고서 그 여자가 없다고 꾸미는 거야? 이젠 내 생각으로도 그녀가 없었던 것은 아닌가 라고 생각하게 된단 말이야."

자동차는 멈추지 않고 꿈의 나라를 달려가고 있었다. 헨더슨이 갑자기 다른 용의자들에게서는 들을 수 없는 소리를 외쳤다. 그것도 마음 깊숙한 곳에서 우러나는 마음의 소리였다.

"무서워, 무서워 죽겠어. 나를 유치장으로 데리고 가주시오. 부탁합니다. 나를 보호해줄 두껍고 튼튼한 벽이 있는 곳으로 나를 보내주시오."

"이 친구, 떨고 있군!"

한 형사가 아무 상관도 없는 사람처럼 건조한 목소리로 중얼거리자 버지스가 돌아보며 말했다.

"뭘 좀 마시게 해주지. 어이 차 좀 세워 봐. 가게에 가서 마실 거라도 좀 사오라구. 이렇게 괴로워하는 것을 보니 그냥 있을 수가 없군."

음료수를 건네주자 헨더슨이 심하게 갈증을 느낀 사람처럼 벌컥벌컥 마셔댔다. 그리고 다시 의자에 기대면서 애원하듯이 말하면서 재촉했다.

"자, 됐어요, 가요, 빨리요."

"아니 이 친구가 뭐 귀신이라도 본 거야, 왜 이래."

한 남자가 씁쓸하게 웃으며 말했다.

"귀신이 별건가 자기 마음이 만드는 거지."

그 다음에는 아무도 입을 열지 않았다. 침묵 속에 드디어 차가 경찰서에 도착했다. 여럿이 헨더슨을 둘러싸고 계단을 올라갔다. 헨더슨이 계단에 걸려서 비틀거리자 버지스가 부축해주었다.

"푹 쉬시오, 헨더슨 씨. 쉬고 나서 먼저 할 일은 좋은 변호사를 찾는 거요. 쉬는 것과 변호사를 찾는 일, 이 두 가지만이 당신에게 필요한 일이요, 이제부터는."

5. 사형 집행 91일 전

"변호인은 살인 사건이 발생한 날 밤 6시 10분 조금 넘은 시간에 피고가 안젤모라는 술집에서 어떤 여자와 만났다는 주장은 이미 들으신 바와 같습니다. 하지만 그 시간은, 즉 다시 말하면 경찰이 수사한 피해자 사망시간보다 1분 45초가 지난 시간입니다. 이런 주장이 이해할 수 있는 주장인가요? 배심원 여러분께서도 쉽게 추정해 볼 수 있습니다. 만일 피고의 말처럼 그가 6시 10분에 50번 블럭에 있는 안젤모에 있었던 것이 사실이라면, 그보다 1분 45초 전에는 자기 아파트에 없었다는 뜻입니다. 평범한 사람이 그 사이에 그 정도 거리를 간다는 것이 절대로 불가능하기 때문입니다. 아니 사람이 아니라 자동차로 이동하거나 날개로 날아가더라도 불가능할 겁니다. 실로 교묘한 상황이지요.

불가능하지만 변호인의 주장을 받아들인다고 해도 이 사건에는 여러 가지 허점이 발견됩니다. 어떻게 된 일일까요? 바로 사건이 일어난 날 예전에 전혀 없던 이상한 여자와 함께 있었다는 것은 우연이라고 하기에는 너무 지나치다고 생각하지 않습니까? 혹시 그날 밤에 특별히 피고에게 그녀와 같은 존재가 필요로 했을 것이라고 추정하는 것이 이상한 것일까요? 그런 추정이 조금도 이상한 일은 아니라고 생각합니다.

제가 피고를 심문하는 과정에서 피고는 혼자 외출해서 처음 보는 낯선 여자에게 말을 걸어 본 적이 없었다고 말했습니다. 여러분도 함께 들으셨지만 결혼 후 처음으로 오직 그날 밤에만 그런 행동을 했다고 했습니다. 제 이야기가 아니고 피고의 말입니다. 그런 행동을 할 생각이 피고의 머릿속에는 전혀 없었던 겁니다. 그에게는 일어날 가망성이 없는 아주 어색하고 낯선 일이었지요. 그런데 변호인측은 그날 밤에 그런 일이 일어났다는 것을 우리에게 믿어 달라고 말합니다. 모든 것이 우연이라고 하기에는 무리가 있습니다. 더욱 중요한 것은……."

그는 어깨를 한 차례 으쓱하더니 잠시 침묵했다.

"도대체 그 여자란 존재는 어디에 있을까요? 우리는 모두 그녀가 나타나기를 고대하고 있습니다. 그런데 왜 변호인측에서는 그녀를 데리고 오지 않는 걸까요? 무엇을 주저하고 있나요? 지금까지 변호인측이 그 여인을 이 법정에 데리고 온 적이 있습니까?"

그가 배심원 중에 한 사람을 가리키며 물었다.

"당신은 그녀를 본 적이 있습니까?"

또 다른 사람을 가리키며 물었다.

"그럼, 당신은 어떻습니까?"

두 번째 줄에 앉아 있던 배심원에게도 물었다.

"당신은 보았습니까?"

아무도 대답을 하지 못하자 그는 절망적이라는 듯한 몸짓을 지으며 말했다.

"우리들 중에 그녀를 본 사람이 있습니까? 이번 재판 중에 그녀가 증언석에 한 번이라도 앉았던가요? 물론 단 한 번도 없습니다."

그가 또 잠시 말을 멈추고 뜸을 들였다.

"이유는 간단합니다. 그런 여자는 존재하지 않기 때문이지요. 처음부터 여인은 없었습니다. 존재하지 않는 사람이니 데려오는 것이 불가능했지요 억지로 꾸민 이야기, 즉 환상입니다. 없는 것에 생명을 불어넣고 있는 것처럼 한다는 것은 불가능한 일이기 때문입니다. 키가 크고, 숨을 쉬고 있으며 육체도 풍만한 그런 여인을 만들 수 있는 것은 오직 하늘에 계신 하나님뿐입니다. 아니 하나님일지라도 그런 여인을 2주일만에 창조할 수는 없습니다. 아무리 짧아도 18년은 필요합니다."

법정 곳곳에서 웃음 소리가 나오자, 그가 응답이라도 하듯이 미소를 지었다.

"이 재판이 피고인에게는 목숨이 걸려 있는 재판입니다. 그런데 정말 그런 여인이 있는데도 출두시키지 않는 일이 있을 수 있을까요? 이 재판정에서 간단하게 증언을 하는 시간이 아깝기 때문일까요? 절대로 그런 일은 불가능합니다."

그는 다시 침묵했다.

"정말로 '그런 여자가 있었다고' 가정하고 이야기한다는 말입니다. 이 문제는 일단 접어두기로 하겠습니다. 이 법정은 그날 밤에 피고가 그 여자와 함께 있었다고 주장하는 곳에서 몇 마일이나 떨어져 있습니다. 또 시간도 몇 개월이나 지났습니다. 그러면 이번에는 피고가 그 여자와 함께 있었다고 주장하는 그 장소에 그 시간에 그 자리에 있었던 사람의 증언은 어땠는지 보도록 하겠습니다. 정말로 그녀를 본 사람이 있었다면 그 사람들 중에 한 명이겠지요. 자, 그들은 그녀를 정말로 보았을까요? 그 대답은 여러분도 직접 들으신 바와 같습니다. 그들은 모두 피고를 보았습니다. 비록 희미하게 기억하는 사람도 있지만 그날 밤에 스코트 헨더슨을 본 일을 모두 기억하고 있습니다. 그런데, 배심원 여러분 여기에 조금 이상한 점이 있다는 것을 생각해 보시지 않았습니까?

일반적으로 두 사람이 함께 있는 것을 본 경우에 다음 두 가지를 생각할 수 있습니다. 하나는 두 사람이 모두 기억에 남아 있든가, 아니면 두 사람이 모두 기억에 남아 있지 않든가 입니다. 두 사람이 똑같은 장소에 있었는데, 한 사람은 본 것이 기억나지만 옆에 있던 사람은 보지 못했다는 것이 과연 가능할까요? 사람의 눈이 그런 현상을 보았다는 것을 믿을 수 있습니까? 이것은 물리학 법칙에도 어긋나는 일입니다. 저로서도 도저히 납득할 길이 없는 일입니다. 아무리 이해하려고 노력해봐도 그저 머릿속만 더 혼란스러워질 뿐입니다."

그가 다시 어깨를 약간 으쓱하더니 잠시 뜸을 들이다 말을 이었다.

"이런 현상을 어떻게 설명할 수 있는지 저로서는 도저히 알 수 없습니다. 이것을 논리적으로 설명하실 수 있다면 저는 그 의견에 귀를 기울여 듣고자 합니다. 저도 나름대로 여러가지 가능성에 대해서 생각해 보았습니다. 아, 물론 광선을 통과시키는 특별히 투명한 피부를 가진 여자라면 사람들 눈에 띄지 않고 피고와 만났을 수도 있었겠지요."

청중석이 '와' 하는 웃음 소리로 소란스러워졌다.

"그게 아니라면, 그녀는 피고와 함께 있지 않은 겁니다. 과연 어느 쪽이 진실이겠습니까? 상식적으로 생각해도 그런 여자가 존재하지 않기 때문에 사람들 눈에 띄지 않은 것은 당연한 일이 아니겠습니까?"

이 시점에서 그의 태도와 목소리가 진지하게 바뀌었다. 갑자기 법정 안에는 긴장된 분위기가 감돌기 시작했다.

"이건 대단히 중요한 사항이기 때문에 좀 더 살펴보는 것이 좋을 듯합니다. 이 재판은 한 사람의 목숨이 걸린 재판입니다. 저로서도 광대놀음처럼 우스개 소리로 끝내고 싶지는 않습니다. 오히려 그런 우스개 주장을 되풀이하고 있는 변호인측에게 그런 의지가 없는 것으로 보입니다. 우리는 가정이나 추리가 아닌 현실로 돌아와서 이 문제에 대해 심각하게 판단해야 한다고 생각합니다. 이제 환상이나 도깨비, 신기루, 꿈, 이런 것들은 일단 접어둡시다. 그리고 이제부터는 아무도 그 존재에 대해서 의심하지 않는 실재로 존재하는 사람에 대해서 이야기하도록 하겠습니다.

먼저 마셀라 헨더슨에 대한 이야기입니다. 그녀의 모습은 살아 있을 때나, 또 죽은 뒤에도 누구나가 분명히 확인할 수 있었습니다. 그녀는 환상이나 신기루가 아니기 때문입니다. 그녀는 살해되었습니다. 경찰의 현장사진을 보면 그것이 확실한 사실이라는 것을 알 수 있습니다. 이것이 첫 번째 사실입니다. 그리고 지금 우리는 피고석에 앉아 있는 한 남자의 모습을 보고 있습니다. 아까부터 계속해서 고개를 숙이고 있는, 아니 지금은 고개를 들고 저를 잡아먹을 듯한 눈길로 노려보고 있습니다. 저 피고는 지금 자기 목숨이 걸린 재판을 받고 있습니다. 이것이 두 번째 사실입니다."

이어서 목소리를 낮추더니 말을 이어나갔다. 이번에는 마치 혼잣말을 하는 것처럼 들렸다.

"저는 공상을 믿지 않습니다. 사실만을 믿을 뿐입니다. 여러분을 어떠십니까. 여러분도 그렇지 않습니까, 신사 숙녀 여러분? 사실 쪽이 다루기도 좋고 진실이 담겨져 있으니까요."

다시 그의 목소리가 높아졌다.

"그럼, 세 번째 사실은 무엇일까요? 그것은 피고가 자기 아내를 죽였다는 것입니다. 이것도 앞의 두 가지와 마찬가지로 부정할 수 없는 구체적인 사실입니다. 여러 가지 조사를 거쳤고 법정에서도 이미 입증된 거부할 수 없는 명백한 사실입니다. 저는 변호인측처럼 환상이나 귀신 같은 것을 믿어달라고 여러분께 말하고 싶지 않습니다."

이 부분에서 그가 목소리를 더욱 크게 높였다.

"우리는 지금 공식적인 수사기록과 진술서 그리고 많은 증거들을 볼 수 있습니다. 이것들은 모두 피고의 질술과 주장 그리고 재판과정을 자세하게 기록해 놓은 것들입니다. 이 모든 것들이 제가 말하는 세 번째 사실에 대한 확실한 증거들입니다!"

그는 갑자기 배심원석의 앞에 길게 늘어져 있는 난간을 주먹으로 '쾅' 하고 내리쳤다. 숨막힐 듯한 정적이 잠시 이어졌다. 그리고 나서 목소리를 부드럽게 바꾸었다.

"배심원 여러분께서는 살인이 일어나던 날의 상황과 그 집안이 어떤 어려움에 처해 있었는지 이미 알고 계십니다. 피고 자신도 부정하지 않습니다. 피고가 확인해 준 것을 배심원 여러분들도 확인하셨습니다. 그렇게 진술하라고 압력을 받았다고 주장할지도 모르겠지만 어쨌든 그도 인정한 사실입니다. 이것이 무슨 뜻인가 하면 본 사건에 얽혀 있는 여러 상황들이 결코 거짓이 아니라는 것입니다. 사실이란 뜻이지요. 저의 표현으로 부족하다면 피고 자신이 한 말을 믿어주시기 바랍니다. 저는 어제 열렸던 재판에서 나온 남자 증인을 심문한 적이 있습니다. 여러분들도 그 남자의 답변을 잘 들으셨을 것입니다. 보다 확실하게 해두기 위해서 증언내용을 간단히 말씀드리겠습니다.

그 증언에 따르면 스코트 헨더슨은 어떤 젊은 여인과 사랑에 빠졌습니다. 바람이 난 것이지요. 아, 물론 그가 재판을 받게 된 것이 그 일 때문은 아닙니다. 하지만 그 여성은 이 법정에 나타나지 않았습니다. 여러분도 아시겠지만, 재판이 진행되는 동안 그 여성은 이름조차 거론되지 않았습니다. 우리 법정이 잔인하고 도저히 용서할 수 없는 이 살인사건에 그 여성을 개입시키지 않으려고 하고 있다는 사실도 여러분은 잘 알고 계실 것입니다. 그 이유는 간단합니다. 그녀는 이 사건과 무관하기 때문입니다. 아무런 관련이 없는 사람을 억울하게 벌주거나 아니면 인생에 참을 수 없도록 굴욕적인 상처를 주는 것은 결코 이 법정이 의도하는 바가 아닙니다. 이번 살인은 저기 앉아 있는 저 남자가 혼자서 저지른 일입니다. 그 여성과는 아무런 관계가 없는 사건입니다. 그녀가 관련이 있다는 정황은 아무 곳에서도 발견이 되지 않았습니다. 경찰과 검찰이 이미 그녀에 대한 조사를 모두 마쳐서 내린 결론입니다. 그녀가 이번 사건을 알게 된 것도 나중에 일이었습니다. 사건과 전혀 관련이 없으면서도 그녀의 생활은 지금 고통의 연속입니다. 먼저 말씀드릴 것은 검찰이 변호인 측과 그녀의 신분을 노출시키지 않는다는 점에 합의했다는 것입니다. 그냥 '젊은 여성'으로 부르기로 했습니다.

피고인이 '젊은 여성'과 사귀게 됩니다. 그가 자신이 기혼자라는 사실을 말하려고 했을 때는 이미 두 사람의 관계가 위험한 선을 넘어서고 있었습니다. 물론 피고의 아내가 보았을 때 '위험한' 것입니다. '젊은 여성'도 피고가 기혼자인 것을 알았다면 그런 관계를 만들지 않았을 것입니다.

그녀가 유부남과 불륜에 빠졌기 때문에 이제는 훌륭한 여성이 아니라는 뜻은 아닙니다. 비록 실수로 유부남과 불륜에 빠지기는 했지만 우리는 '젊은 여성'과 대화하면서 그녀가 정숙하고 모든 면에서 잘 교육받은 여성이라는 느낌을 받았습니다. 그렇기 때문에 피고가 유부남인 것을 알았다면 결코 불륜에 빠지지 않았을 것은 몇 번을 강조해도 틀리지 않을 겁니다. 마음도 착해서 자신의 실수로 다른 사람을 아프게 하는 것도 괴로워하고 있습니다.

피고도 언제까지나 두 여인과 그런 관계를 이어갈 수는 없다고 생각했습니다. 그래서 끊임없이 자기 아내에게 이혼을 요구합니다. 하지만 아내가 절대로 이혼하려고 하지 않았습니다. 피고의 아내는 왜 이혼에 응하지 않았을까요? 그것은 결혼이 그녀에게는 간단한 일이 아니었기 때문입니다. 너무 신성한 일이라서 일시적인 마음으로 쉽게 헤어지는 불장난이 아니었던 겁니다. 요즘 시대에 찾아보기 어려운 정숙한 여자라고 말씀드릴 수 있겠습니다. 그러면 피고는 어땠을까요? 피고는 자기 아내가 이혼에 동의하지 않는다는 사실을 '젊은 여성'에게 알립니다. 그러자 '젊은 여성'이 우리 관계를 정리하고 헤어지자고 말합니다. 피고의 입장에서 그녀와의 이별은 있을 수 없는 일이었지요. 피고는 두 여자 사이에서 옴짝달싹하지 곤란한 상태에 처하고 맙니다. 부인은 이혼해주지 않으며, '젊은 여성'과 헤어지기도 불가능한 상태였지요.

그러므로 피고가 결심을 하지요. 이렇게 곤란한 상황을 깨끗하게 정리하려고 마음 먹습니다. 피고가 아내와의 이혼을 강요하였던 첫 번째 방법이 냉담한 방법이었다면, 두 번째 방법은 아내에게 잘해주어 환심을 사는 것이었지요. 그건 마치 장사치가 거래처의 손님을 접대하는 방법과 같은 이치였지요. 겉으로는 잘해주는 척하지만 실제로 계산하고 원하는 것은 따로 있지요. 신사 숙녀 여러분! 이런 일로 미루어 피고의 성격을 잘 알 수 있을 것입니다. 결혼생활은 엉망이 되었고, 가정은 파산되기 직전이며, 아내는 이미 버려진 상태였지요.이런 것들은 그의 성격 때문에 생긴 당연한 결과라고 말할 수 있습니다. 아내와의 관계를 회복시키기 위해 하룻밤의 외출을 계획했을 때 그가 처한 상황은 그랬습니다. 그는 먼저 극장표를 구하고, 레스토랑의 좌석을 예약합니다. 그 다음 집에 돌아와 아내에게 외출하자고 말했겠지요. 그러나 아내는 남편의 돌발적인 제안을 의아해하지요.그녀는 남편의 제안을 호의적으로 해석하여 화해를 위한 제스처로 받아들였을지도 모릅니다. 따라서 아내도 기분 좋게 외출 준비를 시작했을 겁니다.

그러나 잠시 뒤 피고는 아내가 아직 화장대에 앉은 채로 아무 준비도 하지 않은 것을 알게 됩니다. 이때 아내도 남편이 자기에게 제의한 외출 목적이 무엇인지 알아차렸던 것이지요. 그녀는 남편에게 이혼할 수 없다고 했습니다. 그 까닭은 멋진 극장의 쇼를 보거나 고급 식당에서 식사를 하는 것보다도 가정이 훨씬 더 소중하기 때문에, 이혼할 수 없으며 외출하지 않겠다고 말했겠지요. 다시 말하자면 피고가 치밀하게 준비해서 이혼을 말하기 전에 아내가 강력하게 이혼할 의사가 없음을 나타냈던 겁니다.

그 사실이 피고에게는 충격이었겠지요. 그가 외출준비를 끝내고 난 순간이었습니다. 넥타이를 매려고 적당한 길이를 맞춰 목에 걸려는 순간, 이미 자기의 계산을 모두 꿰뚫어보고 있는 아내에 대한 미움과 증오가 폭발을 한 겁니다. 그래서 손에 들려 있던 넥타이로 아내의 목을 모질게 감아 엄청난 큰 힘을 줘서 졸라버린 것입니다. 경찰은 넥타이가 얼마나 단단하게 감겼는지 풀지 못하고 잘라버렸다고 증언하고 있습니다. 여러분들도 이미 경찰의 증언은 들으셨을 것입니다. 배심원 여러분! 여러분도 넥타이를 두 손으로 잡아당겨 본 적이 있으시겠지요. 그것은 절대로 쉽게 풀어지지 않습니다. 그녀는 처음에는 강하게 저항했겠지만, 끝내 남편에 의해 죽었습니다. 자기를 영원히 사랑하고 보호해주겠다고 맹세하던 그 남편에게 살해 당했습니다.

피고는 아내가 죽은 순간에 거울을 마주보고 선 채로 그녀의 몸을 끌어안고 있었습니다. 그러니까 잔인하게도 그녀가 죽는 모습을 거울을 통해서 바라보고 있었습니다. 한동안 그렇게 앉아 있다가 그녀를 쓰러뜨리고 정말 죽었는지를 확인했습니다. 그후 그는 어떻게 행동했을까요? 아내를 살리려고 발버둥쳤을까요?

그 뒤에 피고가 과연 어떻게 행동했는가에 대해 말씀드리겠습니다. 그는 아내가 죽어 있는 방에서 태연하게 옷매무새를 가다듬고 외출준비를 마쳤습니다. 물론 넥타이는 다른 것을 꺼내서 맸습니다. 원래 매려고 했던 넥타이는 아내의 목을 조르는 데 썼기 때문이지요. 코트를 입고난 후 마지막으로 모자를 쓰고 집을 떠나기 전에 자기 애인에게 전화를 겁니다. 그러나 다행인지 불행인지 때마침 그녀가 집에 없었습니다. 그녀가 그때 집에 없었던 탓에 그녀는 몇 시간 동안 아무것도 모르고 있었던 것입니다. 그러면 그는 사건을 벌여놓고 왜 애인에게 전화를 걸었을까요? 살인을 저지른 것에 대해 양심에 가책을 느끼고 그녀에게 죄를 고백하고 도움을 받고 싶었을까요? 결코 그런 것이 아닙니다. 그는 단지 그녀를 자기가 살아나기 위한 증인으로 이용하려고 했던 것뿐이지요. 그녀에게는 무슨 일이 있었는지 상세하게 설명해주지 않고 자신에게 유리한 알리바이를 만들 계획이었던 것이지요. 다시 말하자면, 극장표와 레스토랑을 예약하고 죽인 아내 대신에 그녀를 불러내서 이용하려고 했을 겁니다. 그녀를 만나 시간을 확인시켜 두었다가 나중에 필요에 따라 그녀의 입으로 정확한 시간을 말하도록 만들 요량이었지요. 그녀가 법정에서 정확한 시간을 증언함으로써 자기가 결백하다는 것을 인정받기 위한 속셈이었습니다. 물론 그녀가 확인시켜줘야 할 시간은 날조된 시간이었지요.

이렇게 치밀한 계획은 그녀가 전화를 받지 않아서 실패하고 맙니다. 그러자 그는 다른 방법을 생각해 내게 됩니다. 그는 혼자서 밖으로 뛰쳐나간 뒤 아주 태연자약하게 아내와 들릴 예정이었던 곳들을 빠짐없이 돌아다닙니다. 그 당시에는 지금 피고가 주장하는 것처럼 우연히 어떤 여인을 만나서 이곳저곳을 돌아다니는 것으로 알리바이를 꾸밀 계획은 생각하지 못했던 것 같습니다. 그렇게 치밀한 계획을 짤만큼 피고의 상태가 안정되지 않았기 때문입니다. 아마 피고는 굉장히 흥분 상태에 놓여 있을 테니까요. 또는 어쩌면 그런 생각은 있었지만 용기있게 행동하지 못할 수도 있었겠지요. 아마 상대방이 자신이 저지른 범죄를 알아챌지도 몰라 불안했을 수도 있었을 겁니다. 아니면 자기의 알리바이를 조작하기에는 시간이 너무 흘러서일지도 모릅니다.

그러면 가장 좋은 방법은 무엇일까요? 그건 두말할 필요도 없이 가공의 인물을 등장시키는 것입니다. 실제로 존재하지도 않은 인물을 만들어내서 적당히 얼버무려 둘러대는 것이 더 안전하다고 생각했을 겁니다. 그렇게 만들어낸 여자라면 나중에 자신과 만난 시간이 틀렸다고 진술을 뒤집을 염려도 없으니 안전하겠지요. 다시 말하자면, 들통날 염려가 있는 알리바이와 그럴 염려가 없는 알리바이 중에서 피고에게 안전한 알리바이가 어느 것인지는 누구나 다 아는 뻔한 일이었으니까요. 배심원 여러분은 어떤 알리바이가 더 유리하다고 생각하십니까? 근거 없는 알리바이는 완전히 입증되지도 않고 논리상 의문을 완전히 지우기가 어렵습니다. 반면에 들통 날 수도 있는 알리바이란 저절로 진실이 밝혀져 변명의 여지도 없게 만듭니다. 그러므로 피고는 안전한 알리바이를 활용하기로 한 것입니다.

피고는 그날 밤의 자기의 움직임 가운데 일부분에 가공의 이야기를 꾸며 넣습니다. 피고가 주장하고 있는 여자는 어디에도 존재하지 않기 때문에 절대로 발견될 수 없다는 사실을 잘 알고 있었지요. 그리고 자기가 만들어낸 가공의 여자가 발견되지 않는 것도 묘한 쾌감을 주었을 겁니다. 결과적으로 그 가공의 여자가 나타나지 않는 한 피고가 내세운 알리바이는 완벽하게 그를 보호해 줄 것이었으니까요.

제가 여러분께 매우 간단한 질문을 하나 해보겠습니다. 여기에 어떤 남자가 있습니다. 그 남자는 자기가 만났던 여인의 모습을 기억하지 못하면 사형에 처해질지도 모릅니다. 안타깝지만 그래도 그 남자는 아무 것도 기억하지 못합니다. 이것이 대체 말이 되는 일인가요? 그런 일이 일어날 수 있을까요? 피고는 지금 자기가 만났다는 여자에 대해 한 가지도 기억하지 못하고 있습니다. 얼굴, 체형, 머리 색깔, 눈동자 색깔 그 어느 하나도 기억하지 못합니다. 그녀의 특징에 대해서 기억하는 것이 하나도 없습니다. 여러분이 그 입장에서 생각해 보십시오. 자기의 목숨이 달려 있는 심각한 문제인데, 아무 것도 모른다고 버틸 수 있습니까? 하루 전 일인데 그렇게 완전히 잊어버릴 수가 있습니까? 만약 그녀가 나타나기를 바라는 마음이 조금이라고 있다면 어떻게 그토록 철저하게 그녀에 관한 기억을 잊어버릴 수가 있겠습니까? 정말로 그녀가 존재하는 인물이라면 말입니다. 그것은 전적으로 여러분의 현명한 판단에 맡기겠습니다.

배심원 여러분, 이로써 제가 하고 싶은 말은 다했습니다. 이것은 매우 간단한 사건에 불과합니다. 다시 생각해 볼 필요도 없는 아주 단순한 사건입니다."

말을 마치고 그는 마치 연극 대사를 하듯 말끝을 길게 끌면서 말했다.

"본인은 스코트 헨더슨을 자기 아내를 살해한 용의자로 기소합니다. 그러므로 그를 사형시킬 것을 주장합니다. 이상으로 논고를 모두 마치겠습니다."

6. 사형 집행 90일 전

"피고는 배심원 쪽을 향해 서주십시오. 그리고 배심원장께서도 일어서 주십시오. 배심원 여러분, 판결을 내렸습니까?"

"예, 재판장님."

"피고의 기소 사실에 대해서 유죄입니까, 무죄입니까?"

"유죄입니다."

피고석에서 목을 조르는 듯한 목소리가 들려왔다.

"아, 하나님……, 나는 절대로……, 절대로 아닙니다."

7. 사형 집행 87일 전

"피고, 본 법정이 마지막 판결을 내리기 전에 하고 싶은 말이 있습니까?"

"나는 내가 범행을 저지르지 않았다는 것을 알고 있습니다. 그런데 모두들 내가 한 범행이라고 말합니다. 여기서 무슨 말을 할 수가 있 겠습니까? 내가 무슨 말을 한다 해도 나를 믿어주는 사람이 있을까 요? 재판장님은 지금 나에게 사형을 언도할 생각이 아닙니까? 그런 판결이 내려진다면 나야 어차피 죽지 않겠습니까?

누구라도 그러하듯이 나도 죽음이 두렵습니다. 죽음을 좋아하는 사 람은 없겠지요. 하지만 잘못된 재판으로 죽어야 한다니 더욱 괴롭습 니다. 내가 저지른 죄 때문에 죽는 것이 아니라 잘못된 재판으로 죽 게 되는 것입니다. 죽어도 이렇게 억울하고 비참한 죽음이 어디 있겠 습니까? 하지만 최후의 순간이 오더라도 나는 편하게 받아들이려고 마음먹고 있습니다. 지금 내가 할 수 있는 일은 그것뿐이니까요.

그러나 지금 내 말에 전혀 귀를 기울이지 않고, 내 말을 믿지 않으려 는 모든 사람들에게 분명히 말합니다. 나는 절대로 아내를 죽이지 않 았습니다. 그건 내가 저지른 일이 아닙니다. 나는 살인하지 않았습니 다. 배심원들이 어떤 판결을 한다 해도, 법정이 어떤 선고를 내리더라 도, 전기의자에서 처형을 당하더라도 진실은 변하지 않습니다. 그리 고 어떤 상황에 있더라도 내가 저지르지 않은 죄를 저질렀다고 말할 수는 없습니다.

재판장님, 나는 어떤 판결이라도 받아들일 준비가 되어 있습니다. 어떤 미련도 없습니다."

판사가 마치 동정하는 듯한 목소리로 독백처럼 말했다.

"안됐습니다, 헨더슨 씨. 나는 지금까지 판결을 기다리며 내 앞에 섰던 사람들에게서 지금 당신처럼 감동적이고 품위 있는 변론을 들어본 적이 없습니다. 그러나 사건에 대한 배심원의 판결을 내가 움직일 수는 없습니다."

판사의 목소리가 약간 높아졌다.

"1급 살인죄로 기소되어 심리를 통해 유죄가 확정된 스코트 헨더슨, 본 법정은 전기의자에 의한 사형을 선고한다. 사형의 집행은 ××형무소 소장에 의해 10월 20일 이후 일주일 이내에 집행된다. 하나님, 이 영혼에 은총을 주소서."

8. 사형 집행 21일 전

양쪽으로 사형수들의 감방이 줄지어 있는 복도 밖에서 낮은 목소리가 들렸다. 그가 수감되어 있는 독방 앞이었다.

"여깁니다."

잠시 열쇠꾸러미에서 짤랑거리는 소리가 나더니 좀 큰 목소리가 들렸다.

"면회요, 헨더슨."

헨더슨으로부터는 어떤 대답도 움직임도 없었다. 문이 열리고 다시 닫혔다. 길고 어색한 침묵 속에 두 사람이 마주 보고 있었다.

"나를 벌써 잊지는 않았겠지요?"

"나를 죽이려고 하는 사람인데 잊을 수가 있을까요?"

"어느 누구도 죽이고 싶지 않소, 헨더슨 씨. 나는 단지 죄를 지은 사람을 심판대로 보낼 뿐이오."

"그럼, 여기는 왜 오셨나요? 자기가 직접 처넣은 사람이 도망치지 않고 얌전히 갇혀 있는지 확인하려고 일부러 들르셨나? 그렇다면 내가 종일 고통스러워하는 모습을 보여 주어야 당신이 만족하겠군? 대단히 수고가 많으시오, 자, 잘 보시오. 나는 이 독방에서 꼼짝 못하고 갇혀있으니 잘 보시오. 이젠 안심하고 돌아가시지."

"신경이 아주 날카로워졌군, 헨더슨."

"그러면 서른두 살에 죽음을 눈앞에 둔 사람에게서 달콤한 사랑의 속삭임이라도 듣고 싶었던 거요?"

버지스는 아무런 대답도 하지 않았다. 그 말에 적절한 대답을 찾기는 쉬운 일이 아니었다. 그는 아픈 곳을 찔린 사람처럼 두 눈을 한 두 번 깜박이더니 창 쪽으로 걸어가서 밖을 내다보았다.

"좁지요?"

헨더슨이 돌아보지도 않고 말했다. 대화가 끊기자 버지스는 자기도 갇혀 있다는 착각에서 벗어나기라도 하려는 듯이 갑자기 등을 돌렸다. 그리고 주머니에서 뭔가를 꺼내더니 헨더슨이 앉아 있는 침대 앞으로 다가왔다.

"피우겠소?"

헨더슨은 얼굴을 들면서 비웃듯이 말했다.

"담배 한 개비로 뭐가 달라질까요?"

"너무 그렇게 말하지 마시오."

버지스가 쉰 듯한 목소리로 말하면서 여전히 담배갑을 내밀고 있었다. 헨더슨이 마지못해 담배 한 개비를 꺼내들었다. 피우고 싶지는 않지만 그렇게 하면 혹시 버지스가 나가버리지나 않을까 하고 생각하는 듯했다. 눈초리는 여전히 매서웠다. 그가 담배를 입에 물자 버지스가 불을 붙여주었다. 헨더슨이 멸시하는 듯한 표정을 지으며 담배 연기 속으로 버지스를 쳐다보면서 말했다.

"이번에는 무슨 일이오? 사형 집행일이라도 결정되었나?"

"당신 기분은 이해합니다."

버지스가 타이르는 듯한 말투로 조용히 말했다. 그러자 헨더슨이 침대에서 벌떡 일어서면서 내뱉듯이 소리쳤다.

"내 기분을 안단 말이야! 당신은 가고 싶은 곳을 그 발로 어디든지 갈 수 있지! 그러나 나는 아무 곳도 갈 수가 없어!"

헨더슨이 담뱃재를 털던 손가락으로 버지스의 발과 자신의 발을 번갈아 가리키면서 말했다. 이어서 입술을 깨물듯이 지긋이 물면서 말했다.

"이젠 나가! 여기서 어서 꺼지란 말이야. 그리고 다른 사람이나 찾아다니시지. 나처럼 이미 다 된 사람 말고 새롭게 사형시킬 수 있는 사람을 찾아보란 말이야!"

그가 다시 침대에 웅크리고 앉더니 벽 쪽으로 담배 연기를 내뿜었다. 벽에 부딪친 연기가 버섯구름처럼 펼쳐지더니 다시 그가 앉아 있는 쪽으로 되돌아왔다. 두 사람은 이제 얼굴을 마주보지 않았다. 그래도 버지스는 돌아갈 마음을 내지 않고 그곳에 선 채로 가만히 있었다. 그가 다시 입을 열었다.

"상고가 기각되었네."

"그래, 기각이라고. 이젠 모든 것이 다 끝났다고 말하고 싶은 거지요. 생각대로 되어서 좋겠군"

그가 다시 몸을 돌려서 버지스를 쳐다보면서 말했다.

"모든 것이 잘 되가는데 그렇게 얼굴을 구기고 있는 것은 또 뭐야! 내 목숨을 너무 빨리 끝내면 오랫동안 고통을 줄 수 없는 것이 유감이신가? 아니면 나를 두 번 죽일 수 없어서 실망하셨나?"

버지스는 썩은 담배를 피우기라도 한 것처럼 얼굴을 찌뿌렸다. 담배를 바닥에 내던지고 발로 짓이기면서 괴로운 목소리로 말했다.

"벨트 아래를 치는 것은 반칙이오, 헨더슨 씨."

헨더슨은 잠시 동안 상대방의 얼굴을 뚫어질 듯이 쳐다보았다. 그의 눈은 분노로 이글거리며 새빨갛게 변해갔다. 그런 그에게 상대방의 태도에서 뭔가 달라졌다는 느낌을 받은 것 같았다.

"지금 무슨 생각으로 나를 찾아온 겁니까? 벌써 몇 달이나 지났는데, 도대체 무슨 일로 찾아온 거요?"

버지스가 자기 목을 어루만지며 말했다.

"나도 정확하게 모르겠소. 형사가 이런 행동을 잘 하지 않는 건데, 내가 생각해도 좀 이상하오. 당신을 기소하고 재판을 받게 되면서 내가 할 일은 모두 끝났다고 생각했소. 그런데 뭔가 설명할 수 없는 뭔가가 미진하게 내 마음에 걸려 있단 말이오."

그가 어색하게 말을 끊었다.

"뭘 그리 어렵게 말하십니까? 나는 사형수로 독방에 감금되어 있는데."

"그러니 더욱 말하기 어렵지요. 내가 여기에 온 것은, 다른 게 아니라, 흠…… 내가 말하고 싶은 것은……."

잠시 머뭇거리더니 결심한 듯 말했다.

"나는 당신이 죄가 없다고 믿습니다. 이것을 말하고 싶었습니다. 지금 이런 상황에서 이런 말이 아무런 소용도 없겠지만……, 그러나 헨더슨 씨, 나는 당신이 범인이 아니라고 생각하고 있소."

한동안 침묵이 흘렀다.

"아무 말이라도 좀 해보시오. 그렇게 내 얼굴만 쳐다보고 앉아 있지 말고."

"무슨 할 말이 있겠습니까? 시체를 묻었다가 다시 그것을 파내서 시체에게 '할 말이 없군. 내 실수였소'라고 사과한들 시체가 무슨 말을 하겠습니까?"

"맞습니다. 당신 말이 맞아요. 이제는 말하기도 쉽지 않을 거요. 수사할 때 나는 내 나름대로 확실한 기준을 가지고 일을 처리했소. 그런데 지금은 그때 너무 고정관념에 사로잡혔던 것이 아닌가 하는 생각이 듭니다. 나는 당장 내일이라도 그 당시와 똑같은 수사를 다시해 볼 생각이오. 이번 수사에는 개인적인 감정은 절대로 개입되지 않을 것이오. 매우 구체적인 사실에 근거해서 조사하는 것이 내 임무라오."

"그런데 당신 생각이 그렇게 바뀐 것을 보니 무슨 대단한 발견이라도 한 모양이군요."

헨더슨은 은근히 비웃는 듯한 태도로 물었다.

"지금 그걸 설명하긴 어렵소. 약간 말로 설명하기 어려울 정도로 막연하고 애매모호한 면이 있소. 그러한 느낌은 마치 물이 종이에 스며들 듯이 지난 몇 달에 걸쳐 서서히 내 마음속으로 스며들어왔소. 사실은 법정에서 비롯되었으나 어찌 보면 반작용이라고 설명할 수 있을까?

증거로 제시된 것들은 모두 당신에게 불리한 것들이었는데, 그것을 다시 한 번 생각해보니 반대일 경우도 가능하다는 판단을 하게 되었소. 내 말을 당신이 쉽게 이해하리라고는 기대하지 않아요. 알리바이가 엉터리인 경우에는 원래 교묘하고 한 점의 의문도 없는 게 보통이오. 그러나 당신의 알리바이는 황당하고 허점투성이였소. 열쇠를 쥐고 있는 그 여자에 대해서 아무것도 기억하지 못했소. 아마 열 살짜리 어린애라도 윤곽 정도는 또렷하게 기억할 수 있을 거요. 내가 법정에 앉아 재판 진행을 지켜보는 가운데 그런 생각이 들었소. 저 남자 헨더슨이 말하는 것이 모두 진실이라는 생각 말이오.

만약 조금이라도 거짓말을 했으면 저렇게 끈질기게 부인할 수가 없다는 생각이었소. 자신이 빠져나갈 기회를 찾지 않고 철저하게 자기 주장만 되풀이하는 것은 스스로 결백하기 때문이라는 생각이 끊임없이 들었지요. 어딘가 꺼림칙한 데가 있는 사람일수록 교활하고 약삭빠르게 행동하는 법이지요. 하지만 당신은 생명이 위태로울 지경인데도 살아남기 위해 겨우 하는 말이 '여자', '모자', 그리고 '기이하다'는 정도의 표현뿐이었소. 나는 어느 순간 당신 말이 모두 진실일 수 있다는 확신을 가지게 되었소. 부부 싸움으로 인해 기분이 언짢아진 남자가 집 근처에 있는 처음 들어간 술집에서 아무 관심도 없는 여자를 우연히 알게 된다. 그 여자와 잠시 시간을 보낸다. 그런데 알 수 없게도 집에 돌아와 보니 자기 아내가 죽어 있다. 경찰은 자신을 범인으로 본다. 그러면 누구라도 몹시 당황하겠지."

헨더슨을 바라보는 그의 시선에 애정이 담겨 있었다.

"그런 경우 보통 사람들은 어떤 반응을 보일까? 그날의 일을 모두 분명히 기억할 수 있을까? 아니면 어렴풋한 기억마저 그런 혼란 때문에 깨끗이 지워져 아무것도 기억하지 못할까? 대체 어느 쪽이 타당할까?

지속적으로 그러한 의문이 내 머리에서 떠나지 않았소. 자꾸 그 생각에 빠질수록 그 의문은 더욱 강하게 나의 뇌리에서 선명하게 떠올랐소. 예전에도 여기에 와본 적이 있소. 그리고 나는 리치몬 양을 몇 차례 더 만나보았소."

헨더슨은 어이가 없다는 듯이 목을 길게 빼고 물었다.

"그래서 알아낸 게 무엇입니까?"

"아니, 아직 알아낸 건 없소. 아무 것도. 아마 당신은 나를 그녀가 설득해서 여기로 보냈다고 생각할지도 모르오. 하지만 사실은 나 스스로 찾아온 것이오. 다른 사람이 억지로 보내서 온 것이 아니고, 당신을 돕고 싶어서 나 스스로 찾아온 것이오."

그는 감방 안을 천천히 왔다갔다 했다.

"나는 이제야 무거운 짐을 내려놓은 기분이오. 그렇다고 난 내가 한 수사 방법이 잘못되었다고는 생각지 않소."

헨더슨은 잠자코 바닥을 쳐다보며 한동안 무엇인가를 골똘히 생각하는 듯했다. 처음에 보였던 도발적인 태도는 많이 누그러져 온순한 모습이었다. 헨더슨 머리 위로 서성거리는 버지스의 그림자가 스치고 지나갔다. 그러나 헨더슨은 미동도 하지 않고 가만히 앉아있었다.

한참 후 버지스가 멈춰 서서 주머니를 뒤졌다.

"당신을 구해줄 수 있는 사람을 찾아내시오. 자기 시간을 완전히 당신을 위해서 희생해 줄 수 있는 사람이면 누구라도 상관없소."

그가 주머니 속에 있는 동전을 짤랑거렸다.

"내가 해주고 싶지만, 나는 어렵겠소. 나는 처자식이 딸린 몸이고, 직장을 그만둘 수도 없소. 더구나 난 당신과 아무 상관없는 남이니까요."

그러자 헨더슨이 조용하고 나지막한 목소리로 말했다.

"내가 언제 당신에게 날 살려달라고 부탁했습니까?"

버지스는 호주머니 속의 동전으로 짤랑거리며 소리내던 짓을 멈추고 헨더슨 쪽으로 더 가까이 다가갔다.

"당신이 잘 아는 사람을 하나 선택하시오. 그렇게 하면 나도 힘닿는 데까지 도와주겠소. 내가 당신에게 할 말은 이 정도 뿐이오."

그가 마치 약속이라도 하듯이 두 주먹을 꽉 쥐더니 위로 치켜들었다. 그의 말이 끝나자마자 헨더슨이 잠깐 동안 머리를 들더니 다시 푹 숙였다. 그리고 작고 여린 목소리로 물었다.

"그럼 누가 좋을까요?"

"누구라도 상관없지만, 이 일에 뛰어들어 정열적으로 움직일 사람이면 좋겠소. 자신의 신념이 강하고, 돈이나 명예 따위에는 그다지 욕심이 없는 사람이라면 좋을 텐데. 당신이 스코트 헨더슨이라는 이유만으로도 무조건 당신 편에서 당신을 도와줄 수 있는 사람, 다시 말해 당신을 위해 자신이 죽어도 좋다고 생각하는 사람이라면 금상첨화지. 그 사람은 자신이 아무리 어려운 지경에 처해도 나약하게 행동하지 않을 수 있어야 하오. 그리고 일을 하다보면 비록 가망이 없더라도 물러서지 않아야 한다오. 그렇게 당신을 위해 최선을 다할 열의와 신념을 가진 사람이 필요해. 그런 사람이라야 이 일을 해결하는 데 큰 도움이 될 것이오."

그는 이렇게 말하면서 헨더슨의 어깨 위에 한 손을 올려놓았다. 그의 태도는 마치 자기 말을 잘 들어달라고 부탁하는 것처럼 보였다.

"당신에게 그렇게 헌신적으로 열성을 보일 여자가 있소. 하지만 그녀는 그 일을 감당하기엔 나이가 아직 어려. 정열은 있어도 경험이 없단 말이지. 최선은 다해 노력하겠지만, 그 노력만으론 부족해."

여기까지 말을 듣더니, 헨더슨의 험상궂은 얼굴 표정이 차차 누그러졌다. 언뜻 고맙다는 뜻을 전하려는 눈빛도 역력하다. 그는 자기 애인에게 보내려는 감사의 뜻을 대신 형사에게 표한 것이다.

"저도 알고 있었습니다."

"이 일은 아무래도 남자가 좋겠어요. 주도면밀하고 빈틈없는 남자, 적어도 그녀만큼 목숨을 바쳐서라도 당신을 생각해주는 그런 남자면 좋을 것이요. 반드시 어딘가에 있을 거요. 그런 남자가. 당신 정도면 그런 친구가 한 사람 정도는 있을 것이오."

"저도 예전엔 그런 친구가 있었죠. 하지만 세월이 흐르고 나이를 먹으니 그런 관계를 유지하기가 어렵더군요. 특히 결혼하고 나서는 거의 불가능한 것 같아요."

"하지만 내가 이야기한 그런 의리 있는 친구라면 떨어져 나갈 리가 없지요. 진정한 친구라면 변하지 않는 법이오."

"전에는 그런 친구가 있었지요. 한때는 친형제처럼 친하게 지냈지만 이젠 이미 지나간 일입니다."

헨더슨의 말은 힘이 없고 마치 하소연하는 듯이 들렸다.

"친구에게는 어제 오늘이 중요하지 않소."

"어쨌든 그 친구는 지금 여기에 없습니다. 전번에 만났을 때 남아메리카로 떠난다고 했습니다. 무슨 정유회사와 5년 기간으로 계약했다고 했습니다."

잠시 말을 멈춘 헨더슨이 버지스를 쳐다보면서 말했다.

"형사라는 직업에 걸맞지 않게 꽤나 순진한 말씀을 하시는군요. 3,000마일이나 먼 곳에 있는 친구에게 새롭게 시작되는 미래도 포기하고 나를 위해서 일해 달라고 부탁할 수 있나요? 너무 지나친 부탁

아닐까요? 더구나 지금은 옛날처럼 가깝게 지내지도 못하는데. 사람이 나이를 먹으면 체면이고 뭐고 없어진다는 말이 맞는 것 같습니다. 꿈도 이상도 모두 시들해져 버린 서른두 살의 남자는 스물다섯 살 때의 친구와는 다릅니다. 이제는 겨우 서로 알고지내는 사이에 불과합니다. 다른 친구에게는 나도 역시 마찬가지겠지요."

버지스가 말을 가로막으며 말했다.

"하나만 물어봅시다. 지금 말고 옛날에는 당신을 위해서라면 어떤 희생도 감수할 수 있던 친구였습니까?"

"물론입니다. 그때는 그렇지요."

"그러면 지금도 그럴 수 있을 겁니다. 친구 사이에 나이가 무슨 상관이 있겠습니까. 과거에 그런 친구 사이였다면 지금도 똑같이 할 수 있습니다. 만일, 지금 그렇게 하지 못한다면 옛날에도 진정한 친구가 아니었을 거요."

"하지만 그런 식으로 친구의 우정을 시험하는 것은 옳지 못합니다. 그 친구가 마음이 있다 해도 지금은 그렇게 하기에 상황이 너무 어렵습니다."

"당신의 친구가 당신의 목숨보다 5년 계약을 더 중요하게 생각한다면 할 수 없을 거요. 그러면 그 친구는 당신에게 아무런 도움이 되지 못하겠지요. 그러나 그 반대라면 그는 당신에게 정말로 필요한 사람이요. 안 될 거라고 생각하지 말고 그에게 선택의 기회를 주는 것이 더 낫지 않을까요?"

버지스가 안주머니에서 수첩을 꺼내더니 무언가를 쓰기 시작했다.

카라카스시, 베네수엘라

남미석유회사 본사

잭 롬버드 귀하

자네가 떠나 간 뒤에 마셀라가 죽었고 내가 살인 혐의를 뒤집어써서 사형선고를 받았네. 사건을 뒤집을 중요한 증인만 찾는다면 무죄를 입증할 수 있다네. 내 변호인들도 애쓰고 있지만 자네가 그 일을 해주면 좋겠네. 나를 도와주게. 자네 말고는 없네. 10월 셋째 주면 사형이 집행될 거네. 나를 좀 도와주게.

스코트 헨더슨

9. 사형 집행 18일 전

 햇볕에 까맣게 그을은 피부만 보아도 그가 적도 근처에 있는 나라에서 왔다는 것을 쉽게 알 수 있었다. 최근에는 여행객 대부분이 빠르게 이동하는 교통수단을 이용한다. 비행기를 이용하면 서부에서 동부로 눈 깜빡할 사이에 날아간다. 그도 역시 빠른 비행기를 이용해서 리우를 출발하여 뉴욕으로 날아왔다. 뉴욕 라가디아 공항에 도착했을 때는 사흘 전에 뺨에 생긴 여드름이 아직 남아 있을 정도였다.

 그는 스코트 헨더슨과 나이가 비슷해 보였다. 아니 지금의 헨더슨이 아닌 5~6개월 전의 헨더슨과 비슷한 나이였다. 한 시간을 1년처럼 아까워하며 감방을 왔다갔다 하는 지금의 헨더슨은 그때보다 폭삭 늙어 있었다.

 그의 옷차림은 남미에서 입고 있던 그대로였다. 계절과 동떨어진 하얀색 파나마 모자는 말할 것도 없고 미국의 가을 날씨에 어울리지 않은 회색 면양복도 어색했다. 태양이 뜨거운 베네수엘라에서는 평범한 옷차림이겠지만 여기서는 남들의 이목을 끌기에 충분했다. 그는 크지도 작지도 않은 보통 키에 행동거지가 모나지 않고 자연스러웠다. 어디를 가더라도 큰 문제없이 돌아다닐 수 있는 사람이었다.

 모르는 사람이 보면 언제나 전차를 놓치고 허둥대며 뛰는 사람이라고 생각하기 십상이었다. 잽싼 행동과는 거리가 멀게 보여서 달려가서 전차에 뛰어 오를 것 같지 않았다. 새옷을 입었지만 말쑥하게 차려입지는 못하고 어수룩하게 보였다. 바람에 이리저리 날리는 머리카락도 이발소에 갈 때가 벌써 지난 것 같았다. 뒤틀려서 늘어져 있는 넥타이는 다리미로 여러 번 눌러도 펴지지 않을 것처럼 구겨져 있었다. 그의 인상은 파티에서 멋진 귀부인의 파트너가 되어 춤을 추는 모습이란 도저히 상상조차 할 수 없는 모습이다. 그저 배에서 잡부들을 상대하는 감독이라든가 제도판에 얼굴을 처박고 씨름하고 있는 토목기사쯤으로 보면 어울리는 인상이었다. 하지만 외모와는 다르게 무언가 알 수 없는 무게감이 느껴지는 그런 남자였다. 그것을 남자다움이라고 해도 그리 틀리지는 않을 것 같았다.

"지금 그 친구가 어떤 상태인가요?"

간수를 쫓아서 계단을 올라가던 그가 낮은 목소리로 물었다.

"뭐, 특별한 게 있나요. 그럭저럭 지내고 있지요."

간수의 대답은 마치 뭘 기대하느냐고 비아냥대는 말투였다.

"그럭저럭이라……."

무슨 뜻인지 알겠다는 듯 고개를 흔들면서 혼잣말처럼 중얼거렸다.

"불쌍한 친구."

간수가 감방 앞에 먼저 도착해서 문을 열었다. 사내가 잠시 심호흡을 하면서 잠시 뒤로 물러나더니 목소리를 가다듬기라도 하듯이 침을 꿀꺽 삼키고 앞으로 다가섰다. 이어서 감방 창문살이 보이도록 문을 열더니 한 손을 쭉 내밀면서 안으로 성큼성큼 걸어 들어갔다. 마치 프라자호텔 로비에서 약속한 사람을 만나서 다가가는 듯한 동작이었다.

사내가 목이 쉰 듯한 목소리로 차분하게 말을 건넸다.

"어이, 잘 지냈나, 핸디? 그런데 이게 무슨 일이야? 무슨 일이길래 사람을 이렇게 놀라게 하는가?"

헨더슨도 반가운 기색이 역력했다. 형사가 왔을 때 보이던 불쾌감은 보이지 않았다. 오랜만에 친구가 왔으니 당연한 일이었다. 그가 밝은 얼굴로 대답했지만 목소리는 사내처럼 감정이 없는 말투였다.

"보시다시피 이런 곳에 살고 있네. 어떤가 느낌이?"

두 사람은 손을 맞잡고 아래위로 흔들었다. 맞잡은 손은 언제까지라도 놓지 않을 것처럼 보였다. 그 사이 간수가 열쇠를 다시 채우고 나갔지만 두 사람은 계속해서 손을 흔들고 있었다. 두 사람은 맞잡은 손으로 서로의 마음을 확인하고 있었다. 큰 소리로 말하지 않아도 서로의 마음을 확실하게 읽을 수 있었다.

'역시 왔구나. 나에게 와주었어. 나에게도 진정한 친구가 있었던 거야.'

맞장구라도 치듯이 롬버드의 손도 힘차게 대답하고 있었다.

'이 사람아, 나는 자네 친구야. 내가 왔으니 이제는 아무도 자네를 어떻게 하지 못 할 걸세.'

그 뒤 한참 동안은 말하기 어려운 문제는 피하면서 가벼운 것들에 대한 이야기를 나누었다. 정말로 심각하게 의논할 것을 제외한 온갖 것들에 대해 이야기했다. 뭐라고 할까, 너무 엄청난 일을 이야기하기가 무서워서 의도적으로 딴 짓을 피우고 있는 것이었다.

"와아, 엄청나더군. 여기 기차 말이야. 이렇게 먼지를 뒤집어쓴 것 좀 보게, 오죽했으면 이렇게 되었겠나."

롬버드가 요란스럽게 떠벌였다.

"보기에는 좋은 것 같은데, 잭. 그런 거 보면 자넨 여기보다 그쪽 생활이 체질인 거 같으이."

헨더슨도 맞장구를 쳤다.

"끔찍한 소리 말게! 정말 더러운 곳이야. 외로움도 엄청났지! 음식은 하나도 입에 맞는 게 없고 모기한테 시달리다가 볼짱 다 본다네. 거기에 5년 동안 계약을 하다니, 지금 생각하면 미친 짓일세, 바보 같은 짓을 했어."

"그래도 돈은 많이 벌잖아?"

"그건 그렇지. 하지만 아무리 돈이 많은들 거기서는 아무 소용이 없다네. 어디다 쓰겠나? 쓸 데가 없어. 맥주에선 석유 냄새가 난다니까."

"그래도 자네에게 너무 미안하네. 자네에게 너무 큰 부담을 지우는 것 같아."

헨더슨이 말을 마치지 못하고 우물우물했다.

"아니야, 내가 도리어 고맙네."

롬버드가 대범하게 대답했다.

"그리고 그 계약은 아직도 끝내지 않았어. 이번엔 잠시 휴가를 얻은 걸세."

그가 잠시 동안 말을 잇지 못했다. 어쩌다 보니 이젠 정말로 중요한 문제를 언급할 수밖에 없게 되었다. 하긴 이 이야기를 언제까지 하지 않을 수는 없었다. 그리고 누가 먼저 말하지 못했을 뿐이지 정말로 하고 싶은 이야기였다. 그는 친구를 바로 쳐다보지 못하고 눈길을 돌려 벽을 쳐다보며 물었다.

"그런데 대체 일이 왜 이렇게 된 건가, 핸디?"

헨더슨이 억지로 웃음을 지으며 대답했다.

"쉽게 말하자면 앞으로 2주일 반 후에 우리 동창 중에 한 명이 어떤 전기 실험에 참가하는 거지. 동창회 소식지에 내 사건에 대해서 굉장하게 떠벌여 놓았더군. 뭐라더라? '드디어 그의 이름이 신문지상을 뒤덮게 될 것이다'였던가? 엄청나게 정확한 예언이지. 그 날은 내 이름이 모든 신문을 장식할 테니까."

롬버드가 눈을 부릅뜨고 그를 쳐다보았다.

"그따위 짓을 하다니 참을 수가 없군. 그런 쓸데없는 소리 말고 모든 것을 말해보게. 우린 어제오늘 알고 지내는 사이가 아니잖아. 돌리지 말고 터놓고 이야기하자고."

"아……."

헨더슨이 괴롭게 신음했다.

"인생이 짧다더니 틀린 말이 아니야."

그 말이 자기에게 꼭 맞는 말이라는 것을 깨닫고 어색하게 쓴웃음을 지었다. 롬버드가 구석에 붙어 있는 세면대 위에 걸터앉았다. 그는 흔들거리는 한 쪽 다리를 끌어올려 다리를 꼬면서 말했다.

"자네 부인과는 딱 한 번 만났나보군."

그는 말하면서 그때를 회상하는 듯했다.

"두 번일세."

헨더슨이 바로잡아 주었다.

"그때 길가다 우리 부부하고 한차례 마주친 적이 있잖아. 왜, 기억 안 나나?"

"아, 그래, 맞아. 자네 부인이 뒤에서 자네 팔을 죽어라고 끌어당겼었지. 나는 자네 팔이 부러질까봐 걱정이 되더라고."

"옷을 사러 가던 길인데 중간에서 시간을 끌고 있었으니. 여자들 마음이 어떤지는 자네도 이해하지 않나, 그렇지?"

헨더슨이 이제는 이 세상에 없는 아내를 위해서 이런저런 변명을 늘어놓았다. 이제 그런 변명도 아무런 의미가 없다는 것조차 깨닫지 못하는 사람 같았다.

"자네를 초대해서 저녁식사를 한 번 하려고 했었는데, 마음처럼 안 되더군. 자네가 좀 이해해 주게, 응?"

"아, 그럼, 물론이지."

롬버드가 맞장구를 쳤다.

"뭐 여편네들은 다 똑같아. 결혼 전에 만나던 남편의 친구들은 되도록이면 멀리 하려고 하잖아?"

롬버드가 독한 남미산 담배를 꺼내서 헨더슨에게 권했다.

"독한 담배네, 혀가 트고 입술에 물집이 생길 정도지. 그래도 한대 피워보게. 그곳 물건인데, 화약과 살충제를 섞어서 만들었는지 맛이 아주 형편없어. 여기 담배 살 겨를도 없어서 이것뿐이네."

롬버드가 담배를 깊이 빨아들이면서 말했다.

"이제 자세한 이야기를 좀 해보게."

헨더슨이 한동안 한숨을 쉬더니 이야기를 시작했다.

"알았네, 이야기하지. 지금까지 수도 없이 떠들어댄 스토리라서 꿈에서도 중얼거릴 정도라네."

"나는 아무 것도 모르는 백지 상태니까 가능하면 자세히 말하게. 작은 거라도 건너뛰지 말고 말해주게."

"나와 마셀라의 결혼생활은 아이들 놀이처럼 유치하기 그지없었네. 결혼생활을 유지하는 데 필요한 기본적인 애정이나 신뢰 같은 것이 조금도 없었지. 정말 친구에게도 이런 얘기는 하기가 부끄럽네. 하지만 사형수로 감방에 갇혀있는 주제에 부끄러운 게 뭔 상관이겠나, 있는 대로 모두 털어놓겠네. 그러니까 지금부터 1년 전쯤이네, 어쩌다 보니 정말로 사랑이라는 것이 나에게 찾아왔다네. 정신을 차리고 몸을 빼려 했지만 이미 늦어버렸지. 자네도 그녀를 만난 적이 없으니 이름까지 알 필요는 없겠군. 법정에서도 그 점은 관대하게 처리해 주더군. 재판 동안에도 그녀를 '젊은 여성'이라는 호칭으로 불렀네. 그러니 지금도 그렇게 부르겠네."

"자네의 '젊은 여성'이라?"

롬버드가 무언지 알겠다는 표정을 지으면서 팔짱을 꼈다. 무언가 심각하게 생각하는 것처럼 눈을 지그시 감고 헨더슨의 말을 듣고 있었다.

"그렇네, 나의 '젊은 여성'이었네. 정말로……, 그녀야말로 꿈에 그리던 진짜 나의 사랑이었네. 결혼 전에 만났다면 정말로 좋았을 텐데.

모든 것이 잘 되었을 거야. 아, 물론 내 아내가 그런 여자였다면 더 바랄 게 없었겠지. 그것도 뜻하지 않은 횡재를 하는 거지. 뭐, 그도 저도 모르고 결혼해서 그런 경험조차 하지 못했다면 그것도 불만은 없었을 거야. 진짜 사랑이라는 것이 무엇인지 알지도 못하고 끝나는 건데 무슨 불만이 있겠나? 하지만 결혼한 후에 그런 일이 생겼으니 어쩌겠나. 뒤늦게 후회해도 이미 되돌릴 수 없도록 빠져들더군. 이것이 바로 문제일세."

"그거 적잖이 골치 아픈 일이군."

롬버드가 안 됐다는 듯이 중얼거렸다.

"그런 만남도 흔히 있는 일이지. 나는 그 '젊은 여성'과 두 번째 만났을 때 아내 마셀라에 대해서 말해주었네. 다시는 만나지 않을 생각이었지. 하지만 열두 번째 만날 때까지 우리 두 사람은 그 사실을 이야기하면서 더 이상 만나지 말자고 했네. 서로 만나는 것을 피해보려고 노력했던 거지. 하지만 그것이 자석에 붙은 무쇠를 떼어내는 것처럼 힘든 일이었네.

그렇게 한 달도 채 지나지 않아서 마셀라도 그녀와의 관계를 알게 되었지. 내가 먼저 나서서 모든 것을 털어놓은 걸세. 내 입으로 털어놓아서인지 우리가 알고 있는 것처럼 그렇게 크게 놀라지도 않더군. 마셀라는 싱긋이 웃으면서 그저 잠자코 보고만 있더라고. 마치 두 마리의 거북이 어항 속에서 기어다니는 것을 보고 있는 것처럼 말이야.

내가 마셀라에게 이혼하자고 했다네. 그때는 벌써 젊은 여성과의 관계가 상당히 깊어져서 그녀에게 무언가 해줘야 할 때였지. 내가 이혼을 말해도 마셀라는 얼굴에 아무런 동요가 없었다네. 그저 느긋하고 조용한 미소만 짓고 있더군. 이혼하자는 내 말이 자기와는 아무런 상관도 없다는 듯한 태도였다네. 그저 땅에 뒹굴고 있는 구두 한 켤레를 무덤덤하게 바라보고 있는 표정이었지. 별로 대수롭지 않지만 그

낭 '한 번 생각해 보지, 뭐' 라는 정도였지. 그리고 그것이 끝이었네. 진짜로 생각하는지 마는지 모른 채 서너 달이 흘러갔지. 마셀라는 그런 식으로 시간을 끌면서 나를 옴짝달싹 못하는 상태로 묶어 두었어. 그동안 나는 마셀라의 느긋한 비웃음을 견디고 있어야 했지. 우리 셋 중에 마셀라만 느긋하게 상황을 즐기고 있었던 거야.

시간이 지나면서 내 마음에 확실하게 나타나는 것이 있었네. 한 남자로서 무슨 수를 쓰더라도 '젊은 여성'에게 내 아내의 자리를 만들어 줘야 한다는 결심이었지. 난 이도저도 아닌 것은 딱 질색이야. 그렇다고 내가 바람둥이가 되고 싶었던 것도 아닐세. 나는 단순하게 그냥 아내가 필요했던 거야. 그렇지만 집에 있는 여자는 정말 아내라고 부를 수 없는 여자였어."

헨더슨이 두 손으로 얼굴을 감싸더니 손가락 사이로 바닥을 내려다면서 한동안 움직이지 않았다. 오래 전에 있었던 이야기를 하는 데도 그때의 감정이 되살아나는지 손을 부들부들 떨고 있었다.

"그때 '젊은 여성'이 이렇게 말했지. '좋은 방법이 있어요. 우리 둘은 지금 완전히 당신 부인의 손 안에 잡혀 있어요. 물론 부인도 그걸 알고 있겠지요. 그렇다고 언제까지 그녀의 처분만 기다리고 있는 것도 좋은 방법이 아니에요. 이런 상태가 오래 지속된다면 부인도 당신에게 화난 얼굴을 보일 것이 뻔하잖아요? 그러니까 당신이 먼저 부드럽게 접근해 보는 게 어떨까요? 시간을 내어 밖으로 나가서 마음을 털어놓고 얘기를 나눠보세요. 당신 부부도 결혼 당시에는 서로 사랑하던 시간이 있었잖아요. 그리고 아직은 함께 기억하고 있는 추억거리를 떠올릴 수 있을 거예요. 부인에게도 당신에 대한 애틋한 감정이 어딘가에 남아 있을 거예요. 그렇게 하는 것이 우리들에게나 부인에게도 좋은 일이라고 생각해요.' 라고 말했다네.

나도 그 방법이 좋다고 생각했네. 그래서 즉시 쇼 입장권을 예매하고, 결혼 전에 함께 가던 레스토랑에도 예약을 해놓았지. 그런 다음에 집에 와서 아내에게 함께 나가자고 말했어. '오래간만에 오늘 밤 우리 함께 외출할까? 옛날 신혼 때처럼 말이야' 라고 말했더니 아내는 얼굴에 또다시 느긋한 미소를 띠며 좋다고 말하더군.

 외출을 하기 위해 난 서둘러서 샤워를 했고 마셀라는 거울 앞에 앉아 화장을 하고 있었어. 그때 참 신기하지. 목욕탕에서 휘파람을 불면서 샤워를 하는데 갑자기 그녀가 좋다는 마음이 생기는 거야. 그러면서 우리가 이렇게 사이가 멀어진 게 무엇 때문인지 문득 깨닫게 되더군. 내가 '젊은 여성'을 좋아한 것은 분명했지만, 오직 그것만이 진정한 사랑이라는 생각도 옳지 않다는 것도 알게 되었지."

 헨더슨이 말을 멈추고 피우던 담배를 바닥에 던지더니 발로 비벼서 껐다. 한동안 찌그러진 담배꽁초를 물끄러미 바라보고 있었다.

 "그런데 정말 궁금한 것은 마셀라가 왜 거절하지 않았는지 모르겠어. 어째서 휘파람을 신나게 불면서 샤워를 하고 있는 나를 그대로 지켜보고만 있었던 걸까? 머리를 빗어 넘기는 내 모습을 거울 속으로 잠자코 바라보고만 있었던 이유는 무엇일까? 양복 상의 호주머니에 꽂아 놓은 장식용 손수건이 잘 어울린다는 표정으로 쳐다보던 이유가 무엇이었을까? 지난 6개월 동안 그렇게 생기발랄한 얼굴은 처음이었지. 그런 표정이 나올 수 있었던 이유가 무엇이었을까? 그리고 처음부터 함께 나갈 생각도 없었으면서 왜 외출 준비를 했을까? 이런 것들이 이해가 안가는 문제들일세. 하지만 그것이 그녀의 교활한 수법이었네. 마셀라는 원래 그런 여자지. 나를 이러지도 저러지도 못하는 곤경에 빠뜨리면서 스스로 재미를 느끼는 사람이었지. 그녀에게는 이혼처럼 중차대한 문제도 저녁에 외식하러 외출하는 사소한 일과 별로 차이가 없었지.

 그때 순간적으로 그녀의 그런 성격을 깨닫게 되었지. 거울에서 미소

짓고 있는 그녀의 얼굴을 보는 순간 문득 깨달았네. 입으로는 외출 준비를 하는 척했지만 사실은 아무것도 하지 않고 있었다네. 그런 이중적이고 교활한 그녀의 수작을 알아버린 거지. 나는 외출 준비가 끝나고 마지막으로 넥타이를 매고 있었지만 그녀는 그때까지 아무런 준비도 없이 꼼짝없이 앉아 있었다네. 아무 것도 하지 않고 그냥 앉아 있기만 한거지. 그러면서 얼굴에는 알 수 없는 미소만 띠고 있더군. 그때 비로소 알았지만 그 미소는 바로 괴로운 사랑에 빠진 남편에게 보내는 비웃음이었어. 마치 자기 심장이라도 도려 줄 것처럼 딴 여자에게 미쳐 있는 남편에게 보내는 비웃음 말일세.

지금부터는 이야기를 두 가지로 나누어서 해야겠네. 하나는 경찰이 하는 이야기고, 다른 하나는 내 이야기일세. 지금까지의 이야기는 경찰에서도 믿어주는 거지. 뭐, 안 믿을 것도 없지, 모두다 진실만을 말하고 있으니까. 어쨌든 경찰은 내가 아내를 죽였다고 단정하고 있네. 경찰은 그렇게 결론을 내리면서도 내 이야기는 아주 작은 것까지 인정하고 있다네. 자기들도 철저하게 조사를 했다는 증거지. 그런데 내가 넥타이를 매면서 거울로 그녀를 바라보던 시점부터 서로의 이야기가 정반대로 달라진다네. 그것도 6시의 시계바늘처럼 정반대일세. 6시에는 큰 바늘과 작은 바늘이 정반대로 나뉘잖아. 마치 6시 시계바늘처럼 내 말과 경찰 측의 말이 정반대란 말이야. 먼저 내 이야기부터 말함세. 왜냐하면 바로 이 말이 진실이니까.

마셀라는 내가 무슨 말을 할 때까지 가만히 기다리고 있었지. 그렇게 가만히 앉아 있었던 건 틀림없이 내가 먼저 말을 할 것이라는 것을 알고 있었기 때문이야. 그 야릇한 미소를 지으면서 새침떼기처럼 앉아 있었던 것도 다 그 때문이었어. 잠시 망설이고 있던 내가 먼저 물었지.

'지금 나갈 마음이 없다는 거야?'

내가 말하기를 기다리기라도 한 것처럼 그녀는 웃기 시작했지. 글쎄, 깔깔거리며 웃기 시작하더라고. 아주 통쾌하여 마음속 깊은 곳에서 울려 나오는 그런 웃음소리였어. 나는 그때 웃음도 큰 무기가 될 수 있다는 것을 처음 알았네. 그때까지는 웃음이 그렇게 큰 무기가 되리라고는 꿈도 꾸지 못한 거지. 거울 속에 비친 내 얼굴을 보니 순식간에 새파랗게 질려 있더군. 파랗게 질린 내 얼굴을 보면서 그녀는 말했어.

'하지만 극장표를 버리지 마세요. 극장표는 돈 주고 산 거잖아요. 시궁창에 돈을 버릴 수는 없지요? 나 대신 당신 애인 데리고 가면 되겠네? 쇼 정도 보여주는 것쯤이야 괜찮지요, 뭐. 식사도 함께 하세요. 그 여자가 당신을 더욱 좋아하게 말이에요. 하지만 한 가지 절대 안 되는 게 있어요. 그녀가 당신을 차지하려는 건 절대로 안 돼요. 용서할 수 없어요.'

마셀라의 대답은 그 후로도 변함이 없었을 걸세. 나는 그때 앞으로 죽을 때까지 그 상태에서 빠져나오지 못할 거라는 사실을 알아차렸네.

그 순간 나는 충동적으로 이를 부드득 갈면서 한쪽 손을 번쩍 치켜들었어. 금방이라도 아내의 뺨에 닿을 거리였지. 그때까지 손에 들려 있던 넥타이가 어떻게 되었는지도 몰랐다네. 아마 그대로 바닥에 떨어졌겠지. 하지만 내가 들고 있던 넥타이로 그녀의 목을 감지 않았다는 것은 정말로 확실해.

난 절대로 그녀를 때릴 수가 없었지. 마셀라가 나를 그렇게 돌아버리게 만든 것뿐이지 나는 그렇게 난폭한 사람은 아니거든. 그녀가 왜 그랬는지는 알 수 없지. 내가 난폭하게 폭력을 행사할 사람이 아니라는 것을 잘 알고 있으니까 일부러 그렇게 심하게 행동해서 그런 행동이 나오도록 유도한 것일지도 몰라. 거울에 비친 내 모습이 아직도 생생하게 기억나네. 그러자 그녀가 무언가 작정한 것이 있다는 듯이 냉랭한 미소를 지으며 달려드는 거야.

'자, 치기라도 할 작정인가요, 어디 때려 보시지요. 흥, 케이시 선수, 지금 막 타석에 들어섰습니다.(역주 : 마티 케이시, 미국 프로 야구의 전설적인 강타자) 당신이 이제 와서 무슨 짓을 하든지 아무 소용없다고요. 당신이 내게 다정하게 하든지 화를 내든지, 아니면 신사적으로 대하든 난폭하게 대하든 절대로 상황은 변하지 않을 거예요.'

그 뒤로 우리 두 사람은 서로에게 아무런 득이 되지 않는 말들을 입에 올리면서 신경전을 벌였지. 피차간에 화가 날대로 났지만, 난 절대로 그녀의 머리털 하나도 건드리지 않았다네.

'당신도 나 같은 건 전혀 관심도 없잖아. 관심이 뭐야 오히려 필요없다고 느끼잖아. 그런데 이렇게 진드기처럼 붙잡는 이유가 뭐야? 도대체 무슨 필요 때문에 날 이렇게 고문하느냐고?'

'집에 강도라도 들어오면 그따위 곳에는 혹시 써먹을 수 있을지도 모르지요.'

'뭐라고! 좋아, 그래. 하지만 이제부터는 당신 맘대로 되진 않을 거야.'

'어허! 그러세요? 그렇게 무섭게 굴어 봤자 그다지 달라질 것 같지도 않네요.'

'알았어. 오, 좋아. 아참, 갑자기 생각났는데 당신에게 줄 게 있어.'

내가 이렇게 말하면서 지갑에서 1달러짜리 지폐 두 장을 꺼내 마셀라 등 쪽으로 냅다 집어던지며 소리쳤지.

'이게 당신과 결혼해서 당신을 끌어안은 값이야!'

그건 정말 굉장히 유치하고 비열한 방법이었지만 난 정말 견딜 수가 없었다네. 나는 뒤도 돌아보지 않고 그 상태에서 모자와 양복 상의를 집어 들고 집을 뛰쳐나왔지. 그러나 그녀는 태연하게 거울 앞에 앉아 큰소리로 웃고 있더군. 난 정말로 그녀에게 손가락 하나 대지 않았어. 문을 닫은 후에도 그녀의 웃음소리가 크게 들리더군. 나는 한시라도 빨리 그 소리에서 벗어나려고 엘리베이터도 기다리지 않고 그냥 닥치는 대로 계단으로 뛰어 내려갔어. 그래서인지 내 머리가 좀 이상해졌나봐. 그때 귀에 울리던 마셀라의 웃음소리가 좀처럼 사라지지 않는 거야. 내가 맨 아래층까지 뛰어 내려갔는데도 계속해서 들리는 거야. 한참을 정신없이 뛰어서 아파트를 완전히 빠져나가니까 그때서야 겨우 들리지 않는 것 같았어."

감정을 이기지 못하고 흥분해서 말하던 헨더슨이 갑자기 말을 멈추더니 한동안 침묵을 지켰다. 잠시 후에 그가 다시 이야기를 이어나갔다. 잔뜩 찌푸린 이마에 땀이 송글송글 맺히고 있었다.

"그렇게 뛰어나갔다가 집에 돌아와 보니⋯⋯, 글쎄 마셀라가 죽어 있는 거야. 경찰에서는 내가 마셀라를 죽인 범인이라고 하더군. 경찰들 말에 따르면 범행 시각은 6시 8분 15초경이었다는 거야. 마셀라의 손목시계가 그 시간에 멈춰 서있기 때문에 그렇다는 거지. 어쨌든 그 사건은 내가 문을 닫고 뛰어나간 지 10분 안에 벌어진 거지. 그 생각을 하면 지금도 등골이 오싹해지는 게 섬뜩해져. 아마 범인은 이미 아파트 안 어딘가에 숨어 들어와 있었을 거야."

"자네가 계단으로 내려왔다며?"

"우리 층에서 위로 올라가는 계단에 숨어 있었는지도 모르지. 그 놈이 어디 숨어 있었는지는 내가 어떻게 알 수 있겠나? 혹시 우리 부부가 싸우는 것을 처음부터 끝까지 엿듣고 있었는지도 모르지. 싸우다가 내가 뛰쳐나가는 것을 숨어서 보고 있었을 수도 있고, 내가 문을 엄청 세게 닫았는데, 그때 문이 튕기면서 꽉 닫히지 않았고 그 틈으로 범인이 들어갔을지도 모르지. 그리고 미처 마셀라가 눈치 채지 못하는 사이에 일을 해치우려고 달려들었겠지. 마셀라는 자기 웃음소리가 너무 커서 누가 들어오는 것도 알아차리지 못했을 수 있어. 뒤늦게 알아차렸을 때에는 이미 일이 벌어진 뒤였을 테고……."

"그럼 도둑이나 강도의 우발적인 범행일까?"

"그렇지 않을까 싶어. 하지만 그 목적이 무엇이었는지는 경찰 수사에서도 밝혀내지 못했네. 그런 걸 보면 단순한 도둑의 소행이 아닐수도 있어. 없어진 물건이 하나도 없는 걸 보면 도둑은 아닌 것 같기도 하고. 마셀라가 앉아 있던 화장대 서랍에 16달러가 있었는데, 그게고스란히 남아 있었어. 마셀라가 의자에 앉은 자세로 살해당했고 죽은 뒤에도 그대로 있었던 걸 보면 추행할 목적도 아니었던 것 같아."

그때까지 묵묵히 듣던 롬버드가 물었다.

"다른 의도를 갖고 그녀에게 접근했다가 목적을 달성하지 못하고 들킬까 봐 도망친 것은 아닐까? 이를테면 갑자기 밖에서 소리가 났다든가, 자신이 저지른 범행이 갑자기 두려워졌다든가, 그래서 갑자기 도망친 경우도 있을 수 있지 않을까?"

"설사 그렇다 치더라도 화장대 위에 다이아몬드 반지가 그대로 놓여있었어. 물건을 노렸던 범인이 그것을 그냥 놔두고 도망쳤단 말인가?아무리 당황했다고 해도 그 정도야 집어 갈 수 있지 않을까?"

헨더슨이 이렇게 중얼거리면서 다시 계속해서 말을 이어나갔다.

"넥타이가 수상해. 그건 넥타이걸이 아래쪽에 걸려 있었어. 넥타이걸이는 옷장 깊숙한 곳에 있거든. 그 넥타이는 내가 입고 있던 양복하고 제일 잘 어울리는 것이었는데, 그건 내 손으로 직접 고른 것이었거든. 하지만 내가 아무리 마셀라가 못마땅해도 절대로 그녀의 목에 그것을 휘감지는 않았어. 난 화가 나서 소리치다가 들고 있던 넥타이를 잊어버렸어. 아마 바닥에 떨어졌을 테지. 그리고 아무 넥타이나 꺼내서 대강 걸쳐 매고 뛰쳐나간 거야. 내가 나간 후에 범인이 몰래 안으로 들어가다가 그 넥타이를 주워들고 일을 벌인 거지. 대체 어느 놈이 그런 일을 벌였을까? 또한 그 놈은 왜 마셀라를 죽였을까?"

"그냥 특별한 이유 없이 충동적으로 일을 저질렀는지도 모르지. 이를테면 정신병자 같은 놈이 아무 이유 없이 사람을 죽이는 경우도 있어. 그런 놈이 그 근처에 있다가 우발적으로 저지른 것이 아닐까? 그 놈이 자네의 부부 싸움을 훔쳐보다가 자기도 모르게 흥분해서 벌인 일일 수도 있어. 현관문이 제대로 닫혀 있지 않은 것을 발견하고는, 쉽게 침입했을 수도 있지. 살인은 그 후의 일이고, 그런 놈이 들어올 수 있는 빌미를 만들어 줬다는 점에서 자네에게도 책임이 있어. 그런 상황은 종종 일어나는 일이잖아?"

"만약 그렇다면 범인은 쉽게 잡기 어려울 거야. 그런 류의 살인자는 찾아내기가 매우 어렵지. 한참 세월이 지난 뒤, 이 사건과 아무 관련 없는 다른 사건을 수사하다가 우연하게 범인이 밝혀질 수도 있어. 그때가 되면 무슨 소용이 있겠나?"

"자네가 전보에 쓴 중요한 증인은 누구를 말하는 건가?"

"그렇지 않아도 지금 그 얘기를 하려고 했네. 그 증인만이 마셀라의 살인범을 잡을 수 있는 유일한 희망이야. 만약 경찰에서 진범을 잡지 못한다면 나는 내 손으로 그 증인을 찾아서 내가 무고하다는 것을 밝힐 수밖에 없네. 이 사건에서 그 두 가지 사실 중에서 하나가 밝혀지면 충분해. 그 두 개가 반드시 일치되어야 할 필요도 없어. 전혀 동떨어진 다른 것이라도 괜찮아. 두 가지 모두 나에게는 무죄를 증명하는 데 유효한 증거가 되니까 말일세!"

진지하게 이야기를 하던 헨더슨이 한쪽 손을 들어 주먹을 쥐더니 그 주먹으로 다른 손바닥을 자꾸자꾸 두들겨댔다.

"한 여인이 있네. 내가 감방 안에서 마셀라 살인사건에 대해 말하고 있는 이 순간에도 세상 어딘가에 분명히 존재하고 있다네. 만약 그 여인이 사건 당일에 내가 아파트에서 여덟 구획 떨어진 어느 술집에서 나와 함께 술을 마셨던 시간이 6시 10분이었다는 사실만 증언해 준다면 문제는 해결되는 거야. 난 간단하게 풀려날 수 있다고. 그 때가 분명히 6시 10분이었으니까. 지금 난 그 여인이 어디에 사는지, 이름이 무엇인지 알 수 없네. 그래도 그 여인은 그날 일을 분명하게 기억하고 있을 거야.

경찰은 내 진술을 토대로 행적을 재현해 보면서, 만일 내가 범인이라면 그 시간에 그 술집까지 갈 수 없다고 했어. 롬버드! 만일 자네가 나를 살릴 생각이 있다면, 제발 그녀를 찾아주게. 지금 내가 살아날 수 있는 방법은 오로지 그녀를 찾아내는 것뿐이야. 그녀만이 이 사건을 풀 수 있는 열쇠를 쥐고 있다네. 안 그러면 난 이렇게 살인자로 몰려서 꼼짝없이 죽게 생겼다고."

한동안 침묵하던 롬버드가 물었다.

"지금까지 그 여자를 찾으려고 어떤 방법을 동원했지?"

"별별 짓을 다 해봤지. 할 수 있는 모든 방법을 다 동원했지만 허사였어. 나는 지금 자포자기 상태일세. 내가 한 방법들은 아마도 사람이 할 수 있는 모든 방법이었을 거야."

롬버드는 절망에 빠져 고개를 숙인 헨더슨의 옆으로 다가가더니 침대 모서리에 털썩 주저앉으며 '후우' 하고 한숨을 내쉬었다.

"경찰하고 자네 변호사가 사건 직후부터 계속해서 치밀하게 조사했는데도 해결하지 못했다는 말이군. 그런 문제를 서너 달이나 지난 지금에 내가 해결할 수 있을 것이라고 믿나? 그리고 집행일도 얼마 남지 않았지 않은가. 이제 18일 밖에 남지 않았는데 그 사이에 내가 뛰어든다고 그 일이 가능할 수 있을까?"

면회 시간이 지났는지 간수가 나타났다. 롬버드가 일어서며 절망스럽게 앉아 있는 헨더슨의 어깨를 손으로 툭툭 치고나서 감방을 나서려고 했다. 힘없이 쳐져 있던 헨더슨이 주저하며 손을 내밀며 말했다.

"이별의 악수라도 해주겠나?"

"내일 또 올 건데 무슨 이별의 악수야?"

"그럼, 자네가 나를 위해 알아봐 주겠다는 건가?"

"내가 언제 자네를 도와주지 않겠다고 말했나."

롬버드가 화난 듯한 얼굴로 뒤돌아섰다. 그는 헨더슨을 뚫어져라 쳐다보면서 목소리를 조금 높여서 말했다. 그렇게 어리석은 질문을 하다니 어처구니 없다는 목소리였다.

10. 사형 집행 17일, 16일 전

두 손을 바지 주머니에 푹 찔러 넣은 채로 롬버드가 무슨 생각을 하는지 감방 안을 천천히 서성거리고 있다. 한참 동안 왔다갔다 하더니 문득 자기 발걸음을 관찰하듯이 발밑으로 시선을 떨어뜨리고 한참을 쳐다보고 있었다. 이어서 갑자기 멈춰선 그가 물었다.

"헨더슨, 조금만 더 자세히 이야기해 주어야겠네. 나는 그저 평범한 사람이야. 모자에서 여자를 꺼낼 수 있는 마술사가 아니라고."

헨더슨은 더 자세하게 이야기해 달라는 말이 지겹다는 표정으로 말했다.

"나와 관련된 사건인데 내 스스로 얼마나 많이 생각했겠나. 정말 진저리칠 정도로 그 생각만 해서 끔찍할 정도네. 하지만 아무리 더 많은 것을 떠올리려고 해도 그 이상은 불가능해. 내 기억에서 더 이상 꺼내올 것이 없다네."

"그럼 자네 말은 그 여자의 얼굴을 보지 못했다는 얘긴가?"

"아냐! 보긴 봤어. 본 게 틀림없는데, 기억은 전혀 나질 않아."

"괴롭더라도 조금만 참고 다시 한 번 처음부터 떠올려 보자고. 그렇게 슬프고 참담한 표정 짓지 말게. 우린 지금이라도 최선을 다해 사실을 밝혀내려고 노력해야만 해. 자네가 술집에 도착했을 때 그 여자는 벌써 카운터 쪽의 의자에 앉아 있었다고 했지? 그럼 그 여자를 본 첫인상을 떠오르는 대로 솔직하게 말해 봐. 사람의 기억에는 아주 불가사의한 부분이 있거든. 나중에 곰곰이 생각해 낸 기억보다 얼핏 스쳐 지나간 첫인상이 오래도록 또렷하게 뇌리에 남아 있기도 하거든.

그녀의 첫인상이 어땠는지 생각나나?"

"안주가 담겨 있는 접시에 한쪽 손을 뻗은 상태였다네."

"아니, 다시 좀 더 생각해 봐! 상대방의 얼굴도 보지 않고 다가가서 말을 걸었다는 게 가능하기나 한가? 도대체 그게 말이 되냐고? 한심한 친구야! 말이 안 되잖아. 그럼 상대가 젊은 여자라는 것은 어떻게 알았나? 말해보게."

"스커트를 입고 있었으니 여자인 줄 알았고, 목발 같은 걸 짚고 다니지 않았으니까 사지가 멀쩡한 여자라고 생각했지. 그때 내 마음은 그 정도로면 충분했거든. 그녀와 마주앉아 있는 동안 난 계속해서 나의 애인만을 생각했다네. 머릿속에 온통 그녀 모습만 가득 차 있었기 때문에 정말 거짓말처럼 내가 어떤 여자와 있었는지 기억에 남은 것이 없어. 그런 내게 그 여자에 대한 기억을 말하라는 것은 너무 무리한 요구일세. 내가 기억하는 게 있으면 술술 말을 하지 왜 안 하겠나? 이렇게 말하지 못하는 내 속은 어떻겠나? 시커멓게 다 타들어가고 있네."

헨더슨이 쏟아붓듯이 단숨에 말하면서 화를 냈다. 롬버드는 그가 냉정을 되찾기를 잠시 기다렸다가 다시 물었다.

"그럼 들어본 목소리는 어떤 특성이 있었나? 대개 목소리에는 그 사람의 출신이라든가 환경 같은 것이 연상되기도 하는 법이거든?"

"학교는 어디까지 다녔을 것 같다든가, 시골이나 도시 출신이라든가 하는 것 말이지? 그건 잘 모르겠고 어투는 나와 비슷했어. 순수한 뉴욕 토박이 같은 느낌이었는데 아마도 거의 완벽한 표준어를 구사하기 때문에 그런 느낌을 받은 것 같아?"

"특별히 사투리를 사용하지 않았다면 이곳 사람인 모양이군. 그것 가지고 큰 도움은 안 되겠지만, 그 말이라도 해줘서 고마워. 그럼 택시 안에서는 어땠나?"

"아무 생각 없이 그냥 타고 있었을 뿐 색다른 기억은 없어."

"그럼 레스토랑에서는?"

그러자 헨더슨이 신경질적으로 고개를 뒤로 젖히며 소리를 내질렀다.

"이제 그만, 잭! 아무 기억도 떠오르지 않아! 아무리 생각해 내려고 해도 안 되는 걸 어쩌겠나? 먹고, 마시고 떠들어대고 그러다가 그냥 헤어졌다니까."

"그랬겠지. 그럼, 무슨 이야기를 한 거야?"

"그것도 생각나지 않아. 단 한 마디도 떠오르지 않는다니까. 특별히 기억에 남을 정도로 별다른 이야기도 없었어. 그저 시간을 때우려고 일정한 거리를 두고서 설렁설렁 적당한 이야기를 나누었을 뿐이니까. 이 음식점의 고기 맛이 좋다든가 아니라든가, 또는 전쟁은 싫다든가 하는 이야기들이었겠지."

"갑자기 듣고 있는 나도 머리가 이상해지는 것 같군. 하지만 자네가 그 '젊은 여성'에게 반했다는 것은 사실이겠지?"

"무슨, 말도 안 되는 억지소리야? 그런 말에는 더 이상 할 말이 없네."

"극장에선 어땠는데?"

"극장에서 그녀가 갑자기 벌떡 일어섰다는 것만 생각나네. 자네에게도 벌써 몇 번이나 말했잖아. 자네도 그것만 가지고는 그 여자가 어떤 여자인지 알 도리가 없다고 말했잖아. 확실한 건 그 시간에 그녀가 그런 행동을 했다는 사실뿐 더 이상 다른 것은 알 수가 없다는 말이야."

"그런데 그녀는 쇼를 보다가 왜 갑자기 벌떡 일어선 거야? 그게 수수께끼 아닌가? 그때 공연이 한창 진행되는 도중이었다고 했지? 그런데 아무런 이유도 없이 그렇게 일어서는 사람이 있을까?"

"글쎄. 나도 그게 의문이야. 사람의 마음속을 꿰뚫어볼 수 없으니 확실한 건 그 여자만 알고 있겠지."

"자네처럼 자기 일도 제대로 알지 못하는 사람이 남의 생각을 모르는 건 당연하겠지. 그럼 됐어, 어쨌든 좋아. 그 문제는 나중에 다시 생각해 보자고? 일단 어떤 결과가 나오면 그 원인을 밝혀내는 건 수월할 수도 있으니까."

롬버드가 초조함을 이기려는 듯이 잠시 동안 감방 안을 왔다갔다 했다. 잠시 말을 아끼고 침묵해서 머리를 식히려는 것 같았다.

"그 여자가 일어섰을 때 잠깐이라도 얼굴을 쳐다보지 못했나?"

"쳐다보는 건 눈동자의 움직임에 따른 행동이야. 그러나 살펴보는 건 뇌세포를 사용해야 하는 지능적인 행동이잖아? 이해하기 어렵겠지만, 난 그날 밤 내내 그녀를 쳐다보긴 했지만 살펴보지 않은 거야."

"정말 사람을 미치게 만드는군."

롬버드가 심하게 얼굴을 찡그리자 양미간에 뚜렷한 주름이 생겼다.

"이 상태로는 도저히 자네에게 아무것도 알아낼 수 없겠어. 아마 그날 밤 자네가 그 여자와 함께 있었다는 사실을 밝혀 줄 사람이 있을 거야. 누군가 그 사실을 밝혀 줄 거야. 다시 말해 두 사람이 여섯 시간 동안이나 함께 거리를 활보하고 다녔는데, 한 명도 본 사람이 없다면 말이 안 되지."

헨더슨이 어이가 없다는 표정을 지으며 말했다.

"나도 그건 몇천 번도 더 생각해봤어. 그래서 수소문해 봤지만 나의 착각이었다는 걸 확인했다네. 그날 밤 우리를 보았을지도 모를 사람들은 전부 집단 난시에라도 걸렸던 것처럼 모르겠다는 대답뿐이었어. 경찰에서도 나를 머리가 이상한 사람이라고 몰아세우더라고. 그런 여자가 정말로 있었냐고 다그치는 거야. 내가 환상 속에서 만들어 낸 인물이 아니냐고?"

"쓸데없는 생각은 빨리 떨쳐버리는 게 좋아!"

"시간 끝났습니다."

밖에서 간수가 소리쳤다.

그 소리에 놀란 헨더슨은 벌떡 일어나 바닥에 있던 타다 남은 성냥을 주워들고 벽 쪽으로 걸어갔다. 벽에는 성냥의 검댕이로 표시된 몇 개의 짧은 선이 평행을 이루며 그려져 있었다. 위쪽의 선은 모두 사선이 덧붙여져 X자형이 되어 있었지만, 아래쪽에는 아직 매끈한 선만이 몇 개 그려져 있었다. 그는 그 중 한 선에 사선을 그어 X 표시를 했다.

"그것도 잊어버려!"

롬버드는 손바닥에 퇴,퇴! 침을 뱉으며 성큼성큼 벽으로 다가가서 마구 문질러버렸다. 그러자 X표시, 그냥 선만 표시된 것 모두 순식간에 지워져 버렸다.

"좀더 이쪽으로 와 보게."

롬버드가 연필과 종이를 꺼내면서 좋은 생각이라도 떠오른 듯 말했다.

"자네도 내가 누굴 찾으려는 것인지 짐작하겠지? 아직 아무에게도 불려나가지 않은 새로운 증인을 찾아야 해. 이를테면 아무도 예상치 못한 제3의 증인을 발굴해내야 해. 아직 법정에도 소환되지 않았고 경찰 쪽이나 자네 변호사도 의식하지 못한 사람 가운데서 찾아보자구."

"그게 효과가 있을까? 여러 귀신들이 법정에 나왔지만 아무 소용없었어. 자네 계산은 제2급 귀신을 끌어들여서 제1급 귀신을 찾는 데 이용하려는 모양인데, 차라리 무당을 찾아가는 편이 낫지 않겠나?"

"나는 그들이 자네와 길거리에서 소매를 스친 정도라고 해도 괜찮다고 생각해. 단순히 자네와 길거리에서 마주친 사람이었어도 괜찮아. 중요한 것은 다른 사람이 증인이라고는 전혀 예상할 수 없는 그런 새 인물이 등장해서 결정적인 진술을 해준다면 우리에겐 아직 희망이 있 거든. 아직 우리가 쐐기를 박을 수 있는 여지가 틀림없이 남아 있을 거야. 아무리 사소하고 보잘 것 없는 것이라도 좋아. 빨리 나와 함께 목록을 한번 작성해 보세. 자, 우선 술집부터 시작하기로 하지?"

"또 그 지겨운 술집이야?"

라고 소리치며 헨더슨이 한숨을 내쉬었다.

"바텐더는 이미 상관없어. 그날 술집 안에 두 사람 말고 누가 또 있었지?"

"아무도 없었어."

"좀더 신중하게 생각해. 성급하게 서두르지 말고 천천히 떠올려 봐. 억지로 생각하려고 하면 더 안 될 수도 있어. 그럼 처음부터 다시 시작해야 되니까."

이렇게 옥신각신하면서 4, 5분의 시간이 흘렀다.

"잠깐, 박스 자리에 앉아 있었던 어떤 젊은 여자가 나와 함께 온 그여자를 보려고 고개를 돌린 적이 있어. 술집을 나오다가 얼핏 그것을 알아차렸거든. 어때, 이거라도 도움이 되겠나?"

롬버드는 얼른 연필로 그 사실을 메모해 두었다.

"그 여자에 대해 좀 더 상세하게 기억나는 건 없을까? 그게 바로 내가 노리는 건데? 그 여자를 찾아낼 수 있는 방법이 없을까?"

"그게 가능할까? 어렵지 않겠어. 어떤 여자가 단지 얼굴을 돌려서 그 여자를 쳐다봤다는 것뿐인데."

"그래 그럼, 다음 차례는?"

"택시? 그 택시 운전사도 이미 다 조사했어. 그놈은 법정에서 엉뚱한 소리만 늘어놓아 날 곤란하게 만들었어."

"그럼, 레스토랑은? 그 메종 블랑에는 물품 보관소의 아가씨 같은 사람도 없었어?"

"있긴 있었는데 역시 그 여자를 기억하지 못하더라고. 그 아가씨는 어찌보면 기억하지 못하는 게 당연해. 물품 보관소가 있는 벽 쪽으로 간 사람은 나 혼자였거든. 그때 그 환상의 여인은 나와 헤어져서 화장실에 갔었어."

롬버드는 다시 연필로 기록했다.

"화장실에는 건물 청소부라도 있었을 텐데? 혹시 그 아줌마가 자네와 같이 온 사람이라는 것을 모른다고 해도 그 여자만 본 사람도 얼마든지 있을 텐데. 레스토랑에서 그 여자를 관심 있게 본 사람은 없었어?"

"그 여자는 좀 시간이 지나서 혼자서 테이블로 와서."

"그럼, 이번에는 극장으로 가볼까?"

"낚시바늘처럼 기묘한 콧수염을 기른 도어맨이 있었어. 내가 기억하고 있는 것은 그 정도야. 그 도어맨은 그 여자가 쓰고 있는 모자를 보고서 처음에는 멍청히 쳐다보다가 나중에는 갑자기 눈이 휘둥그래지는 거야."

"좋아, 그것은 포함시켜 보지."

롬버드는 얼른 메모를 하는지 긁적거리면서 물었다.

"안내원은 어떤가?"

"우리가 도착한 시간이 약간 늦어서 손전등을 들고 길안내를 해준 기억밖에는 없어."

"그건 별 도움이 되지 않을 것이고. 그럼 무대 쪽에는 특별한 거라도 있었나?"

"무대에 무슨? 출연자들이 어땠냐고? 유감스럽게도 쇼는 워낙 현란하고 정신없이 시끄러웠고 특별한 사항은 없었다네."

"아니, 그래도 쇼를 보던 사람이 일어나서 나갔다면 누군가가 눈여겨보았을 텐데? 혹시 출연자들 중에서 경찰 조사를 받은 사람은?"

"한 명도 없네."

"내가 조사해봐도 상관은 없겠군. 우리는 이 사건을 다루면서 아주 사소한 작은 것이라도 그냥 지나쳐 버려서는 안 돼. 왜냐하면 의외의 곳에 이 문제를 풀 단서가 숨겨져 있기도 하거든. 하여튼 그날 밤, 자네 주위에서 본 사람이라면 앞 못 보는 장님이라도 말해야 돼. 그래야 문제를 해결할 수 있다고."

"아~앗! 장님이라고?"

헨더슨은 날카롭게 소리쳤다.

"뭐야, 왜 그래?"

"자네가 지금 장님하니까 생각난 거야. 장님이 한 명 있었어. 돌아오는 길에 장님 시늉을 하는 거렁뱅이가 끈질기게 달라붙었어."

말을 마친 헨더슨은 롬버드가 급하게 연필을 굴려 메모하는 것을 쳐다보며 물었다.

"자네, 농담하지 마!"

"그렇지 않아! 좀 더 지켜보라고. 내가 무슨 말을 하는지 금방 알게 될 걸세."

롬버드가 침착한 목소리로 말했다. 그는 다시 연필로 메모하면서,

"이것도 포함시키는 거야. 그밖의 다른 것은 없나?"

하고 말하며 종이를 호주머니 속에 넣고서 일어섰다.

"지금 메모한 순서대로 다시 수색해 나가다보면 반드시 어딘가에서 돌파구를 찾을 수 있을 걸세!"

그는 엄숙한 표정으로 확신이 있는 듯 약속하고 앞쪽으로 걸어가 철문을 밀고 밖으로 나갔다. 그리고 헨더슨의 시선이 X선을 지운 곳에 머물러 있는 것을 보더니 '벽 좀 쳐다보지 마!'라고 소리쳤다. 그리고

나더니 복도의 반대쪽을 손가락으로 가리키며 말했다.

"자네를 저곳으로 데려가지 못하게 할 테니까."

"놈들이 나를 데리고 가겠다고 했어."

하고 헨더슨은 빈정거리는 투로 말했다.

신문 광고. 주요 신문의 사람 찾는 면에 게재.

'지난 5월 20일 오후 6시 15분경, 술집 안젤모의 박스 석에 어떤 남성과 함께 앉아 있던 젊은 여자를 찾습니다. 당신은 그 날 좌석 옆을 지나가는 오렌지색 모자를 되돌아본 기억이 없습니까? 혹시 알고 계신 것이 있다면 아래 주소로 연락 주시기 바랍니다. 당신은 술집 안쪽을 향해서 앉아 있었을 겁니다. 기억이 나면 급히 알려주시기 바랍니다. 한 사람의 생명이 달린 중요한 일입니다. 제보에 대해서는 비밀을 지켜드리겠습니다.

신문사 내선 번호 654번 J.L.

그러나 아무 회답도 없었다.

11. 사형 집행 15일 전

롬버드

여자가 문을 열었다. 머리는 듬성듬성 하얗게 물들었고, 몸에서는 음식물 썩는 듯한 냄새가 풍겨왔다.

"마이클 오배넌 씨? 오배넌 씨 있나요?"

말을 더 이을 틈도 없이 여자가 성가셔서 죽겠다는 듯이 소리쳤다.

"원, 지랄같네, 이제 그만 좀 하세요. 내가 오늘 사무실까지 갔었잖아요. 거기 남자가 수요일까지 기다리라고 했는데 뭘 또……, 나도 망하기 직전에 그런 거지같은 회사를 짓밟고 싶지 않다구요? 나 원, 기가 막혀서."

"부인, 나는 수금 사원이 아닙니다. 난 그냥 올 봄에 카지노 극장에서 도어맨을 했던 마이클 오배넌 씨하고 얘기를 좀 하고 싶어서 찾아온 겁니다."

"아, 참 저 이가 그런 일도 한 적이 있었지"

여자의 목소리에는 아직도 가시가 돋아 있었다. 다시 소리를 높여서 신경질이 잔뜩 배인 말을 쏟아냈다. 롬버드가 아닌 다른 사람에게 하는 말인 듯했다.

"저 이는 한 가지 직업을 떨구면 다시 뭘 하려고 하지 않는다니까. 그냥 의자에 붙은 껌처럼 멍청하게 앉아 있으니 말이에요. 아니, 감나무 밑에서 입 벌리고 있다고 감이 저절로 떨어진대요? 누가 일자리를 가지고 찾아오냐구요? 꼴에 뭘 따지기는……, 여보, 누가 당신 찾아왔어요, 마이크."

여자가 안쪽을 향해서 고개를 돌리더니 사나운 짐승이 포효하는 듯한쉰 목소리로 소리치고 다시 롬버드에게 말했다.

"들어오세요 아, 괜찮아요. 그 양반은 벌써 구두 벗고 드러누웠을 거예요."

복도가 길게 늘어져서 마치 기차 통로처럼 꾸불꾸불했다. 끝없이 이어질 것 같았지만 머지않아 끝나고 조금 넓은 방에 이르렀다. 방 한가운데는 탁자가 놓여 있었다. 롬버드가 찾던 마이클 오배넌은 그 테이블 옆에 묘한 자세로 누워있었다. 의자 두 개를 늘어놓고 머리 쪽과 다리 쪽에 각각 하나씩 괴고 누워 있었다. 아무 것도 받히지 않은 중간은 마치 활처럼 축 늘어져 있는 모습이었다. 여자는 구두를 벗고 있다고 말했지만 옷도 제대로 걸치지 않고 있었다. 웃옷은 바지 멜빵 밑으로 누렇게 절은 런닝뿐이었다. 의자 위에 올려진 발에는 양쪽 모두 크게 구멍 뚫린 양말이 신겨져 있었고 그나마도 벗겨지기 일보 직전이었다. 마이클 오배넌이 안으로 들어오는 롬버드를 보고 분홍빛 경마 예상지와 시큼한 냄새가 풍기는 파이프를 옆으로 놓으면서 낮은 소리로 물었다.

"뭔 일이요?"

롬버드가 모자를 벗어서 테이블에 놓더니 허락도 구하지 않고 의자에 털썩 앉았다.

"내 친구가 사람을 한 명 찾고 있습니다."

롬버드는 비밀스레 말을 시작했다. 마이클과 같은 사람들에게 사형선고니 경찰이니 하는 말은 피하는 게 좋다고 생각했다. 그런 말에 겁을 먹으면 아는 것도 제대로 말하지 않기 때문이었다.

"내 친구의 목숨이 걸린 정말로 중요한 일입니다. 늦으면 다시 되돌릴 수 없는 상황이 벌어질지도 모릅니다. 그래서 이렇게 당신을 찾아왔습니다. 당신이 극장에서 일하던 지난 5월의 어느 날 밤에 있었던 일입니다. 남녀 한 쌍이 극장 입구에서 택시에서 내린 것이 기억나시지요? 당신이 택시 도어를 열어주었다고 하던데……"

"그게, 어느 땐지 잘 생각나지 않는군요. 택시 문 열어주는 것이 내 직업인데 그걸 어떻게 다 기억하나요."

"그 두 사람이 공연에 조금 늦게 도착했을 겁니다. 맨 마지막으로 도착한 손님이었을 거예요. 여자는 눈에 확 띄는 오렌지색 모자를 쓰고 있었지요. 모자 꼭대기가 얇은 깃털 장식이 달려 있는 이상하게 생긴 모자였지요. 당신 옆으로 스치고 지나쳐 갔을 거예요. 그 모자가 바로 당신의 눈앞을 지나갔을 겁니다. 기묘한 모자 때문에 당신의 눈이 좌에서 우로 천천히 따라갔을 텐데요. 하긴 뭐, 너무 가까이서 스치고 지나가면 오히려 뭔지 잘 알 수가 없는 일도 종종 있지요."

"그건 저 양반의 특기예요. 젊은 여자만 보면 오금을 저려서 쳐다보느라고 목이 비뚤어질 지경이지. 예쁜 여자 몸에 걸려 있는 거라면 아주 홀딱 빠지는 사람이에요. 그게 뭐든지 상관없었을 거라구요."

부인이 입구에 서서 빈정거렸다. 롬버드가 여자 때문에 잠시 멈추었던 말을 계속 이어나갔다.

"내 친구가 당신이 그렇게 하는 것을 보았답니다. 그때 마침 당신을 쳐다보았다고 하더군요."

여기까지 말한 롬버드가 몸을 앞으로 숙여서 두 손으로 테이블을 꽉 잡더니 다짐을 받듯이 물었다.

"기억나지요? 그 여자 생각나잖아요?"

그러나 잘 모르겠다는 듯이 오배넌이 천천히 흔들었다. 한동안 윗입술을 깨물고 있더니 비웃듯이 말했다.

"헛, 참, 댁은 그걸 지금 질문이라고 하는 거요? 밤이면 밤마다 수도 없이 많은 얼굴을 쳐다보는 것이 내 직업이유. 그들이 대부분 남녀 쌍쌍이지."

롬버드가 테이블에 손을 집고 오배넌에게 상체를 기울인 채로 그를 뚫어져라 노려보고 있었다. 마치 기억해내지 않으면 잡아먹기라도 할 자세였다.

"오배넌 씨. 잘 생각해 보세요. 기억을 더듬어 보시오. 분명히 생각날 거요. 제발 부탁이요, 당신의 기억이 불쌍한 내 친구에게는 유일한 희망이오."

문간에 서서 묵묵히 듣고 있던 부인이 천천히 다가왔지만 참견하지는 않았다. 오배넌이 다시 고개를 흔들었다. 이번에는 정말 모른다는 듯이 단호하게 흔들었다.

"생각이 나지 않는걸. 내가 거기에서 일하면서 아직까지 기억에 남아 있는 사람은 한 명 뿐이오. 내가 택시 문을 열어주자마자 그 사람이 굴러 떨어졌거든. 그것도 머리부터 땅에 부딪혀서 내가 부축해 줘야만 했었지."

그냥 두면 쓸데없는 말이 계속될 것 같아서 롬버드가 얼른 말을 가로 막았다.

"어쩔 수 없군요. 아무래도 생각이 나지 않는단 말이죠?"

"기억이 안 나요, 아무리 쥐어짜도."

오배넌이 다시 쉰 냄새가 끔찍하게 나는 파이프와 경마 정보지를 집어 들었다. 바로 곁에 바싹 다가와서 있던 오배넌의 부인이 롬버드의 눈치를 살피듯이 뚫어지게 쳐다보고 있었다. 그녀가 뭔가 얻어 걸릴 것이라도 있느냐는 투로 물었다.

"만일 저 이가 그 사람을 기억해내면 뭐가 생기기라도 하나요?"

"아, 물론이지요. 내가 알려는 것을 가르쳐주면 충분히 보상하겠습니다."

"생각해 봐요, 마이크, 생각해야 되요."

부인이 애원하듯이 남편을 다그쳤다. 양손으로 오배넌의 어깨를 잡고 반죽이라도 해대듯이 거칠게 흔들었다.

"어서요, 마이크. 빨리 생각해내요, 응!"

오배넌이 목 뒤로 손을 돌려서 부인의 팔을 뿌리치며 소리를 질러댔다.

"그만 좀 흔들어! 내가 빈 보트야? 그렇게 흔들다간 사람이고 뭐고 간에 다 물에 빠져 버리겠다. 머릿속에 생각나려다가도 다 없어지겠어, 젠장할!"

"암만해도 그른 것 같군."

롬버드가 한숨을 쉬며 뒤로 돌더니 좁은 복도를 걸어서 밖으로 향했다. 실망에 빠진 뒷모습이 가련해 보였다. 그의 등 뒤로 안에서 남편에게 소리치는 여자의 목소리가 들려왔다. 화가 치미는 그녀의 목소리가 울부짖음으로 변하는 것이 들렸다. 그녀가 남편의 어깨를 다시 뒤흔드는 듯 했다.

"저것 보라구요, 그냥 가버리잖아! 마이크! 제발 좀 어떻게 해봐요. 그냥 당신이 기억하는 것으로 충분하다잖아요. 아니, 그래, 기억이 그렇게 힘들어요? 그냥 기억하면 되잖아, 내 참!"

그녀가 가슴을 치면서 남편이 가지고 있던 물건을 내던지며 화풀이를 해댔다. 오배넌이 부르짖는 소리도 들렸다.

"아니, 내 파이프를 던져?, 내 경마지를 어떻게 하려는 거야?"

등 뒤로 문을 닫는 롬버드에게 큰 소리로 욕을 해대면서 싸우는 부부의 목소리가 들렸다. 문을 닫자 갑자기 쥐죽은 듯이 고요해졌다. 계단을 걸어 내려가고 있는 롬버드의 발걸음은 무슨 일이 일어날지 이미 알고 있는 듯했다. 틀림없었다. 머지않아 허둥지둥 복도를 뛰어 오는 발소리가 들리더니 문이 거칠게 열렸다. 오배넌의 부인이 아래를 향해 흥분한 목소리로 소리쳤다.

"잠깐만요, 손님! 돌아오세요! 지금 막 기억났대요!"

"정말이요?"

롬버드는 냉정한 목소리로 답하면서 부인을 쳐다보았다. 그러나 계단을 다시 올라갈 기색은 보이지 않는다. 그 자리에 서서 지갑을 꺼내더니 엄지손가락으로 지갑 끝을 만지작거리면서 말했다.

"남편에게 한 가지만 물어보시오. 그 여자가 팔에 걸치고 있던 삼각 슬링이 무슨 색이였는지요? 검은색? 아니면 흰색이었는지 물어보시오."

부인은 앵무새처럼 그대로 흉내내어 방 안쪽에 대고 소리쳤다. 곧이어 머뭇거리는 듯한 목소리로 대답을 전했다.

"흰색이었대요, 이브닝 드레스하고 같은 색이었대요."

"유감이군요."

롬버드가 지갑을 도로 주머니에 집어넣으면서 딱 잘라서 말하고는 계단을 마저 내려가 버렸다.

12. 사형 집행 14일, 13일, 12일 전
젊은 여성

그는 잠시 무슨 일이 있었는지 어리둥절했다. 그녀가 들어와서 의자에 앉고 5, 6분이나 지났을 때까지 전혀 눈치 채지 못했던 것이다. 카운터 쪽에는 아직 손님이 드문드문 앉아 있는 정도이다. 투명인간이 아닌 이상 눈에 띄지 않고 들어오기는 쉬운 일이 아니다. 꽤나 조심하면서 살금살금 들어와서 앉았던 모양이다.

그녀가 들어온 시간은 그의 교대 시간 직후였다. 그가 교대하고 카운터를 향해 똑바로 돌아앉은 직후의 일이리라. 그렇다면 그의 교대 시간과 맞추도록 일부로 시간을 조절했다고 생각할 수밖에 없었다. 풀먹여서 뻣뻣해진 새 코트를 멋지게 차려입은 그가 로커 룸에서 나와서 실내를 둘러봤을 때는 그녀의 모습이 보이지 않았다. 그 점은 틀림없다. 마지막 손님에게 술을 따라주고 몸을 돌리는 순간 조용히 앉아 있는 그녀가 보였던 것이다. 그가 그녀에게 다가갔다.

"주문하시겠습니까, 손님?"

여자가 이상할 정도로 자기 얼굴을 쳐다본다는 느낌이다. 왠지 이상한 느낌이었지만 지나친 자격지심 때문이라고 강하게 부정해 본다. 손님이라면 누구라도 얼굴을 쳐다보면서 주문하니까 이상할 것도 없다고 마음을 가라앉힌다. 마음속으로 아무리 부정해 봐도 자기를 바라보는 그녀의 눈빛이 심상치 않게 느껴진다.

그녀의 눈빛은 주문을 하기 위해서 쳐다보는 눈빛이 아니다. 자기를 쳐다보는 것이 목적이고 주문은 그냥 덧붙여서 하는 행동 같다. 그리고 그녀의 눈빛에는 특별한 메시지가 담겨져 있는 것처럼 느껴진다. '나를 보세요. 나를 똑똑히 기억해 두세요.'

그녀가 위스키와 물을 주문했다. 주문한 것을 가지러 가는 그의 행동에도 그녀의 시선이 따라붙었다. 처음에는 그녀의 야릇한 눈빛이 귀찮고 거북하기 그지없었다. 그녀의 눈빛이 무엇을 의미하는지 알고 싶어서 견딜 수 없었다. 그러나 시간이 좀 지나자 이제 조금 무덤덤해지는 것 같다. 왜냐하면 일이 거기서 끝나는 듯했기 때문이었다.

그는 그녀가 주문한 것들을 내려놓고는 곧바로 등을 돌려서 다른 손님 쪽으로 갔다. 잠시 그녀의 눈빛을 의식하지 못하면서 그녀의 일까지도 잊어버렸다. 그렇다면 그 사이에 그녀에게도 변화가 있었을 것이다. 손의 위치가 바뀌거나, 잔을 잡았다거나, 술집 안을 둘러보거나 등등의 변화가 있었을 것이다.

그러나 그녀에게는 아무런 변화도 없다. 작은 움직임도 없이 그 자리에 앉아 꼼짝하지 않고 있다. 마치 여자 그림을 오려서 의자에 앉혀 놓은 것 같다. 마실 것에는 손도 대지 않았다. 술잔은 그가 내려놓은 그 자리에 그대로 놓여 있다. 아무것도 움직이지 않았지만 한 가지는 계속해서 움직이고 있다. 그녀의 눈이다. 계속해서 그의 움직임을 쫓고 있었다. 한시라도 놓치지 않고 그가 움직이는 대로 따라다니고 있었다.

그가 하는 일에 잠시 틈이 생겼다. 이런 때는 어쩔 수 없이 그녀와 눈빛을 마주치지 않을 수 없다. 그녀가 자기를 이상하게 쳐다보고 있음을 알고 난 뒤로 처음으로 서로의 눈빛이 마주쳤다. 그의 마음속에 동요가 일었다. 자기를 끈질기게 쳐다보는 이유를 알 수 없어서 당황스러웠다. 대체 이건 무슨 뜻인가? 도무지 짐작할 수가 없었다. 슬그머니 거울도 들여다본다. 얼굴에 뭐라도 묻어 있는 건가? 코트가 이상한가? 이런 저런 생각이 다 떠오른다. 하지만 특별히 이상한 곳은 없었다. 이상한 것은 그녀다. 손님 중에서 아무런 움직임도 없이 자기만 쳐다보고 있는 것은 그녀뿐이다. 도대체 뭘 어떻게 하란 말인가? 미치고 펄쩍 뛸 노릇이다.

그녀의 눈빛은 다분히 의식적인 것이다. 그냥 멍청히 쳐다보는 것이 아니다. 그가 움직이면 그녀의 눈빛도 그를 따라서 움직이고 있다. 뭔가 심각한 고민 때문에 허공을 쳐다보다가 시선이 가끔씩 그에게 향하는 것이 절대 아니었다. 눈빛도 꿈속을 헤매는 듯 멍하지 않다. 그녀의 눈빛 속에는 뭔가 불타는 듯 강한 의지가 숨어 있는 것 같았다. 분명한 목적을 가지고 그를 쳐다보고 있는 것이다.

일단 그런 생각이 확인되자 좀처럼 머릿속에서 떠나지 않는다. 머리에서 마음으로 옮겨오면서 괴롭혀대기 시작했다. 이제는 그도 가끔씩 눈을 돌려서 그녀를 살피게 된다. 물론 그녀가 눈치채지 못하게 조심스럽게 행동했다. 그 때마다 자기를 향하고 있는 그녀의 시선을 발견할 수 있었다. 그녀의 시선이 그림자처럼 자기를 쫓아다니고 있는 것이다. 귀찮고 성가시기 그지없다. 귀찮은 것을 넘어서 이제는 은근히 화가 치밀어 오를 지경이다.

저렇게 망부석처럼 앉아서 움직이지도 않는 인간은 난생 처음이다. 그녀와 관계있는 모든 것은 정지상태다. 마시는 술도 예외가 아니다. 그녀 앞에 덩그러니 놓인 채로 외면당하고 있다. 오직 그녀만이 불상처럼 그곳에 앉아서 그에게 강렬한 눈빛을 끊임없이 쏟아붓고 있었다. 화는 고통으로 이어진다. 더 이상 참지 못하고 그녀에게 다가간다.

"왜 술을 안 드시나요?"

이런 식으로 가볍게 말을 걸어보면 분위기가 바뀔지도 모른다. 그녀가 움직이도록 해보려는 생각이었지만 쓸데없는 일이다. 그녀에게는 통하지 않는다.

"그냥 놔두세요."

그녀의 말투에 아무런 감정도 높낮이도 없다. 그저 단순한 부호처럼 들린다.

모든 상황은 그녀에게 유리하게 작용하고 있다. 남자 손님이 카운터에 오래 앉아 있으려면 몇 잔 더 마셔서 매상을 올려야 한다. 그렇지 않으면 바텐더에게 날카로운 눈총을 받아야 한다. 하지만 그녀는 여성일 뿐 아니라 젊기도 하다. 그럴 필요가 전혀 없는 것이다. 그녀는 남자를 만나기 위해 추파를 던지고 있지도 않다. 남자를 유혹해서 술값을 바가지 씌우려고 하지도 않는다. 그녀에게 시비를 걸 만한 꼬투리가 하나도 없는 것이다. 그런 그녀 앞에서 그는 완전히 무기력할 수밖에 없었다.

그가 힘없이 그녀에게서 물러났다. 그녀의 시선에서 멀어지려고 저쪽 카운터 끝으로 간다. 살그머니 뒤돌아보니 그녀의 시선은 여전히 그에게 고정되어 있었다. 이제 그의 인내심도 한계에 이르렀다. 공연히 양 어깨를 흔들어본다. 셔츠의 깃이나 옷매무새를 다시 잡아 보기도 한다. 모두 그녀의 눈빛을 잊어버리려고 일부러 해보는 행동들이다. 그녀는 아직도 자기를 쳐다보고 있을 것이 틀림없다. 하지만 뒤돌아 볼 수 없다. 확인하면 기분만 더 나빠질 것이다.

왠일인지 오늘은 손님도 그리 많지 않다. 잠시 손님들이 몰려와서 주문이 많이 들어오고 정신없이 바쁘면 잠시 동안 그녀의 일을 잊을 수 있다. 너무 바빠서 머리가 지끈거릴 정도로 아프지만 그편이 훨씬 낫다는 생각이 든다. 몸을 많이 움직이면서 그녀의 끔찍한 눈빛도 피할 수 있다. 그러나 항상 손님이 많을 수는 없다. 때때로 쉬는 틈이 생길 수밖에 없다. 말상대 할 손님도 없고, 술잔 설거지도 모두 끝냈고, 술을 따라줄 일도 없어지면 그녀의 시선을 느껴야 한다. 그러면 머리가 지끈지끈 거려서 터질 지경이다. 자기의 손에 들린 행주를 어떻게 해야 좋은지조차 알 수 없다. 허둥대다가 맥주잔을 뒤집어 놓거나 계산기의 숫자를 틀리게 찍기도 한다.

이제는 화가 나서 도저히 참을 수 없다. 과감하게 공격해야겠다고 생각한다. 도대체 그녀가 원하는 것이 무엇인지 알아야겠다.

"저한테 무슨 볼일이 있는 겁니까?"

화를 가라앉히지 못해서 목소리가 약간 떨리고 있다. 하지만 그녀의 말투는 차분하게 변함이 없다. 어떤 감정도 실려 있지 않다. 그녀의 대답에서는 아무 것도 예측해 볼 수가 없다.

"볼일이라고 하셨나요?"

"볼일이라도 있는 것처럼……."

"볼일이 있는 것처럼 보인다구요?"

"실례지만, 내 얼굴이 혹시 당신이 아는 어떤 사람과 닮았나요?"

"전혀."

"날 쳐다보는 것이 그런 것이 아닌가 하는 생각이 들어서요."

그는 말을 하면서 수도 없이 꼴깍하고 침을 삼킨다. 마지막에는 횡설수설하며 혀 꼬부라진 소리로 말했다. 불쾌하다는 감정을 노골적으로 표시하는 방법이었다. 이번에는 그녀의 대답이 없다. 그렇다고 그를 쳐다보는 시선을 거둔 것도 아니다. 잔인할 정도로 쏘아보고 있다. 그 눈빛에 그가 항복하고 물러나고 말았다.

그녀는 웃지도 않았고 말도 없었다. 그렇다고 특별하게 적개심을 드러내지도 않는다. 그저 가만히 앉아서 올빼미처럼 크게 눈을 뜨고 그의 움직임만 끈질기게 쳐다보고 있을 뿐이었다.

그러나 그녀가 쓰고 있는 것은 정말로 무서운 무기이다. 한 시간, 두 시간, 세 시간 이렇게 긴 시간 동안 누군가에게 감시받고 있는 것은 굉장히 견디기 어려운 고통이었다. 그 고통이란 일반사람의 상상을 뛰어넘는 정도였다. 그런 방법으로 인내심을 테스트 받아 본 사람도 없을 것이다.

그런데 그가 지금 그 테스트를 받고 있는 것이다. 천천히 힘이 빠지면서 온몸으로 피곤함을 느꼈다. 빠져나갈 구멍도 없다. 저항하려고 하면 할수록 더 깊이 빠지는 늪과도 같았다. 반원으로 생긴 카운터에 둘러싸여 있어서 도망칠 수 없기도 했지만, 그런 공격방법의 특성이 피할 수 없는 것이기도 했다. 뭔가 반격을 하려고도 했지만 그것도 마땅하지 않았다. 그녀의 시선이란 그저 사람을 의미없이 쳐다보는 것일 뿐이어서 무엇을 들어서 반격할지 알 수가 없었다. 모든 주도권은 일방적으로 그녀가 쥐고 있다. 그녀가 보내는 시선은 전파나 광선과도 같아서 피할 수도, 막을 수도 없는 것이다.

한 번도 경험해 보지 못한 긴박한 절망이 그를 무겁게 짓누르기 시작했다. 할 수만 있다면 로커 룸으로 도망이라도 치고 싶었다. 그녀의 시선이 닿지 않는 곳이라면 카운터 밑으로 숨어도 괜찮다는 생각이 들었다. 그가 이마의 땀을 닦으면서 어물어물 그녀의 눈빛을 피해보려고 했다. 자꾸만 머리 위에 걸린 벽시계도 쳐다본다. 예전에 어떤 남자가 저 시계에 생사가 달렸다고 했던 바로 그 시계다. 이제는 그녀가 빨리 가기를 하나님께 빌어 본다. 하지만 그녀는 돌아갈 뜻이 전혀 없는 듯하다.

대부분의 경우 술집을 찾는 사람들은 나름대로 이유가 있다. 그들은 자신이 가졌던 이유가 충족되면 다시 돌아간다. 그런데 그녀에게는 그런 이유도 없는 듯하다. 그러니 그녀가 돌아갈 것을 바라는 것도 부질없는 짓이다. 그녀가 누구를 만나기 위해서 왔다면 벌써 만나고도 남았을 시간이 흘렀다. 술이 마시고 싶어서 왔다면 그녀의 술잔이 몇 번이고 비었어야 했다. 하지만 그녀 앞에 놓은 위스키 잔은 벌써 몇 시간 동안 원래 그대로 놓여 있을 뿐이다. 그렇다면 그녀의 목적은 단 한 가지밖에 없다. 그를 바라보는 것, 그것이 유일한 목적이었다.

　가능한 모든 방법을 써서 그녀의 시선을 쫓아내고 싶었지만 모두 성공하지 못했다. 이제는 방법이 없다. 그저 문 닫을 시간만 애타게 기다리는 수밖에 없다. 도망칠 길은 오직 그 길 뿐이기 때문이다. 시간이 흐르고 손님들이 차츰 자리에서 일어나기 시작한다. 그를 둘러싸고 있었던 사람들의 수가 점점 줄어들었다. 그러나 그럴수록 그녀의 시선이 그의 신경을 더욱 강하게 자극한다. 그녀는 그를 둘러싸고 있던 장애물이 없어지고 넓은 공간이 생기자 마치 먹이를 쫓는 맹수처럼 사정없는 공격을 퍼붓고 있었다.

　그가 잔을 떨어뜨렸다. 한 번도 하지 않았던 실수다. 참기 어려운 그녀의 눈빛을 피하다 생긴 실수였다. 그가 손으로는 깨진 유리 조각을 줍고 있었지만 눈으로 그녀를 노려보았고 입으로는 혼잣말처럼 저주의 말을 중얼거린다.

　드디어 시계의 긴바늘이 12를 가리켰다. 새벽 4시다. 문 닫을 시간인 것이다. 마지막까지 남아 있던 두 명의 남자 손님이 열심히 떠들다가 문 닫을 시간임을 알고 말하기도 전에 자리에서 일어났다. 두 사람은 아직도 할 말이 남았는지 뭔가 열심히 얘기하면서 밖으로 나갔다. 하지만 그녀는 일어설 기미가 없다. 김이 모두 빠져버린 위스키 잔을 앞에 두고 의자에 똑같은 자세로 앉아 있다. 눈도 깜박이지 않는다. 그녀의 시선은 그에게 못이 박혀 있는 듯했다.

　"안녕히 가십시오."

　그녀가 들을 수 있도록 일부러 큰 소리로 마지막 두 손님을 배웅했다. 그래도 그녀는 꿈쩍하지 않았다. 그가 전기 제어함을 열고 스위치 한 개를 끄자 밖의 조명도 꺼지고 카운터 뒤편의 희미한 불빛만 주변을 희미하게 밝히고 있었다. 마치 지금까지 몸을 숨기고 있던 어둠이 술집 안벽을 타고 넘어서 쌓아 놓은 술잔을 돌아 스멀스멀 기어들어오는 것 같았다. 그의 모습은 검은 실루엣처럼 벽에 비쳤다. 그녀의 새하얀 얼굴도 어둠 속에서 밖을 내다보고 있다. 새하얀 그녀의 얼굴은 마치 몸에서 분리된 것처럼 보였다. 그가 다가가서 김빠진 위스키를 개수대에 던지듯 쏟아 부으면서 말했다.

"이제 문 닫을 시간입니다."

심하게 귀에 거슬리는 목소리였다. 그녀가 천천히 움직이기 시작했다. 너무 갑자기 의자에서 내려와서 어지럽다는 듯 의자에 손을 짚고 잠시 멈춰 있었다. 오랫동안 가만히 앉아 있다가 갑자기 움직이는데 몸속의 장기들이 적응하기를 기다리는 것처럼 보였다. 그가 빠른 손놀림으로 흰색 정장의 단추를 거칠게 풀어 재끼면서 못마땅한 말투로 물었다.

"이게 뭡니까? 뭐 장난하는 것도 아니고? 도대체 뭘 하자는 겁니까?"

그녀가 아무 것도 듣지 못한 사람처럼 대답없이 어두컴컴한 홀을 지나서 입구 쪽으로 가볍게 걸어 나갔다. 이제는 카운터에 그녀가 없다. 카운터에 그녀가 없다는 생각만으로도 속이 이렇게 후련해질 수 있단 말인가? 가슴에 꽉 막혀있던 응어리가 풀어지고 알 수 없는 안도감이 밀려온다. 그가 단추를 풀어헤쳐서 앞가슴을 드러낸 채로 피로에 지친 몸을 카운터에 기댔다. 한 손을 카운터에 짚고 몸을 기울여서 입구 쪽으로 걸어가는 그녀를 살펴보았다.

그녀는 출입문 근처에 장식등이 켜져 있는 곳까지 걸어가고 있었다. 출입문 근처에서 그녀가 갑자기 뒤를 돌아서더니 그를 쳐다보았다. 카운터에 앉아서 그를 쳐다보던 그런 야릇한 눈빛이었다. 지금까지 그에게 있었던 일들이 결코 환상이 아니라는 것을 알려주겠다는 태도처럼 보였다. 아니, 아직 끝난 것이 아니고 잠깐 쉬고 있다는 것을 알려주고 있다는 느낌이었다.

그의 느낌이 틀리지 않았다. 가게를 나와서 문을 잠그고 돌아서자 그녀가 보였다. 2~3미터 떨어진 좁은 길에 꼼짝도 없이 서 있었다. 그가 나오기를 기다리는 것처럼 문을 향해 서 있었다. 그의 집으로 가려면 싫어도 그녀가 있는 쪽으로 가야 한다. 좁은 길 한가운데에 그녀가 떡 버티고 서 있다. 그는 그녀와 30센티미터도 못되는 간격으로 스치듯 지나가야만 했다. 그가 자기 옆을 지나가자 그녀도 고개를 그를 따라 천천히 돌렸다. 오늘 상황으로 봐서는 그녀가 아무 말도 하지 않을 것이 틀림없다. 그녀의 침묵을 견디기 어려웠는지 그가 먼저 입을 열었다.

"대체 내게 무슨 볼 일이 있는 거요?"

말을 건넬 마음도 없이 충동적으로 내뱉어서 그런지 협박하는 듯한 말투였다.

"제가 볼일이 있다고 말했나요?"

그는 가던 길을 멈추고 갑자기 몸을 휙 돌리더니 그녀와 똑바로 마주섰다.

"당신, 술집에 앉아서 잠시도 나에게서 눈을 떼지 않았어, 지금까지! 하루종일 나만 뚫어지게 보고 있었다고, 젠장. 내 말 알아듣겠어?"

자기가 대단히 화가 났다는 걸 보여주기라도 하듯 손바닥을 주먹으로 두들겼다.

"아니, 그것도 모자라서 밖에 나와서까지 이렇게 지켜 서 있다니……!"

"길에 서 있으면 안 되는 법이 있나요?"

"어이, 아가씨, 조심하는 게 좋을 거야! 댁을 위해서 하는 충고야."

그는 굵은 손가락으로 삿대질을 하면서 말했지만 그녀는 대답이 없이 입을 다물고 있을 뿐이다. 말다툼에서 승리자는 침묵할 수 있는 사람에게 돌아오는 법이다. 혼자서 시끄럽게 날뛰던 그가 당할 수 없다고 느꼈는지 비틀거리며 걷기 시작했다.

그는 뒤돌아보지 않았다. 그래도 그녀가 뒤쫓아 오는 것을 금방 알 수 있다. 그녀도 자기가 따라가고 있다는 것을 숨길 생각이 없는 것 같다. 아니 그녀를 의식하지 않는 것이 더 어렵다. 조용한 밤거리에서 그녀의 구두소리는 또각또각 너무나 선명하게 들렸기 때문이다.

그가 미끄러지는 듯이 빠른 발걸음으로 사거리를 지나갔다. 아스팔트 길이 한 칸 낮아지더니 시내로 향하는 길이 동서로 뻗어 있다. 그녀의 구두소리도 계속해서 또각또각 소리를 내면서 적당한 거리를 두고 쫓아왔다. 그가 더 이상 참지 못하고 뒤를 돌아봤다. 그저 경고를 좀 줄 생각이었다. 하지만 그녀는 한낮의 산책을 즐기는 사람처럼 걷고 있었다. 여자들 중에서도 가슴을 앞으로 쭉 내밀고 당당하게 걷는 사람이 있지만, 그녀의 걸음걸이는 보는 사람이 짜증날 수도 있을 정도로 느긋한 발걸음이다. 그렇지만 어딘가에 당당하다는 느낌도 지울 수 없는 그런 발걸음이었다.

앞으로 조금 더 걸어가던 그가 뒤로 완전히 돌아섰다. 화가 치밀어 오르는 얼굴을 들고 그녀와 똑바로 마주섰다. 그녀도 걸음을 멈추었지만 그 자리에 꼿꼿이 서서 한 발자국도 물러설 기미가 없다. 그가 성큼성큼 그녀에게 다가가서 버럭 소리를 질렀다.

"이거 너무 심하잖아! 그만 돌아가라고! 이만하면 할 만큼 했잖아, 엉? 돌아가지 않는다면 나한테도 생각이……."

"나도 이 방향으로 가야 해요."

더 이상의 대답도 없다. 역시 그녀가 유리한 입장에 있다. 입장이 바뀌어도 마찬가지일 것이다. 경찰을 불러서 어떤 젊은 여자가 계속 뒤쫓아 와서 괴롭다고 하소연한다면 정말로 믿어줄 것인가? 바보가 아닌 다음에야 그런 신고를 하면서 부끄러움을 느끼지 않을 남자가 있을까? 그녀가 욕을 해대는 것도 아니다. 팔을 걷어붙이고 달려들지도 않는다. 그저 가는 방향이 같아서 그 길로 가고 있을 뿐이다. 술집에서처럼 그로서는 어쩔 도리가 없는 것이다.

잠깐 동안 그녀와 마주 서 있었지만 그것도 최소한의 체면을 유지하려는 허세에 불과했다. 그저 남자로서 돌아섰던 것이 창피하지 않으려고 잠시 시간을 끌었던 것뿐이다. 그가 화를 삭이지 못하고 코를 킁킁거리며 몸을 홱 돌렸지만, 그것도 역시 자기의 화가 아직 풀리지 않는다는 것을 알려주려는 허세에 불과하다고 생각될 뿐이었다.

그가 다시 길을 건넜고 여자는 적당한 간격을 유지하고 있다. 열 걸음, 열다섯 걸음, 스무 걸음, 마치 보조를 맞춰서 걷는 듯한 지겨운 행진이 계속되었다. 똑, 똑, 똑, 똑……, 그를 쫓아오는 발걸음 소리가 마치 진흙에 떨어지는 빗방울 소리처럼 들려온다.

어느새 모퉁이를 돌아서 계단이 시작되는 곳에 도착하자 거침없이 계단을 올라갔다. 지붕이 쳐진 계단은 매일 밤 전철을 타기 위해서 오르내리던 계단이다. 그가 꼭대기에 올라가서 자기가 금방 올라온 가파른 계단을 내려보면서 그녀가 나타나는지 지켜보았다. 계단을 오르는 그녀의 발걸음 소리가 난간을 울리는 쇳소리와 함께 들리더니 머지않아 계단 중간에서 그녀의 얼굴이 보이기 시작했다.

서둘러서 개찰구를 통과한 그가 공격적인 자세를 취했다. 뒤이어 계단을 다 올라온 그녀가 손에 이미 5센트 동전을 들고 태연하게 개찰구로 다가오고 있었다. 두 사람 사이의 거리가 개찰구의 회전 나무문에 불과했다. 그가 손으로 후려치려는 듯 팔을 뒤로 젖혔다. 그대로 내려치면 그녀를 물리칠 수 있을 것 같았다. 그가 재빨리 개찰구의 동전 투입구를 막으면서 사나운 개처럼 이빨을 드러내고 소리쳤다.

"제기랄, 꺼져버려! 빨리 밑으로 꺼져 버리라구!"

그녀가 그곳에 동전 넣는 것을 포기하고 옆 자리로 옮겼다. 그러자 그도 따라서 자리를 옮기며 그녀를 막아섰다. 그녀가 다시 처음 자리로 되돌아오자 그도 따라와서 계속 방해했다. 갑자기 고가의 전철역 안에 있는 모든 것들이 바쁘게 움직이기 시작했다. 막차가 들어오고 있는 것이다.

그 순간 손으로 내리칠 듯 위협만 하던 그가 정말로 팔을 휘둘렀다. 그녀가 맞았더라면 뒤로 나동그라질 만큼 엄청난 힘이었다. 그녀가 역겨운 냄새를 피하는 것처럼 머리를 흔들었다. 그의 손이 그녀의 코끝을 아슬아슬하게 스쳐 지나갔다. 그때 바로 옆에서 유리문이 열리는 소리가 났다. 허스름한 사무실의 문이 열리더니 역무원이 몸을 내밀고 소리질렀다.

"어이, 손님, 지금 뭔 짓을 하는 겁니까? 그녀를 지나가게 그냥 두세요. 전철을 타려는 승객을 괴롭히다니, 경찰에 신고하겠소!"

그는 호통치는 역무원에게 횡설수설하며 변명하려고 했다.

"이 여자는 왜 온종일 내 뒤만 쫓아 다녔단 말이오. 바보일지도 모르겠지만 어쨌든 이런 여자는 잡아서 정신병원에 처넣는 게 좋을 거요."

그러자 그녀가 '3호선은 당신만 타는 전철이냐'고 냉랭하게 말했고 역무원도 쓸데없는 소리는 하지도 말라는 듯 거친 몸짓을 보이며 밖으로 나왔다.

"이 여자가 어디까지 가는지 좀 물어봐 주십시오. 자기도 어디서 내리는지 모를 겁니다."

그녀가 이번에는 단호한 목소리로 역무원에게 대답해 주었지만 아무래도 그에게 하는 소리처럼 들렸다.

"27번 구획에서 내릴 거예요. 2번가와 3번가 중간쯤을 가려고 하는 거예요. 거길 가려면 이 전철을 타는 게 맞잖아요. 잘 모르시겠으면 전철 노선도를 잘 보세요."

그가 그녀의 대답을 들더니 잠시 멍하니 정신이 빠지는 것을 느꼈다. 그곳은 바로 자기가 내릴 역이다. 그녀는 이미 자기의 행선지까지 파악하고 있는 것이다. 이제는 무슨 수를 써도 그녀를 따돌릴 수 없을 것 같다. 역무원이 손을 들어서 판결을 내리듯 말했다.

"자, 어서 들어가세요, 아가씨."

그녀는 그가 비켜주길 기다리지 않고 옆쪽으로 들어갔다. 어차피 그로서는 그때 길을 비켜주는 것도 불가능한 상태였다. 잠시 동안 전신이 마비되어 굳어버리는 느낌이었다. 자기가 가는 곳을 그녀가 이미 알고 있다는 것에서 받은 충격 때문이었다.

전철이 도착하는 소리가 들렸다. 그것은 반대편 전철이라 두 사람이 탈 차는 아니다. 반대편 전철이 떠나자 역 구내는 다시 무거운 침묵에 휩싸였다. 그녀가 어슬렁거리며 승강장 끝 쪽으로 걸어가더니 그곳에서 전철을 기다리고 있었다. 그도 그녀를 따라가더니 그녀와 전신주 두 개 정도의 거리에서 멈춰 섰다. 두 사람이 모두 전철이 들어오는 방향을 쳐다보고 있었다. 그의 눈에는 그녀가 보였지만 그녀 쪽에서는 그가 보이지 않았다.

그녀는 자기에게 어떤 일이 닥칠지 예측하지 못하고 승강장 끝을 향해 어슬렁어슬렁 더 앞쪽으로 걸어갔다. 전철을 기다리는 경우에는 가만히 서서 기다리기 보다는 무료함을 달래기 위해서 아무런 의미도 없이 이리저리 움직이면서 기다리는 것이 보통이다. 그녀도 그렇게 움직이면서 역무원이 보이지 않는 곳까지 가게 되었다. 이미 역사의 지붕은 멀어져서 가물가물 잘 보이지도 않는다. 승강장의 폭도 좁아져서 겨우 한 사람만 지나갈 수 있는 정도였다. 그녀가 거기서 걸음을 멈추었다. 거기에서 다시 돌아서 조금 전까지 있었던 곳으로 되돌아가려고 생각했었던 모양이다. 하지만 그곳에 서서 그에게 등을 보인 채 전철이 오는 방향을 바라보는 순간, 무언가 긴박한 위험에 처해 있다는 섬뜩한 느낌이 온몸에 뒤덮였다.

위험은 승강장 바닥을 밟는 발소리와 함께 그녀에게 다가오고 있었다. 그가 여자 쪽으로 천천히 다가오고 있는 것이다. 그녀가 그를 뒤따를 때와 마찬가지로 가벼운 발걸음이다. 역 전체를 둘러싸고 있는 정적을 깨면서 들려오는 그의 발자국 소리에서 불길한 기운이 풍기고 있다. 또박또박 들려오는 소리뿐 아니라 걸음에 담긴 리듬도 심상치 않다. 무슨 목적을 위해 계산된 발걸음이다. 그렇지만 그저 산보나 하는 것처럼 위장하고 있다는 느낌도 담겨 있는 그런 리듬이다. 그녀가 뒤를 돌아보지는 않았지만 직감적으로 위험을 느낄 수 있었다. 그녀가 등을 돌리고 방심한 사이에 상황이 이렇게 바뀐 것이다.

그녀가 얼른 뒤로 돌아서 그를 바라보았다. 조금 전 전신주 두 개의 거리를 두고 있었을 때보다 훨씬 차분한 얼굴을 하고 있다. 그때 그가 힐끔 아래를 보면서 세 번째 레일을 쳐다보았다. 그녀는 등이 서늘해지는 것을 느꼈다. 바로 그것이었다! 자기에게 닥친 위험의 진실이 무엇인지 확실하게 파악이 되었다. 남자가 자기 옆을 스치고 지나가면서 팔꿈치로 살짝 밀거나, 발로 툭 차버리면 모든 것이 끝이다. 그녀는 자기가 엄청난 위험에 몰려 있다는 것을 깨달았다.

그곳은 역의 맨 끝이다. 아무 생각 없이 걷다가 역무원의 눈길이 미치지 않는 곳까지 온 것이다. 개찰구를 지켜보는 사무실은 안쪽으로 조금 들어가 있어서 승강장 끝까지는 볼 수 있게 되어 있었다. 완전히 사각지대에 들어서 있었던 것이다.

승강장에는 그와 그녀 단 두 사람뿐이다. 건너편 승강장을 보았지만 사람의 모습은 보이지 않는다. 조금 전에 출발한 전철에 모두 타고 떠나가 버린 것이다. 자기가 타려는 전철은 아직 모습도 보이지 않고 있다. 뒤로 물러나는 것도 불가능하다. 등 뒤로 2~3미터면 승강장이 끝난다. 뒤로 물러나는 것은 오히려 자살행위다. 막다른 골목에 몰린 것이다. 그녀의 미래는 오직 그의 생각에 달려 있었다. 역무원에게 도움을 청하러 가려면 그를 지나쳐야만 한다. 그것이야말로 그가 바라는 것일지 모른다. 그의 목적을 오히려 도와주는 결과가 되리라.

그가 행동하기 전에 도와 달라고 비명을 지르면 혹시라도 역무원이 달려와 줄지도 모른다. 하지만 거꾸로 사태를 더 어렵게 만들어서 그의 행동을 유발시킬지도 모른다. 극도로 긴장하고 있는 그에게 그런 자극이란 엄청나게 위험한 행동으로 이어질 수 있기 때문이다. 그의 얼굴 표정만 보더라도 얼마나 긴장하고 있는지 쉽게 짐작이 간다. 그런 긴장상태에서 일시적인 착란증상이 발생할 가능성도 높다. 비명이 그에게 오히려 공포감을 줄 수도 있는 것이다.

지금까지 그녀가 남자를 위협했었다. 사실은 필요 이상으로 겁을 주고 있었는지도 모른다. 그녀가 조심스럽게 철로 쪽에서 최대한 멀리 떨어져서 안으로 들어갔다. 그녀의 등이 대형 광고판에 닿았다. 그녀가 광고판에 엉덩이를 딱 붙이고 옆으로 걸어서 조심스럽게 승강장 안쪽으로 걸어갔다. 끝 쪽으로 걸어오고 있는 남자를 향해서 다가가는 것이다. 광고판에서 옷자락 끌리는 소리가 났다. 그 정도로 광고판에 바짝 등을 대고 있었던 것이다.

그녀가 사정권 안에 그도 역시 그녀의 앞길을 막듯이 몸을 옆으로 기울였다. 지상에서 삼 층 높이의 인적 없는 전철 승강장, 노란색 불빛이 엷게 퍼지면서 두 사람의 머리 위를 비추고 있고, 조심스럽게 걷고 있는 두 사람의 모습은 마치 어항 속을 천천히 헤엄치고 있는 물고기처럼 보인다. 두 사람의 움직임은 슬로 모션을 연상시키듯 조용한 움직임이었지만 숨 막히는 긴장감이 배어 있었다.

남자가 서서히 다가오고, 여자가 천천히 그쪽을 향해 움직인다. 이제 두 사람의 거리는 겨우 두세 발자국에 불과하다. 그때 갑자기 개찰구 쪽이 소란스럽더니 흑인 여자가 한 명 승강장에 모습을 나타냈다. 무슨 장사를 하는 사람처럼 보이는 그녀가 승강장 끝 쪽을 향해 걸어오다가 두 사람이 있는 근처에서 몸을 구부리더니 발목을 긁기 시작했다.

흑인 여자가 나타나면서 두 사람이 몸의 긴장을 천천히 풀어나갔다. 흑인 여인은 상황을 아는지 모르는지 광고판에 등에 대고 다리를 위아래 마구 긁어대고 있었다. 갑자기 긴장이 빠진 남자가 공기 빠진 공처럼 축 처지면서 몸을 돌려 그녀로부터 떨어졌다. 자동판매기 옆으로 가더니 거기에 몸을 기댔다. 그녀의 눈에 남자의 온 몸에서 빠져나오고 있는 독기가 보이는 듯했다. 조금 전까지 그녀를 위협하던 무시무시한 죽음의 독기였다.

아무런 말도 오가지는 않았지만 모든 상황이 끝난 것은 아니다. 하지만 주도권은 그녀에게 돌아가 있었다. 그녀는 이런 실수를 두 번 다시 하지 말아야겠다고 마음속으로 다짐한다.

전철이 미끄러지듯 역으로 들어왔다. 조금 전의 긴박감에서 벗어난 두 사람이 각각 차량의 반대쪽 끝에서 전철에 올랐다. 차 안에서는 양쪽 끝에 자리를 잡고 앉았다. 남자는 상체를 구부려서 머리를 무릎에 묻고 있었고, 여자도 등을 약간 구부리고 천장의 등을 쳐다보고 있었다. 두 사람 사이에는 아까 그 흑인 여자만이 앉아 있었다. 그녀는 습관적으로 발을 긁으면서 어디서 내려야 하는지 모르는 것처럼 자꾸만 역 이름에 신경을 쓰고 있었다.

전철이 28번 구획에 도착하자 두 사람이 각각 양쪽 끝의 문으로 내렸다. 그는 역 계단을 내려가면서 그녀가 따라 내려오는 것을 느끼고 있지만 뒤를 돌아보지는 않았다. 이제는 그녀가 하는 대로 그냥 내버려 두려고 생각하고 있는 듯했다. 가야 할 길이 아직 많이 남아 있었지만 원한다면 따라와 보라고 포기하고 있는 듯했다.

두 사람이 27번 구획에서 2번가 쪽으로 방향을 바꾸면서 길 양편으로 서로 갈렸다. 그는 길 이쪽 편이고 그녀는 저쪽 편으로 갈렸지만 두 사람의 거리는 일정하게 유지되고 있었다. 그녀는 그가 어디까지 가는지 정확하게 알고 있다는 뜻이다. 이제는 긴박한 미행이 아니라 단순하고 기계적인 동행이 되어 버렸다. 그저 도저히 풀리지 않는 의문만이 그의 가슴을 짓누르고 있을 뿐이었다. 도대체 나를 이렇게 끈질기게 쫓아오는 이유가 무엇일까? 그는 그녀가 자기를 미행하는 진짜 이유를 알고 싶었다.

그가 길모퉁이 근처의 문 속으로 사라졌다. 어둠에 빨려 들어가듯이 빠른 행동으로 모습을 감춘 것이다. 마지막 순간까지 건너편 인도에서 자기를 따라오고 있는 그녀의 존재를 의식하고 있었다는 증거였다. 그는 문으로 들어가기 전에 뒤를 돌아보고 싶은 생각이 굴뚝같았지만 꾹 참았다. 어쨌든 이제는 두 사람이 헤어졌다. 초저녁에 술집에서 만난 이후로 처음 헤어진 것이다.

그녀는 길 건너편에 서서 남자가 머물고 있는 창문을 주시하고 있었다. 이윽고 창문에 불이 켜졌다. 누군가를 애타게 기다리다가 환영하면서 켜는 불처럼 보였다. 하지만 이내 불이 꺼져버렸다. 다시 불이 밝혀질 기미도 없다. 단지 회색빛 커튼이 가끔씩 보일 듯 말듯 흔들릴 뿐이다. 그녀는 한 사람 또는 여러 사람이 커튼 뒤에 숨어서 자기를 내려보고 있다는 걸 알아차렸다. 그녀는 그대로 그곳에서 다리에 쥐가 날 정도로 꼼짝 않고 서 있었다. 멀리서 전철이 지나가던 가까이로 사람이 지나가던 관심이 없었다.

그때 갑자기 경찰관 한 명이 그녀 곁으로 불쑥 다가섰다. 조금 전부터 그녀가 알지 못하게 근처에서 그녀를 바라보고 있었던 게 분명했다.

"실례합니다, 아가씨!, 사실은 저 아파트에 사는 어떤 부인이 신고를 했습니다. 아가씨가 자기의 남편을 직장에서부터 계속 따라와서 30분이 넘도록 자기 집 창문을 쳐다보고 있다고 신고했는데, 맞습니까?"

"네, 맞아요."

"그럼, 이만하고 집으로 돌아가시지요?"

"저, 급박한 사정이 있어서 그런 거예요. 부탁이 있는데요, 내 팔을 잡고 저쪽 모퉁이까지 가주시겠어요? 내가 붙잡혀가는 것처럼 보이도록 말예요."

영문을 알 수 없다는 표정이었지만 경찰은 순순히 그녀가 시키는 대로 해주었다. 창문이 보이지 않는 곳으로 가자 걸음을 멈춘 그녀가 경찰에게 말을 했다.

"이것을 좀 보세요."

그녀는 명함을 한 장 꺼내서 경찰에게 보여 주었다. 희미한 가로등 불빛으로 그것을 들여다보던 경찰이 물었다.

"이 사람이 누군가요?"

"뉴욕 경찰청의 살인과 담당 형사예요. 믿지 못 하시겠으면 전화로 확인하셔도 되요. 그 분이 알고 있고, 또 경찰청의 허가도 받아서 하는 일이에요."

"아, 그러세요. 그럼, 뭐, 미행이나 그런 거군요?"

"지금부터는 이런 신고가 들어와도 그냥 모르는 체해주시면 고맙겠어요. 앞으로 2~3일이면 끝납니다."

경찰이 의심을 풀더니 그녀에게 경례를 하고 그녀에게 멀어졌다. 그녀가 어디론가 전화를 걸었다.

"일은 잘 돼가나요?"

상대방이 급하게 물었다.

"이미 이성을 잃었어요. 당황해서 술잔을 깨뜨리기도 하고, 조금 전에는 고가전철 승강장에서 나를 밀어서 떨어뜨리려고도 하더라고요."

"고생이 많군요. 특히 주위에 사람이 없는 곳에서는 각별히 조심하십시오. 위험하게 너무 가까이 접근하지 말고요, 알겠습니까? 그 친구가 이런 상황이 무슨 의미인지, 어떤 목적으로 이러는지 조금도 눈치 채게 해서는 안 됩니다, 잊지 마세요. 막다른 경우라도 그에게 무엇을 물어서는 안 됩니다. 그가 우리의 목적을 알면 모든 것이 헛수고요. 아무 것도 알지 못하는 상태라면 그는 갈피를 잡지 못하고 허둥대다 가 결국 우리가 생각한 대로 빠져들 것이요."

"그가 몇 시에 출근하나요?"

"오후 5시 정각입니다. 매일 같은 시간에 아파트 정문을 나섭니다." 전화 속의 남자는 무엇을 보고 있는 것처럼 확신에 찬 대답을 주었 다.

"그럼, 내일은 출근 때부터 쫓아다니겠어요."

그렇게 사흘이 지났다. 그날 밤은 지배인이 그녀가 앉아 있는 곳으 로 다가오더니 조용히 바텐더에게 물었다.

"무슨 일이야? 저 아가씨는 들어온 지 20분이 지났는데 왜 주문을 안 받았어? 저렇게 젊고 정숙한 숙녀분에게 주문을 받지 않는 것은 실례잖아, 응? 내가 아까부터 보고 있었는데, 자네 눈이 좀 이상해진 거 아니야?"

바텐더의 얼굴이 하얗게 질렸다. 그녀가 나타난 이후에 제대로 되는 일이 없다. 모든 것이 뒤죽박죽 엉망이다. 그가 낮은 목소리로 더듬거 렸다.

"주문을 받을 수가 없어요……. 이건 완전히 고문입니다, 안젤모 씨. 저 여자가 지금 나를 괴롭히고 있다고요."

바텐더가 눈물이 날 정도로 크게 기침을 해댔다. 양쪽 볼이 개구리 울음주머니처럼 크게 부풀어 올랐다가 다시 납작해졌다. 그녀는 30센 티정도 떨어진 곳에 앉아서 두 사람의 대화를 순진한 눈으로 쳐다보 고 있었다.

"벌써 사흘쨉니다. 저 여자는 그저 저기 앉아서 오로지 저만 쳐다보고 있으니……."

"주문을 하려면 너를 쳐다봐야 되지. 쳐다보는 게 당연한데 뭔 소리야? 주문도 안 받고 어떻게 하겠다는 거야?"

지배인은 질책하면서 보니 바텐더의 얼굴이 심상치 않아 보였다.

"자네, 왜 그래? 어디가 아픈가? 얼굴이 안 좋은데? 아프면 집에 가서 쉬어. 전화해서 피트를 나오라고 할 테니까."

"아닙니다. 괜찮아요."

당황한 바텐더가 겁에 질린 목소리로 말했다.

"집에 가도 소용없어요. 저 여자가 집까지 쫓아와서 밤새도록 길 건너편에 서 있어요! 집보다 사람 많이 있는 곳이 훨씬 안전합니다."

"무슨 바보 같은 소리야. 빨리 주문이나 받으라고."

냉정하게 말하고 나가던 지배인이 그녀를 슬쩍 쳐다보았다. 정숙해 보이고 단정한 모습이 의심할 여지가 없는 여인이었다. 그녀 앞에 마실 것을 내려놓는 그의 손이 자꾸만 떨렸다. 참으려 했지만 어쩔 수 없었다. 너무 떨어서 술을 조금 쏟기까지 했다. 그래도 두 사람은 아무 말이 없었다.

"오, 안녕하세요. 또 만났습니다."

역무원이 개찰구로 들어오는 그녀를 알아보고는 반갑게 말을 걸었다.

"좀 이상한 일이에요. 아가씨하고 그때 그 남자 말이에요. 그 남자도 지금 막 지나갔거든요. 두 분이 언제나 비슷한 시간에 도착하네요. 똑같은 시간은 아니지만, 아가씨도 알고 계신가요?"

"예, 알고 있어요. 우린 같은 곳에서 나오거든요."

그녀는 역무원 근처에 서 있었다. 안전도 보장되고 전철이 도착할 때까지 역무원과 이야기하면서 시간을 보낼 수도 있었다.

"상쾌한 밤이죠? ……아까 그 남자 친구도 잘 지내시죠? ……내가 보기는 이번엔 다저스가 우승 못할 것 같던데……."

그녀는 건성으로 역무원의 말에 대답하면서 가끔 승강장을 쳐다보았다. 거기 한 개의 마네킹이 서 있다. 걷고 있거나, 가만히 멈춰있거나 어떤 때는 시야에서 사라지기도 했다. 그럴 때도 그녀는 경솔하게 승강장으로 나가지는 않았다.

전철이 도착하고 문이 열리면 재빠르게 뛰어서 전철에 올라탔다. 가능하면 위험에 빠질 요소를 최대한 피하려고 하는 것이었다. 고압이 흐르고 있는 세 번째 레일은 바로 전철 바로 아래 있기 때문이었다.

고가전철이 변함없이 덜컹거리며 지나가고 있다. 택시도 평상시처럼 지나가고 있다. 길가에 서있는 그녀에게 택시운전사가 눈길을 보냈지만 아무런 반응이 없다. 주변이 다시 고요한 정적이 흐른다. 그때 갑자기 건물에서 한 여인이 뛰어 나왔다. 머리가 산발이고 잠옷 위에 아무렇게나 코트를 걸치고 있다. 무언가 마음을 다잡고 있다는 듯이 탁탁 구두소리를 내면서 그녀에게 다가왔다.

심상치 않은 기운을 느낀 그녀가 모퉁이를 돌아서 골목길로 걸어갔다. 움직임에 무서움은 보이지 않는다. 오히려 당당한 모습이다. 그저 귀찮은 상대를 피하는 몸짓처럼 보였다. 아파트에서 뛰쳐나온 여인이 날카로운 쇳소리를 냈다.

"벌써 사흘이야! 왜 우리 남편을 쫓아다니는 거냐구? 빨리 꺼져버려. 안 꺼지면 경찰에 신고할 거야, 알겠어!"

여인은 모퉁이에 서서 소리치고 무서운 표정으로 그녀를 노려보더니 다시 자기 집으로 돌아갔다. 여인이 집으로 들어가자 그녀가 다시 제자리로 돌아왔다. 다시 쥐구멍을 바라보는 고양이처럼 아파트의 창문 두 개를 가만히 응시하고 서 있었다.

꿈틀거리며 지나가는 고가전철이 벌레처럼 느껴진다. 택시도 무심하게 달려간다. 밤늦은 시간에 지나가는 사람들이 스치듯 지나간다. 그리고 보이지 않게 숨은 눈들이 창문 뒤에 숨어서 그녀를 내려보고 있다. 그녀의 얼굴에 한없는 절망감이 담겨있다.

"이젠 멀지 않았습니다. 내일이면 녀석이 나가 떨어질 겁니다."

전화기에서 들리는 목소리가 말했다.

오늘은 비번이라서 그가 출근하지 않았다. 그는 벌써 한 시간 이상을 그녀를 떨쳐버리기 위해서 애쓰고 있다. 그가 멈춰서자 어느 사이에 눈치채고 그녀도 멈춰섰다. 이제 그의 움직임만 봐도 다음 행동을 알 수 있는 듯했다. 그녀가 햇볕이 비치는 벽에 기대어 멈춰서자 그 앞으로 쇼핑 손님들이 떼를 지어서 왔다갔다 한다. 그가 다시 발을 떼면 그녀도 다시 따라 걸을 것이다.

그런데 이번의 멈춤은 어딘가 다르다. 무의식적으로 멈춘 것처럼 보인다. 옆에 끼고 있던 작은 보퉁이가 땅에 떨어졌지만 주울 생각조차 하지 않는다. 그녀가 그에게서 약간의 거리를 두고 멈춰서서 그를 바라보고 있다. 그의 얼굴로 따가운 햇볕이 강렬하게 내리쬐고 있다.

그가 잠시 눈을 깜빡거리더니 갑자기 울기 시작했다. 하얗게 질린 얼굴에서 눈물이 흘러내렸다. 한 두 사람이 이상하다는 듯 그의 옆으로 다가왔다. 네 사람, 여덟 사람으로 불어나더니 어느 틈에 그와 그녀의 주위에 사람들이 빙 둘러쌓다. 그는 창피도 모르고 울면서 사람들에게 애원했다. 자기를 구해달라고, 이 여자에게서 자기를 보호해 달라고 울부짖었다. 그는 절실하게 외쳤지만 보는 사람들 눈에는 그가 추하기 그지없을 뿐이었다.

"도대체 날 어떻게 하려는 건지 저 여자에게 물어봐 주세요, 제발.

목적이 뭔지 물어봐 주세요. 저 여자가 벌써 며칠째 찰거머리처럼 쫓아다니고 있습니다. 밤낮도 없어요! 이젠 도저히 참을 수가 없어요. 정말 나도……."

"뭐야, 이 양반, 벌건 대낮인데 술이 취했나?"

사람들 틈에서 어떤 여인이 말했다. 그녀는 그저 담담하게 서 있을 뿐이다. 사람들은 모두 그녀 편이다. 깨끗하고 단정하게 차려입은 그녀가 사람들의 신뢰를 받는 것은 당연하다. 그는 어떤가? 추하다 못해 우습기까지 하다. 거기다 울부짖으며 하는 말도 어처구니없다. 여기저기서 비웃음이 쏟아졌다. 야유에 가까운 비웃음이다. 오직 그녀만이 무감동하고 진지한 얼굴을 하고 있다.

"더 이상 참을 수 없어. 본때를 보여주마."

그가 달려들듯이 그녀에게 다가갔다. 주먹으로 내려 칠 위세다. 그러자 건장한 남자들이 달려들어서 그를 잡았다. 그에게 욕을 퍼붓는 사람도 있었다. 군중들에게 난타를 당하기 직전이었다. 그때 그녀가 나서서 침착한 목소리로 사람들에게 호소했다. 그녀의 목소리가 시작되자 사람들이 행동을 멈추었다.

"그대로 두세요, 그를 놔주세요. 하고 싶은 대로 하게 내버려두세요."

그녀의 말투에 따뜻함이나 동정심은 없었다. 그저 한없는 쌀쌀맞음만 넘칠 뿐이었다. 그녀의 말투는 마치 '그 남자는 내게 맡겨두세요. 그는 내 먹잇감에 불과하니까요'라고 말하는 것처럼 들렸다. 그를 잡고 있던 사람들이 손을 놓고 조금씩 물러섰다. 그렇지만 허튼 짓을 하면 언제라도 다시 달려들 것처럼 그를 빙 둘러싸고 있었다.

그가 몇 번 주위를 두리번거리더니 겨우 한 곳을 찾았는지 갑자기 그곳으로 달려들었다. 겨우 포위망을 벗어난 그가 도망치기 시작한다. 그녀를 떼기 위해서 자기가 연출했던 추악한 현장에서 도망치는 것이다. 가냘픈 여자를 피해서 정신도 차리지 못하고 도망치는 그의 뒷모습을 그녀는 무표정하게 바라보고 있었다.

하지만 그녀에게도 머뭇거리고 있을 여유가 없다. 사람들이 박수를 쳐댔지만 그것을 즐길 시간도 쾌감도 없다. 그녀가 사람들을 비집고 나와서 그의 뒤를 쫓기 시작했다. 눈으로 보기에 우습기 그지없는 추격전이다. 쫓기는 것은 체격이 우람한 남자, 쫓는 것은 젊고 가냘픈 여인이다. 뉴욕의 한낮에 많은 인파를 헤치며 벌어지고 있는 기묘한 추격전의 모습니다. 두 사람의 거리는 금방 가까워졌다. 그는 직감으로 그녀가 가까이까지 쫓아 왔다는 것을 느낄 수 있었다. 불안감에 질린 그가 뒤를 힐끔 돌아본다. 그녀는 다시 한 번 돌아보기를 기다리고 있었다. 드디어 두 번째로 뒤돌아보는 순간 그녀가 손을 들어서 멈추라는 신호를 보냈다. 그것으로 끝이다. 질려서 멈춰선 그를 근처의 벽에 몰아붙이고 버지스에게 전화를 하면 모든 것이 끝난다. 버지스가 교대해서 마무리를 짓는 것이다.

'이제, 그날 밤 술집에서 헨더슨이 어떤 여자와 함께 있었다는 것을 인정하겠지? 왜 못 봤다고 거짓말을 한 거지? 누구에게서 돈을 받았나, 아니면 협박 때문에 거짓으로 증언한 건가? 도대체 누구의 지시를 받은 거지?'

그가 다음 모퉁이에서 잠깐 멈춰섰다. 도망갈 길을 찾기 위해 이리저리 살피는 그가 마치 덫에 걸린 동물처럼 보였다. 얼굴은 공포에 질려서 새하얗다. 그를 쫓아오고 있는 여자는 가냘픈 여자가 아니다. 그녀는 복수의 화신 네메시스다.

손에 잡힐 듯 간격이 좁혀지자 그녀가 다시 손을 들어서 신호를 보냈다. 최후의 일침처럼 단호한 손짓이다. 사람들과 함께 횡단보도에 서있던 그에게는 죽음의 손짓처럼 보인다. 신호등은 빨간색이다. 그녀의 손짓을 다시 한 번 쳐다보더니 갑자기 몸을 앞으로 내밀고 뛰어

나갔다.

그녀가 깜짝 놀라서 멈춰섰다. 끼이익 하고 급정지하는 소리가 울려 퍼졌다. 그녀가 두 손으로 눈을 가렸다. 하지만 눈을 가리기 전에 하늘로 높이 떠서 춤추는 남자의 모자를 보고 말았다. 이어서 사람들이 놀라서 부르짖는 소리들이 들렸다.

13. 사형 집행 11일 전

롬버드

롬버드가 미행을 시작한 지 한 시간 반도 넘었다. 앞도 못 보는 거지를 미행하는 일은 정말 끔찍하다. 사람의 나이는 1년 단위로 세지만 롬버드가 미행하고 있는 사람은 나이를 1세기 단위로 세는 거북처럼 느릿느릿하다. 한 구획을 지나는데 평균 40분이 걸렸다. 롬버드가 쉴 새 없이 손목시계를 들여다보지만 시간은 멈춰 있는 것 같았다.

길을 안내하는 안내견도 없다. 횡단보도를 건널 때는 누군가의 도움을 받아야 한다. 사람들이 귀찮아하지는 않았다. 교통 경찰관들은 그가 미처 건너지 못하는 경우에 지나가는 차를 멈추도록 교통을 차단해 주어야 했다. 사람들이 지나가면서 그의 동냥 그릇에 동전을 던져 넣었다. 그렇다. 천천히 걸어야 많은 동냥을 얻을 수 있는 것이다. 그에게는 그것이 좋은 일이었다. 하지만 롬버드에게는 그것이 한없는 고통이다. 그가 사지가 멀쩡한 남자이기 때문이기도 하지만 최근에는 시간의 흐름이 그에게 얼마나 예민한 것인지 모른다. 달려들어서 거지의 멱살을 잡고 싶은 마음이 굴뚝같았지만 억지로 참으면서 그의 행동을 지켜보고 있었다. 담배라도 피우니 좀 느긋해질 수 있다. 잠시 참고 기다리면 거리가 벌어지지만 몇 걸음 크게 다가가면 다시 근처다.

이런 상태가 곧 끝날 것이라고 쉴새없이 자신을 타이른다. 설마 밤이 새도록 계속되지는 않으리라. 거지도 잠은 자야하고 집에 가기도 해야 할 것이다. 드디어 그 시간이 된 것 같았다. 거지가 큰길을 벗어나더니 도로에서 벽으로 난 공간으로 사라졌다. 그곳은 폐허여서 사람들이 다니지 않는 공간이다. 두 사람쯤 빠져나갈 수 있지만, 안으로 들어가면 몸을 숨길만 한 곳이 없다. 음침하기 그지없고 머리 위로는 전철이 다니고 있다.

장님의 집은 거기에서 조금 뒤에 있는 연립주택이었다. 낡아빠져서 쓰러지기 직전의 건물이었다. 이런 곳에 사람 사는 곳이 있으리라고는 아무도 예상할 수 없다. 롬버드는 좀 먼 곳에서 기다리기로 했다. 인적이 없는 한적한 곳이어서 가까이 가면 구두소리가 금방 탄로 날 것이기 때문이다. 저렇게 눈이 안 보이는 인간들은 동물처럼 귀가 아주 잘 발달되어 있을 것이다.

결국 거지가 안으로 들어가는 것을 보면서도 가까이 가지 못하고 지켜만 보아야 하는 신세이다. 멀리서만 지켜봐서는 문제가 해결되지 못한다. 롬버드가 생각을 바꿨다. 따라 붙어야 한다. 가능하다면 몇 층에 사는지를 확인할 수 있어야 한다. 롬버드가 숨을 죽이고 다가가서 입구에서 조심스럽게 멈췄다. 장님의 지팡이 소리가 계단을 따라 울려 퍼졌다. 롬버드가 숨을 죽인 채 귀를 쫑긋 세우고 소리를 듣는 데 온 신경을 곤두세웠다. 일정한 간격으로 계속되던 똑똑 소리가 네 번을 멈추었다. 한참 후에 소리가 멈췄다. 건물 뒷편이다. 어디쯤에서 문이 열리고 닫히는지 온 신경을 집중시켜서 듣고 있던 롬버드가 올라가 봐야겠다고 마음을 굳혔다.

발소리는 최대한 죽였지만 재빠르게 위로 올라갔다. 발을 내디딜 때마다 억눌린 에너지가 한꺼번에 빠져나가는 느낌이었다. 계단 끝까지 오르니 뒤쪽으로 향하는 문이 두 개 있었다. 가까이서 보니 한쪽 문은 화장실이다. 잠시 숨을 고른 뒤 다른 쪽 문으로 발을 옮겼다. 그는 장님의 귀가 예민하다는 것을 다시 한 번 생각하면서 조심스럽게 해냈다. 마루바닥에서 삐그덕 대는 곳을 한 번도 밟지 않을 수 있었던 것은 그의 뛰어난 운동신경 덕분이었다. 그는 옛날부터 민첩하고 빠르게 움직이는 데는 누구한테도 뒤지지 않았다. 경주용 자동차라는 별명이 어울리는 사람이었다.

그는 문틈으로 귀를 대보았다. 불빛은 없지만 안에 거지가 있다는 것은 알 수 있었다. 장님이니 불을 켤 필요도 없을 것이다. 문틈으로 들리는 소리만으로 거지의 움직임을 짐작해 보았다. 굴속으로 들어가서 몸을 눕히는 동물의 모습이 연상된다. 혼자인지 다른 인기척은 없다. 아주 적당한 시간이다.

그가 문을 두드렸다. 안에서 움직임을 멈추는 낌새가 있었다. 그러나 쥐죽은 듯 고요해졌다. 오직 고요한 정적이 흐를 뿐이다. 그가 다시 두드리며 소리쳤다.

"이보시요!"

세 번째 두드림은 거의 명령에 가까웠다. 이번에도 대답이 없으면 문을 걸어찰 기세다.

"문을 열어욧."

잠시 주춤거리는 소리가 나더니 문틈으로 희미한 소리가 들려왔다.

"당신 누구슈?"

"친구요."

친구라고 말하는 낯선 남자 목소리에서 위험을 느꼈는지 떨리는 목소리로 대답했다.

"나한테 친구는 없어요. 당신이 뭘 잘못 안 거요."

"어쨌든 문 좀 엽시다. 당신에게 피해를 줄 생각은 없소."

"안 돼요. 난 지금 혼자요. 아무도 안으로 들어 올 수 없소."

롬버드는 저 녀석이 오늘 벌이한 돈이 걱정돼서 저럴 것이라고 생각했다. 그럴 수도 있을 것이다. 이런 식으로 강탈당한 경험이 없지 않았을 것이다.

"어이, 잠깐만 문을 엽시다. 오래 걸리지 않아요. 잠깐 할 얘기가 있소."

안에서 떨리는 목소리가 들렸다.

"그냥 가세요. 안가고 계속 있으면 창문으로 소리칠 거요."

위협이 아니라 애원하는 소리다. 롬버드도 어찌할 줄 모르고 잠시 머뭇거렸다. 소리 하나 없는 상태에서 팽팽한 긴장감이 맴돈다. 겨우 문 하나를 사이에 두고 날카로운 감정이 대립하는 것이다. 안쪽의 감정은 두려움이고 바깥쪽은 확고한 의지다.

롬버드는 지갑을 꺼내서 열더니 조용히 살펴보았다. 50달러짜리 지폐하고 소액권 지폐가 몇 장 들어 있었다. 그가 제일 큰 지폐를 꺼내서 쪼그리고 앉더니 문 밑의 틈새로 그것을 밀어 넣었다. 안으로 밀려들어간 지폐를 이쪽에서는 이미 잡을 수 없다. 그가 다시 일어서면서 말했다.

"엎드려서 문 밑을 만져보시오. 내가 당신 돈을 탐내는 강도가 아니라는 것을 알 수 있을 것이요. 살펴보았나요? 자, 알았으면 어서 문을 여세요."

잠시 후에 주저주저하면서 문에 걸린 체인을 벗기는 소리가 들렸다. 이어서 빗장이 풀리고 열쇠구멍도 돌았다. 방비가 아주 철저하게 되어 있는 것이다. 문이 열리고 검은 안경을 쓴 얼굴이 자기를 쳐다본다. 몇 시간 동안 거리에서 보았던 바로 그 얼굴이다.

"다른 일행이 있수?"

"아니요, 혼잡니다. 그리고 당신을 해코지할 생각은 없소. 안심하시오."

"경찰 끄나풀?"

"아니, 난 그런 사람 아니오. 그러면 경찰이라도 몇 명 데리고 왔겠지, 보시오, 아무도 없어요. 잠시 얘기만 하고 갈 거요. 알겠소?"

그가 뚜벅뚜벅 안으로 걸어 들어갔다. 방안은 너무 어두워서 아무것도 보이지 않았다. 그저 칠흑 같은 어둠만이 저승처럼 펼쳐있을 뿐이었다. 복도에서 들어오는 빛이 손톱만큼 있었지만 문을 닫자 그것도 사라지고 없었다.

"불은 켜지 않나요?"

"불이 필요 없소. 그리고 불이 없는 것이 더 좋겠지요. 얘기만 한다면서 불빛이 무슨 필요가 있나요."

그가 어디에 앉든지 낡은 침대에서 삐거덕거리는 스프링 소리가 났다. 아마 오늘 번 돈을 매트리스 밑에 숨기고 그 위에 걸터앉은 것이리라.

"에이, 무슨, 쓸데없는 짓은 그만하시오. 얘기도 편안해야 할 수 있지……."

롬버드가 무릎 높이에서 손을 휘저었다. 손에 망가진 흔들의자가 닿자 끌어당겨서 앉았다. 어둠을 헤치고 거지의 긴장한 목소리가 들려왔다.

"할 말이 뭐요? 자, 이제 어서 말해보쇼. 눈에 보이지 않는다고 얘기까지 못하는 것은 아닐 테니까."

롬버드는 못마땅하다는 듯이 말했다.

"담배 피우겠소? 당신, 담배는 피우잖소?"

"손에 들려 있으면."

"자, 빼서 한 개비 태우시오."

치직 소리를 내면서 롬버드의 손에서 성냥이 조그만 불빛을 만들어 냈다. 그 빛이 잠깐이지만 방안에 있는 물건들을 볼 수 있게 해 주었다. 침대 끝에 앉은 거지는 지팡이를 무릎에 올려놓고 잔뜩 경계하는 태세였다. 지팡이는 언제라도 무기로 쓰려는 것 같았다.

롬버드가 주머니에서 손을 뺐다. 손에는 담뱃갑이 아니라 권총이 들려 있었다. 리볼버 권총이다. 그가 장님거지의 몸에 권총을 바짝 들이대더니 거칠게 내뱉었다.

"손을 들엇!"

장님이 흠칫 놀라더니 지팡이를 떨어뜨리고 양손을 위로 올렸다.

"역시 내 돈을 노리는 것이었군! 방안으로 들어오지 못하게 했어야 했는데."

거지가 심하게 쉰 목소리로 말했다. 롬버드가 조용히 권총을 거두며 냉정한 어투로 말했다.

"이제 쇼는 그만 하시지. 당신은 장님이 아니잖아. 벌써부터 알고 있었지. 하지만 그건 문제가 되지 않소. 난 단지 내가 그것을 알고 있다는 것을 알려주려는 것이었지. 50달러 지폐에 문을 열었다는 것이 그 증거지, 그렇지 않소? 당신은 성냥을 켜서 액수를 확인했겠지. 진짜 장님이라면 그게 1달러 지폐가 아니란 걸 어떻게 알지? 1달러와 50달러 지폐는 크기와 형태가 같지. 느낌도 똑같아. 1달러에 문을 열지는 않았을 테고, 50달러를 확인했으니 그 정도라면 위험을 감수하더라도 문을 열 수 있었던 거지, 맞지 않나?"

롬버드가 아까 보아 두었던 쓰다 만 양초 조각을 들더니 라이터로 불을 붙였다. 장님이 떨리는 손으로 이마의 땀을 닦으면서 중얼거렸다.

"역시 경찰이었어. 일찍 알아차렸어야 했는데……."

"난 경찰이 아니오. 그리고 당신이 무슨 수를 써서 사람들의 돈을 긁어모으던 관심 없소. 그렇다면 안심할 수 있겠소?"

"그렇다면, 도대체 당신은 누구요? 나한테 무슨 볼 일이……?"

"난 당신, 장님 선생께서 보신 것을 좀 기억해주기를 바라고 있소."

롬버드가 일부러 비웃는 것처럼 말했다.

"잘 들어보시오. 당신은 5월의 어느 날 밤에 카지노 극장 앞에서 손님에게 동냥을 하고 있었지요?"

"거긴 별로 벌이가 시원치 않은 곳이어서 잘 안가는 곳이오."

"그런 건 상관없어. 내가 말하는 것은 5월의 어느 특별한 날의 밤에 대해서요. 다른 날은 필요 없어. 그 특별한 날에 남녀 한쌍이 극장에서 나왔지. 여자의 차림새가 독특해서 금방 눈에 띄었을 거야. 눈에 확 띄는 오렌지색 모자를 썼거든. 모자 끝에 길다란 깃털이 더듬이처럼 꽂혀 있는 모자였지. 그 두 사람이 정문을 나와서 조금 떨어진 곳에서 택시를 타려는 순간에 당신이 달라붙었지.

이제부터가 중요하니까 잘 들으시오. 당신이 내민 동냥그릇으로 여자가 손을 뻗었는데 잘못해서 피우던 담배를 빠트렸소. 적선을 하려다 잘못했는지 그것은 잘 모르겠소. 어쨌든 그 담뱃불에 당신은 손을 데었지. 그때 함께 있던 남자가 당황해서 담배꽁초를 집어냈고, 사과하려는 뜻으로 1달러짜리 지폐 두 장을 당신에게 주었지. 그리고 아마 '미안합니다. 실수니까 이해하세요'라는 식으로 이야기 했겠지. 어때요, 기억나지요? 불붙은 담배꽁초가 동냥그릇으로 던져지는 일이 매일 있을 리도 없고, 한사람에게 2달러를 받는 일도 그리 흔한 일이 아닐 테니까."

"내가 기억하지 못한다면 나를 죽이기라도 할 텐가요?"

"그럴 수야 없지만, 즉시 가까운 경찰서에 가서 사기꾼이라고 고발해 버리는 수밖에 없겠지. 한동안 감방에 처박혀서 바깥세상을 그리워하면서 지내야 할 사람은 당신이 되겠지. 불행하게도 경찰의 블랙리스트에도 기록되겠지. 두 번 다시 동냥도 할 수 없을 거야. 동냥하다 잡히면 곧바로 경찰에게 잡혀가는 신세가 될테니 말이야. 밥줄이 끊어지는 거지."

거지가 침대 위에 앉아서 괴롭다는 듯이 제 얼굴을 잡아뜯었다. 쓰고 있던 선글라스도 벗겨져서 위로 올라갔다.

"그러면 내 기억이고 뭐고 그냥 강제로 말하라고 하면 되지 이런 방법을 쓰는 이유가 뭡니까?"

"당신이 기억하고 있다는 사실이 중요하기 때문에 하는 이야기요."

"그럼, 내가 기억하고 있다면 어떻게 되지요?"

"먼저 당신이 기억하고 있는 것들을 내게 몽땅 말해야 합니다. 그리고 다시 내 친구인 어떤 형사에게도 한 번 더 해주면 되지요. 아 형사를 이리 데리고 올 수도 있고 당신을 데리고 그곳으로 갈 수도 있지요."

거지가 조금 당황하는 반응을 보였다.

"그러면 몽땅 끝장 아니요? 상대가 형사라니! 나는 장님이어야 되는데 그 사람을 봤다고 어떻게 말합니까? 그건 내가 모른다고 했을 때 당신이 경찰에 신고하겠다고 협박한 것과 똑같잖아요. 모든 게 탄로나는데 뭐가 다릅니까? 결과는 똑같잖아요?"

"아니요, 달라요. 당신의 말을 듣는 것은 오직 그 사람뿐이오. 경찰하고는 상관이 없어요. 내가 미리 말을 해서 벌을 받지 않도록 약속을 받을 거요. 어때요? 기억하고 있지요, 없나요?"

"예, 기억납니다. 잠깐이었지만 그 두 사람을 분명하게 봤어요. 나는 극장 건물 앞처럼 밝은 곳에서는 정말로 눈을 감고 있습니다. 검은 안경을 쓰고 있어도 들킬 염려가 있거든요. 그런데 담뱃불에 손을 데이면서 깜짝 놀라 눈을 떴어요. 그때 잠시 안경 너머로 두 사람의 모습을 보았죠."

롬버드는 지갑에서 뭔가를 꺼내더니 그에게 보여주었다.

"이 남자 맞나요?"

장님이 안경을 올리고 자세히 들여다보았다.

"맞는 것 같지만, 워낙 오래 된 일이고 잠깐 본 사람이라서……, 이 사람이 맞는 것 같군요."

"여자는 어떤가요? 기억나나요? 다시 보면 알 수 있나요?"

"물론이지요, 여자는 또 본적이 있거든요. 남자는 그때보고 그만인데 여자는 그 뒤에도 한 번인가 더 봤어요."

"뭐야?"

롬버드가 깜짝 놀라서 벌떡 일어났다. 가짜 장님의 어깨를 붙들더니 무언가를 짜내듯이 마구 밀어 붙이기 시작했다.

"어디야, 어서 그 여자에 대해 말해, 아는 대로 모두, 빨리! 말해!"

"그때부터 며칠 지나지 않은 날이었어요. 그래서 그 여자를 알아 볼 수 있었지요. 그날은 계단에서 남녀 한 쌍이 내려오는 발자국 소리를 들었지요. 그런데 여자가 '잠깐만요, 어쩌면 좋은 일이 있을지도 모르겠네요' 라고 하는 거예요. 나를 보고 하는 말이라고 느꼈지요. 역시 여자가 가까이 오더니 25센트짜리 동전을 주더라구요. 소리만 들어도 얼마짜린지 알 수 있지요.

그런데 그때 이상한 일이 벌어졌습니다. 그 일 때문에 그 여자를 알아보았지요. 장님에게는 보통사람에게 없는 감각이 있거든요. 여자가 내 앞에서 잠시 머뭇거렸습니다. 그녀가 나를 살피는 듯 했습니다. 보통사람이라면 돈을 주고서 거지 앞에 머무는 사람은 없거든요. 그때 동냥그릇을 오른 손에 들고 있었는데 담배불에 데어서 큰 물집이 잡혀 있었지요. 그 손을 자세히 본다는 느낌이 왔지요. 그리고 그 때 아이 여자로구나 하는 감이 왔습니다.

그 여자가 누구에게 하는 말인지 '어머 신기하네!' 라고 중얼거리더니 남자 쪽으로 가더라구요. 발자국소리가 멀어져서 그리로 가는지 알았지요. 그렇게 만나는 이야깁니다. 그래서……."

"그렇다면……."

"아, 잠깐요, 아직 남아 있어요. 그래서 내가 가늘게 뜨고 동냥그릇을 들여다봤습니다. 그랬더니 맙소사! 먼저 준 25센트 동전 말고 1달러 지폐가 더 있더라구요. 그 여자가 준거지요. 동냥으로 1달러 지폐를 받아 본 적은 없거든요. 그 여자가 왜 1달러를 더 줬겠습니까? 그날 밤에 만났던 그 여자가 분명하다는 증거지요. 오른 손의 물집을 보고 며칠 전의 일이 생각나서 미안하니까 준거지요. 일종의 보상인 셈이지요, 뭐……."

"흠, 틀림없군."

롬버드가 아랫입술을 깨물면서 안타까운 표정을 지었다.

"정말로 그 여자를 봤다면, 그녀가 무슨 옷을 입고 있었는지 말할 수 있겠죠?"

"앞쪽을 확실하게 보지는 못했어요. 그렇게 밝은 데서 눈을 뜰 배짱은 없거든요. 잘못하다가는 들키니까요. 여자가 돌아갈 때 눈을 뜨고 1달러 지폐를 본 거예요. 그리고 슬그머니 눈을 들어서 그녀의 뒷모습만 훔쳐보았지요. 막 차를 타는 순간에 잠깐이었죠."

"뒷모습이라도 확실히 봤을 거 아니야! 그러면 그거라도 말해봐! 어땠어? 뒷모습이 어땠냐구?"

"그게, 저, 뭐 모두 보지는 못했어요. 눈을 뜬 것을 들키면 안 되기 때문에 차에 타려고 발을 드는 순간만 잠깐 보았어요. 실크스타킹 끝부분하고 구두 뒷굽 정도만 보았지요. 속눈썹 사이로 그 정도면 많이 본거지요. 더 이상은 보이지도 않았구요."

"첫번에 본 것은 오렌지색 모자, 그리고 일주일 뒤에는 스타킹 끝부분하고 구두 뒷굽이라구? 그 따위로 그 여자를 모두 보려면 20년도 넘게 걸리지 않겠어?"

롬버드가 화를 내면서 거지를 밀어붙여서 침대 모서리로 내몰아쳤다.

"이 따위로 안 되겠어."

그가 문 입구로 가더니 문을 열고 거지를 노려보았다.

"왜 아는 것을 모두 말하지 않는 거야. 내가 모를 줄 알아! 당신 정체를 모두 폭로하는 수밖에 없겠어. 당신은 극장에서 눈을 크게 뜨고 그녀의 앞모습을 봤잖아? 두 번째에도 차에 타면서 운전사에게 목적지를 말하는 것을 듣지 않았나?"

"아뇨, 아니에요."

"쓸데없는 소리말고 여기서 꼼짝 말어. 전화를 걸고 오는 사이에 여기에서 꼼짝이라도 했다간 재미없을 줄 알라구. 형사 친구를 불러서 같이 들어봐야 할 것 같아."

"경찰을 부른신다구요?"

"그 사람은 괜찮다고 했잖아. 우리는 당신 따위에게 관심도 없어. 그러니 놀라지 않아도 돼. 다시 경고하는데 내가 나간 사이에 도망쳤다가는 재미없을 줄 알라구."

롬버드가 거지에게 단단히 겁을 주고는 꽝하고 문을 닫았다.

전화를 받는 목소리가 깜짝 놀라면서 말했다.

"아니, 벌써 됐어요? 단서를 찾았단 말인가요?"

"어느 정도는 찾은 것 같습니다. 당신도 같이 듣는 것이 좋을 것 같습니다. 당신은 더 많은 정보를 얻을 수 있을 테니까요. 지금 123번가와 아베뉴 공원이 만나는 곳입니다. 철도 건널목 바로 앞에 있는 집이예요. 될 수 있으면 빨리 오세요. 순찰하는 경찰에게 그 집을 지켜달라고 하고 모퉁이 공중전화에서 전화하고 있는 겁니다. 다시 돌아가서 길 입구에서 기다리고 있겠습니다."

몇 분 뒤에 순찰차가 버지스를 태우고 나타나더니 그를 내려놓고 사라졌다. 버지스가 롬버드와 경관이 서 있는 건물 입구로 걸어왔다.

"이 안입니다."

롬버드가 아무런 설명도 없이 안으로 들어갔다.

"그럼, 저는 이제 가봐도 되겠죠?"

경관이 등 뒤에서 말했다.

"예, 수고하셨습니다. 그만 가서도 됩니다."

롬버드가 경관에게 인사하고는 버지스와 함께 계단을 재빨리 올라갔다.

"맨 꼭대기 뒷편입니다."

"녀석이 그녀를 두 번이나 봤답니다. 그날 밤에 보고 일주일 뒤에 또 봤다고 하더군요. 놀랍게도 그 녀석 가짜 장님이거든요."

"음, 그 정도면 굉장한 수확이오."

"모른 척 해주셔야 합니다. 그 녀석 가짜 장님 행세를 했기 때문에 경찰을 엄청 두려워하더군요."

"알았소. 그 정도의 가치가 있다면 그럴 수도 있겠지."

버지스가 대답이랄 것도 없이 중얼거렸다. 2층 층계에 이르렀다.

"아직 한 층 더 올라가야 합니다."

두 사람이 함께 잠시 숨을 쉬더니 다시 올라갔다. 3층 층계에 도착했다.

"윗 쪽은 불이 없네요?"

버지스가 숨을 몰아쉬면서 묻자 롬버드도 갑자기 발을 멈췄다.

"이상한데, 내가 내려올 때는 전등이 하나 켜져 있었는데. 전기가 나갔나, 어떤 놈이 장난을 쳤나?"

"틀림없이 불이 켜져 있었나요?"

"그럼요. 녀석의 방이 깜깜했는데 열려진 문틈으로 복도의 빛이 흘러들었거든요."

"손전등이 있으니까 내가 먼저 올라가겠소."

마음이 급해진 버지스가 옆으로 나오더니 앞으로 빠져나갔다. 앞으로 나가면서 손전등을 꺼내려던 버지스가 갑자기 엎어졌다. 두 팔로 바닥을 짚으면서 엎어진 버지스가 소리쳤다.

"조심, 뒤로 물러서요."

손전등이 켜지고 둥그런 빛이 생기면서 아래쪽 계단이 보였다. 거기에 끔찍한 모습으로 사람이 쓰러져 있었다. 다리는 아래쪽 계단에 걸쳐있고 몸통은 층계참 그리고 머리는 층계참의 벽에 부딪쳐서 목이 뒤쪽으로 꺾여져 있었다. 검은 안경만이 깨지지 않고 한 쪽 귀에 걸려있었다.

"당신이 만난 남자가 이 사람이요?"

"네, 그렇군요."

롬버드는 어이없다는 말투로 내뱉었다. 버지스가 몸을 굽혀서 남자를 자세히 살펴보았다.

"목뼈가 부러졌어요. 즉사한 것 같은데. 이런 식으로 순식간에 죽어 버리기도 쉬운 일이 아닌데."

그가 손전등으로 비추면서 계단 위쪽으로 올라가서 여기저기를 살폈다.

"추락사야. 발을 헛디딘 것 같군. 허참, 자기 집 앞 층계에서 거꾸로 굴러 떨어지다니. 계단 위쪽에 미끄러진 흔적이 있군요. 굴러서 머리를 벽에 부딪쳤어요."

버지스의 옆으로 온 롬버드가 후 하고 한숨을 쉬었다. 도저히 믿을 수 없다는 태도였다.

"결정적인 증인인데. 이자를 얼마나 어렵게 찾았는데 이렇게 사고로 죽어버리다니! 이게 무슨 일이야! 이제 어째야 하나……."

그는 갑자기 말을 멈추더니 손전등 빛에 비치는 버지스의 얼굴을 살피면서 물었다.

"사고가 아닌 다른 것으로 의심되는 것은 없나요?"

"당신이 경찰관하고 밑에서 지키고 있는 동안 들어온 사람이 있었나요?"

"아니요. 없었습니다. 나간 사람도 없었고요."

"뭐가 떨어지는 소리는 들리던가요?"

"아니요. 그런 소리가 들렸다면 곧장 달려와 봤겠지요. 아, 당신을 기다리는 동안 두 번인가 세 번쯤 위쪽으로 긴 열차가 지나가더군요. 기차소리가 요란스러워서 무슨 소리가 나도 듣기 어려웠을 거예요. 어쩌면 그 틈에 이런 사고가 났는지도 모르지요. 그렇게 밖에 설명이 안 되는군요."

버지스도 고개를 끄덕였다.

"그런 경우라면 이 건물에 사는 다른 사람들도 듣지 못했을 가능성이 크겠군. 사고라기 하기에는 이상한 우연이 너무 많이 겹쳐있어. 뒤로 자빠져도 코가 깨진다고 저 녀석은 재수가 없는 거야. 저 벽에 머리를 박아도 죽지는 않을 텐데 열 번을 들이 박는다 해도 기절까지는 몰라도 생명에는 지장이 없을 거요. 그런데 목뼈가 부러져서 죽어버리다니. 재수없게 즉사했다는 말도 너무 지나친 이야기지요. 이렇게 우연과 우연이 겹쳐서 죽었다는 말을 들어 본 적이 있나요?"

"그러면 저 전등은 어떻게 된 걸까요? 저것도 우연이겠지요? 당신에게 전화하기 위해서 급하게 달려 내려갈 때도 저 전등은 분명히 켜져 있었거든요. 불이 없었다면 어두워서 계단을 더듬어 내려갔을 거예요. 시간이 한없이 걸렸겠지요. 그때 나는 쏜살처럼 달려갔다고요."

버지스가 손전등으로 벽을 이리저리 비추었다. 전등은 곧 발견되었다. 벽에 붙은 소켓에 전구도 끼워져 있었다. 버지스가 롬버드를 돌아보면서 말했다.

"당신이 무슨 말을 하는지 이해가 안 되는 것이 있군요. 그가 가짜로 장님 짓을 하고 다녔다면 거의 눈을 감고 생활했다는 뜻인데, 그러면 그에게 전등이 켜져 있거나 꺼져 있거나 무슨 차이가 있었을까요? 어두워도 그에게 특별히 불편한 것은 없었을 텐데요. 아니 평소에도 눈을 잘 쓰지 않았기 때문에 실제로는 밝은 것보다 더 익숙했을 겁니다."

"그러면 이럴지도 모르지요. 내가 다시 오기 전에 도망치려고 서둘러 뛰어나갔겠지요. 너무 급해서 눈을 감는 것도 잊었단 말입니다. 평소에 눈을 쓰지 않던 그가 눈을 뜨고 있었으니 우리들보다 훨씬 불편했겠군요."

"그 말도 앞뒤가 맞지 않는 것 같습니다. 만일 그가 눈이 부셔서 불편했다면 전등은 켜져 있어야 맞지요. 아까는 전등이 꺼져 있는 것이 문제라고 하더니 왔다갔다하는군요. 어쨌든 어느 쪽이라도 저렇게 발을 헛디딜 거라는 사실과는 연결이 안 되지 않나요? 더구나 저렇게 목뼈가 부러질 것이라고는 상상할 수가 없지 않겠어요?"

"그렇군요. 저 녀석이 죽은 건 그야말로 우연한 사고란 말이군요."

롬버드가 갑자기 실망에 빠진 것처럼 무겁게 계단을 걸어내려갔다. 계단을 내려가는 한 발짝, 한 발짝에 모든 체중이 실린듯이 발걸음이 무거웠다.

"이 녀석을 다그치면 되었을 텐데. 이렇게 되었으니 일이 다 틀려버렸어요."

"너무 실망하지 마십시오. 다른 단서를 찾아봅시다."

"저 녀석만큼 단서를 가지고 있는 사람을 쉽게 찾을 수 없을 거예요. 제대로 물어서 확인만 하면 끝나는 순간이었는데……."

롬버드가 시체가 넘어져 있는 계단참으로 내려가다가 갑자기 획 돌아섰다.

"아니, 어떻게 된 겁니까?"

버지스는 벽을 가리키며 말했다.

"전등이 켜졌어요! 당신이 계단을 내려가는 울림으로 전등이 켜졌어요. 그럼 첫 번째 수수께끼가 풀리는군. 저 사람이 굴러떨어지는 충격으로 전등이 꺼졌던 겁니다. 어딘가가 접촉이 불량이라는 말이지요. 이것으로 전등 문제는 풀렸소."

버지스가 잠시 쉬었다가 다시 말했다.

"당신은 그만 돌아가시오. 보고는 내가 알아서 하겠소. 당신이 다른 단서를 찾을 생각이 있다면 여기서 시간을 낭비할 필요가 없잖소."

롬버드가 풀이 죽은 모습으로 그곳을 빠져 나갔다. 평소에 탄력있게 걷던 걸음걸이가 아니었다. 늘어진 오후의 햇살처럼 축 쳐진 발걸음이었다. 뒤에 남은 버지스는 층계참의 시체 옆에서 한동안 꼼짝도 않고 서 있었다.

14. 사형 집행 10일 전
젊은 여성

버지스가 건네준 쪽지에는 이렇게 쓰여 있었다.

클리프 밀번,
고용된 드럼 연주자, 지난 시즌에 카지노 극장 출연.
현재는 리젠트 극장.

그 외에도 전화번호가 두 개 쓰여 있었다. 하나는 퇴근 전까지 통화할 수 있는 경찰서의 전화번호이고 다른 하나는 그의 집 전화다. 집 전화번호는 근무 끝난 뒤에 그녀가 통화할 필요가 있을 경우를 대비한 것이다.

그녀는 버지스가 했던 말을 생각해 보았다.

"어떻게 하라고는 방법까지 말씀드릴 필요는 없을 것 같습니다. 방법은 당신이 알아서 하십시오. 당신이 생각해서 행동하는 것이 내가 알려드리는 것보다 훨씬 좋은 결과를 만들 것이라고 믿습니다. 당신이라면 충분히 할 수 있습니다."

그녀는 거울에 비친 자기 얼굴을 다시 한 번 쳐다보면서 큰 모험이지만 도전해 보겠다는 생각을 다진다. 일단 자신의 생각대로 실행해 보기로 마음을 굳힌 것이다. 거울에 비친 자기 모습은 그녀가 스스로 생각할 수 있는 유일한 방법이었다. 거울 속의 자기 얼굴에는 스마트한 이미지에 약간 발랄했던 본래의 모습은 사라지고 없다. 곱게 빗어서 단정하게 가르마를 탄 정돈된 머리도 사라지고 없었다. 머리 가죽이 당겨질 정도로 힘껏 잡아당겨서 뽀글뽀글 하게 말아 올린 웨이브 사이로 이리저리 삐져나온 머리카락이 보이고 있었다. 마치 황금빛 열매즙을 잔뜩 적신 다음 말려서 금속 투구처럼 만들어 놓은 것 같았다. 딱 달라붙게 입은 옷차림은 혼자 앉아 있어도 부끄럽다는 마음이 들 정도였다. 평소처럼 세련된 이미지란 눈을 씻고 찾아보아도 볼 수 없었다. 게다가 초미니스커트는 너무 짧아서 의자에 앉으면 엉덩이가 다 드러날 정도였다. 아무튼 다른 사람들의 시선을 끌기 위한 방법으로는 이 정도면 충분할 것이다. 여기에 더해서 양쪽 볼에 둥그런 연지도 그려 넣었다. 둥그런 연지가 횡단보도 신호등의 정지신호처럼 보였다. 하지만 연지를 그려 넣었던 그녀의 마음은 정지신호가 아닌 진행신호이길 바라고 있었다.

그녀의 목에는 유리구슬을 꿰어 엮은 목걸이가 달랑달랑 흔들리고 있다. 온통 레이스로 장식된 손수건에서 풍기는 향수 냄새가 코를 찔렀다. 냄새가 너무 지독해서 참기조차 어려운지 그녀가 코를 벌름거리면서 손수건을 핸드백에 쑤셔 넣어 버렸다. 눈가에 덕지덕지 처바른 시퍼런 눈화장은 마치 두들겨 맞아서 생긴 멍자국 같았다.

헨더슨이 거울 옆 사진틀에서 그녀가 치장하는 모습을 하나도 빠짐없이 지켜보고 있었다. 그녀가 헨더슨의 사진을 쳐다보면서 안타까운 모습으로 중얼거렸다.

"이 정도면 당신도 날 못 알아보시겠지요? 이젠 그만 쳐다보세요. 아예 눈을 감고 계세요."

모든 남자들의 눈길을 끌만큼 섹시하게 온갖 치장을 한 그녀가 다리를 들더니 결정적인 것을 한 가지 더 덧붙였다. 넓적다리에 장미가 붙은 핑크빛 비단 밴드를 두른 것이다. 그곳은 허리를 굽히면 바로 보이는 엉덩이 바로 밑으로 천박한 색정을 노골적으로 표현하는 모습이었다.

그녀가 얼른 뒤로 돌아선다. 지금 거울에 비치고 있는 저 여자가 '그의 그녀'여서는 안 된다. 그녀는 '그의 그녀'가 아니다. 그녀는 방 안에 있는 모든 전등을 끄기 시작했다. 그녀는 겉으로는 태연하게 보였지만, 속으로는 잔뜩 긴장하고 있는 모습이 역력했다. 그녀를 평소에 잘 알고 있는 사람이라면 그녀의 긴장한 모습을 눈치챘을 것이다. 아마 헨더슨이라면 금방 알아보았을 것이다. 하지만 그는 여기에 없다. 실내의 전등을 하나씩 끄던 그녀가 문 옆 마지막 전등을 끌 때가 되자 짤막한 기도를 외웠다. 외출할 때마다 항상 외우는 기도문이다. 이어서 방안의 액자에서 멋진 웃음을 짓고 있는 헨더슨을 쳐다보며 혼잣말로 웅얼거렸다.

"정말로 오늘밤은 잘 될 거예요. 그래요, 오늘 밤 멋지게 해낼게요."

마지막 전등이 꺼지고 그녀는 헨더슨을 어두운 방안 액자에 남겨둔 채 문을 닫았다.

택시가 멈추고 그녀가 내렸다. 아직은 시간이 일러서 인적이 드물었지만 극장 안은 벌써 천장의 조명이 휘황찬란하게 빛나고 있었다. 그녀는 조명이 꺼지기 전에 미리 상대방을 요리해 놓아야 하기 때문에 1초라도 서둘러서 안으로 들어가려고 했다. 공연 작품에 대해서는 별로 아는 바가 없다. 쇼가 끝나고 나올 때도 어떤 공연이었는지 알지 못할 것이다. 지금이나 그때나 그저 쇼의 제목이 '킵 온 댄싱'이라는 것만 알 뿐이다.

그녀가 매표구 앞에서 발을 멈췄다.

"좌석 예약이 있어요. 맨 앞줄 통로 옆이에요. 이름은 미미 고든이고요."

그녀는 이 좌석을 예약하려고 엄청 많은 고생을 했다. 그녀가 꼭 그 자리를 고집하는 이유가 있었다. 그녀에게는 쇼 관람은 그리 중요하지 않다. 그저 누군가에게 자신을 보여주는 게 목적이고 그것을 위해서는 이 자리가 제일 좋다. 그녀가 돈을 꺼내 지불하면서 물었다.

"예약할 때 말씀드린 대로 틀림없지요? 틀림없이 드럼 치는 분과 제일 가까운 좌석이죠?"

"그렇습니다. 예약할 때 틀림없이 확인했습니다."

매표소 남자가 이렇게 말하며 엉뚱하게도 그녀에게 엉큼한 윙크를 보냈다.

"그 드럼 연주자에게 관심이 많으신가 봐요. 엄청 부럽구만, 그 남자가."

"그건 그렇지 않아요. 그 남자야 누구라도 상관없어요. 전혀 모르는 사람이라도 괜찮아요. 사람은 각자 자기 취미가 있잖아요. 저는 취미가 드럼이거든요. 그래서 쇼를 볼 때마다 언제나 드럼 가까운 좌석에 앉지요. 신나게 드럼 치는 모습을 보면 정말로 가슴이 두근거려요. 어릴 때부터 그 소리가 그렇게 좋더군요. 아마 중독된 것 같아요. 제가 좀 이상하게 보이실지 모르지만, 전 드럼 소리가 너무너무 좋답니다."

"미안합니다. 제가 쓸데없는 이야기를 드렸습니다."

그녀는 괜한 소리를 했다며 미안해하는 매표구 남자를 남겨두고 극장 안으로 들어갔다. 그녀가 일찍 온 탓에 현관에서 표 받는 사람도 방금 도착한 듯 했고, 실내 안내원도 대기실에서 올라온 지 얼마 되지 않은 것 같았다. 이른 시간은 틀림없었다. 지금은 옛날처럼 발코니 좌석에 앉거나 조금 늦은 시간에 나타나는 손님이 멋진 손님이라는 이상한 풍조는 없다. 그렇긴 해도 1층 정면 좌석 손님 중에서도 그녀가 제일 먼저 온 손님이었다.

그녀가 자리에 앉았다. 머리에 요란한 금박 장식을 한 사람이 휑뎅 그렁한 빈 좌석에 잠겨 있는 것처럼 보인다. 경박하게 차려입은 그녀의 옷차림은 외투에 가려 있어서 잘 보이지 않았다. 하지만 아직은 그런 모습을 드러낼 때가 아니다. 그녀가 자기 모습을 보여주려는 사람은 오직 한 사람밖에 없다.

시간이 지나자 사람들이 몰려들기 시작했다. 의자 펼치는 소리가 '쾅쾅' 요란하게 들리며 좌석이 하나씩 채워져 갔다. 그러면서 사람들이 소근대는 소리와 옷자락이 스치는 소리도 점점 많이 들리기 시작하였다. 그녀는 꼼짝도 하지 않고 오직 한 곳만 뚫어져라 바라보며 앉아 있었다. 그녀의 시선이 머물고 있는 곳은 무대 옆에 반쯤 내려앉은 것처럼 보이는 작은 문이었다. 그녀가 앉아 있는 자리에서 반대쪽이다. 틈새로 불빛이 새어나오고 왁자지껄 떠드는 소리도 들려왔다. 문 뒤쪽에서 대기중인 출연자들의 소리다.

갑자기 문이 열리더니 대기 중이던 사람들이 오케스트라 박스로 들어왔다. 출연자들이 모두 허리를 구부려서 몸을 낮추고 각자 자기 자리를 찾아 갔다. 누가 드러머인지 얼른 알아볼 수가 없었다. 그녀로서는 한 번도 본 적이 없으니 그가 자기 자리에 앉기 전까지는 모르는 것이 당연하다. 출연자들은 긴 초생달처럼 한 사람씩 연이어 들어와서는 무대 앞쪽의 에이프런 스테이지 앞쪽에 있는 자기 자리를 찾아서 앉았다. 지휘자는 스포트라이트보다 조금 낮은 곳에 자리하고 있었다.

그녀는 줄지어 나오는 사람들을 유심히 살펴보고 있었다. 겉으로는 얌전히 앉아서 무릎 위의 프로그램을 열심히 보고 있는 척했지만 검게 칠한 속눈썹 밑으로 앞을 보는데 온 신경을 기울이고 있었다. 저 남자일까? 아니다. 그는 한 자리 건너편 의자에 앉는다. 그럼, 그 뒤에 나오는 저 남자? 너무 악당 같은 얼굴인데. 그가 두 번째 앞좌석에 앉자 그녀가 다행이라는 듯이 '휴' 하고 작은 한숨을 내쉬었다. 클라리넷 주자 쯤 되겠군. 그렇다면, 저기 저 남자, 그래 저 남자가 맞을 것 같아……, 아닌데. 그도 방향을 틀더니 반대쪽으로 가버린다. 첼리스트였다.

마지막으로 나오던 사람이 손을 뒤로 뻗어서 문을 닫는 것을 보니 더 이상 나올 사람이 없는 것 같았다. 그녀의 마음이 갑자기 불안해지기 시작했다. 문은 닫히고 더 이상은 아무도 나오지 않을 것 같다. 모두 제자리에 앉아서 자기 악기의 음을 맞추고 있고 지휘자도 벌써 제 자리에 서 있었다. 그런데 그녀 바로 앞의 드럼 연주자의 의자만 빈 채로 남아 있다. 그의 빈자리에서 묘한 불길함이 느껴지기도 했다.

이런 제기랄, 쫓겨났다는 말인가? 아니, 그렇다 해도 다른 사람이 대신 나오기라도 해야지? 갑자기 아파서 오늘 밤에 출연 못하는 건가? 하고 많은 날 중에서 하필 오늘 밤을 골라서 아프다니! 지금까지는 매일 밤 빠짐없이 출연했었는데. 이 특별석 표를 다시 사려면 앞으로 몇 주가 걸릴지도 모른다. 쇼는 인기리에 공연되고 있었고 표도 연일 매진 사례다. 그렇지 않다 해도 그녀에게는 그렇게 기다릴 시간이 없다. 그녀에게 금쪽 같은 시간이 점점 줄어들고 있고 그나마도 이제는 며칠 남지 않았다.

연주자들이 낮은 목소리로 주고받는 농담소리가 그녀의 귀에 들려왔다. 악기 조율하는 소리 때문에 다른 손님들은 들을 수 없는 작은 소리까지도 바로 앞좌석에 앉아 있는 그녀는 들을 수 있었다.

"오늘 그 자식 봤어? 이번 시즌에는 시간 맞춰서 오는 꼴을 한 번도 볼 수가 없어. 이제는 벌금 가지고도 안 되겠어."

그러자 알토 색소폰이 비아냥거렸다.

"어디 금발 머리라도 쫓아가서 처박혀 있느라고 여기 오는 것도 잊어버린 게지, 뭐."

뒤에 있는 남자가 끼어들면서 말했다.

"그렇긴 해도 그만큼 하는 드럼 주자도 구하기 힘들다던데."

"아무리 그래도 그렇지!"

그녀가 프로그램에 적힌 이름을 쳐다보고 있지만 앞이 뿌옇고 흐려져서 아무 것도 보이지 않는다. 알 수 없는 불안감이 온 몸을 뒤덮는다. 오케스트라 연주자들이 전부 내 눈 앞에 앉아 있는데, 오직 한 명만이, 나에게 도움이 될지도 모를 그 한 사람만이 없다니 이게 무슨 운명의 장난이란 말인가? 그녀가 마음 속으로 생각했다.

'이런 재수없는 경우가 있나. 그날 밤 스코트처럼 재수 없는 경우야.'

전주가 시작되기 전에 잠시 고요한 정적이 찾아왔다. 연주자들은 모두 긴장하고 악보대에도 불이 들어왔다. 그러나 깊은 절망에 빠진 그녀는 무대로 눈도 주지 않는다. 그때 순간적으로 오케스트라 박스 쪽 문이 열리더니 눈 깜짝할 사이에 다시 닫혔다. 전광석화 같이 빠른 동작이었다. 이어서 재빠른 그림자 하나가 연주자들 뒤쪽으로 교묘하게 움직이더니 그녀 바로 앞쪽에 있는 자리에 와서 앉았다. 지휘자에게 들키지 않으려고 최대한 몸을 낮췄지만 종종걸음으로 빠르게 움직였다. 이렇게 나타난 그 남자를 보는 순간 그녀는 자라목이 생각났다. 그 뒤로도 그 인상은 변하지 않았다.

지휘자가 그에게 눈을 부라렸지만 그는 얼굴도 붉히지 않았다. 그리고는 헐떡거리며 옆자리 사람에게 소근거렸다.

"어이, 내일 두 번째 레이스에서는 틀림없이 따게 돼 있어. 오늘 확실한 정보를 얻었거든."

"확실하다는 의미는 믿을 수 없다는 뜻이지?"

남자가 코로도 안 듣는다는 듯 건성으로 대답하는 소리가 들렸다. 드러머는 아직 그녀를 발견하지는 못했다. 악보대를 조정하고 악기를 조율하느라고 주위에 신경 쓸 겨를이 없었다. 그가 악기 조율을 끝내면서 옆 사람에게 물었다.

"오늘 밤은 손님이 좀 들었나."

그가 드디어 시선을 들더니 오케스트라 박스 너머로 극장 안을 바라다보았다. 바로 그녀가 기다리고 있던 순간이다. 작전은 대성공이었다. 그녀가 보지는 못했지만 드러머가 옆에 있는 사람의 허리춤을 팔꿈치로 찌르면서 눈짓으로 무언가 말하는 듯했다. 뒤이어서 시큰둥한 대답이 들려왔다.

"응, 벌써 봤지, 알고 있어."

그녀의 존재가 드러머에게 굉장한 충격을 준 것 같았다. 그녀는 직감적으로 자기에게 쏟아지고 있는 시선을 느낄 수 있었다. 자기 몸을 이리저리 더듬고 있는 그의 시선을 그래프로 그릴 수도 있을 것 같았다. 그녀는 흥분하지 않으려고 마음을 가다듬었다. 이 정도라면 먼저 서두를 필요도 없다.

'생전 처음 만나는 상황인데도 나하고 저 사내가 서로를 충분하게 느끼고 있다니 묘하군.'

마음속으로 이런 생각이 들었지만 그를 쳐다보지는 않았다. 고개를 숙이고 프로그램에만 온 정신을 모아서 쳐다보고 있었다. 마치 프로그램에 표시된 연결 내용이 잘 이해되지 않아서 고민하는 모습과도 같았다. 그 부분은 점으로 양쪽이 연결되어 있어서 그녀가 집중할 수 있다.

빅토리느 ····················· 딕시 리

그녀가 선에 점이 몇 개 인지 세어 본다. 배역과 출연자 이름 사이에 점이 24개 있었다. 이만하면 시간을 충분히 시간을 끌었다. 이젠 본격적으로 시작할 때가 되었다. 그녀가 짙은 속눈썹을 들어 올리면서 크게 눈을 뜬다.

눈과 눈이 마주친다. 그녀가 시선을 피하지 않고 그의 눈을 똑바로 쳐다보고 있다. 드러머는 그녀가 눌려서 눈을 돌릴 것이라고 생각했

으리라. 하지만 그녀의 눈길은 꼼짝도 하지 않는다. 그의 눈을 똑바로 쳐다보면서 상대가 눈을 돌리지 않으면 언제까지라도 마주보고 있을 듯한 기세다. 드러머의 눈길에서 야릇한 메시지가 풍겨온다.

'어이, 아가씨, 나에게 관심있나? 괜찮아, 주저할 것 없어. 나는 언제라도 좋으니까.'

그는 자기 메시지를 여자가 너무 쉽게 받아들이는 것 같아서 조금 놀라는 모습이었다. 마치 그녀의 마음을 다시 한 번 떠보기라도 하는 듯이 그녀를 바라보면서 살짝 웃어보인다. 그녀가 이 미소에 언짢은 표정을 짓는다면 자기를 거부하는 것이리라. 거부하면 빨리 물러나는 것이 상책이다. 그런데 그녀는 그의 미소에도 눈길을 돌리지 않고 태연하게 받아들이고 있다. 오히려 그와 마찬가지로 미소까지 보내오는 것이 아닌가. 그가 다시 한 번 은근한 미소를 보내자 그녀도 은근한 미소로 반응한다.

공연은 준비를 모두 마치고 마침내 본격적으로 시작되기 직전이다. 무대 뒤에서 벨이 울리고 지휘자가 지휘봉으로 악보대를 톡톡 두드려서 단원들을 집중시킨다. 이어서 양쪽 손을 크게 벌려서 연주를 시작할 자세를 취했다. 멈췄던 손이 움직이기 시작하자 전주곡이 시작되었다. 동시에 남자와 여자의 교류도 뚝 끊어진다.

이 정도로도 충분하겠지. 그녀는 스스로를 위로했다. 지금까지는 아무 문제없이 잘 되고 있다. 연주가 시작되었지만 끝날 때까지 음악만 연주되는 쇼는 본 적이 없다. 틀림없이 중간에 연주가 멈추는 시간이 있을 것이다.

드디어 막이 오른다. 무대 위의 요란한 소리와 빛 그리고 사람들 동작에 그녀가 정신을 차린다. 무대 공연이 어떤지는 아무런 관심이 없다. 애초부터 쇼를 보러 온 것은 아니다. 그녀는 자기의 일에만 온갖 신경을 집중시키고 있다. 그것은 연주자 한 명을 유혹하는 일이다.

막간에 휴식 시간이 되자 연주자들은 하나둘씩 자리에서 일어나서 어디론가 사라졌다. 그 틈을 타서 그가 다가오더니 그녀에게 말을 걸어 왔다. 객석 가까운 곳에 위치한 그의 자리는 연주자들이 출입하는 문에서 제일 멀다. 나갈 때도 제일 늦게 나가기 때문에 그 틈을 타서 동료들이 모르게 살짝 얘기를 건넬 기회를 잡았다. 그녀 근처에 있는 관객들은 먼저 밖으로 나가고 그녀 혼자 있었으니 그에게는 더 없이 좋은 기회였다. 그는 경험에 비추어 지금까지 그녀가 보여준 행동이라면 자기에게 마음을 가지고 있다는 것을 의심치 않았다. 그래도 만에 하나라도 잘못 짚을 수도 있었기 때문에 확실하게 확인해 보는 것이다.

"어떻습니까, 재미있나요?"

"너무 멋져요."

그녀가 내는 코맹맹이 소리에서 욕정이 묻어났다.

"끝나고 특별한 스케줄이 있으신가요?"

그녀는 입을 삐죽이면서 대꾸했다.

"없어요, 뭐 있어도 상관없지만."

밖으로 나가는 동료들을 쫓아가면서 그가 음탕한 목소리로 말했다.

"예정이 생겼소, 바로 지금."

그가 나가자마자 그녀는 표정을 싹 바꾸면서 무자비하게 치마단을 밑으로 끌어 내렸다. 온 몸에 오물을 뒤집어 쓴 듯이 불쾌하다. 할 수 있다면 비누를 듬뿍 풀어서 온몸이 데일 정도로 뜨거운 물로 목욕을 하고 싶은 마음이었다. 이때의 그녀 얼굴은 본래의 자기 모습으로 돌아와 있었다. 짙은 화장으로 감추려고 해도 본래의 모습이 드러나는 것을 어찌할 수 없다. 그녀가 자기 특유의 얼굴로 텅빈 객석에 혼자 앉아서 생각에 잠겨 있다. 아마 오늘 밤이면 될거예요, 그래요, 당신……, 오늘 밤이면…….

막이 내리고 극장 안이 밝아졌다. 그녀가 밖으로 나가지 않고 뒤로 쳐져 있다. 멈칫거리면서 떨어진 물건을 줍는 시늉도 해보고, 옷매무새를 바로잡으면서 뒤에 남아 있었다. 관객들은 통로를 통해서 천천히 나가고 있다.

악단도 일이 끝났다. 그가 드럼 위에 붙어 있는 심벌즈를 마지막으로 한번 세게 두드린다. 손으로 심벌즈를 잡아서 소리를 죽이더니 악기들 위치를 바로잡고 드럼 채를 놓았다. 악보대의 불을 끄면서 오늘 밤 일은 모두 끝났다. 드디어 자유시간이다. 그가 천천히 그녀에게 다가가서 말을 건넨다. 말투가 완전히 자기 여자에게 하는 듯하다. 주도권이 벌써 자기에게 있다고 생각하는 모양이다.

"음악실 앞 빈터에서 기다려요. 5분 정도 있다가 나갈 테니까."

평소의 그녀라면 밖에서 저런 인간을 기다린다는 단순한 행위를 생각하는 것만으로도 참지 못할 불쾌감을 느꼈을 것이다. 하지만 지금은 어쩐 일인지 그런 감정이 조금도 생기지 않는다. 저런 인간이라면 작은 생각까지도 음탕한 색으로 물들어 있는지도 모른다. 그녀는 온몸에서 무언가가 스멀거리는 느낌을 용케도 참아내며 빈터를 서성거렸다. 굉장한 불안감을 떨칠 수 없다. 그리고 밖으로 나오던 악사들이 지나가면서 힐끔힐끔 훔쳐보는 것도 그녀의 불쾌감을 더해주는 것이었다. 그가 맨 마지막으로 나왔기 때문에 그녀로서는 그런 불쾌감을 지리하게 느낄 수밖에 없었다.

갑자기 그녀는 몸이 붕 뜨는 기분이었다. 아직 얼굴도 제대로 보지 못한 사이인데 그가 다가오더니 밑도 끝도 없이 그녀의 팔을 낚아채듯이 잡았다. 그녀의 팔을 자기 겨드랑이에 끼더니 끌듯이 그대로 걷기 시작하였다. 그녀는 이렇게 무지막지하게 몰아붙이는 것도 이런 인간의 천성일 것이라는 생각이 들었다.

"어이, 새로운 친구, 기분은 어떠신가?"

그는 신바람이라도 난 것처럼 마구 떠벌였다.

"멋진데요. 나의 새 친구, 당신은 어때요?"

그녀도 못지않게 맞장구친다.

"내 친구 녀석들이 있는 곳으로 가자구. 그 놈들과 함께 있지 않으면 왠지 허전해서 견딜 수 없단 말이야."

그의 속셈이란 보나마나 뻔하다. 새로 만난 그녀는 그에게 있어서 새로 산 양복 윗도리 단추구멍에 꽂는 꽃과 같은 존재다. 다른 사람들에게 자랑하고 과시하지 않으면 견딜 수 없다.

밤 12시다. 새벽 2시쯤 되면 그는 맥주에 취해서 제정신이 아닐 것이다. 그때는 미리 준비한 작전을 실행할 상태가 될 것이다. 그 시간이 될 때까지 그들은 비슷한 술집 두 군데에 돌아다니면서 마셔댔다. 친구 패거리들도 바로 옆자리에 진을 치고 앉아 있었다. 이런 세계에서도 불문율 같은 게 있는 모양이다. 그와 그녀가 다른 동료들과 함께 어울려서 이리저리 다녔지만, 일단 새로운 술집에 들어가면 다른 동료들은 자기들끼리만 테이블을 잡고 앉는다. 두 사람과는 절대로 합석하지 않는 것이었다. 그는 자리에서 일어나서 동료들이 있는 테이블에 갔다가 다시 그녀가 있는 자리로 되돌아오기를 수도 없이 되풀이했다. 그러나 동료들이 두 사람의 자리로 온 적은 한 번도 없다. 아마도 그녀는 그만의 전유물이기 때문에 서로 삼가는 것 같았다.

그녀가 어디서부터 시작해서 본론으로 들어가야 할 것인지를 고민하고 있었다. 이제 슬슬 한 판 벌일 때가 되었다. 머뭇거리다간 이대로 날이 새고 만다. 더구나 두 번 다시 이런 연극을 할 배짱이 생길지는 그녀로서는 장담할 수도 없는 노릇이었다. 그런데 우연하게 기회가 생겼다. 그녀가 아닌 저쪽 편에서 적절한 기회를 제공한 것이다. 그가 아무 생각없이 마구잡이로 그녀에 대한 칭찬을 쏟아 붓고 있는 중이었다. 흡사 기관차 화부가 건성으로 석탄을 퍼넣는 것과 다를 바없는 모습이었다. 그의 칭찬이 다시 시작되는 것을 기회로 삼아서 그녀가 한마디 끼어들었다.

"자기, 극장에 앉아 있던 손님들 중에서 내가 제일 예뻤다고 했죠? 그렇지만 기억을 되살려보면 '저 여자 정말 멋진데'라고 생각한 여자도 얼마든지 있을 거잖아요. 그 얘기도 좀 해봐요, 응?"

"당신보다 예쁜 사람이 어디 있다구. 쓸데없는 소리는 그만둬."

"그러니까 더 궁금해지는데요. 질투하는 게 아니라고요. 말해줘요. 자기가 여러 극장에 출연하면서 아까 내가 앉았던 그런 비슷한 자리에서 앉아 있던 멋진 여자들을 많이 봤을 거 아녜요? 그중에서 자기가 '저 여자를 데리고 나가고 싶다'는 느낌을 가졌던 여자도 있었잖아요?"

"그게 바로 당신이라니까."

"당연히 그렇겠지요. 그러면 나 다음으로 또 어떤 여자에게 끌린 적은 있지요? 나는 그냥 자기가 지난 일을 얼마나 기억하고 있는지를 묻는 거예요. 자기 같은 사람은 날이 새면 어젯밤에 만난 여자의 얼굴조차도 말끔히 잊어버리는 타입이잖아요?"

"내가 그렇다구? 절대 아니야. 내가 그 증거를 말해주지. 어느 날 밤 내가 건너다보니까 난간 앞에 어떤 여자가 앉아 있더라구……."

일순간 그녀는 심하게 한대 맞은 듯이 긴장하면서 테이블 밑에서 느슨하게 잡고 있던 팔을 들어 팔짱을 꼈다.

"그때 다른 극장에서 일할 때야. 카지노 극장이었나, 그랬어. 잘 기억이 나지 않지만, 그 여자 어디에 이끌렸냐 하면……."

어떤 그림자가 하나가 지나가더니 뒤이어서 다른 사람들이 그들의 테이블 옆을 지나갔다. 마지막으로 지나던 사람이 잠깐 멈추더니 말을 건넸다.

"지하실에서 즉흥연주를 하려고 하는데, 올 텐가?"

그 말을 듣자 팔짱을 끼고 있던 그녀의 손에 힘이 풀리면서 의자 밑으로 축 처져버렸다. 그의 친구들이 모두 자리에서 일어나더니 안 쪽에 있는 지하실로 향했다.

"싫어요, 자기, 여기 있어요, 예?"

그녀가 손을 뻗어서 그를 끌어당기려고 했다.

"지금 하던 얘기 마저 하고……."

그는 벌써 일어서고 있었다.

"됐어. 시시한 얘기야. 저 녀석들하고 따로 놀면 재미없어."

"연주는 밤마다 극장에서 실컷 하잖아요."

"에이, 그건 돈 때문에 하는 거지. 지금 하려는 것은 즐기기 위해서 하는 거야. 기똥찬 걸 들을 수 있을 거야."

그녀를 버려두고라도 갈 듯한 기세다. 그녀보다는 그곳에서 벌어질 일이 훨씬 흥미롭다고 느끼는 모양이다. 할 수 없다. 그녀도 따라 일어서서 그 뒤를 쫓아 벽돌담으로 싸인 좁은 계단을 내려가서 레스토랑 지하실로 갔다. 모두 모여 있는 그 방은 꽤 넓었고, 악기들이 갖춰져 있다. 그들은 전에도 여러 차례 와 본 적이 있는 곳 같았다. 그랜드 피아노가 한 대 있었고, 천장 중앙에는 커다란 전등이 장식도 없이 늘어뜨려져 있었다. 양초를 꽂은 병들이 여기저기 놓여 있고, 방 중앙에는 찌그러진 나무 탁자가 놓여 있다. 탁자 위에는 진이 담긴 술병이 한 사람에 한 병씩 놓여 있었다. 한 남자가 갈색 포장지를 뜯어서 누구나 마음대로 피울 수 있게 담배를 펼쳐 놓는다. 보통 피우는 담배와는 다르게 속에 검은 것이 채워져 있다. 누군가가 '리퍼즈'라고 부르는 것이 들린다.

밀번과 그녀가 마지막으로 들어서자 문이 잠기고 빗장이 채워졌다. 이제 이 안에서는 아무런 구속도 받지 않고 자유롭게 행동할 수 있다. 모두 남자들이고 그녀만이 유일한 홍일점이다. 빈 종이 상자들과 술통이 여러 개 있어서 앉을 수 있게 되어 있었다. 애틋한 음색의 클라리넷 소리로부터 광기에 찬 연주가 시작되었다.

그로부터 두 시간 동안은 그야말로 단테가 말하는 지옥과 같았다. 실제로 그런 일이 있으리라고 상상조차 할 수 없는 정도였다. 음악이라고 말할 수도 없었다. 음악이라면 아늑하고 부드러운 것이다. 하지만 그것은 그림자들이 만들어 내는 마법의 주마등과도 같았다. 그림자들이 시커멓게 떠오르더니 사방 천지의 벽과 천장에까지 부풀어 올라서 흔들거렸다. 그것은 무언가에 사로잡힌, 악마적인 그들의 현실적인 얼굴이었다. 갑자기 어떤 음색이 울려퍼짐과 동시에 여기저기에서 얼굴이 불쑥 튀어나오기도 하고 쑥 들어가기도 했다.

방 안의 공기는 담배 연기로 가득했다. 진과 마리화나도 있었다. 그리고 그들의 가슴에 감춰져 있던 광란의 숨결이 넘쳐났다. 그런 광기에 밀린 그녀가 움츠러들어서 방구석에 숨거나 상자 위로 피하기를 몇 번이나 했는지 모른다. 한 사람씩 그녀에게 다가온다. 그녀가 피하면 뒤를 쫓아다니기도 한다. 여자라고는 그녀 혼자였기 때문에 그녀만을 따라다니면서 벽으로 밀어붙이고 얼굴에 대고 관악기를 힘껏 불어 대기도 했다. 귀가 얼얼해서 꽉 막혀버렸고, 머리카락은 제멋대로 흩어져서 몸과 마음이 온통 공포로 떨렸다.

"자, 이 술통 위로 올라요. 춤을 춰요, 춤을!"

"싫어요, 출 줄도 몰라요!"

"출 줄 알건 모르건 상관없어. 아무렇게나 스텝을 밟고 가슴과 허리를 그냥 흔들기만 하면 돼, 그건 흔들기 위해 있는 거라구. 옷이 어떻게 되던지 신경 쓸 필요 없어. 우린 모두 친구니까."

그녀가 마음속으로 '핸디!' 하고 불렀다. 그러면서 끊임없이 쫓아오면서 열병에 걸린 것처럼 미친 색소폰 소리를 내고 있는 사람을 피했다. 그도 그녀를 쫓는 것을 포기하더니 천장을 향해서 악기 소리가 아닌 절규와 같은 단발마 소리를 불어대기 시작했다.

'핸디, 당신을 위해서 이렇게 참고 있어요.'

이 세상에 처음으로
미래파의 리듬,
귓가에서,
고막 옆에서
이 드럼이 울리면
옆으로 쓰러져 버리리

그녀는 가까스로 정신을 되찾아서 벽을 더듬어서 드러머가 있는 곳으로 갔다. 그곳은 크고 작은 북들과 심벌즈가 쿵쾅거려서 그야말로 보일러실 같았다. 그녀가 피스톤처럼 오르내리고 있는 밀번의 팔에 매달려서 가위눌린 듯한 소리로 말했다.

"클리프, 날 여기서 내보내 주세요, 예? 여기 계속 있으면 쓰러지고 말거예요."

그는 이미 마리화나에 취해 있었다. 풀려 있는 눈초리만 봐도 알 수 있었다.

"어디로 간다는 거야? 우리집으로 갈까?"

그녀는 '예스'라고 대답할 수밖에 없었다. 그렇게라도 밖으로 빠져나가야 했다.

그가 일어나더니 그녀를 앞세우고 문 있는 곳까지 더듬어 나갔다. 문이 열리자마자 그녀가 먼저 총알처럼 뛰어나갔다. 그도 뒤이어 따라 나갔다. 간다는 인사도 없었다. 가고 싶은 사람은 마음대로 가도 되는 것 같았다. 나머지 패거리들은 그들이 빠져나가는 것조차 눈치채지 못한 모양이다. 문이 쾅 하고 닫히자 광란의 소음이 칼로 자른 듯이 들리지 않았다. 너무 갑자기 조용해져서 처음에는 오히려 적응이 되지 않아 어리둥절할 정도였다.

당신은 뜻밖에 내게 왔네
멈춰진 시간에,
제발 그대의 품 안에서
생각하고 잠자고
술에 취하게 해주오.

위의 레스토랑은 어둡고 텅 비어 있었다. 안쪽에 비상등 하나만 달랑 켜져 있을 뿐이다. 밖으로 나오자 길거리는 광란이 들끓던 지하실에 비해서 상쾌한 공기로 가득 차 있었다. 머리가 훤하게 맑아 오는 느낌이었다. 그녀는 건물 벽에 기대서 기진맥진해진 듯 얼굴을 벽에 대고는 맑은 공기를 마음껏 들이마셨다. 그는 문을 잠그느라 그랬는지 그녀보다 한발 늦게 나왔다.

새벽 4시쯤 된 것이 틀림없다. 주위는 온통 어둠에 잠겨 있었고 거리는 잠들어 있었다. 문득 모든 것을 내팽개치고 그대로 도망치고 싶은 유혹이 그녀의 마음을 사로잡았다. 거리를 따라 도망칠 자신은 있었다. 지금의 그는 그녀를 쫓아올 만한 상태도 못된다. 그렇지만 그녀는 실행에 옮기지 못하고 그냥 서 있다. 그녀의 생각에 한 장의 사진이 떠오른다. 그녀가 자기 방문을 열 때마다 가장 먼저 눈에 들어오는 바로 그 사진이다. 그 순간 밀번이 다가왔다. 이제는 도망갈 기회도 사라지고 말았다.

두 사람이 택시를 탔다. 그들이 내린 곳은 낡은 집들을 아파트로 개조한 지역으로 한 가구가 한 층씩을 사용하고 있었다. 그가 그녀를 데리고 2층으로 가서 문을 열더니 전등을 켰다. 정말 기가 막힌 방이었다. 오랜 세월동안 때에 찌든 바닥에 엷게 니스를 칠해 놓았다. 천장은 엄청 높았고, 나팔꽃 모양으로 생긴 창틀은 마치 관 뚜껑을 연상케 했다. 새벽 4시에 찾아올 만한 유쾌한 장소는 아니었다. 그가 아닌 다른 상대와 함께라도 불쾌한 기분은 마찬가지였을 것이다.

그녀는 몸을 떨면서 문 옆에 가만히 서 있었다. 그는 안쪽에서 조심스레 문고리를 걸고 있다. 그녀는 모르는 척하려고 애쓰고 있었다. 가능하면 머릿속을 맑고 자유롭게 해두고 싶었다. 문 같은 데 정신을 빼앗기면 머릿속만 혼란해질 것 같았다. 그가 문단속을 끝마쳤다.

"코트부터 벗어."

"싫어요. 이대로가 좋아요. 춥거든요."

그녀가 뻣뻣하게 대꾸했다. 시간이 너무 없다.

"뭘 어쩌겠다는 거야. 거기에 가만히 서서?"

"아니에요! 이렇게 서 있으려고 한 것은 아니에요."

그녀가 건성으로 대답하면서 한쪽 발을 무심하게 앞으로 내밀었다. 마치 스케이팅 선수가 얼음을 지치는 동작과도 같았다. 그녀가 주위를 둘러보면서 온갖 생각을 떠올려 본다. 암담하다. 어디서부터 시작해야 하나? 색(色), 오렌지……, 그래, 혹시 오렌지색 물건은 없나?

"어이, 뭘 그리 찾고 있어? 여긴 그냥 방이야. 방 처음 보나?"

그가 말투가 퉁명스럽다.

그녀는 마침내 무언가 찾아냈다. 방 한 쪽 끝에 있는 스탠드였다. 얇은 비단갓이 씌여 있다. 그녀가 그쪽으로 가더니 스탠드 불을 켰다. 그러자 벽에 후광처럼 둥그런 빛이 생겨났다. 그녀는 그곳에 손을 대면서 그에게 말했다.

"나는 이런 색이 좋아요."

남자는 들은 체도 하지 않았다.

"듣고 있어요? 나는 이런 색이 좋다니까."

이번에는 그도 멍하게 쳐다보고만 있다.

"어, 엉, 그래서 뭘 어쩌라구?"

"나, 이런 색 모자를 갖고 싶어요."

"사주지. 내일이나 모레."

"어머, 고마워요. 이렇게 생긴 걸로 사주실 거죠."

그녀가 조그만 스탠드를 들더니 전등이 켜진 채로 어깨에 얹었다. 그런 자세로 그가 있는 쪽으로 돌아서자 스탠드 갓이 머리 꼭대기까지 왔다.

"여기 좀 보세요. 자, 날 좀 보시라니까요. 자기, 이런 모자를 쓴 사람 본 적이 없나요? 이것 보고 생각나는 사람이 없어요?"

그는 부엉이처럼 크게 눈을 뜨더니 심각하게 깜박거렸다.

"잘 봐요 그래요, 그렇게 자세히 보세요. 생각나지요? 오늘 밤 내가 앉았던 맨 앞자리에 오렌지색 모자를 쓴 여자가 앉아 있는 것을 본적이 있잖아요?"

그가 머리 깊숙이 숨겨 놓은 것을 꺼내서 말하는 듯이 중얼거렸다.

"으응……, 나한테 500달러를 준 그 여자 말이구나!"

자신도 모르게 그 말이 입 밖으로 나간 것을 깨달았는지 당황해서 한쪽 손으로 눈을 가렸다.

"이 일은 아무에게도 말하면 안 되는데."

그가 다시 얼굴을 들더니 어색한 표정으로 말했다.

"내가 벌써 말해버렸나?"

"예, 나도 들었어요."

그것으로 일은 끝났다. 처음이 어렵지 한 번 터지기 시작한 입은 막을 수가 없는 것이다. 그때부터 그의 입이 술술 풀려나갔다. 마리화나 담배가 그의 기억 깊숙히 억눌려져 있던 생각을 불러온지도 모른다.

그녀가 서둘러서 그 순간을 포착한다. 이렇게 해서 도움이 되는 대답을 들을 수 있을지 없을지는 나중의 문제다. 현재로서는 이 순간을 놓쳐서는 절대로 안 된다. 그녀가 재빨리 전기스탠드를 내려놓더니 그에게로 다가갔다. 일부러 비틀거리는 몸짓도 더해졌다.

"저기요, 한 번만 더 말해주세요. 듣고 싶어요. 아잉, 클리프, 제발요. 자긴, 내 친구잖아. 자기도 내가 친구랬잖아……, 친구라면 얘기해 줄 수도 있잖아요."

그는 눈을 껌뻑거리면서 시치미를 뗐다.

"내가 무슨 얘길 했다구? 아무 생각도 나지 않는데."

이럴 때는 끊어진 그의 기억을 이어주기 위한 처방이 필요하다. 톱니바퀴를 벗어나서 덜렁거리는 전선을 제자리에 다시 끼워주는 것 같은 것이다.

"아이, 오렌지색 모자 말예요. 여봐요, 이것 잘 보세요. 500달러랬잖아요, 500달러면 엄청 큰 돈이에요. 이젠 생각나죠? 내가 앉았던 자리에 앉아 있던 그 여자 말이야……."

"아, 그렇지. 바로 내 뒤쪽에 앉아 있었지. 그래 본 적이 있어."

그가 미친 듯이 낄낄거리더니 갑자기 웃음을 뚝 멈췄다.

"그 여자를 쳐다보기만 했는데 500달러를 주더군. 그 대신 절대로 그 여자를 봤다고 말하지 않는다는 조건이 있었지."

그녀는 자기 팔에 힘이 들어가면서 그의 셔츠 칼라 위로 지나서 목을 휘감고 있는 것을 느꼈다. 하지만 그녀는 자기 팔의 움직임을 멈출 수 없었다. 자신의 의지와는 무관하게 팔이 움직이는 듯 했다. 그녀가 자기 얼굴을 바짝 갖다 대더니 그의 얼굴을 빤히 들여다 보면서 재촉했다.

"아잉, 더 얘기해봐요, 클리프. 응, 꼭 들려주세요. 난 자기 얘기가 정말 재미있단 말이야!"

그의 눈이 다시 빛을 잃고 흐리멍텅해졌다.

"무슨 얘긴데. 뭔 얘기를 더 하라구, 또 잊어 버렸단 말이야."

다시 필름이 끊어진 것이다.

"그 여자를 봤단 얘기를 절대로 안 한다고 약속하고 500달러 받았다면서요, 생각나죠? 오렌지색 모자를 쓴 여자? 500달러도 그 여자한테서 받은 거예요, 클리프? 누가 자기한테 500달러를 줬어요? 가르쳐줘요, 으응?"

"다른 손이 있었어. 어둠 속에 있었지. 그 손이 준 거야. 누군지는 모르겠고 손, 목소리, 손수건 그런거만, 아 그러니까 또 하나 있어, 권총."

그의 목덜미를 휘감고 있던 그녀의 팔이 풀리더니 다시 앞으로 돌아왔다.

"그랬군요. 그런데 그게 누구 손이었는데?"

"글쎄, 그 때도 몰랐지만 지금까지도 정말 모르겠어. 사실은 정말로 그런 일이 있었는지도 잘 모를 때가 있단 말야. 어떤 때는 약기운에 헛것을 본 거라는 생각이 든다구. 그러다 언제는 그게 실제 있었던 일이라고 생각될 때도 있구, 뭐가 뭔지 나도 모르겠어, 젠장."

"어쨌든 그 얘기 좀 해주세요, 어서요."

"어떻게 된 거냐 하면 말이지. 어느 날 쇼가 끝나고 밤늦게 집으로 돌아왔었지. 계단 밑에 있는 홀에 도착하니까 뭔가 이상한 느낌이 드는 거야. 거긴 언제나 불이 환하게 켜져 있는 곳인데 그날은 캄캄하더라구. 전등이 나갔다고 생각하면서 더듬더듬 계단 밑까지 왔는데 갑자기 차디찬 손이 불쑥 나오더니 나를 꽉 잡더라구. 섬뜩할 정도로 차가운 손인데 나를 누르듯이 잡아 끌었어.

내가 벽으로 물러서면서 물었지. '누구야? 당신 대체 뭐요?' 남자더라구. 목소리로 안 거지. 조금 지나서 어둠에 익숙해지면서 뭔가 하얀 것이 보이더라구. 하얀 손수건 같은 것이 그의 얼굴 근처에서 보이는 거야. 손수건으로 얼굴을 가린 거지. 손수건 뒤에서 나오는 목소리도 쉰 것처럼 이상하게 들리더라구. 물론 가까이 있는 나는 무슨 말인지는 알 수 있었지.

그가 내 이름하고 직업이 뭐냐구 물었지. 나에 대한 모든 것을 벌써 다 알고 있는 것 같았어. 그러더니 어젯밤 극장에서 오렌지색 모자를 쓴 여자를 본 걸 기억하냐고 묻는 거야. 나는 '당신이 묻지 않았으면 아무 생각이 없었을 텐데 지금 물으니까 생각이 난다'고 대답했지. 그러자 그 남자가 무겁고 낮게 깔린 목소리로 '너, 죽고 싶어!' 라고 무섭게 말하는 거야.

대답도 못하겠더라구. 목소리가 나오지도 않아. 그래서 어정쩡하게 있는데 그가 내 손을 잡더니 끌어서 무언가 만지게 해주는 거야. 싸늘한 느낌에 소름이 끼치더군. 그의 손에 들려 있던 권총이었어. 내가 기겁하면서 손을 빼내려고 했지만 그는 내 손을 놓아 주지 않는 거야. 내가 무슨 뜻인지 알아차릴 때까지 계속 만지게 하고 있었던 거지. 조금 있다가 이렇게 말하더군. '네가 만일 그 사실을 다른 사람에게 떠벌리면 이놈을 먹여 줄 거야' 라고 말이야.

그러더니 잠시 뒤에 또 한마디 하는 거였어. '그 대가로 500달러를 받으면 괜찮겠지?' 지폐 바스락거리는 소리가 나더니 그가 내 손에 뭔가를 쥐어 주더군. '500달러다. 성냥 있지? 자, 성냥을 켜서 직접 확인해 봐.' 내가 성냥을 켜서 확인했더니 틀림없는 500달러가 있는 거야. 내가 눈을 들어서 얼굴을 쳐다보려고 하자 그 남자가 '훅' 불어서 성냥불을 꺼버렸지.

'자, 이제 너는 그 여자를 본 적이 없는 거야. 그런 여자는 없는 거지. 그러니 누가 물어도 '노'라고 말해야 되는 거지. 그러면 네 목숨도 안전하지.'

조금 있다가 그가 이렇게 물었어.

'자, 누가 물으면 뭐라고 대답하지?'

'그런 여자는 본 적 없는데요. 여자 같은 건 없었어요.'

내가 그렇게 대답했지만, 사실 그땐 겁에 질려서 온몸이 부들부들 떨리고 있었어.

'좋아, 그럼, 이제 가도 좋아. 잘 있게.'

가린 손수건 뒤에서 들려오는 그의 목소리는 마치 무덤 속에서 들리는 소리 같더라구. 그가 사라지고 나서도 나는 문 앞으로 걸어갈 수가 없었어. 가까스로 방으로 들어와서 안으로 단단히 자물쇠를 걸어 잠갔지. 창으로 가서 그가 어떤 사람인지 볼 것은 엄두도 내지 못했어. 그때도 나는 마리화나에 취해서 비틀거리고 있었으니 더했지. 그런 느낌이 어떤지는 당신도 알지?"

그는 새삼스럽게 다시 살아나는 그때의 공포를 몰아내듯이 큰 소리로 웃어 젖혔다. 웃음을 갑자기 뚝 멈추더니 허망한 듯 말했다.

"500달러는 바로 다음날 경마장에서 몽땅 날렸어."

그는 비굴하게 말하면서 초조한 듯 몸을 뒤척이며 의자 팔걸이에 그녀를 내려 놓았다.

"잊고 있었는데 당신이 자꾸 물으니까 또 생각이 나잖아. 생각할수록 무서워 죽겠단 말이야. 엄청난 공포였어. 봐, 이렇게 떨고 있잖아. 그 때부터 난 가끔씩 흠칫흠칫 놀라기도 한다구……. 담배 한 대만 줘. 기분이라도 좀 띄워야겠어. 기분을 다시 한 번 되살리고 싶어."

"나는 마리화나 없어요."

"핸드백 속에 들어 있잖아. 너도 그곳에 같이 있었으니까 몇 개비 가져왔을 거 아냐."

그는 자기처럼 그녀도 마리화나를 늘 피운다고 생각하는 모양이었다. 그녀의 핸드백은 테이블 위에 있었다. 그녀가 말릴 틈도 없이 그가 핸드백을 열더니 안에 있는 것들을 몽땅 쏟아 놓았다.

"안 돼요! 앗, 그건 아무것도 아니에요. 보지 마세요!"

그녀가 빼앗으려고 했지만 그가 벌써 읽고 있었다. 버지스에게서 건네받은 쪽지다. 처음에는 그도 신기하다는 반응을 보였다. 그 쪽지가 무슨 의미인지 미처 알지 못했기 때문이었다.

"어, 이건 나잖아! 내 이름, 내가 일하는 곳……."

"안 돼요, 보지 마세요!"

그가 그녀의 손을 뿌리치며 읽어나갔다.

"우선, 내 사무실에 전화를 거세요. 만일 그곳에 없을 경우에는 ……."

순식간에 그의 얼굴이 의심의 눈초리가 번졌다. 그의 얼굴이 무섭게 일그러지면서 번득이는 눈으로 그녀를 노려보는 것도 순식간에 벌어졌다. 그가 무언가 알 수 없는 혐오스러움에 떨고 있는 것처럼 딱딱하게 경직되었다. 눈에는 지독한 공포가 배어 있었다. 마약으로 환각에 빠진 것처럼 동공이 크게 확대되어 있었다. 크게 부릅뜬 눈으로 자신에게 공포를 준 대상을 잡아먹을 듯 노려보고 있었다.

"그 놈이구나. 그놈이 당신을 보냈어. 당신은 나와 우연히 만난 게 아니야. 누군가 내 뒤를 쫓고 있는 거야. 그게 누구야? 나는 모르겠어. 그 녀석을 기억할 수만 있다면 좋을 텐데……, 권총을 들이대면서 나를 죽이려고 하는 녀석이 도대체 누구야. 말해 봐. 누구야, 나를 죽이려고 하는 그놈이 누구냐고! 죽을 때까지 입을 다물고 있어야 했는데, 그만 깜빡 잊어버리고 말을 해버렸어, 네가 말을 시켜서 그랬던 거야!"

그녀는 지금까지 상습 마약중독자를 만나 본 경험이 없었다. 그가 울부짖듯 쏟아내는 말이 귀에 들리기는 했지만, 그 뜻은 전혀 파악할 수 없었다. 그런 말들이 의심이나 불신, 공포 같은 감정을 표현하는 뜻이라는 것은 알 수 없었다. 그런 감정이 원래 그의 가슴 속에 담겨져 있다는 것을 알 수 있다고 해도, 지금 그런 감정이 한계를 넘어서 폭발하기 직전에 와 있다는 사실은 상상도 하지 못했다. 다만 표정에서 풍기는 분위기가 일상적이지 않을 정도로 화를 내고 있는 인간과 마주하고 있다는 정도로만 생각했다. 그가 지금 심상치 않은 상태라는 것은 확실히 알 수 있다. 하지만 지금 그가 노리고 있는 것은 그녀가 파악하고 있는 수준을 훨씬 뛰어 넘고 있다는 것을 알아야 했다. 그녀가 미리 알 수 있었다면 사전에 미리 방지하기 위해서 다른 화제로 바꾸는 지혜를 발휘해야 한다. 지금 그녀는 제정신이지만 남자는 일시적으로 머리가 돌아서 미쳐 있는 것이다.

그가 잠시 어리숙한 사람처럼 멍청히 서 있었다. 머리를 좌우로 흔들더니 눈만 위로 치켜떠서 그녀를 바라보면서 더듬더듬 입을 열었다.

"내가 아무 말도 하면 안 된다고 말했을 텐데. 아아, 무슨 말을 했는지 생각이 나면 좋을 텐데!"

그가 머리가 뒤죽박죽 되어 견딜 수 없다는 듯이 이마에 손을 갖다 댔다.

"아니, 아무 말도 하지 않았어요. 나에겐 아무 말도 하지 않은걸요."

그녀가 달래듯 말했다. 그녀는 한시라도 빨리 이곳을 빠져나가야겠다고 생각하고 있었다. 하지만 그녀가 그런 생각을 하고 있다는 것을 눈치챘다면 그가 방해할 것이라는 것도 직감적으로 알고 있었다. 그녀는 슬그머니 발을 조금씩 움직여서 뒤로 물러서기 시작했다. 양손을 뒤로 돌려서 더듬어서 문을 찾았다. 상대가 눈치채지 못하는 사이에 문을 열려고 기회를 노리고 있었다. 동시에 자기가 조금씩 뒤로 빠지고 있다는 것을 눈치채지 못하게 하기 위해서 그의 얼굴을 빤히 쳐다보았다. 자기 눈빛으로 상대의 시선을 잡으려는 것이다. 동작이 굉장히 느릿하게 진행되었기 때문에 그녀가 느끼는 긴장도 그만큼 높았다. 몸을 잔뜩 사렸던 독사가 상대를 꼼짝 못하게 묶어놓은 채로 뒤로 슬슬 물러서는 형상이다. 너무 빨리 움직이면 잽싸게 덤벼들 것이다. 그래도 너무 느리다. 이렇게 해서는 밤새도록 여기서 벗어나지 못할지도 모른다.

"아니야, 내가 말했어. 말해서는 안 되는데 너에게 말했던 거야. 너는 지금 여길 빠져나가서 누구에게 알려주려고 하는 거잖아? 나를 죽이려는 그 놈에게 말이야. 그러면 그 놈이 나를 찾아오겠지, 그래서 자기가 말한대로 나를……."

"아니에요, 당신은 정말 아무 말도 하지 않았어요. 그냥 그런 생각이 드는 것 뿐이에요."

그는 진정하기는커녕 점점 흉포해지고 있었다. 그의 눈에 비치는 그녀의 모습이 점점 더 작게 줄어들고 있음이 분명했다. 이제 더 이상은 그가 알아채지 못하게 움직이기는 불가능하다. 마침내 그녀는 벽에 다다랐다. 양손을 뒤로 돌린 상태로 필사적으로 더듬어 본다. 손에 만져지는 것은 그냥 매끈매끈한 벽일 뿐이다. 열쇠구멍이 어디에 있는지 찾을 수가 없다. 아무래도 예측이 잘못된 모양이었다. 방향을 바꾸자. 눈을 옆으로 돌려 곁눈질로 슬쩍 본다. 왼쪽으로 2~3m 떨어진 곳에 검은 것이 보인다. 다행이 그가 1, 2초만 더 지금 있는 장소에서 움직이지 않고 있어주면 될 듯하다.

상대방이 눈치채지 못하게 옆으로 움직이는 것이 뒷걸음치기보다 더 어렵다. 먼저 한쪽 발의 뒤꿈치를 비껴놓은 다음 앞 쪽을 그만큼 이동시켰다. 이어서 다른 발도 같은 방법으로 똑같이 움직여 두 발을 같은 형태로 맞춘다. 그러면 옆으로 조금 움직인 것이다. 그것도 상반신은 꼼짝하지 말고 해야 한다.

"자기도 기억하잖아요? 난 그냥 의자 팔걸이에 앉아서 당신 머리를 만져 주었을 뿐이에요. 그게 전부에요. 오, 이제 그만하세요!"

그녀는 마지막 남은 힘을 쥐어짜듯이 칭얼칭얼 콧소리를 내면서 말했다. 공포의 미뉴에트가 시작되고 겨우 몇 초밖에 지나지 않았지만, 그녀에게는 하룻밤보다도 길게 느껴졌다. 만일 그녀에게 악마의 담배라도 한 개비 있다면, 그것을 그에게 던져 줄 수만 있었다면, 아아…….

게처럼 옆걸음을 치던 그녀가 가볍고 작은 테이블을 건드리는 바람에 뭔가 작은 것이 바닥으로 떨어지고 말았다. 거의 들리지 않을 정도로 작은 소리였지만, 그 작은 소리 하나로 그녀의 계획이 모두 수포로 돌아가고 말았다. 그 작은 소리가 그의 환상을 깨우고 미친 신경을 현실로 되돌아오게 만들었던 것이다. 그녀가 가장 원치 않았던 사태가 벌어졌다. 그가 꼼짝 않고 있던 자세를 허물고 납인형이 굴러 떨어지듯 의자에서 일어나더니 그녀 쪽으로 다가오면서 양손을 쭉 뻗었다.

기겁을 한 그녀가 문에 매달렸다. 목에서는 억눌린 신음소리가 가늘게 새어 나왔지만, 비명을 지르지는 않았다. 약간의 여유를 이용해서 양손을 재빨리 놀려서 원하는 것을 확인할 수는 있었다. 열쇠는 구멍에 꽂힌 채 그대로 있었던 것이다. 어렵게 열쇠를 찾아냈지만 더 이상 어떻게 해볼 틈은 없었다. 자기에게 달려드는 남자를 피해서 그대로 문 앞을 지나갈 수밖에 없었다. 그녀가 재빨리 벽에서 피하더니 방 한쪽을 가로질러 창 쪽으로 도망갔다. 창에는 블라인드가 내려져 있었지만 정확한 윤곽이 흐릿하게 비치고 있었다. 그가 계속 쫓아오고 있지만 창으로는 빠져나갈 수가 없다. 블라인드가 쳐져 있어서 창문을 열고 밖으로 비명을 지를 수도 없다. 창 양쪽으로 먼지를 뒤집어 쓴 너덜너덜한 커튼이 걸려 있었다. 그녀가 커튼을 잡아서 등 뒤로 그를 향해 던지듯 밀어붙였다. 그가 목에서 어깨까지 휘감겨진 커튼을 벗느라고 움직임은 조금 둔해졌다.

그 틈을 타서 얼른 반대편 구석으로 도망가서 소파 뒤로 숨어들었지만, 건너편에 다다르기도 전에 그에게 들키고 말았다. 두 사람은 소파를 사이에 두고 이쪽저쪽 움직이면서 마치 고양이가 쥐를 쫓듯 두 번정도 좌우로 돌았다. 마치 빅토리아 시대에 공연되었던 미녀와 야수란 팬터마임을 보는 것 같은 장면이었다. 5분 전만 하더라도 그녀는 이런 장면을 '이스트 린' 같은 빅토리아 시대의 대표적인 멜로연극에나 나오는 일이라고 넘겨버렸을 것이다. 그러나 지금은 생애에 두 번다시 웃어 버릴 수도 없는 일이 되고 말았다. 무엇보다도 그녀의 인생 그 자체가 앞으로 2, 3분 내에 끝날지도 모르는 일이었다. 숨을 헐떡이며 도망치던 그녀가 외쳤다.

"안 돼! 안 돼! 그만둬요! 나한테 이렇게 하다가 그들에게 무슨 일을 당할지 몰라요, 알겠어요! 무슨 일이 일어날지 잘 알잖아요!"

그녀의 말을 듣는 것은 인간이 아니다. 마약으로 인한 금단현상이 그 말을 듣고 있는 것이다.

그가 갑자기 지름길을 택했다. 한쪽 다리를 소파 위에 걸치더니 등받이 너머로 팔을 뻗쳐서 그녀를 잡으려고 했다. 좁은 삼각형 공간에 갇혀 있던 그녀가 몸을 피할 여지도 없이 그의 손가락이 그녀의 옷깃을 낚아챘다. 그가 손을 오무려서 꽉 잡기 전에 그녀가 두세 차례 몸을 비틀며 흔들어댔다. 그 바람에 윗도리의 한쪽 팔이 우드득 찢기면서 그의 손아귀로부터 빠져나올 수가 있었다.

옷이 찢기면서 그가 앞으로 고꾸러지더니 소파에 펄썩 엎어진다. 그 사이에 그녀가 옆의 작은 틈으로 빠져나가서 미끄러지듯 네 번째의 마지막 벽이 있는 곳으로 도망쳤다. 방을 완전히 한 바퀴 돌아서 다시 문이 있는 벽까지 가려는 것이다. 벽을 따라 움직이기보다는 방안쪽을 가로질러서 그쪽으로 가는 것이 낫겠지만 그 길로 가다가는 그에게 잡힐 게 뻔하다. 이 네 번째 마지막 벽면에는 검은 통로가 시커멓게 입을 벌리고 있었다. 그 안에 있는 것이 선반인지 욕실인지 알 수는 없다. 그러나 조금 전 소파에서 당했던 술래잡기에 놀란 그녀가 들여다보지도 않고 그대로 지나쳐 버린다. 그러는 편이 아까보다 더 손쉽게 아무 데나 숨을 수 있었고, 무엇보다도 바깥으로 나가는 오직 하나의 출구, 문으로 최대한 가까이 갈 수 있었기 때문이다. 이제 그 탈출구가 엎어지면 코 닿을 데에 있다.

문으로 뛰던 그녀가 화려한 장식이 달린 의자를 들더니 그에게 던져 버렸다. 그가 의자를 피하려고 몸을 피했다. 그 틈에 탈출할 수 있는 짧은 시간을 벌었다. 약 5초 정도의 짧은 시간이다.

그녀는 이미 지칠대로 지쳤다. 방의 마지막 구석을 돌아서 끝없는 도망이 시작된 곳으로 돌아올 수 있었다. 안도의 한숨도 잠시, 그가 갑자기 방향을 바꾸더니 그녀의 앞쪽으로 나와서 막아섰다. 너무 갑자기 일어난 일이라서 그녀는 멈출 수도 없이 그와 부딪치기 직전이었다. 간신히 그를 피할 수 있었지만 그의 손 안이 닿는 거리에서 벽에 몰리고 말았다. 그가 양손을 게처럼 벌리고 덮쳐 왔다. 더 이상 뒤로 물러설 곳도 없다. 앞으로 나가지도 뒤로 물러서지도 못하던 그녀가 벽을 타고 그대로 주저앉아 버렸다. 그녀가 움직일 수 있는 방향은 그쪽 밖에 없었다. 그의 양팔 사이를 쏙 내려가더니 밑으로 기어서 옆으로 빠져나왔다.

그녀가 이름을 불러댔다. 하지만 지금 이 상황에서 아무런 도움도 줄 수 없는 사람의 이름이다.

"스코트! 오, 스코트!"

문 바로 앞이었지만 거기까지 기어갈 틈도 없었다. 설령 기어간다고 해도 지칠 대로 지친 그녀가 그곳을 빠져나가는 것은 도저히 불가능해 보인다.

작은 전기스탠드는 아직 그곳에 있었다. 아까 그의 기억을 되살리는

데 사용했던 바로 그 스탠드다. 그까짓 물건으로 그를 때려눕힐 수는 없을 것이다. 그래도 그것을 집어서 그를 향해 날렸다. 실망스럽게도 스탠드는 그를 맞추지도 못하고 앞쪽에 떨어져 버리고 만다. 얇은 양탄자에 떨어지는 바람에 전구도 깨지지 않았다. 이제는 그가 그녀를 공격하는데 아무런 방해물도 없다. 마침내 그가 손을 들어서 마지막 공격을 준비하고 있다. 그 결과가 어떠리라는 것은 두 사람 모두 알고 있다.

그때 놀라운 일이 벌어졌다. 그의 손톱 끝에 무언가 걸린 것처럼 보였다. 그 순간 갑자기 그가 벌렁 쓰러져 버렸다. 양손을 쭉 뻗고 그녀 발밑에 길게 드러누워 버리는 것이다. 그녀는 무슨 일이 있었는지 알 수 없었다. 나중에 생각해 보니 부서지지 않은 전기스탠드가 그의 뒷편에 나뒹굴고 있었고 벽에서는 한 줄기 푸른빛이 번쩍이고 있었던 것이다.

탈출구와 엎어져 있는 남자 사이로 작은 틈이 있었다. 남자가 쓰러져 있었지만 그 사이로 지나가는 것이 두렵기 그지없다. 그렇지만 그대로 있는 것은 더 무서워서 견딜 수 없다. 쓰러져 있던 그의 손이 몇 번이나 그녀에게 걸렸다. 그녀가 뛰어넘듯이 그의 몸을 돌아서 바닥을 헤집고 있는 그의 손끝을 피해서 문에 달라붙었다.

순간이란 것도 언제 어디서 느끼는가에 따라 길게 또는 짧게도 느껴지는 법이다. 남자가 쓰러져서 바닥에 얼굴을 묻고 길게 뻗었던 그 짧은 시간도 그녀에게는 한없이 길게만 느껴지는 시간이었다. 그녀는 자기 손이 열쇠를 돌리고 있는 것을 느꼈다. 마치 꿈속에서 보는 것처럼 그 손이 자기 손처럼 생각되지 않았다. 처음에는 한쪽 방향으로 돌려보았지만 문이 열리지 않는다. 다시 반대쪽으로 완전히 한 바퀴 돌려 보았다. 쓰러져 있던 남자가 배로 바닥을 기어서 2인치 정도의 거리를 좁혀오고 있다. 그녀의 발목을 잡아 넘어뜨리기 직전이다.

그때 '찰칵'하고 소리가 났다. 손잡이를 잡아당기자 문이 안쪽으로 열렸다. 뭔가가 구두 뒤꿈치의 둥근 부분을 힘없이 스치는 것이 느껴진다. 손톱으로 긁는 느낌이었다. 그녀는 재빨리 새롭게 열린 공간으로 몸을 날렸다.

그 뒤로 잠깐 동안은 공포와 안심이 뒤섞이는 시간이었다. 자기를 추적하는 공포의 손이 따라오지 않을까 두려웠지만, 다행히 그렇지는 않았다. 그녀는 조심스런 발걸음으로 희미하게 비치는 계단을 뛰어내려가고 있었다. 발밑을 잘 보고 달린다기보다는 그저 관성에 의해 달려 내려가는 것이었다. 문이 눈에 들어오자 얼른 열어 재꼈다. 바깥은 상쾌한 밤이었다. 이제 위험은 지나갔지만, 그래도 그녀는 불안한 발걸음을 계속 옮겼다. 그 방에서의 끔찍했던 기억은 두고두고 그녀를 괴롭힐 것이다. 그녀가 인적이 끊어진 길을 종종걸음으로 걸어갔다. 그녀의 걸음은 술 취한 사람처럼 비틀거린다. 실제로 그녀는 취해 있었다. 두려움과 공포에 잔뜩 사로잡혀 있었던 것이다. 길모퉁이를 돌아왔던 기억은 있지만 그 뒤로 어떻게 가야 하는지 짐작이 되지 않는다. 마침 앞쪽에 등불이 보인다. 그녀가 그곳을 향해 뛰기 시작했다. 그에게 잡힐지도 모르는 일이다. 그전에 한시라도 빨리 그곳에 닿고 싶었다. 그 집에 들어서니 유리 케이스 안에 이탈리아 소시지와 감자 샐러드가 가득 담긴 접시가 나란히 놓여 있었다. 심야영업을 하는 간이식당이었다.

남자 혼자 카운터에 앉아서 졸고 있을 뿐, 손님의 모습은 보이지 않는다. 남자가 인기척에 눈을 뜨더니 멍하니 서 있는 젊은 여자를 쳐다보았다. 옷은 찢어지고 어깨가 고스란히 드러나 있다. 그가 머뭇거리면서 앞으로 나오더니 카운터에 양손을 짚고 그녀를 조심스레 쳐다보았다.

"무슨 일이 있으신가요, 아가씨? 사고라도 당했나요? 도와드릴 일이 있으면 말씀하시지요."

"5센트 동전 하나만 주세요."

그녀의 목소리는 우는 듯 끊어질 듯했다.

"저, 5센트 동전, 하나, 전화를 걸려고 그래요."

전화기 앞으로 다가간 그녀가 5센트 동전을 밀어 넣었다. 횡격막이 놀랐는지 그녀는 계속해서 흐느끼고 있었다.

친절한 주인이 안을 향해 소리를 질렀다.

"여보, 여기 좀 봐, 잠깐 나와 봐. 가엽게도 이 아가씨가 심한 사고를 당한 것 같아."

그녀가 버지스 집 전화번호를 기억해 냈다. 벌써 동이 트기 시작하는 5시경이었다. 그녀가 자기 이름도 말하지 않았지만 버지스도 누군지 알아차린 듯했다.

"버지스, 이리로 와주세요. 무서워서 견딜 수 없어요. 이제는 꼼짝도 못할 것 같아요."

그 사이에 식당 부부는 그녀를 위한 진단을 내리고 있었다.

"블랙커피가 어떨까?"

"아, 그 수밖에는 없어요. 아스피린은 다 떨어졌으니까."

목욕용 가운을 걸치고 있는 부인이 그녀에게 다가와서 테이블 맞은 편에 앉았다. 동정이 가득한 손길로 그녀의 손을 가볍게 두드리면서 위로의 말을 건넸다.

"아가씨, 그 놈들이 대체 무슨 짓을 한 거유? 어머니가 오실 건가요?"

그녀는 그때까지 눈물 콧물을 흘리며 울고 있었다. 그래도 그 말에는 얼굴에 작은 미소를 피웠다. 금방 달려올 어머니는 바로 늠름한 형사일 것이다.

귀밑까지 외투 깃을 세우고 버지스가 혼자 가게로 들어왔다. 그녀는 아직 김이 솟아오르는 블랙커피가 담긴 두꺼운 컵을 감싸 쥐고 있었다. 추워서가 아니고 두려움과 공포로 떨리던 몸도 조금씩 진정되고 있었다. 버지스가 혼자서 온 것은 이것이 공식적인 업무가 아니기 때문이다. 이 일은 그에게만 관계된, 즉 어디에도 기록할 필요가 없는 개인적인 일이다.

버지스를 보자 그녀는 겨우 안심이 되는지 콧소리 섞인 목소리로 그를 맞이하였다. 그가 그녀의 모습을 놀란 듯이 바라보더니 의자를 끌어당겨서 그녀 옆에 앉으며 낮은 목소리로 중얼거렸다.

"아, 저런! 꽤나 혼이 나셨겠군요."

"지금은 괜찮아요. 아무것도 아니지요. 10분 전의 모습을 보셨어야 하는 건데."

여기서 잠시 말을 멈춘 그녀가 눈을 반짝이면서 버지스 쪽으로 몸을 기울였다.

"그래도 그만한 성과는 있었어요. 그 남자는 그 여자를 봤어요. 본 것이 다가 아니에요. 나중에 누가 와서 입을 막고 돈까지 준 것 같아요. 아마 그 여자의 지시로 움직이고 있는 자가 따로 있나 봐요. 당신이라면 모든 진상을 알아내실 수 있겠죠?"

"갑시다. 많이 알아내지 못했다고 해도 그만하면 당신은 충분히 노력한 겁니다. 이제 그곳에 가봐야겠습니다. 그보다 먼저 당신을 택시에 태워서……."

"아니요. 나도 함께 가겠어요. 이젠 괜찮아졌어요. 무섭지 않아요."

식당 부부도 입구에 나와서 하얗게 동이 트고 있는 거리로 나란히 걸어가는 두 사람에게 인사를 했다. 부부의 얼굴에는 버지스를 나무라는 표정이 역력했다. 남편이 어처구니없다는 듯 콧방귀를 뀌며 말했다.

"허, 참, 저런 멍청이가 있나! 새벽 5시까지 처녀가 혼자 돌아다니게 내버려두는 것부터 마음에 안 들어! 일이 다 벌어진 뒤에야 나타나서, 이제 그 녀석들한테 찾아간다고 뭘 어쩌겠다는 거야! 누이동생이나 잘 보살필 생각은 않고, 쯧쯧!"

버지스가 발소리를 죽이면서 계단을 올라갔다. 그녀가 뒤로 처지자 염려 말고 올라오라며 손짓으로 신호를 보냈다. 그녀가 따라 올라가자 그는 한참 동안 문에다 귀를 대고 있었다. 아무리 작은 소리라도 모두 엿들어 보려는 것처럼 보였다.

"도망친 것 같은데. 아무 소리도 들리지 않아요. 그렇게 가까이 서 있지 말고 뒤로 물러서세요. 어느 순간에 뭘 들고 튀어나올지도 모르니까."

버지스가 속삭이자 그녀가 계단을 몇 칸 내려갔다. 머리와 어깨만이 바닥에서 보일 정도였다. 버지스가 주머니에서 뭔가를 꺼내더니 그것을 문에 대고 조심스럽게 움직이는 것이 보였다. 아무 소리도 나지 않았지만 한순간 문이 조금 열렸다. 그가 한 손을 뒷주머니에 집어넣더니 조심스럽게 방 안으로 들어갔다.

그녀도 숨을 죽이고 올라갔다. 언제 기습을 당할지 알 수 없다. 갑자기 공격해 오려고 숨어 있는지도 모른다. 문턱에 도착했을 때 갑자기 불이 켜졌다. 그녀가 소스라치듯 놀랐다. 하지만 아무 소리도 들리지 않았다. 버지스가 방의 전등을 켠 것이다.

그녀가 고개를 돌려서 버지스가 있는 쪽을 쳐다보았다. 그가 마침 옆방 문을 열고 안으로 들어서려는 참이었다. 조금 전 그녀가 실내를 한바탕 휩쓸고 다니던 악마의 시간에 그냥 지나쳤던 입구다. 그녀도 용기를 내서 문턱을 넘었다. 버지스가 아무런 저항도 받지 않고 안으로 들어갔으니 방 안에는 아무도 없다는 것을 알았기 때문이다.

아무 소리없이 버지스가 들어간 방의 불이 켜졌다. 들여다보니 어두컴컴했던 그 방은 내부가 온통 하얀 욕실이었다. 욕실을 정면으로 바라보고 서 있는 그녀에게 욕실 안쪽이 살짝 엿보였다. 제일 먼저 눈에 띈 것은 네 발 달린 구식 욕조였다. 그 옆에 빨래집게처럼 구부러진 것이 보였다. 허리 부분이 접힌 사람 같았다. 뒤집혀진 신발바닥도 보였다. 이런 싸구려 아파트 욕조에 대리석을 사용할 리는 없다. 그렇지만 마치 욕조 바깥쪽까지 대리석이 깔린 것 같은 느낌이 든다. 바깥 표면까지 가늘고 붉게 흐르고 있는 한 두 줄기의 붉은 줄 때문에 그런 착각이 들었는지 모른다. 붉은 줄이 쳐진 대리석이라니.

순간 그 남자가 뭔가 잘못되어 거기 쓰러져 있다는 생각이 들었다. 그녀가 안으로 들어가려고 발을 떼려는 순간, 버지스가 채찍소리처럼 날카로운 목소리로 그녀를 멈추게 했다.

"들어오지 말아요, 캐롤. 저쪽으로 가요!"

그도 한두 걸음 되돌아오더니 안에서 문을 닫았다. 문을 완전히 닫지는 않고 그녀가 들여다 볼 수 있을 정도로 살짝 열어 놓았다. 그는 한참 동안 안에 머물러 있었다. 그녀는 뒤로 좀 물러나서 기다리고 있었다. 그녀는 한쪽 손목이 가늘게 떨리고 있는 것을 느꼈다. 이번에는 공포감은 아니다. 일종의 정신적 긴장감에서 오는 전율이었다. 욕실 안에 보이던 것이 무엇을 의미하는지 이제는 그녀도 알 수 있을 것 같았다. 왜 그렇게 되었는지 짐작해 보았다. 그녀가 간신히 도망칠 수 있었던 마약 때문인가? 그는 마약의 금단현상으로 생긴 극도의 공포를 이기지 못하고 발작한 것은 아닐까? 눈에 보이지는 않았지만 자기를 죽이려는 악마의 그림자가 자기 몸을 엄습해 오는 것을 느꼈을지도 모른다. 자기를 벌하려는 그림자가 어디서 오는지 어떻게 생겼는지도 알 수 없었기 때문에 그가 느끼는 공포와 두려움도 엄청나게 컸을 것이다.

테이블 위에 놓여 있는 한 장의 쪽지를 발견하고 그녀의 생각은 확실해졌다. 거기에 제대로 읽기도 어려운 세 개의 단어, 그 끝은 의미도 없이 비뚤비뚤한 선으로 이어지더니 바닥에 뒹굴고 있는 뭉뚱한 연필에서 끝나고 있었다.

'놈들이 나를 쫓고 있다'

마침내 문이 열리고 버지스가 나왔다. 얼굴색이 아까보다 훨씬 창백해져 있었다. 그녀도 문득 정신을 차리더니 자기도 모르게 바깥문 쪽으로 한걸음 물러섰다. 버지스가 서서히 그녀 쪽으로 다가왔기 때문이었다.
"저것을 봤나요?"
그녀가 쪽지를 가르키며 물었다.
"흠, 들어올 때 봤습니다."
"저 남자는……?"
대답 대신에 그가 손가락을 칼날처럼 세우더니 귀밑에 대고 반대쪽 귀까지 싹 일직선으로 그어 보였다. 그녀가 '허억' 하고 숨을 들이켰다.
"자, 이제 나갑시다."
버지스가 악당 두목처럼 퉁명스럽게 말했다.
"여기는 더 이상 당신이 있을 만한 곳이 아니오."
두 사람이 방을 나오자, 그는 여기도 문이 있었냐는 듯이 바깥문을 닫았다.
"저 욕조……,"
그녀를 앞세운 버지스가 그녀의 움츠러진 어깨에 양손을 얹고서 계단을 내려가다가 나지막이 중얼거렸다.
"앞으로 홍해(紅海)라는 말을 들을 때마다 저 욕조가 생각날 거야.

붉은…….”

그는 그녀가 듣고 있다는 것을 알고는 급히 입을 다물었다. 거리 모 퉁이에 나오자 택시를 잡아서 그녀를 태웠다.

“당신은 여기서 집으로 돌아가세요. 나는 이 길로 경찰서에 가서 보고를 해야 하니까.”

그녀가 택시 문쪽으로 몸을 기울이면서 울먹였다.

“이젠 다 틀렸네요.”

“그래요, 이젠 다 틀렸습니다, 캐롤.”

“그 남자가 한 말을 내가 대신 얘기하면 안 되나요?”

“그런 것을 다른 사람 말을 옮겨서 증언하는 전문(傳聞)이라고 하는 겁니다. 하지만 당신은 어떤 사람한테 그 여자를 보긴 했지만 그것을 절대로 말하지 말라고 돈을 받았다는 이야기 밖에 들은 게 없잖아요. 그 정도면 간접적으로 증거가 될 수도 있겠지만, 실제로 효과는 없습니다. 법정에서 받아주지도 않지요.”

그는 주머니에서 조그맣게 접은 손수건을 꺼내서 손바닥 위에 펼쳤다. 그리고는 손수건에 싸여 있던 물건에 빤히 시선을 쏟았다.

“그건 뭐예요?”

“한 번 와서 보십시요.”

“면도날이네요.”

“좀더 정확히 말하면.”

“안전 면도날 한 개, 맞나요?”

“그래요. 나는 그 남자가 구식의 접는 면도날로 자기 목을 자른 경우를 생각해 보았습니다. 그런 구식의 면도기가 그의 몸 밑 욕조 바닥에서 발견됐거든요. 그런데 욕실 약품 선반 위에 이런 안전 면도날이 또 있더군요. 무슨 이유일까요? 면도기는 대개 안전면도기 아니면 접는 구식 면도기 중에 한 가지를 사용합니다. 양쪽을 모두 쓰는 사람은 드물지요."

그가 면도날을 잘 싸서 주머니에 넣으면서 말을 이었다.

"자살이라고 결론이 나겠지요. 나도 당분간은 그렇게 생각할 작정입니다. 캐롤, 당신은 돌아가세요. 무슨 일이 있더라도 당신은 오늘 밤에 여기 없었던 겁니다. 당신과는 아무 관계가 없는 일이지요. 그렇게 약속해 둡시다."

동쪽 하늘이 서서히 밝아오기 시작하는 도로에서 택시를 탄 그녀가 집으로 가고 있었다. 그녀는 머리를 맥없이 떨어뜨리고 앉아 있었다.

'오늘 밤도 틀렸네요. 헨더슨,

오늘 밤도 역시 틀렸어요. 그렇지만 내일 밤, 아니 모레 밤에는……'

15. 사형 집행 9일 전

롬버드

그것은 아주 굉장히 화려한 호텔이었다. 가늘고 높은 첨탑이 주위에 죽 늘어선 보잘 것 없는 건물들을 비웃듯이, 마치 거만한 귀족의 코처럼 높이 우뚝 솟아 있었다. 그것은 마치 벨로드에 보석이 박혀있는 횟대처럼 보였다. 영화 속 왕국에서 동쪽으로 날아온 극락조가 앉는 곳, 온 몸이 현란한 깃털로 장식한 새들이 폭풍우가 채 멎기도 전에 서쪽으로 날아가려다 물방울이 뚝뚝 떨어질 정도로 흠뻑 젖어버린 날개를 잠시 동안 쉬어가는 그런 곳이었다.

이런 일에는 적당한 요령이 필요하다는 것을 그는 이미 알고 있었다. 그럴 듯한 핑계를 달아서 이리저리 끈끈한 관계가 있다는 것을 보여줄 필요가 있다. 그는 그냥 막무가내로 걸어가서 안으로 들어가겠다는 잘못을 범하지 않았다. 그곳은 처음보는 사람을 순순히 들여보내주는 곳이 아니었기 때문이다. 갖가지 수단을 동원하여 치밀하게 행동하지 않으면 성공할 수가 없다.

그가 먼저 로비에서 파란 유리가 끼워진 문을 밀고 나와 꽃집으로 들어갔다.

"멘도자 양이 좋아하는 꽃이 뭔가요? 이 가게에서는 배달도 해줍니까?"

"글쎄요."

꽃가게 주인이 반갑지 않다는 듯이 대답을 꺼린다. 롬버드가 지폐를 한 장을 꺼내더니 처음에 한 질문은 목소리가 작아서 들리지 않았을 거라는 듯이 다시 한 번 더 물었다. 효과는 즉시 나타났다.

"대개의 손님들은 난이나 가드니아처럼 꽃을 많이 피우는 것을 보내시더군요. 하지만 그런 꽃들은 그분 고향인 남미에서는 들판에 지천으로 자라고 있어서 신기하게 느끼지 않는다고 해요. 정말로 그분 마음에 드는 것을 원한다면 이것처럼 귀하고 특별한 종이 좋습니다."

꽃가게 주인이 목소리를 낮추며 말했다.

"방을 장식한다면서 그분이 직접 주문한 일이 두세 번 있었지요. 주문하는 꽃은 항상 정해져 있어요. 진한 연어 색깔인 핑크빛 스위트피요."

"그렇군요. 그렇다면 이 가게에 있는 스위트피를 몽땅 주시오. 한 송이도 남기지 말고 모두 주시고, 카드도 두 장 주시오."

롬버드가 시원스럽게 말했다. 그는 카드를 받더니 한 장에는 영어로 간단한 문구를 썼다. 그리고 다른 한 장에는 작은 포켓 사전을 꺼내서 한 글자씩 스페인어로 번역해서 옮겨 적었다. 그러더니 처음의 카드는 버리면서 말했다.

"이 카드를 넣어서 지금 바로 배달해 주시오. 얼마나 걸릴까요?"

"5분 이내에 그녀가 받아 볼 수 있을 겁니다. 방이 저 탑에 있으니까 보이에게 급행 엘리베이터로 배달하라고 하면 되지요."

롬버드가 로비로 돌아가더니 프런트 앞에 버티고 서서 맥박이라도 재는 듯이 손목시계를 노려보았다.

"무슨 일이신지요?"

프런트 담당직원이 물었다.

"아직은."

롬버드가 가볍게 손을 저었다. 그녀의 기분이 가장 고조되어 있을 때 쳐들어가고 싶었던 것이다. 조금 더 기다리던 롬버드가 외쳤다.

"바로 지금이오!"

롬버드의 고함소리에 프런트 담당이 깜짝 놀라며 눈을 동그랗게 떴다.

"지금 멘도자 양의 방에다 전화를 좀 해주시오. 꽃다발을 보낸 신사가 바로 방문하려고 하는데 사정이 어떤지 물어봐 주시오. 이름은 롬버드, 꽃을 보낸 사람이란 말을 잊지 마시오."

잠시 후에 롬버드에게 다시 온 담당직원이 놀라는 표정으로 정중하게 말했다.

"어서 올라오시라고 하는데요."

호텔의 불문율 하나가 깨지는 순간이었다. 한 판 승부에서 이긴 셈이다. 롬버드는 엘리베이터를 타고 로켓처럼 빠르게 탑에 있는 방으로 올라갔다. 엘리베이터에서 내릴 때는 무릎이 조금 떨리고 있었다. 열려진 문 옆에 젊은 여자가 나와서 맞이했다. 검은 태피터 제복을 입고 있는 것으로 보아 전속 하녀 같았다. 여자가 물었다.

"롬버드 씬가요?"

"그렇소."

세관의 조사만큼은 아니지만, 이 관문을 통과하지 못하면 안으로 들어갈 수 없는 듯했다.

"신문사의 인터뷰 기자신가요?"

"아닙니다."

"사인을 받으려고 오신 것은 당연히 아니실 테고요?"

"물론이오."

"추천장이 필요하신 것도 아니지요?"

"그렇소."

"그렇다면 세뇨리타께서 뭐 잊고 계신 청구서라도 있는 건가요……?"

"그런 것도 아니오."

이것이 마지막 질문 같았다. 하녀는 이제 더 이상은 묻지 않았다.

"잠깐 기다리세요."

잠시 문이 닫히더니 다시 활짝 열렸다.

"어서 들어오세요, 롬버드 씨. 세뇨리타께서 편지를 보시더니, 잠시 머리를 손질한 뒤에 만나시겠답니다. 앉아서 기다리세요."

방 안으로 들어간 그는 엄청나게 현란함을 느꼈다. 그가 느낀 현란함은 어마어마하게 큰 그 방 때문이 아니었다. 창문으로 내려다보이는 그 뛰어난 전망도 아니고, 여기가 아니면 보고 싶다 해도 볼 수 없을 정도로 사치스러운 가구들 때문도 아니었다. 그것은 바로 음향 때문이었다. 온갖 소음, 잡음이 마구 뒤섞여 아무도 없는 방 안에 넘쳐나고 있었다. 롬버드는 이렇게 시끄러운 방에 들어온 것이 태어나서 처음 있는 일이었다. 한 쪽의 출입구에서는 줄줄, 쏴쏴 등의 소리가 들려왔다. 수도꼭지에서 물이 흘러나오고 있는 것일까 아니면 기름으로 튀김을 만들고 있는 것일까? 그와 함께 향기롭고도 자극적인 냄새가 흘러 들어오는 것으로 보아 필시 튀김을 만들고 있는 게 분명하리라. 여기에 섞여서 활력이 넘치기는 하지만 별로 잘 부르는 것은 아닌 노랫소리도 약간씩 들려오고 있었다. 또 하나의 출입구가, 그것은 먼저 것보다 두 배에 가깝게 넓은 문인데, 끊임없이 열렸다 닫혔다 하는 소리가 더 크고 요란한 진동음에 뒤섞여서 들리고 있었다. 이렇게 뒤죽박죽된 잡음을 하나하나 분석한다는 것은 매우 곤란한 일이다. 그 중에서 단파 라디오에서 흘러나오는 삼바의 리듬, 거기에 덧붙여 라디오의 공전(空電)으로 찌륵거리는 귀에 거슬리는 소리, 그리고 기관총처럼 스페인 어로 쏘아대는 여자의 목소리가 한 번도 숨을 쉬지 않고 기세 좋게 떠들어대고 있었다. 여기에다가, 조금도 쉬지 않고 들려오는 전화 목소리, 한 2분 30초 정도를 숨도 쉬지 않고 계속해서 조잘거리는 모양이다. 그리고 다른 소음들과는 좀 구별하기가 어려웠지만 삐걱삐걱거리는 아주 집요한 소리까지 흘러 들어오고 있었다. 유리 표면을 손톱으로 긁는 듯한, 칠판 위에 분필을 꽉 대고 그어대는 듯 고막을 갈기갈기 찢는 아주 참기 어려운 소리였다. 마지막의 이 저주스러운 소리는 제법 오랜 시간에 걸쳐서 들려왔다.

그는 참을성 있게 앉아서 기다렸다. 이렇게 방에까지 들어오게 한 이상 후반전은 그의 것인 셈이다. 후반전이 아무리 길어진다고 해도 조금도 걱정할 필요는 없다. 한 번은 하녀가 쏜살처럼 뛰어 들어 왔다. 그는 드디어 자기를 부른다고 생각하며 몸을 일으켰다. 하지만 그녀가 당황해 하는 것을 보니 더 중요한 용무가 있는 것 같았다. 그녀가 '쏴쏴……' 하는 잡음과 바리톤의 가성이 뒤섞여서 들리는 방으로 들어가더니 째지는 목소리로 한바탕 늘어놓았다.

"기름 좀 작작 넣어, 엔리코! 세뇨리타가 말씀하셨잖아, 기름 조금만 넣으라고!"

그녀가 그렇게 소리치고 원래 자리로 되돌아가자, 이번에는 사방의 벽이 울릴 듯한 목소리가 들렸다. 마치 고물버스가 달리는 소리 같았다.

"도대체 이거, 뭐야! 그녀 입맛을 위한 요리야 아니면 목욕탕에서 그녀가 올라간 저울의 눈금을 낮추려고 하는 요리야, 원 도대체 알아 먹을 수가 없다구!"

하녀는 학의 깃털로 장식된 핑크빛 옷을 몸에 걸치고는 누군가를 안 기라도 하려는 듯이 양손으로 펼치고 있었지만, 그런 동작이 자신에게 부여된 임무와는 아무런 상관이 없는 것 같았다. 왔다갔다 하는 그녀에게서 작은 깃털들이 우수수 떨어져서 바닥에 흩날렸다. 그녀가 사라지고 나서도 깃털은 둥실둥실 마루에서 춤추고 있었다.

드디어 쏴쏴 하는 소리와 쫙 하는 소리를 끝으로 소리가 멈추더니 '아아!' 하고 만족해하는 소리가 들려왔다. 이어서 하얀 재킷을 입고

요리 모자를 머리에 뒤집어 쓴, 통통하게 살이 찌고 커피색 피부를 한 하인이 자신만만한 걸음걸이로 둥근 뚜껑을 씌운 쟁반을 손에 들고 성큼성큼 걸어 나오더니 다른 문으로 빠져나가 모습을 감추었다.

갑자기 시끄러운 소리가 딱 멈췄다. 하지만 그것도 한 순간뿐이었다. 이번에는 더 시끄러운 소리가 교향악처럼 폭발했다. 이 소리에 비하면 아까의 소리는 정말이지 침묵이라고밖에 생각할 수 없을 정도였다. 지금은 아까의 소리에다가 새로운 소리를 더 첨부시킨 것이다. 소프라노의 찢어지는 듯한 음성, 바리톤의 신음 섞인 목소리, 손톱으로 득득 긁는 소리 그리고 징을 두드리는 듯한 무거운 소리가 섞여서 들려왔다. 보온난로가 붙어 있는 쟁반의 둥근 뚜껑이 내동댕이쳐져서 벽에 부딪혔다가 방 안을 제멋대로 굴러다니는 소리였다. 마치 차임벨이 굴러 흩어지듯이 요란한 소리가 났다.

통통하게 살찐 하인이 머리에서 무럭무럭 김이 나는 상태로 뛰어나왔다. 커피색의 얼굴은 보이지 않는다. 그 위에 계란 노른자와 고춧가루와 같은 붉은색이 여러 줄무늬로 뒤덮고 있다. 그가 양쪽 팔을 풍차처럼 휘두르면서 소리쳤다.

"이젠 정말 나가버릴 거야! 다음 번 배로 돌아갈 거라구! 아무리 무릎을 꿇고 빌어도 이런 빌어먹을 곳에는 이제 더 이상 있을 수 없어!"

의자에 앉아 있던 롬버드는 머리를 안정시키려고 새끼손가락으로 귀를 틀어막아서 시끄러운 소리에서 귀를 보호했다. 인간의 고막은 얇은 막 한 장이 고작이기 때문에, 너무 혹사하면 사용하지 못할 수도 있다. 그가 잠시 귀를 막았다가 풀었다. 고막이 이상해지지는 않은 듯해서 안심했다. 잠깐 동안 이런 소란이 있는 것은 여기서 흔한 일인 모양이었다. 잠시 뒤 전화벨이 아닌 현관문의 벨이 울렸다. 아까 그 하녀가 말쑥하게 차려입은 신사를 맞아들였다. 남자도 의자에 앉아서 롬버드와 함께 기다리고 있다. 하지만 그는 롬버드보다 인내심이 약해서 성격이 불 같은 사람이었다. 의자에 앉은 지 얼마되지 않았지만 무섭게 일어서더니 불안한 듯이 실내를 왔다갔다 했다. 그러나 그 걷는 거리에 비해서 걸음걸이는 좀 좁은 편이었다. 그는 롬버드가 보내온 스위트피 꽃다발에 눈을 멈추더니 서서 그 중에 한 송이를 마구잡이로 뽑더니 자기의 코끝에 갖다 댔다가 던져버렸다. 롬버드는 만일의 경우에 그 남자와 합작해서 일을 처리해야겠다는 생각까지 했었지만, 스위트피 일을 보고는 그런 생각을 버렸다.

"아가씨는 이젠 다 됐소?"

그 남자가 바쁘게 드나드는 하녀를 막아서더니 물었다.

"새로운 아이디어가 떠올랐어. 생각이 사라지기 전에 손으로 꽉 잡아야 한다고."

'나도 역시 마찬가질세.'

롬버드는 증오에 가득 찬 눈으로 남자의 목덜미를 노려보면서 생각했다. 스위트피 향기를 맡던 남자는 다시 의자로 와서 앉았지만 얼마를 버티지 못하고 또 급히 일어섰다. 무릎 주위가 바들바들 떨리고 초조한 듯한 모습이었다.

"아이디어가 도망간다구. 그 아이디어가 사라져 버리면 나는 다시 낡은 생각에서 허우적대야 한단 말이야!"

남자가 경고하듯 소리치자 하녀가 안으로 뛰어들어갔다. 롬버드가 비꼬듯이 말했다.

"벌써 낡은 생각에 빠진 거 아닌가?"

그러나 그 남자의 작전이 맞아떨어진 것 같았다. 하녀가 나오더니 서둘러 남자를 안내해서 방 안으로 들어갔다. 롬버드는 남자가 버리고 간 스위트피를 구두 끝으로 들어 올리더니 위로 던져 버렸다. 그렇게라도 하지 않으면 비위가 상하고 화가 머리끝까지 치밀어서 견딜수가 없었다. 하녀가 나오더니 그의 앞에 조심스럽게 허리를 굽히더니 기분을 가라앉히라는 듯 말했다.

"저분과 의상 디자이너 사이에 꼭 당신 차례를 넣어 드리겠습니다. 알고 계시겠지만 저런 사람은 상대하기 정말 어렵거든요."

"잘 모르겠소."

롬버드는 거칠게 내뱉더니 발끝을 흔들면서 눈을 돌렸다. 그로부터 꽤나 오랜 시간 정적이 흘렀다. 물론 전에 비해서 비교적 조용하다는 뜻이다. 하녀도 한두 번밖에 드나들지 않았고, 전화벨도 한 번인지 두 번인지 울렸다. 스페인어로 기관총처럼 쏘아대던 말소리도 간간히 들릴 뿐이다.

다음 배로 귀국한다고 고래고래 소리치던 요리사가 온통 동그랗게 치장을 하고 다시 들어왔다. 둥근 베레모를 쓰고, 목도리를 둘렀으며, 보풀이 있는 오버코트를 몸에 감고 있었다. 하지만 얼굴은 온통 울상이다. 그가 바라는 것은 오직 하나님의 가호가 있기를 바라는 것뿐이다.

"오늘 밤에 집에서 식사할 건지 물어봐 주세요. 내가 직접 물어볼 수는 없잖아. 그녀하고는 말을 하지 않을 생각이니까."

롬버드에 앞서서 그녀를 만나러 들어간 사람이 작은 도구상자를 손에 들고 나왔다. 그는 방에서 나가기 전에 보란 듯이 한 바퀴 빙 돌아다보더니 스위트피 한 송이를 막무가내로 뽑아내서 내팽겨쳤다. 롬버드는 한 발을 살짝 걷어차서 스위트피 꽃병을 남자에게 쏟아 버릴까 하고 생각했다가는 이내 속 좁은 생각이라며 충동을 억눌렀다. 안에서 나온 하녀가 그에게 말했다.

"세뇨리타께서 만나자고 하십니다."

일어서려던 그는 양다리가 저려 오는 것을 알았다. 그는 위에서 아래에까지 다리를 몇 차례 툭툭 두드리고 나서, 넥타이를 고쳐매고 커프스 단추를 똑바로 하더니 방 안으로 들어갔다.

긴 의자 위에 클레오파트라처럼 길게 엎드려 있는 여자의 모습이 언뜻 보였다. 그 순간 털투성이에 부드러운 뭔가가 바람을 가르듯이 날아와서는 그의 어깨 위에 올라탔다. 그것이 '께엑께엑' 하고 소리를 냈다. 아까 바깥방에서 가끔씩 들리던 유리를 닦는 듯한 소리였다. 그는 철렁하고 가슴이 내려앉았다. 기다란 빌로드 천의 느낌인 뱀처럼 길게 생긴 것이 살그머니 그의 목을 감는 듯한 느낌이 들었다.

긴 의자 위에 엎드린 여자는 어머니가 아이의 장난을 애정 어린 눈으로 바라보는 듯한 표정으로 빙긋이 웃었다.

"놀라지 마세요, 세뇨르. 나의 귀여운 비비예요."

여자는 '비비'라는 애칭으로 부르지만, 그로서는 방심하고 있을 수는 없었다. 정체가 무엇인지 알아보려고 했지만 너무나 가까이에 있어서 눈에 잘 들어오지도 않았다. 그러나 지금부터의 일이 중요하다고 생각했다. 그가 딱딱해진 표정을 애써 풀면서 싱글싱글 웃어 보였다.

"나는 뭐든지 비비가 하라는 대로 해요."

여주인은 큰 비밀이라도 알려주는 듯이 말했다.

"그러니까, 비비는, 뭐랄까, 그러니까 손님을 판정하는 역할을 한답니다. 마음에 들지 않는 사람이면 소파 밑에 숨어버리지요. 좋은 분이라고 생각하면 목에 달라붙고요. 그런 분에게는 자연스럽게 행동하는 겁니다."

그녀는 당신도 그런 사람이라는 듯이 어깨를 으쓱해 보였다.

"당신도 분명히 비비를 좋아하게 될 거예요. 자, 비비, 이쪽으로 내려오너라."

그녀가 달래듯이 말했다.

"아닙니다. 그냥 있어도 괜찮습니다. 나는 상관없습니다."

그는 여유 있다는 듯이 그렇게 대답했다. 여자가 하는 말을 그대로 받아들였다가 큰 실례를 범할 수도 있다고 생각했기 때문이었다. 그

물체는 오데코롱을 잔뜩 뿌리고 있었는데, 그는 벌써 냄새로 작은 원숭이라는 것을 알고 있었다. 그의 목을 감고 있던 원숭이 꼬리가 풀어지더니 반대 방향으로 다시 휘감으려 했다. 그 녀석도 마음에 드는 모양이었다. 원숭이가 마치 뭐라도 찾는 것처럼 그의 머리카락을 정성껏 헤치기 시작했다.

여주인은 재미있다는 듯이 빙긋이 미소를 지었다. 그녀의 기분을 좋게 하고 사람을 받아들이게 하는 것은 이 원숭이밖에 없는 것 같았다. 그것을 알아차린 롬버드는 구역질나도록 느껴지는 불쾌감을 드러내면 안 되겠다고 생각했다.

"앉으시죠."

그녀가 애교 섞인 목소리로 말했다. 그는 원숭이 때문에 무거워진 머리의 균형이 흐트러지지 않도록 신경을 쓰면서 어색하게 걸어서 의자에 앉았다. 그제서야 처음으로 여자를 유심히 살펴보았다. 그녀는 검은 빌로드 파자마 위에 학의 날개로 장식된 핑크빛 숄을 걸치고 있었다. 파자마는 한쪽으로도 보통 사람의 스커트를 충분히 만들 수 있을 만큼 넓었다. 머리 위에는 타오르는 용암과 같이 끔직한 것이 얹혀 있다. 그보다 앞서 방에 들어왔던 그 스위트피 남자가 만들어서 그녀의 머리에 올려 놓은 것이다. 뒤에서는 하녀가 종려나무 잎 같은 것으로 그것에 부채질을 해대고 있었다.

"앞으로 1분만 있으면 머리 손질이 다 끝나요."

용암을 뒤집어쓰고 있는 여자가 얌전하게 설명해 주었다. 그렇게 말하면서 그가 스위트피에 넣어서 보낸 카드를 슬쩍 읽는 것이 눈에 띄었다. 그의 이름을 알아보려 하는 것이다.

"롬버드 씨, 내가 좋아하는 꽃에다 스페인어로 카드를 써서 보내 주시다니 정말 고마워요. 당신, 제 고향에서 오셨나요? 우리가 거기서도 만난 적이 있나요?"

다행스럽게도 롬버드가 신분을 밝히고 어쩌고 할 필요도 없이 그녀가 먼저 화제를 바꾸어 주었다. 그녀의 크고 검은 눈이 열정적인 빛을 띠우면서 무엇인가를 찾으려는 듯 천장을 바라본다. 그리고 양손을 겹치더니 그 위에 자기 얼굴을 올려놓고서 깊은 한숨을 내쉬었다.

"아아, 나의 부에노스아이레스, 그리워라! 해가 지면 플로리다 거리에 켜지는 빨갛고 파란 그 불빛들!"

그가 여기 오기 전에 미리 여행 안내서를 열심히 들여다 봤던 게 쓸모를 발휘하는 순간이었다.

"라 플라타 해변, 아 부서지는 파도 소리. 그리고 팔레모 공원의 경마장……."

그가 작은 목소리로 그녀의 말을 이었다. 그녀가 어쩔 줄 모르겠다는 듯 신음처럼 소리쳤다.

"그만하세요. 제발이요. 나 울고 싶어진다고요."

연극이 아니었다. 연극이 아니라는 것은 그도 쉽게 알 수 있었다. 연극처럼 꾸미는 사람들은 흔히 가슴속에 있는 감정을 야단스럽게 표현하려고 한다. 하지만 본능적인 감정까지는 꾸밀 수 없다.

"내가 뭘 위해서 고향을 버리고 이렇게 먼 땅에까지 온 걸까?"

일주일에 7천 달러하고 쇼 수입의 10퍼센트를 받기로 한 조건이면 충분하지 뭘 위하기는 뭘 위한단 말이야. 롬버드의 마음속에 이런 생각이 들끓었지만 입 밖으로 내지는 않았다.

그때까지 그의 머리를 자세히 조사하던 비비가 아무것도 찾지 못했는지 포기하고 그의 팔을 밟고 마루로 휙 뛰어내렸다. 이제는 얘기도 좀 자연스럽게 할 수 있을 것 같았다. 숱이 많은 그의 머리카락은 태풍에 엉망이 된 건초더미처럼 심하게 헝클어져 있었다. 혹시라도 변덕스러운 여주인의 기분을 상하게 할지 몰라서 빗질도 하지 않았다. 지금이야말로 그녀가 자기의 말을 들어줄 절호의 기회라고 생각한 그가 드디어 입을 열었다.

"이렇게 찾아오게 된 것은 당신이 아름답고 지혜로운 분이라고 들었기 때문입니다."

이야기는 지나칠 정도의 칭찬부터 시작했다.

"그렇지요, 나한테 바보라고 하는 사람은 없지요."

유명한 여배우는 자기 손가락을 바라보면서 쑥스러운 기색도 없이 그의 칭찬을 스스로 인정했다. 그가 의자를 끌고 앞으로 쭉 나가더니 계속해서 말을 이었다.

"당신이 지난 시즌에 공연했던 노래 기억하시지요? 그, 왜, 손님들에게 노래하면서 작은 꽃다발을 던져 주던……?"

그녀가 잠깐 기다리라는 듯 손가락 하나를 천장으로 향했다. 눈이 반짝반짝 빛났다.

"아아, '치카 치카 붐붐'이었지요! 물론이지요, 기억하지요! 마음에 드셨나 보죠? 그게 좋았었나요?"

"완벽했지요."

부드러운 말투로 맞장구치는 그가 긴장해서 침이라도 삼키는지 목젖이 꿀꺽하고 움직였다.

"그런데 어느 날 밤 내 친구가……."

더 이상 진도를 나갈 수가 없었다.

방금 전에 종려나무를 가지고 부채질하던 하녀가 다시 방으로 들어와서는 이렇게 말했다.

"윌리엄이 오늘 새로운 지시를 받으러 와 있는데요, 세뇨리타?"

"잠깐 실례하겠어요."

여자는 롬버드에게 그렇게 말하고는 방문 쪽으로 얼굴을 돌렸다. 제법 키가 큰 남자는 운전사 제복을 입고 있었는데 발을 내디디고는 차려 자세로 기다리고 있었다.

"12시까지는 별다른 일이 없어요. '콕 블'로 점심을 먹으러 갈 테니까, 11시 50분까지 호텔 현관에 차를 대도록 하세요."

그녀는 목소리도 변함없이 계속해서 말을 이어갔다.

"일부러 여기까지 오지 않아도 되니까, 당신이 빠뜨린 거나 가져 가세요."

그러자 남자는 그녀가 말하는 화장대에서 은으로 만든 담배 케이스를 집어 호주머니 속에 넣었다. 그 남자는 아무런 거리낌도 없이 태연하게 행동했다.

"그 담배 케이스는 싸구려 백화점에서는 팔지도 않아요."

그녀는 남자의 등 쪽을 향해서 그렇게 소리쳤는데, 롬버드는 그녀의 목소리에 경멸하는 투가 섞여 있다고 생각했다. 그녀의 눈빛을 봐도, 윌리엄은 아무 볼일이 없었던 것 같다.

그녀는 다시 롬버드를 쳐다보는데, 더욱 부드러워진 눈빛이다.

"아까 그 얘기를 계속하죠. 제 친구가 언젠가 어떤 여자 한 명을 데리고 당신이 하는 쇼를 보러 갔답니다. 이렇게 찾아뵌 것도 사실은 그 일 때문에 여쭤볼 일이 있어서입니다."

"그런데요?"

"나는 그 친구가 곤란한 일이 생겨 그날 데리고 갔던 여성을 찾고 있는 중입니다."

그녀는 내말을 잘못 알아들었는지, 새로운 흥미를 보이며 눈을 반짝였다.

"오, 정말 멋지군요! 나는 로맨틱한 분위기를 무척 좋아해요."

"앗! 당신이 생각하는 그런 일이 아니라, 사람의 목숨이 걸려 있는 큰일입니다."

롬버드는 예전의 경우를 생각해서, 상대가 위험을 느끼면 곤란해서 일부러 상세한 이야기는 하지 않았다.

그런데 그녀는 그것이 재미있다고 느껴졌던 모양인지 이렇게 말했다.

"완전히 추리소설이군요, 전 탐정물을 좋아해요. 그렇지만 내 신상과 관련된 것은 딱 질색이에요."

그러다가 그녀가 갑자기 말을 멈추는 게 아마 귀찮은 일이 생길까봐 피하는 듯했다. 그녀는 손목시계를 들여다본다. 거기에는 다이아몬드가 촘촘히 박혀 있다. 그리고 서둘러 일어나서는 딱! 딱! 손뼉을 치기 시작했다. 마치 딱총이 터지는 것 같은 소리가 방 안 전체에 울려 퍼졌다. 하녀가 뛰어 들어왔다. 롬버드는 다른 손님이 찾아와서 얼른 양보해야 되는 건가 생각했다.

그녀는 하녀를 나무라는 투로 말했다.

"지금 몇 신 줄 알아? 왜 시간에 신경을 쓰지 않는 거야. 왜 조금도 신경을 쓰지 않는 거야? 벌써 시간을 놓쳤단 말야. 의사가 한 시간마다 먹이라고 했잖아. 어서 약을 가져 와!"

때마침 눈 깜짝할 사이에 이곳에서 일상적으로 볼 수 있는 듯한 계절풍이 '쏴~'하고 그의 주변에 몰아쳤다. 기관총 소리, 손톱으로 유리를 긁는 듯한 견딜 수 없는 소리, 뛰는 비비의 뒤를 쫓아 방 안을 온통 난장판을 만들며 쫓아다니는 하녀의 모습. 롬버드는 자신이 회전목마의 한축이 된 것 같은 느낌이 들었다.

견디다 못한 롬버드도 큰 소리를 지르기 시작하자 그 요란한 아수라장을 더욱 난장판으로 만들게 되었다.

"아니, 왜 이러고 있어요! 반대쪽으로 도는데!"

그녀가 목이 터져라 고함을 치는가 싶더니, 드디어 비비는 하녀의 손에 붙잡혀 강제로 입이 벌려져 약이 목으로 넘어갔다.

아픈 원숭이가 힘없이 여주인에게 매달려 있다. 두팔을 목에 두르고 있어서, 얼핏 잘못 보면 그녀가 수염이 무성하게 난 것처럼 보인다. 그는 다시 자기가 하려는 말을 이어서 계속했다.

"당신은 매일매일 수많은 사람들 앞에서 연기를 하죠. 그런 당신에게 그 가운데 어떤 한 사람을 기억할 수 있냐고 묻는 것 자체가 어리석은 일이라는 것은 알고 있어요. 일주일에 밤 공연 여섯 번, 낮 공연을 두 번이나 하시니 그 많은 관객 가운데 한 명을 기억한다는 건 불가능하겠지요?"

"그래요, 난 지금까지 내 공연이 텅 비었던 적은 없어요."

그녀는 천성적으로 남의 비위를 맞추기를 좋아하는지 롬버드의 말에 덧붙여 설명을 했다.

"극장에서 불이 나는 것도 방해가 안 돼요. 한번은 부에노스아이레스의 극장에서 불이 난 적이 있어요. 그런데 손님들이 다 도망갔다고 생각하세요?"

롬버드는 그 화재 이야기가 끝나기를 초조하게 기다렸다가 말했다.

"제 친구와 그 여성은 맨 앞줄에 앉아 있었어요. 바로 통로 근처 자리죠."

그는 호주머니에서 종이쪽지를 꺼내 보여주며 말했다.

"다시 말하자면, 당신이 볼 때 객석 쪽으로 왼쪽에 해당하는 자리예요. 그리고 한 가지 특이한 점을 말씀드리죠. 제 친구와 함께 간 그 여성이 의자에서 벌떡 일어났어요. 공연이 진행되는 도중에요."

그때 갑자기 그녀의 눈에는 이상한 빛이 감돌았다.

"일어섰다고요? 그런 일이 있었어요? 멘도자가 출연하고 있는 중에요? 그런 일은 지금까지 한 번도 없었는데."

얼핏 보니 화가 난 듯 그녀의 손가락이 벨벳 바지를 움켜쥐고 있었다.

"그녀가 내 노래를 무시했다는 건가요? 아마 기차 시간이라든가 뭔가 급한 일이 생겼을 거예요."

"아닙니다. 그런 게 아니에요."

롬버드는 당황하여 어쩔 줄 모르며 그녀를 바라보았다.

"감히 당신에게 어떤 바보가 그렇게 무례한 짓을 할 수 있겠습니까? 거기엔 그만한 이유가 있었죠. '치카 치카 붐 붐' 노래를 부를 때 당신은 꽃다발 던지는 걸 잊었죠. 아마 그래서 그녀가 일어나서 당신의 시선을 끌려고 했을 겁니다. 아주 짧은 시간이었지만, 그녀가 서 있었던 거죠."

그녀는 정말로 그런 일이 있었는지 기억하려고 눈을 깜빡이며 애썼다. 머리 모양이 흐트러지지 않게 조심하며, 손으로 머리 뒤통수를 만져 보기도 했다.

"당신을 위해 기억해 보도록 노력하겠어요."

그녀는 기억을 되살리려 무척 애쓰는 것 같았다. 담배에 불을 붙이는 모습이 어색한 걸 보면 가끔 피우는 담배인 모양이었다. 그리고 열심히 피우며 말했다.

"안 떠올라요, 기억이 안 나요. 미안해요. 아무리 생각하려고 해도 안 되는 걸요. 지난 시즌은 내게 약 20년 전의 옛날 일처럼 느껴져요."

그녀는 고개를 숙이더니, 당신에겐 미안하지만, 안 되겠다고 말했다. 그는 필요 없어진 메모 조각을 호주머니에 넣으려다 생각난 듯이 말했다.

"아, 중요한 걸 잊었군요. 그 친구의 말에 따르면 그날 그 여성은 당신과 똑같은 모자를 썼다고 했어요. 아마 매우 흡사한 복제품이었겠지만요."

그러자 그녀는 뭔가 떠오른 듯이 갑자기 등을 펴고 생각을 가다듬으며 가늘게 눈을 떴다. 그녀의 실 같이 가느다란 눈이 반짝반짝 빛나기 시작했다. 그는 몸을 움직이거나 숨을 쉬는 것조차 두려운 느낌이 들었다. 비비도 발밑에서 멍한 얼굴로 그녀를 바라보고 있었다.

드디어 기억이 되살아났는지, 그녀는 거칠게 담배를 비벼끄더니, 갑자기 괴성을 질렀다.

"아-아-! 이제 겨우 생각나요! 지금 막!"

그녀의 정신없는 스페인 어가 폭포처럼 쏟아졌다. 그건 바로 격심한 소용돌이를 이루며 격류가 되어 주위를 온통 뒤집어엎었다. 그 소용돌이는 점차 가라앉더니, 본래의 영어로 돌아와서 말했다.

"생각났어요. 그때 일어섰던 그 여자 말이에요! 빽빽이 들어찬 객석 가장 앞좌석에 앉았다가 일어선 그 여자는 나와 똑같은 모자를 쓰고 그걸 과시하려고 했지요. 그래서 그녀에게 스포트라이트가 비춰졌어요. 흥! 기억나요! 내가 얼마나 기분 나빴는데, 어떻게 그걸 잊을 수 있겠어요. 무례하게 이 멘도자를 그렇게 만만히 보다니!"

화가 난 그녀의 콧김이 얼마나 센지 놀란 비비는 5, 6피트나 떨어진 곳으로 불려 날아간 것 같았다. 사실은 무서워서 도망친 것이었지만.

마침 하녀가 나타났는데, 그녀는 기분이 나빠 씩씩대고 있었다.

"아까부터 의상실에서 나와 기다리고 있는데요, 세뇨리타."

그러나 그녀는 손가락을 머리 위에서 깍지 껴서 뻗으며 큰 소리로 말했다.

"의상실 사람은 조금 기다려도 돼. 내가 지금 아주 끔찍한 이야기를 하고 있거든."

그녀는 의자에서 내려오더니 자세를 가다듬고 롬버드를 똑바로 쳐다봤다. 그리고 마치 양팔을 힘 있게 롬버드 쪽으로 내밀더니 딱따구리처럼 자기 가슴을 손으로 탁탁 두드렸다.

"저를 보세요! 아주 오래 된 일인데도, 지금까지 그 생각을 하면 치가 떨려요. 보세요, 제가 얼마나 화가 났는지를!"

그녀는 화를 참기 어렵다는 듯이 양팔로 자기 몸통을 껴안고 방 안을 서성이기 시작했다. 그러다 갑자기 몸을 돌리려하자 넓은 폭의 바지의 끝이 크게 너풀댔다. 놀란 비비는 구석에 머리를 처박고웅크리고 앉아 가느다란 손을 다소곳이 포개고 있다.

"그런데 당신과 당신 친구는 대체 왜 그녀를 찾는 거죠?"

시비조로 달려드는 걸 보니 롬버드는 뭔가 짐작 가는 데가 있었다. 만일 그녀에게 호의적인 표현을 한다면, 멘도자는 뭔가를 알고 있어도 결코 협조하지 않을 것이다. 그러니 멘도자의 기분이 상하지 않도록 말을 요령있게 둘러대야 한다. 롬버드는 이리저리 궁리한 끝에 우리들의 최종 목표는 다를 수 있다는 걸 알려주고, 우리들의 목표가 일치될 수도 있다고 꾸며 보았다.

"내 친구는 지금 죽음의 궁지에 몰려 있습니다. 세세한 일을 설명드리기는 어렵고 핵심만 말씀드리죠. 지금 제 친구를 구할 수 있는 사람은 그 여성뿐입니다. 그 날 밤 그녀가 내 친구와 함께 있었다는 사실을 증명해야 제 친구가 살아날 수 있습니다. 그가 그녀와 만난 것은 그날 밤뿐이었거든요. 하지만 문제는 그녀에 대해 아무것도 모른다는 것입니다. 이름도, 주소도 말이죠."

이 말을 들은 멘도자는 잠시 생각에 잠겼다가 대답했다.

"좋아요. 힘이 되어 드리죠. 그녀를 찾는 데 도움이 될 것은 무엇이든 말씀드리지요. 하지만 저도 그녀와 만난 것은 그날 하루였어요. 그때 일어난 것을 보았을 뿐, 그 이상은 아무것도 말씀드릴 게 없군요."

롬바드보다 멘도자가 더 낙담한 듯한 표정이었다.

"함께 온 제 친구에 대해서는 신경을 쓰지 않았습니까?"

"전혀 몰라요. 객석이 깜깜하기 때문에 남자가 있었는지 못 보았어요."

"사실, 지금 이 순간이 중요합니다. 지금까지 많은 증인들은 제 친구는 기억했지만, 여자는 기억하지 못해요. 그런데 당신은 여자는 기억하지만 남자는 모르겠다는 거죠. 하지만 어느 날 밤 극장에서 모자를 쓴 여자가 공연 중에 벌떡 일어섰다는 것만으로는 아무 도움이 안 되죠. 누군지도 모르고 동행이 있었는지도 모르니 말이에요. 만약 동행이 있었더라도 헨더슨이 아닐 수도 있으므로 그건 아무런 의미가 없다는 것이지요. 저는 증인을 찾아내서 그 두 개의 고리를 연결시키려는 것입니다."

실망한 빛이 역력한 그는 양손으로 무릎을 탁 치면서 일어섰다.

"실례가 많았습니다. 결국, 처음 상태로 되돌아간 거나 마찬가지군요."

"노력해 보겠어요. 도움이 될지 모르지만, 천천히 생각해 볼게요."

그녀는 도와주겠다는 약속의 표시로 롬버드에게 악수를 청했다. 롬버드는 크게 기대할 것이 없다고 느꼈지만, 얼른 악수에 응하고 절망에 가득 찬 얼굴로 방을 나섰다. 그의 얼굴에 실망한 빛이 역력했다. 겨우 확실한 증거를 잡았는가 했더니, 결과는 마찬가지여서 실망이 더욱 큰 모양이다. 마침내 희미하게나마 희망의 빛 한 줄기를 발견했는가 했더니 한순간에 푹, 꺼져 버리고 말았다.

생각에 잠긴 탓에 정신을 차리고 보니 엘리베이터 보이가 이상하다는 듯이 그의 얼굴을 훑어보고 있다. 엘리베이터에서 내리자 누군가가 회전문을 밀어주어 떠밀리듯이 길거리에 나왔다. 나오기는 했지만 어디로 가야 할지 몰라 잠시 현관 앞에 멍하게 서 있었다. 어디를 가든 뾰족한 희망이 보이진 않지만 그래도 어디론가 가야 했다.

지나가는 택시를 세웠지만 손님이 있어서 그냥 보낼 수밖에 없었다. 그는 다시 택시를 잡기 위해 그 장소에 서 있었다. 약 1분쯤 지났을까? 다음 택시를 타고 막 출발하려는 순간 다급하게 호텔 보이가 쫓아왔다. 그는 멘도자와 헤어지면서 연락처를 남겨놓지 않았다.

"선생님, 멘도자 양과 만나신 분 맞나요? 방금 그 분이 전화로 말씀하시길 크게 폐가 되지 않는다면 다시 한 번 오시면 좋겠다고 하시더군요."

그는 혹시나 하는 기대감으로 단숨에 호텔로 뛰어갔다. 그녀는 마침 옷을 갈아입으려는 참이었다. 그녀는 차분하게 물었다.

"당신 결혼하셨나요? 아니면 지금은 미혼이지만 결국은 결혼하실 테니 같은 말이겠군요."

멘도자의 말이 무슨 의미인지 잘 이해하기 어려워 그대로 흘려듣고 있었다. 그녀는 긴 천을 들어서 되는 대로 어깨에 걸쳤지만 몸을 가리기에는 별 도움이 되지 않았다. 그녀는 자기를 위해 입에다 핀을 물고 기다리는 사람을 다른 장소로 가게 했다. 두 사람만 남자, 멘도자가 말했다.

"당신이 자리를 뜨고 나니 갑자기 그때의 일이 생각났어요. 내가 심하게 짜증을 냈어요. 난 짜증날 땐 언제나 물건을 때려 부숴야 화가 풀려요."

그녀가 마루에 산산조각이 나서 흩어진 유리를 가리켰다. 그곳엔 부서진 향수병이 나뒹굴고 있었다.

"갑자기 떠오른 게 있어요. 그 여자에 대해서 말이에요. 그때도 내가 심하게 짜증을 부렸어요. 물건을 던져서 저렇게 부숴놓은 것처럼 그때에도 물건을 던져서 부숴버린 적이 있어요."

그녀는 창피한 듯 어깨를 으쓱해 보였다.

"이상하게도 그 모자를 보고 어떻게 했는지 갑자기 기억이 나더군요. 그래서 혹시 도움이 될까 생각하고 말씀드리려고요."

롬버드는 본능적으로 그녀 쪽으로 발을 내디디며 관심을 보였고, 그녀는 계속 설명하였다.

"어떤 여자가 내 모자와 똑같은 걸 가지고 까불던 그날 밤 나는 손에 닿는 대로 집어던졌어요. 만약 내 양손을 묶어 두었다면 괜찮았을까요? 내 기분을 이해해 주시겠죠? 내가 잘못한 거지요."

"그건 당신 잘못이 아닙니다."

그녀는 브래지어를 차서 봉긋해 보이는 가슴 사이를 손바닥으로 세게 탁탁 두드리면서 말했다.

"입추의 여지도 없이 꽉 찬 관객들 앞에서 나한테 그렇게 도전적인 행동을 할 사람이 있다고 생각하세요? 더구나 이 멘도자가 그런 무례한 행동을 그냥 넘어갈 것 같아요?"

그는 뭐라고 말하기가 곤란했다. 그녀는 흥분을 잘하고 충동적인 성격인 듯 했다.

"내가 너무 흥분하니까 무대 감독과 하녀가 간신히 뜯어말렸어요. 내가 무대복 차림으로 음악실 밖으로 뛰쳐나가려고 했지요. 나는 그 여자를 찾아내서 갈기갈기 찢어버리고 싶은 심정이었거든요."

롬바드는 정말로 극장 입구에서 멘도자가 그녀와 엎치락뒤치락 싸웠다면 재미있었을 것이라고 생각했다. 그러나 그런 일이 일어나지 않은 것도 알고 있었다. 정말로 그러한 일이 일어났다면 헨더슨이 말해 주었을 것이고, 그녀도 일찌감치 그 사건을 기억해냈을 것이다.

시간이 많이 흘렀지만 지금이라도 꼭 그녀를 찾아내고 싶어하는 것처럼 보였다. 긴장하고 있는 그녀를 경계하면서 롬버드가 조심스럽게 두세 발자국 뒤로 물러섰다. 그녀는 롬버드와 마주서서 자세를 낮추더니 새우처럼 굽힌 두 손가락을 바들바들 떨었다. 비비가 무서워선지 아니면 잘 보이려고 하는지 작은 손을 쥐었다 풀었다 되풀이했다. 그녀는 마치 평형 수영이라도 하는 것처럼 양팔을 펼치고 계속해서 말했다.

"하루가 지나도 화가 풀리지 않았어요. 내가 좀 끈질기거든요. 그래서 모자 가게에 찾아가서 디자이너에게 화풀이를 했죠. 손님들이 모두 보는 앞에서 디자이너에게 모자를 내던졌어요. 그리고. '당신 이 모자를 내 무대용으로 한 개만 만들었다고 거짓말을 하고 똑같은 것을 만들면 어떻게 해?'라고 따졌어요. 그런 다음 모자를 디자이너의 얼굴에 대고 북북 비벼버렸지요. 가게를 나오면서 힐끗 뒤돌아보니까 그녀가 입에서 모자 털들을 뱉어내고 있더군요. 그녀는 억울해했지만 아무 말도 하지 못했어요."

그래도 그녀가 롬바드를 도와주려는 듯 얼굴을 살피며 말했다.

"아마 그 사기꾼 같은 디자이너는 그녀를 알고 있을 거예요. 거기 가면 당신이 찾는 여자에 대한 정보를 얻을지도 몰라요."

"좋아요. 이젠 됐어요!"

그가 갑자기 큰소리로 외치자 비비가 겁에 질려서 소파 밑으로 기어들어갔다.

"그 디자이너 이름을 알고 있나요?"

그녀는 머리를 손으로 가볍게 두드리며 말했다.

"잠깐 기다리세요. 나는 여러 쇼에 출연해서 그때마다 의상실이 달라서 기억하기 어려워요."

그리고 하녀에게 지시를 내렸다.

"지난번 시즌 쇼 때 들어온 청구서를 찾아서 모자에 관한 것이 있는지 가져와."

"세뇨리타, 오래 된 청구서라서 없을 수도 있어요."

"그런 소리 집어치우고 이 잡듯이 다시 찾아보란 말이야. 지난 달 것을 찾아보면 되잖아. 그 청구서는 지금도 계속 오잖아."

롬버드가 참고 기다리기 힘든 시간이 지난 후에 하녀가 돌아왔다.

"예, 찾았어요. 역시 이번 달에도 왔어요. '모자 한 개, 100달러'예요. '케티샤'라는 이름으로 되어 있답니다."

"아, 바로 그거야! 이걸 참고로 하세요."

그녀는 롬버드에게 청구서를 건네주었다. 그가 받아서 주소를 적고 바로 돌려주었다. 그녀의 손이 불안하게 떨리더니 그 종이쪽지가 마루에서 춤추며 날고 있었다. 그녀는 청구서를 발로 밟아서 뭉개며 말했다.

"너무 끈질겨요. 1년 전 것인데도 여태껏 청구서를 보내니 말예요. 창피한 줄도 모르는 것 같아."

그녀가 얼굴을 들었을 때 롬버드는 이미 자리를 뜨고 보이지 않았다. 그가 알고 싶은 것을 확인한 이상 그녀의 이용가치는 거기까지 뿐이라는 걸 잘 알고 있었다. 이제는 한시 바삐 다음 차례를 향해 움직여야 한다. 멘도자는 롬버드에게 힘내라고 격려해 주려고 서둘러서 현관 쪽으로 쫓아갔으나 문에 스커트 자락이 걸려 돌아왔다. 사실 그녀가 털어놓은 것은 롬버드를 위해서가 아니라 자기의 화풀이를 위해서였다.

"그 여자를 꼭 붙잡아요. 그년, 아주 호되게 당해야 해요. 일이 잘 되기를 빌어요."

그녀는 완전히 자기 복수를 해달라는 듯한 애원과 경멸하는 투의 말을 하고 있었다.

의상실에 들어선 롬바드는 자기가 전혀 다른 세계에 왔다는 느낌이 들었지만 애써서 태연한 체했다. 목적을 이루려면 이곳보다 더 이상한 장소라도 가야 한다. 의상실은 골목에서 잘 보이는 건물로 보통 주택을 개조하여 만든 것이었다. 롬버드는 자기가 온 목적을 말하고 전시실 한쪽 구석에서 기다렸다. 그가 들어온 때는 마침 쇼가 한창 진행되는 도중이었다. 매일 같은 시간에 열리는 쇼 같았지만 기분이 편하지는 않았다. 게다가 남자는 자기 혼자다. 칠십쯤 된 노인이 북적거리는 손님 속에 섞여 있었지만 옆에는 손녀로 보이는 아이를 데리고 있다. 아마 노인이 옷을 골라 주려고 억지로 끌고 온 것이리라.

쇼를 하는 모델들이 안에서 천천히 걸어나와 이쪽저쪽으로 우아하게 워킹하면서 방안을 빙그르르 돌았다. 롬버드가 앉아 있는 구석은 길모퉁이라서 모델들이 모두 그의 곁으로 다가온다. 그래서 롬버드는 모델들의 우아한 자태를 충분히 감상할 수 있었다. 그 앞에서 멈춰서기도 했는데, 그는 무의식 중에 '나는 물건을 사러 온 사람이 아니야'라고 말할 뻔했다. 그는 선택의 여지없이 모델들을 바라봐야 하는 것이 기분 나빴다. 드디어 연락을 해놓았던 아가씨가 와서 곤란해 하던 그를 구해 주었다.

"마담 케티샤가 2층 내실로 안내하라고 하셨어요. 함께 가시죠?"

아가씨는 그를 데리고 가서 2층 내실 문을 노크해주더니 사라졌다. 내실로 들어가니 정면 커다란 책상에 뚱뚱하고 머리카락이 붉은 중년 여인이 앉아 있었다. 전혀 의상 디자이너라는 느낌을 갖기 어려운 모습이다. 그저 뚱뚱하고 곰탱이 같은 인상만이 강하게 풍겼다. 그녀는 돈을 버는 데는 마법과 같은 힘을 갖고 있는 것 같았다. 경제적으로 크게 성공했지만 차림은 너무 촌스럽다 못해 지저분해 보이기까지 했다. 그래도 첫인상은 호감이 간다. 그녀는 크레용으로 채색한 디자인 스케치를 한 장 한 장 잽싸게 넘기면서 추려내고 있었다. 마음에 드는 것은 왼쪽에, 마음에 들지 않는 것은 오른쪽으로 분류해 놓았다. 아니 그 반대인지도 모른다.

"무슨 일이시죠?"

그녀는 얼굴도 들지 않고 기계적으로 묻는다. 그는 무슨 말을 어떻게 설명해야 할지 망설였다. 피곤하기도 하고 시간도 벌써 오후 5시가 지났다.

"사실은 당신과 거래하던 고객을 만나고 찾아뵙게 되었습니다. 남미의 여배우 멘도자를 아시나요?"

그러나 그녀는 여전히 무미건조한 투로 기분 나쁘게 말했다.

"용건만 말씀하세요. 그래서요?"

"당신은 멘도자에게 작년에 쇼할 때 쓸 모자를 만들어 줬죠. 기억하세요? 가격은 100달러였고요. 나는 그 모자와 똑같은 모자를 산 여자에 대해 알고 싶습니다."

그녀는 얼른 스케치들을 정리하고 치웠다. 합격품은 서랍 속에, 불합격품은 휴지통 속에 넣고는 전투할 태세를 갖추는 듯했다. 디자이너는 비교적 이성적으로 보였다. 그 점에서 볼 때는 멘도자보다 상대하기가 훨씬 수월했다. 또한 그녀는 정직한 편이었다. 그녀는 한쪽 손으로 책상 위를 탁탁! 내리치면서 소리를 질렀다.

"그 모자 이야기라면 말도 꺼내지 마세요. 이젠 지긋지긋해요. 난 절대로 똑같은 것은 만들지 않았습니다. 내가 원본을 발표할 때는 당연히 진짜죠. 만약 복제되었다고 해도 우리 가게에서 만든 게 아니어서 난 책임질 수 없어요. 우리 의상실에서는 높은 가격을 받는 대신에, 절대로 손님을 배반하는 일은 하지 않습니다."

"하지만 복제품이 나타나지 않았습니까? 그 모자는 극장에서 스포트라이트를 받아서 멘도자의 눈에까지 띄게 되었어요."

디자이너는 팔꿈치를 책상 위에 얹어 놓은 채 의자를 앞으로 끌어당겼다.

"그녀가 나를 어떻게 하라고 하던가요! 명예훼손죄로 고소라도 하라고 시키든가요? 계속해서 그렇게 괴롭힐 거면 차라리 고소하라고 하세요! 멘도자는 완전히 거짓말쟁이에요. 가거든 멘도자에게 내가 그렇게 말했다고 전해주세요!"

그는 모자를 벗어들고 방 구석 쪽에 있는 의자로 갔다. 자기가 여기 온 목적을 해결할 때까지 움직이지 않겠다는 무언의 의사 표시였다. 그는 장기전에 돌입하려는 듯이 상의 단추를 풀더니 이리저리 팔을 흔들며 긴장을 풀었다.

"그녀에 대한 나쁜 기억은 지우세요. 내가 여기 온 것은 나의 필요에 의한 것이지 그녀와 상관없어요. 나는 복제품 모자를 쓴 여성을 찾으면 됩니다. 내 친구가 극장에서 그 모자를 쓴 여자와 함께 있었거든요. 그런데 내 친구에게 곤란한 일이 생겨서 그녀를 찾으려는 것뿐입니다. 이곳에는 손님들의 명단이 있을 테니 그것만 가르쳐주시면 됩니다."

"그런 명단은 없어요. 우리 의상실에서는 그런 식으로 영업을 하지 않아요. 당신, 대체 언제까지 쓸데없는 이야기만 늘어놓을 건가요?"

그녀가 결코 지지 않겠다는 듯이 주먹으로 책상을 내리치자 책상이 흔들렸다.

"하늘에 두고 맹세하겠습니다. 지금 사람 목숨이 경각에 달려 있소. 당신이 무책임하게 내 질문을 회피하면 안 됩니다. 그렇게 나온다면 나도 이 방에서 밤을 지샐 수밖에 없소. 내 말 뜻을 모르시겠습니까? 한 남자가 9일 뒤면 형장의 이슬로 사라지게 됩니다. 그런데 그 여자가 나타나면 그의 목숨을 구할 수 있어요. 지금 내 친구의 목숨을 구할 수 있는 건 오로지 그 모자를 쓰고 있던 그 여성뿐입니다. 그러니 당신이 그녀의 이름을 가르쳐 줘야 합니다. 이렇게 절박하게 부탁드리는데도 모른 체 한다면 도리가 아니죠?"

그때서야 그녀가 낮은 목소리로 말했다. 약간 짜증이 풀린 것 같았다. 친구의 죽음을 걱정하는 그의 진심이 디자이너의 마음을 움직인 모양이다.

"그럼 당신 친구 이름은 뭐죠?"

"스코트 헨더슨이오. 지금 자기 아내를 살해했다는 누명을 쓰고 사형집행을 앞두고 있는 사람입니다."

"그 당시에 신문에서 기사를 본 적이 있어요."

"그 친구는 아내를 죽이지 않았어요. 어떻게 해서든지 사형 집행을 멈추게 해야 해요. 멘도자가 특별 주문한 모자를 여기서 구입했지요. 어떤 여자도 그 모자와 똑같은 것을 쓰고 극장에 나타났어요. 헨더슨은 멘도자 모자와 똑같은 모자를 쓴 여자와 그날 밤을 보냈지만, 신상에 대한 것은 아무 것도 몰라요. 그녀만 나타난다면 살인이 일어난 시간에 그가 집에 없었다는 것을 증명할 수가 있어요. 이 정도면 나의 사정을 이해하시겠습니까? 더 이상은 설명 드릴 방법이 없습니다."

여기까지 말을 들은 디자이너는 뭔가 도움을 줄 것 같았다. 그러나 약간 자기 방어를 위한 질문인 듯한 것도 빼놓지 않았다.

"설마 그 마귀할멈이 법적으로 엮으려는 수작은 아니겠죠? 그녀는 아직까지도 모자 대금을 지불하지 않았을 뿐만 아니라, 여기에 와서 심한 행패까지 부렸어요. 내가 고소하지 않은 것은 그녀가 고소하지 않았기 때문이었어요. 그러한 얘기가 세상에 알려지면 곤란해지기 때문이죠. 이런 상품은 신용을 철저히 지켜야 하거든요."

"나는 변호사가 아닙니다. 나는 남미에서 온 기술자입니다. 의심스럽다면 신분증명서를 보여드리지요."

그는 호주머니에서 신분을 증명할 만한 것은 모조리 꺼내어 그녀에게 보여주었다.

"그러시다면 안심하고 말씀드리겠습니다."

"괜찮습니다. 나의 관심은 헨더슨에 대한 것뿐입니다. 그의 억울함을 풀어주기 위해서 혼신의 힘을 다하고 있는 중이거든요. 당신들의 사소한 싸움 같은 건 아무런 관심도 없습니다. 그리고 어느 편을 들고 싶은 마음도 없고요."

그녀는 고개를 끄덕이고는 문이 꼭 닫혀 있는가를 확인하려고 그쪽으로 눈을 돌렸다.

"자, 됐어요. 사실 상점의 기밀을 누설해서는 안 되지만, 이것을 멘도자가 알면 안 됩니다. 그 이유는 아시겠죠? 복제된 모자의 디자인 원본은 여기 있어요. 여기서 일하는 누군가가 몰래 빼낸 것 같아요. 사실대로 말해드리지만 이런 소문이 밖으로 퍼지면 곤란합니다. 만일 이 일이 알려지면 나는 모든 사실을 부정할 거예요. 우리 상점에서 스케치를 하고 있는 디자이너는 결백해요. 그녀가 우리를 배반하지 않았다는 것을 나는 잘 알고 있습니다. 그녀는 나하고 처음부터 함께 해온 친구이자 동업자거든요. 그녀는 자기가 디자인한 아이디어를 50달러나 75달러 정도의 돈에 팔아넘길 여자가 아니에요. 더구나 그것이 나가서 자기와 경쟁하게 되니까요.

멘도자가 우리 가게에서 행패부리고 돌아가던 날, 그녀와 둘이서 비밀리에 조사해 보았어요. 그런데 바로 그 모자의 스케치만이 그녀의 앨범에서 없어진 거예요. 복제품을 만들기 위해서 일부러 훔쳐간 거죠. 바느질하는 여자의 소행이 틀림없다고 짐작했어요. 그 모자를 실제로 재봉한 여자지요. 당연히 그녀는 부인했고 이쪽에서도 확실한 증거는 없었어요. 분명히 자기 집에 돌아가서 그 모자를 서둘러 만들었을 거예요. 우리가 알기 전에 훔쳐 간 스케치를 다시 끼워 넣으려 했지만 그럴 여유가 없었겠지요. 그리고 우리들도 그런 불상사가 다시 일어나지 않게 하기 위해서 그 여자를 그만두게 했어요.

롬버드 씨, 그래서 우리 가게에 복제된 모자를 산 사람의 이름은 기록이 남아 있지 않습니다. 누군지 단서도 없어요. 최대한 도와드리고 싶지만 방법이 없군요. 내가 할 수 있는 말은 우리 상점에서 바느질하던 그 여자를 만나 보시라는 겁니다. 그녀가 모자에 대한 것을 정말로 아는지는 확실하게 보장할 수는 없어요. 하지만 그녀를 내쫓을 때 우리 나름대로의 확신은 있었어요. 그녀를 만날지 말지는 당신 자유예요."

이번에야말로 확실한 단서라고 생각하는 순간 또 한 걸음 물러서야
만 했다.

"할 수 없군요. 다른 방법이 없으니까."

그는 힘이 빠진 목소리로 중얼거렸다. 그녀가 책상에 있는 스피커
스위치를 눌렀다.

"조금 도와드리지요. 루이스 양, 그 멘도자 모자 사건 때문에 쫓겨난
바느질 아가씨 알지? 그 아가씨 이름하고 주소가 어떻게 되는지 좀
알려줘."

롬버드가 책상에 양팔꿈치를 올려놓은 채 앉아서 기다리고 있었다.
그의 모습을 보고 그녀가 다정하게 말했다.

"친구 일인데 열심이시네요."

아주 상냥한 말씨였다. 그녀가 이런 억양으로 말하는 것은 아주 드
물 것 같았다. 그런 목소리를 내려면 헛기침이라도 해서 목을 가다듬
어야 하기 때문이다. 대답이 필요한 물음이 아니기에 그는 묵묵히 앉
아 있었다. 그녀가 재빨리 서랍을 열더니 아일랜드산 위스키를 꺼냈
다.

"육교 밑에서 파는 위스키인데 애들도 마실 수 있을 정도로 순해요.
어려운 일이 닥치면 이걸 한 잔씩 마신답니다. 죽은 남편에게 배운
습관이에요."

스피커가 울리더니 젊은 여자의 목소리가 흘러나왔다.

"이름은 매지 페이튼. 여기에서 근무할 때의 주소가 14번가 498번지
입니다."

"14번가 어느 쪽인데?"

"여기에는 그렇게만 적혀 있어요."

"됐습니다. 동 아니면 서쪽이겠죠."

롬버드가 번지를 받아 적더니 모자를 쓰고 단추를 채웠다. 잠깐의

휴식을 끝내고 다시 이어지는 희망을 품고 나갈 준비를 하는 것이다. 그녀는 손으로 전등빛을 가리면서 말했다.

"잠깐 기다려 보세요. 그녀에 대해서 생각해 볼게요. 좋은 단서가 있어야 해요. 그녀는 쉽게 잘못을 시인할 아가씨가 아니거든요."

그녀는 얼굴을 가렸던 손을 내리며 말했다.

"아, 생각이 났어요. 그 아가씨는 아주 내성적이에요. 옷차림만 봐도 금방 알 수 있을 거예요. 그런 처녀들은 돈의 유혹에 쉽게 빠지지요. 또 그런 애들은 대개 남자를 무서워하고 남자와 사귀려 들지도 않아요. 그러한 면에서 아는 게 없기 때문에 사귄다 해도 쓸모없는 인간을 잡게 되지요."

상당히 날카로운 안목이었다. 롬버드도 그 점을 인정하지 않을 수 없었다.

"나는 멘도자에게 100달러를 받고 팔았지만, 그 아가씨라면 50달러쯤 받고서도 복제품을 만들어 주지 않았을까요? 바로 그 점이 중요해요. 누가 50달러를 준다고 하면 분명히 입맛을 다실 거예요. 만일 그녀를 찾는다면……."

"만일 찾는다면."

롬버드가 그녀의 뒷말을 받아 채면서 무거운 발걸음으로 계단을 내려갔다.

하숙집 아주머니가 흑단같이 검은 문을 열었다. 위쪽에 네모난 창문은 닫혀 있고 그 맞은편은 노란색 커튼이 쳐져 있다.

"무슨 일인가요?"

"매지 페이튼이라는 아가씨가 있나요."

그녀는 잘못 찾아 왔다는 듯 고개를 좌우로 저었다.

"그 왜 순진하고 부끄럼 많이 타는 아가씨 있잖아요."

"누군지 알겠어요. 그 아이는 벌써 한참 전에 여기를 떠났어요. 이사한 지 꽤 오래 되었지요."

아주머니가 무엇을 살피듯 밖을 두리번거렸다. 밖에 나온 참에 뭐 재미있는 거라도 있는지 돌아보는 것 같았다. 그에게는 아무런 관심도 없는 모양이었다.

"어디로 이사를 했는지 아시나요?"

"그냥 훌쩍 떠났거든요. 나는 그것밖에 몰라요."

"아니, 그래도 뭐 짐작가는 데라도 없나요? 짐을 날라준 사람이라든가?"

"그녀 혼자서 했어요. 저쪽으로 가더군요."

그녀가 엄지로 한쪽을 가리키며 말했지만 별로 도움이 되는 내용은 아니다. 그녀가 가르킨 '저쪽'에는 좌우로 큰길 세 개가 나있는 쪽이다. 외곽으로 뻗은 길, 강으로 나가는 길 그리고 하나의 도로는 15개나 20여개의 주(州)를 지나서 태평양까지 갈 수 있는 길이다. 무슨 도움이 될 것인가? 하숙집 아주머니는 신선한 공기라도 들이마시는 듯 숨을 크게 들이쉬었다. 거리 구경도 별것이 없는 모양이다.

"뭐 꾸며서라도 이야기하라면 못 할 것도 없지요. 그런데 당신이 알고 싶은 것이 없네요."

그녀가 입술에 손가락을 대고 혹 불었다. 아무것도 없다는 듯이다.

"그런데 얼굴색이 너무 안 좋으시군요, 무슨 일이 있나요?"

"예, 여기 돌계단에 앉아서 조금 쉬어도 괜찮을까요?"

"편안히 앉아 쉬세요. 사람들이 다니는 길이니까 방해만 하지 않으면 무슨 상관이겠어요."

'꽝!' 하고 문이 닫혔다.

16. 사형 집행 8일 전
17. 사형 집행 7일 전
18. 사형 집행 6일 전

그는 뉴욕에서 세 시간을 달려와서 열차에서 내렸다. 기차가 멀어져서 보이지 않을 때까지 두리번거리며 주위를 둘러보았다. 대도시에서 멀지 않은 변두리의 작은 마을이다. 이런 마을은 도시에서 멀리 떨어진 외딴 시골보다 훨씬 촌스럽다. 그가 두리번거린 것은 뉴욕에 비해서 너무도 낯선 모습이 의외였기 때문이었다. 그래도 대도시에서 볼 수 있는 특별한 모습들이 여기저기 보이는 것을 보니 완전한 깡촌은 아니다. 유명한 10센트 전문점, 낯익은 오렌지 주스 체인점 A&P 등을 익숙한 것들을 보고 있는데도 멀리 왔다는 느낌이 없어지기는커녕 더 강하게 느껴진다.

그가 봉투 뒤에 마구 쓰여진 메모를 들여다보았다. 몇 개의 이름이 죽 쓰여 있고 각각 주소가 덧붙여져 있었다. 모두 비슷비슷한 이름이었고, 2개 국어로 되어 있는 점만이 달랐다. 마지막 두 개를 제외하고 나머지는 줄이 그어져 있었다. 메모 내용은 아래와 같았다.

매지 페이튼, 여자 모자(주소)
마지 페이튼, 여자 모자(주소)
마르거리트 페이튼, 모자(주소)
마그다 부인, 모자(주소)

마르고 부인, 모자(주소)

그가 철길을 건너 주유소로 가서 기름에 절은 옷을 입고 있는 남자 종업원에게 물었다.

"이 근처에서 모자를 만들고 있는 마르거리트라는 여자를 혹시 아시나요?"

"아, 생각해보니 하스콤 부인 집에 세들어 있는 사람이 창가에 그런 간판을 내걸고 있는 것 같던데……, 하지만 신경써서 보지 않아서 모자인지 옷인지는 잘 모르겠네요. 이 길로 가서 맨 끝 집이에요. 이 길로 곧장 가면 돼요."

아주 허름한 건물이다. 아래쪽 창가에 '마르거리트, 모자'라고 손으로 쓴 초라한 간판이 걸려 있다. 이런 시골에서 프랑스 어로 쓰여진 간판을 보니 기분이 묘하다. 그가 어둠컴컴한 현관 위에 올라서서 문을 두드렸다. 안에서 한 여자가 나타났다. 케이트의 말이 모두 사실이라면 그가 찾고 있는 장본인일 것이다. 특별한 점도 없고 그저 얌전하고 내성적으로 보이는 여자다. 리넨 블라우스에 감색 스커트를 입고 있다. 손가락 끝에 작은 금속성 물건이 끼어져 있는 것이 눈에 들어왔다. 골무였다.

그녀는 그가 이 집의 주인에게 볼 일이 있는 사람일 거라고 짐작하고 묻지도 않은 말을 했다.

"하스콤 부인은 시장에 가셨어요. 이제 곧 오실 거예요."

"페이튼 양, 나는 당신을 만나러 왔소."

그녀는 깜짝 놀라면서 몸을 뒤로 빼고 문을 닫으려고 했다. 그가 발로 막았다.

"사람을 잘못 찾으신 것 같네요?"

"그렇지 않아요. 맞는 것 같은데요."

왜 도망치려고 했는지 알 수는 없지만 놀라는 그녀 모습만으로도 훌륭한 증거가 될 것 같았다. 그녀가 계속 머리를 흔들었다.

"좋아요. 그럼, 내가 얘기하죠. 당신은 케티셔 상점에서 봉제공으로 일한 적이 있죠?"

그녀의 얼굴이 하얗게 질렸다. 제대로 찾아 온 것이다. 그가 그녀의 손목을 꽉 잡았다. 그녀가 도망칠 것만 같았기 때문이다.

"어떤 여자가 당신에게 여배우 멘도자가 주문한 것과 똑같은 모자를 만들어 달라고 한 적이 있죠?"

그녀가 더 세게 머리를 저었다. 지금 자기가 할 수 있는 일은 오직 고개 흔드는 것밖에 없는 것처럼 말이다. 잔뜩 겁먹은 그녀가 강하게 몸을 뒤로 젖혀서 그로부터 벗어나려고 애를 썼다. 그가 그녀의 손목을 놔줄 리가 없다. 두려움과 용기는 정반대의 것이지만 웬만해서는 굽히지 않는다는 점에서는 같은 성질이다.

"나는 그 여자의 이름만 알면 됩니다."

가벼운 말로 통할 상대가 아니었다. 그녀는 보기에도 안타까울 정도로 공포에 휩싸여 있었던 것이다. 얼굴은 새파랗게 질렸고 양쪽 볼이 심하게 실룩거리고 있다. 심장이 목 근처까지 올라온 것처럼 생각될 정도였다. 그녀가 이렇게 두려워하는 것은 단순히 모자 때문만은 아닐 것이다. 원인과 결과 사이에 너무 큰 괴리가 존재한다. 모자 때문에 저렇게까지 불안해할 필요는 없다. 그는 자기가 추적하고 있는 것과는 다른 문제가 있을 것이라고 어렴풋이 느꼈다.

"그 여자의 이름만 알려주면 됩니다."

공포에 가득 찬 그녀의 눈동자를 보니 그의 말이 들릴 리가 없다.

"나는 당신이 잘못했다고 이러는 게 아니오. 그녀의 이름만 말하면 된다구요, 알고 있죠?"

그녀는 간신히 입을 열더니 목이 쉰 목소리로 띄엄띄엄 말했다.

"갖고 올게요. 이름을 적어놓은 종이가 방에 있어요. 이것을 좀 놓아 주세요."

그는 손을 놓아 주고는 문이 닫히지 못하게 꽉 잡았다. 그녀가 태풍에 쓸려 가듯이 안으로 자취를 감추었다. 그가 알 수 없는 외로움을 느꼈다. 그렇게 잠시 기다렸다. 순간 뭐라고 설명할 수 없는 긴장감을 느낀 그가 쏜살같이 안으로 뛰어 들어갔다. 어두운 복도를 지나서 그녀가 방금 들어간 방문을 열어 재꼈다. 다행히 문이 잠겨 있지는 않았다. 문이 열리는 순간 그녀의 머리 위에서 커다란 가위가 번쩍 빛나는 것이 보였다. 그는 엉겁결에 몸을 날려서 가위를 쳐냈다. 팔을 크게 휘둘러서 가위를 치는 바람에 옷자락이 찢어지고 팔도 조금 다쳤다. 그녀에게서 가위를 빼앗아 방 구석으로 집어던졌다. 만일 그녀가 그대로 가위를 내리 찔렀다면 심장을 꿰뚫었을 것이다.

"이게 무슨 짓이오?"

그가 엉거주춤하게 서서 소매 밑으로 손수건을 밀어넣으며 말했다. 그녀는 짓밟힌 아이스크림처럼 흐물흐물 쓰러졌다. 눈에서는 눈물이 뚝뚝 흘렀다.

"벌써 오래전에 그 사람을 만났어요. 이젠 어떻게 하면 좋을지 모르겠어요. 그 사람이 무서워요. 그 사람에게 싫다고 할 수가 없는 거예요. 처음에는 2, 3일이라고 했지만, 이젠 벌써 몇 개월이 지났어요. 누군가에게 모두 말하고 싶지만 그러면 그 사람이 나를 죽일지도 몰라서 두려워요. 그 사람도 그렇게 말했거든요."

역시 그가 알고 싶은 것 이외에 다른 사연이 있는 것이다. 그는 자기와 무관한 사건에 휘말리고 싶지 않았다. 얼른 손을 들어 그녀의 입을 막았다.

"그 얘긴 그만 하시오! 당신은 다른 일에 겁을 먹고 있는 것 같소. 나는 단지 그 여자 이름만 알면 그만이오. 당신은 케티샤 상점에서 만든 모자와 똑같은 것을 어떤 여자에게 만들어 주었소. 그 여자 이름만 알면 끝이오, 알겠소?"

상황이 갑자기 바뀌었다. 이러면 얘기가 전혀 다르지 않은가? 자기가 위험하지 않다는 것을 알려주어 고맙지만 쉽게 믿어지지 않는다.

"당신이 그렇게 말하지만, 나를 함정에 빠뜨리게 하려고 하는 말은 아니겠죠, 설마……."

목소리가 작아서 잘 들리지 않지만 그녀가 훌쩍거리기 시작했다. 그녀에게는 지금 모든 것이 두려움이다. 울음소리는 크지 않았지만 두려움에 떨고 있는 것은 알 수 있었다.

"종교가 있나요?"

"가톨릭이요."

"그럼, 기도할 때 사용하는 로자리오 염주가 있지요? 그걸 가져오시오."

그는 이성으로 통하지 않으면 감정에 호소하는 것이 제일 좋다고 생각했다. 그녀가 로자리오를 내밀었다. 롬버드가 그것을 받지 않고 로자리오를 든 그녀의 손을 두 손으로 꼭 감싸 잡았다.

"이 로자리오를 두고 맹세하오. 내가 바라는 것은 그녀의 이름뿐이오. 그밖에 다른 뜻은 없소. 다른 문제로 당신에게 피해를 줄 생각은 손톱만큼도 없단 말이오. 다른 목적이 있어서 여기에 온 것이 아니오. 이젠 믿을 수 있겠소?"

로자리오를 만지고 있으니 마음이 안정되었는지 그녀도 조금씩 침착해져 갔다.

"피에레트 더글러스, 리버사이드 드라이브 6번지."

그녀가 망설이지도 않고 말했다. 울음소리가 점점 커졌다. 그녀가 또다시 겁먹은 얼굴로 그를 쳐다보았다. 벽 한쪽에 커튼이 가려진 벽장이 있었다. 그녀가 그곳으로 갔다. 울음소리는 그쳤다. 잠시 후 돌아온 그녀의 팔에는 하얀 옷을 입은 인형이 안겨져 있었다. 작고 얼굴이 분홍빛인 인형이 귀여운 눈으로 그녀를 바라보고 있었다. 롬버드를 쳐다보는 그녀의 눈에는 공포의 그림자가 여전히 남아 있다. 그러나 인형의 작은 분홍빛 얼굴을 내려다볼 때에는 인자한 표정이 가득하다. 그것은 다른 사람은 알 수 없는 애정이지만 무한한 애정이다. 고독한 애정이 깊어지면 마침내 변치않는 애정이 되는 법이다.

"피에레트 더글러스, 리버사이드 드라이브 6번지, 맞소?"

그는 지폐를 꺼내어 세면서 말했다.

"그녀가 당신에게 얼마를 주었소?"

"50달러."

벌써 잊어버렸다는 듯이 중얼거리는 그녀에게 50달러를 던지듯이 쥐어 주었다. 그리고 문으로 나가면서 말했다.

"당신은 침착함을 좀 키우세요. 그런 면에서는 형편없는 수준이군요."

그의 말은 그녀에게 들리지도 않았다. 그녀는 미소를 지으면서 자기를 보며 이도 없는 입으로 웃고 있는 작은 얼굴을 쳐다보고 있을 뿐이다. 눈 바로 아래에서 쳐다보고 있는 그 작은 얼굴은 그녀와는 조금도 닮지 않았다. 하지만 그것은 언제나 영원히 그녀의 것이다. 그녀의 재산이며, 그녀의 고독을 떨쳐내 줄 유일한 대상이다.

"행운을 빌겠소."

그가 현관에서 돌아보며 외쳤다. 여기까지 오는 데 세 시간이나 걸렸지만, 돌아가는 데에는 채 30분도 걸리지 않는 것처럼 느껴졌다. 그의 발밑에서 요란스럽게 구르는 열차 바퀴가 특유의 리듬으로 이렇게 속삭이고 있었다.

'드디어 이제야 그녀를 붙잡았어! 드디어 이제야 그녀를 붙잡았어! 드디어 이제야 그녀를 붙잡았어!'

차장이 곁에 다가왔다.

"표를 좀 보여주십시오."

그는 얼굴을 들고 슬그머니 미소를 지었다.

"아, 여기요. 드디어 이제야 그녀를 붙잡았어! 드디어 이제야 그녀를 붙잡았어! 드디어 이제야 그녀를 붙잡았어! 그래, 드디어 이제야 그녀를 붙잡은 거야……."

19. 사형 집행 5일 전

자동차가 멈추는 소리는 들리지 않았다. 그저 차가 유리문 옆을 '붕' 하고 스치고 지나가는 낮은 소리만 들렸을 뿐이다. 그가 얼굴을 들었다. 유리문을 등에 지고 있는 유령 같은 그림자가 이미 현관 안쪽에서 있는 것이 보였다. 그녀가 살짝 문을 열고 안으로 들어오면서 얼굴을 뒤로 돌려 자기를 태우고 온 차가 멀어져 가는 것을 지켜보았다.

바로 저 여자가 틀림없다는 생각이 들었다. 하지만 느낌이 그렇다는 거지 확실한 것은 아니었다. 그저 막연하게 가정을 꾸리고 있지 않은 자유로운 여자라고만 생각하고 있었다. 뜻밖에도 그의 예상이 적중하는 것 같았다. 정신이 아찔할 정도로 미인이다. 뭐든지 도가 지나치면 부담이 된다. 그녀도 너무 미인이라서 보는 사람에게 즐거움보다는 오히려 부담감을 줄 정도다. 세상의 모든 것이 공평하다. 외모는 저렇게 완벽하게 아름답지만 마음은 온통 상처투성이인 것은 아닐까? 머리 색깔이 검고, 키도 크며 몸매는 말로 표현할 수 없을 정도로 완벽했다. 평범한 여자들의 고민을 알 리가 없는 그녀의 생활은 재미가 없을지도 모른다. 이런 생각으로 바라보니 그녀의 얼굴은 영락없이 생활의 따분함에 젖어 있는 표정이었다.

그녀가 얼굴을 이쪽으로 돌리고는 조용히 안으로 들어왔다. 그녀는 롬버드는 거들떠 보지도 않고 호텔 보이에게 건성으로 인사를 건넸다.

"안녕."

"이분께서 아까부터 기다리고 계시는데요."

그 말이 채 끝나기도 전에 롬버드가 성큼 그녀에게 다가갔다.

"피에레트 더글러스 양?"

묻는다기보다는 뭔가 단정하는 듯한 투로 말했다.

"예, 그래요, 뭐죠?"

"할 얘기가 있어서 기다리고 있었습니다. 지금 이야기하고 싶습니다만, 촌각을 다투는 일이라서요."

그녀는 엘리베이터를 기다리며 서 있었다. 그를 한 번 쳐다보고는 더 이상 아무 관심 없다는 태도다.

"시간이 너무 늦은 것 아닌가요?"

"아니, 그런 문제가 아닙니다. 한시도 지체할 시간이 없습니다. 나는 잭 롬버드라고 합니다. 스코트 헨더슨의 일 때문에 이렇게 찾아왔습니다."

"그런 사람은 알지 못해요, 당신도 모르고요. 내가 틀렸나요?"

마지막의 '틀렸나요?'는 그저 예의상 다시 물어보는 말에 지나지 않았다.

"그는 지금 주 형무소의 사형수 감방에서 사형이 집행될 날만 기다리고 있습니다. 여기서 이러고 있을 시간이 없습니다. 좀 장소가 이상하긴 합니다만."

"미안하지만, 나는 여기 삽니다. 그리고 지금은 새벽 1시 15분이지요. 예의는 갖춰야 하는 것 아닌가요? 하지만 저쪽에 가서 이야기하죠."

그녀가 호텔 아래층 로비를 가로질러서 긴 의자와 재떨이가 놓여 있는 모퉁이로 걸어갔다. 그녀가 롬버드와 마주보고 섰지만 앉으려고는 하지 않았다. 두 사람은 선 채로 이야기를 나누었다.

"케티샤 상점의 매지 페이튼이라는 아가씨한테서 모자를 산 적이 있죠? 50달러를 지불하고서?"

"글쎄요."

긍정도 부정도 아니다. 보이가 로비로 나와서 흥미진진한 표정으로 그들의 이야기에 귀를 기울이고 있는 것이 보였다.

"조지!"

그녀가 날카롭게 외치자 보이가 겸연쩍은 표정으로 로비에서 사라졌다.

"그 모자를 쓰고 어느 날 밤에 어떤 남자와 극장에 간 적이 있지요?"

이번에도 그녀는 모호하게 말꼬리를 흐린다.

"그랬을 수도 있겠죠. 극장에는 잘 가니까. 물론 남자와 함께 가요. 미안하지만, 빨리 요점만 말해주시겠어요?"

"지금 말하는 것이 핵심입니다. 당신은 그 남자와 그날 밤에 처음 만났습니다. 당신은 그의 이름을 알지 못하고, 그도 당신의 이름을 알지 못한 채 함께 극장에 갔습니다."

"가당치도 않군요. 사람을 잘못 찾아오신 것 같군요. 아실지 모르겠지만, 나도 다른 사람들처럼 자유롭게 행동해요. 하지만 정식으로 소개도 받지도 않고 우연히 알게 된 사람과 어울려 다니지는 않아요. 아무래도 사람을 잘못 찾으신 것 같군요."

그녀의 말에는 냉랭하다 못해 차가움이 느껴졌다. 그녀가 은빛 가운의 옷자락에서 한쪽 발을 내밀며 돌아가려고 했다.

"부탁합니다. 이건 그냥 단순한 사교문제가 아닙니다. 그 남자는 사형선고를 받고 이번 주에 처형됩니다. 당신이 도와주지 않으면 정말 죽는다고요."

"이제야 무슨 뜻인지 알겠네요. 그럼 내가 그날 밤에 그 사람과 함께 있었다고 거짓 증언을 하면 도움이 된다는 거예요?"

"아니, 아니, 그게 아닙니다."

그가 잠시 숨을 돌렸다가 말을 이었다.

"그와 함께 있었다는 것을 사실대로 증언해야 합니다."

"그럴 수는 없군요. 그런 사실이 없으니까요."

그녀는 빤히 그의 눈을 쳐다보았다. 롬버드가 입을 열었다.

"모자 이야기를 해 보겠습니다. 당신은 모자를 샀습니다. 그런데 그 모자는 다른 사람이 특별히 주문해서 만든 것과 똑같은 거였습니다."

"얘기가 또 엉뚱하게 빗나가는군요. 내가 그 모자에 대해 인정하는 것과 그 남자와 함께 극장에 갔다는 것은 완전히 다른 문제예요. 그 두 가지는 전혀 관계가 없단 말이에요."

그녀가 말은 그렇게 하더라고 그로서는 그 말이 옳다고 인정할 수 없었다. 지금까지 틀림없다고 생각하고 있었던 발밑의 땅에 작은 균열이 생긴 것 같은 느낌이었다.

"그러면 극장에 대해서 좀 자세히 설명해 주시겠어요? 그 남자와 함께 있었던 여자가 나라는 증거라도 있나요?"

"바로 모자가 증거입니다. 그날 밤 멘도자라는 여배우가 그 모자의 원래 작품을 쓰고 무대에 나왔습니다. 그 모자는 그녀가 특별히 주문한 것이지요. 당신은 그 복제품을 샀다고 이미 인정했습니다. 그리고 스코트 헨더슨과 동행한 그 여자는 바로 그 복제품을 쓰고 있었습니다."

"그렇다고 해도 그 여자가 나라고 어떻게 단정하지요? 당신이 믿고 있는 것처럼 그런 연결이 틀림없는 것은 아니에요."

부정하고 있지만 그녀의 목소리가 어딘지 힘이 빠진 것처럼 들렸다. 머리 속으로 여러 가지를 바쁘게 돌리고 있는 것처럼 보였다. 그녀에게 어떤 변화가 일어나고 있는 것이다. 이유는 알 수 없지만 그녀가 갑자기 태도를 바꾸어 관심을 보이기 시작했다. 눈이 반짝거리는 것이 약간 흥분한 모습처럼 보였다.

"한두 가지 궁금한 것이 있어요. 멘도자의 쇼라고 하셨는데, 대충 날짜를 아시나요?"

"정확히 알고 있습니다. 두 사람이 함께 극장에 간 것은 지난 5월 20일 밤 9시부터 11시가 넘어서까지입니다."

"5월이라……. 이거 재미있군요."

그녀가 롬버드의 소매를 잡아끌었다.

"당신 말이 모두 맞아요. 그런데 위층의 내 방으로 가서 얘기하는 것이 좋을 것 같군요."

엘리베이터를 타고 올라가는 도중에 그녀는 이렇게 말했다.

"만날 수 있어서 반가워요."

두 사람이 12층쯤 엘리베이터에서 내렸다. 그는 몇 층인지 확실히 알지 못했다. 방으로 들어가자 그녀가 팔에 걸치고 있던 붉은 여우 목도리를 아무렇게나 의자에 내던졌다.

"5월 20일이라고 하셨죠?"

그녀가 다짐이라도 받듯이 다시 물었다.

"금방 올게요. 잠시 앉아서 기다려주세요."

활짝 열려 있는 안쪽 방문에서 불빛이 흘러나왔다. 그녀가 방 안에 들어가 있는 동안 그는 앉아서 기다렸다. 이윽고 그녀는 다시 돌아왔다. 청구서와 영수증 다발을 한 움큼 들고서 그것을 한 장 한 장 뒤적이면서 돌아왔다. 벌써 자기가 원하는 것을 찾은 모양이었다. 그 한 장만을 남기더니 나머지를 휙 집어던지고 그의 옆으로 다가왔다.

"시작하기 전에 확실히 해두고 싶은 것이 하나 있어요. 그날 밤 그 남자와 함께 극장에 갔었던 것은 내가 아니에요. 이것을 좀 보세요."

병원비 청구서였다. 입원기간이 4월 30일부터 4주일간으로 되어 있다.

"맹장수술 때문에 4월 30일부터 5월 27일까지 입원해 있었어요. 이런 종이조각으로 믿을 수 없다고 생각한다면 그 병원 의사나 간호사에게 직접 확인해 보세요."

"아닙니다, 충분합니다."

그는 자기가 틀렸다는 것을 인정할 수밖에 없었다. 하지만 그녀의 이야기는 아직 끝나지 않았는지 롬버드 곁으로 와서 앉았다. 그녀는 아무 말도 없고 잠시 후에 롬버드가 먼저 입을 열었다.

"그러나 모자는 분명히 당신이 사지 않았습니까?"

"예, 그건 맞아요."

"그럼 모자는 어떻게 했나요?"

그녀는 무언가 깊은 생각에 빠져서 아무런 대답도 없다. 주변이 조용해지자 그도 그녀와 방안을 유심히 살펴보았다. 그녀가 이 문제에 대해서 조용히 생각할 수 있도록 두는 것도 괜찮을 것이다.

방 안을 둘러보니 여러가지 새로운 사실들을 알 수 있었다. 바깥에서 보기에는 굉장히 호화롭게 보였지만 내부는 그렇지 않았다. 이 호텔이 특급은 아니지만 주변에서 꽤 좋은 호텔로 알려져 있다. 그렇게 유명한 호텔치고는 제대로 된 것들이 별로 없다. 마루에 깔린 카펫도 보잘 것 없는 제품이다. 실내 가구들도 볼품없긴 마찬가지였다. 누군가 팔아먹었는지 가구가 있어야 할 자리가 비어있기도 하다. 겉만 그럴듯하고 값은 싼 가구로 채워놓는 것은 비양심적인 일이라고 생각하는 모양이었다.

여기 살고 있는 여성에게서도 비슷한 분위기를 읽을 수 있었다. 그녀의 구두는 40달러도 넘을 정도로 비싸 보이는 특수 주문품이지만 너무 오래 신었는지 닳아빠졌다. 뒤꿈치가 닳았고 가죽의 광택이 바랜것을 보면 얼마나 오래된 것인지 쉽게 알 수 있다. 입은 옷도 싸구려라고 할 수 없는 독특한 모양인데 아주 낡았다. 여기에 이 모든 것들을 그대로 말해주고 있는 것이 바로 그녀의 눈이다. 생활이 몰락해서 이런저런 잔꾀를 부려야만 살아갈 수 있는 몰락한 사람에서나 볼 수 있는 눈이었다. 지나치게 경계하는 눈빛이었다. 언제 어디서 기회가 올지는 모르지만 일단 기회를 잡으면 절대로 놓치지 않겠다는 강한 집착력이 보인다. 여러 가지 사정들을 잘 살펴서 종합하면 그녀가 지금 어떤 상황에 처해 있는지 짐작할 수 있을 것 같았다.

그도 조용히 앉아서 그녀의 마음에 귀를 기울여 보았다. 그녀가 자기 손을 살펴보고 있다. 아마도 전에 끼고 있던 다이아몬드 반지를 생각하고 있을 것이라고 짐작해 본다. 그 반지는 지금 어디에 있을까? 아마도 전당포에 있겠지. 그녀가 한쪽 발을 조금 들더니 발등을 유심히 보고 있다. 그렇다면 이 여자가 무엇을 생각하고 있는 걸까? 스타킹을 생각하고 있을지도 모른다. 몇 십, 몇 백 켤레쯤 되는 스타킹을 상상하고 있을지도 모른다. 어쩌면 평생 다 신지 못할 정도로 엄청나게 많은 스타킹을 쌓아 두고 있는 자신의 모습을 상상하고 있을지도 모른다. 여기까지 생각이 미치자, '돈'이 떠올랐다. 무엇이든 갖고 싶은 것은 모두 다 소유할 수 있을 정도의 돈이다. 맞다. 그녀가 마음의 결정을 한 것처럼 보였다. 그녀가 천천히 그리고 조용히 말했다.

"사실 그 모자 이야기는 별것도 아니에요. 그 모자가 너무 마음에 들어서 그 아가씨에게 똑같이 만들어 달라고 매달렸던 거예요. 나는 돈에 여유가 생기면 충동적으로 비싼 물건을 사는 버릇이 있거든요. 모자는 비싸게 사서 마련했지만 별로예요, 한 번밖에 쓰지 않았지요. 모자가 내겐 그다지 어울리지도 않았어요. 이유는 알 수 없지만 왠지 어색해 보였지요. 나처럼 평범한 사람이 쓰는 모자가 아닌 것 같아서 오랫동안 잊어버리고 지냈어요. 그런데 병원에 가기 전 어느 날 친구가 찾아왔어요. 그 친구가 모자가 아주 마음에 든다고 해서 줘 버렸어요."

그녀는 어깨를 으쓱했다. 이제는 더 이상 털어놓을 것이 없다는 의미 같았다.

"그 친구 이름이 뭐죠?"

그가 부드러운 말투로 물어보았으나, 이미 두 사람 사이에 불꽃이 튀는 듯한 긴장감이 감돌고 있음을 느낄 수 있었다. 이것은 일종의 거래다. 그는 당장 대답을 들을 수 있으리라고 기대하지는 않았다. 그녀도 태연하게 대답한다.

"그런 걸 말해도 괜찮을지 모르겠네요?"

"거기에 한 명의 생명이 걸려 있습니다. 그 남자는 금요일에 죽게 되어 있다고요."

그는 차분한 목소리로 낮게 말했다. 입술도 거의 움직이지 않았다.

"그 사람이 죽는 게 내 친구 때문이라는 건가요? 그녀가 그 사건의 원인이고 그녀에게 책임이 있다는 말인가요?"

"아닙니다. 그런 말은 아닙니다."

그가 한숨을 몰아 쉬었다.

"그런데, 도대체 내 친구는 왜 끌어들이려고 하지요? 내 친구가 그 사형수와 관련이 있다니요! 그건 여자에게 고통을 주는 거예요. 사회적인 죽음은 치명적인 거라고요. 소문은 얼른 사라지지도 않아요. 그 일이 내 친구에게 나쁜 영향을 미치지 않는다고 보장할 수도 없잖아요."

그가 긴장한 탓인지 얼굴빛이 점점 창백해졌다.

"당신은 내 부탁을 들어주시기로 이미 결심하신 것 같군요. 내 친구가 사형당하면 당신도 마음 편하게는 지낼 수 있을 것 같습니까? 당신이 그 한마디를 하지 않으면 멀쩡한 생명이 사형으로 죽어 간단 말입니다."

"난 내 친구는 알지만 그 남자는 몰라요. 그녀는 내겐 친구지만, 그 남자는 전혀 모르는 사람이에요. 당신의 말은 지금 전혀 모르는 사람인 당신 친구를 구하기 위해 내 친구는 위험에 빠져도 괜찮다는 말인가요?"

"왜 당신 친구가 위험해진다는 겁니까?"

그녀가 아무 대답도 하지 않았다.

"그럼, 당신은 내 부탁을 들어주지 않겠다는 거군요?"

"그렇게 생각하셔도 할 수 없어요."

그가 더 이상 참을 수 없다는 듯이 거친 숨을 몰아쉬었다.

"하지만 나는 이대로 포기할 수는 없소. 이제는 마지막입니다. 더 이상 기회가 없어요. 나는 어떤 방법으로든 그 사실을 알아내야 합니다. 내겐 그렇게 해야 할 책임이 있습니다."

두 사람이 모두 흥분했는지 함께 벌떡 일어섰다.

"당신이 말하도록 하기 위해서 내가 폭력을 쓰지 않으리라고는 장담하지 못합니다. 난 이런 상태로 계속 기다릴 수는 없으니까."

그녀는 자신의 어깨를 내려다보다가 차가운 목소리로 소리쳤다.

"어머, 이게 무슨 짓이에요!"

그 소리에 놀랐는지 그가 그녀의 어깨를 쥐고 있던 손을 풀었다. 그녀는 몇 번이나 어깨를 들썩였다. 그리고 남자를 매서운 눈초리로 쏘아보았다. 아주 비열하고 기분 나쁜 남자라고 비난하는 눈빛이었다.

"아래층에 전화해서 당신을 쫓아내라고 할까요?"

"마음대로 하시죠. 지금 여기서 볼썽사나운 싸움이 벌어져도 괜찮다면 말이죠."

"어쨌든 강제로 내 입을 열게 할 순 없어요. 말을 하고 안 하고는 나의 자유예요."

당연한 말이다. 그도 이미 그 정도는 알고 있다.

"나는 자유로운 사람이에요. 날 어떻게 하시겠다는 거죠?"

"이거요."

그녀는 그가 권총을 들이대는 것을 보는 순간 갑자기 얼굴색이 변했다. 그것은 갑자기 누가 권총을 들이댔을 때 나타내는 충격이다. 하지만 그녀는 금방 본래의 모습을 되찾았다. 그리고 천천히 자리에 앉았다. 그녀의 행동은 그의 권총 위협에 놀랐다기보다는 자신의 감정을 억제하는 자신에 찬 행동처럼 보였다. 어쨌든 문제를 해결하려면 시간이 걸릴 테니 우선 자리에 앉고 보자는 생각인 듯했다.

그는 그녀처럼 대담한 여자는 처음 봤다. 처음엔 얼굴에 약간 긴장하는 빛이 돌았지만, 시간이 지날수록 두 사람 사이의 주도권을 그녀가 쥐고 있었다. 그가 비록 권총을 들이대고는 있었지만 그의 입장이 그녀보다 유리해 보이지 않았다. 그는 권총을 들고 그녀 앞에 우뚝 서서 그녀를 정신적으로 위협해 보려고 애를 썼다.

"죽는 것이 두렵지도 않은 모양이지?"

그녀가 그의 얼굴을 쳐다보면서 착 가라앉은 목소리로 대답했다.

"죽는거야 굉장히 무섭죠. 죽음이 두렵지 않은 사람은 아무도 없잖아요. 하지만 지금 내가 죽임을 당할 이유가 있나요? 당신은 나를 죽일 수 없지요. 사람을 죽이는 경우는 대개 어떤 사실을 남들에게 말하지 못하게 하기 위해서 죽이잖아요. 나는 아직까지 누가 알고 있는 사실을 억지로 말하게 하려고 사람을 죽였다는 말은 들어본 적이 없어요. 죽이고 나면 어떻게 알아낼 수 있겠어요? 그렇게 권총을 들이대고 있어도 결정권은 나에게 있어요. 결정할 권한이 당신에게 옮겨가지 않아요. 내가 할 수 있는 방법도 여러 가지 있어요. 경찰에 전화해도 되지요. 하지만 그렇게 하고 싶지는 않네요. 당신이 그 총을 집어넣을 때까지 그냥 앉아서 기다리겠어요."

그녀가 한 수 위였다. 그는 권총을 집어넣고 한 손으로 눈썹을 문지르며 거친 목소리로 말했다.

"알겠소!"

그녀는 호들갑스럽게 웃었다.

"권총의 덕을 본 것은 어느 쪽인가요? 내 얼굴은 깨끗한데 당신 얼굴은 땀으로 범벅이 되다 못해 아주 새파래졌군요."

그는 겨우 똑같은 말을 되풀이할 뿐이었다.

"알겠소. 당신이 이겼소."

그녀가 보이지 않는 망치를 들고 그의 급소에 계속해서 결정타를 먹였다. 그녀가 상대를 요리하는 기술은 상당히 세련되었다. 망치를 쥐고 있는 손은 아무리 봐도 당돌한 손이었다. 섬세하고도 세련된 손이다.

"흥, 아무래도 나를 협박할 순 없을 거예요. 당신도 무척 재미있는 사람이군요."

그는 고개를 끄덕였다. 그녀에 대해서가 아니라 자기 가슴속에 있는 확신에 대해서 긍정한 것이다.

"좀 앉아도 되겠소?"

그가 이렇게 말하면서 작은 테이블을 가리켰다. 그가 주머니에서 수첩처럼 생긴 것을 꺼내더니 절취선을 따라 조심스럽게 뜯어냈다. 그가 다시 그 수첩 같은 것을 주머니에 집어넣었다. 아무것도 쓰지 않은 네모난 종이 한 장이 그의 앞에 놓였다. 그가 만년필 뚜껑을 열고 그 위에다 무언가를 써내려갔다. 쓰다가 갑자기 얼굴을 번쩍 들었다.

"괜찮습니까?"

그녀는 가식이 아닌 자연스러운 미소를 지었다. 완전히 서로를 이해한 사람들 사이에서만 나눌 수 있는 미소였다.

"당신과는 좋은 친구가 될 수 있을 것 같아요. 조용하면서도 결단력 있는 유쾌한 성격이 마음에 들어요."

이번에는 그가 미소를 지었다.

"이름이 어떻게 됩니까?"

"베어러."

그가 그녀를 물끄러미 바라보다가 다시 몸을 구부리고 하던 일을 계속했다.

"그다지 좋은 이름은 아니군요."

글씨를 쓰면서 중얼거렸다. 그가 100이라는 숫자를 써넣었다. 그녀가 어느새 옆에 다가와서 비스듬히 그것을 내려보고 있었다.

"졸리네요."

그녀는 일부러 하품을 크게 하면서 손바닥으로 입을 한두 번 두드렸다.

"창문을 좀 열어 놓지 그러세요? 방 안 공기가 좀 탁한 것 같아요."

"그것 때문에 그런 게 아니에요."

그녀는 창가로 가더니 창문을 열고는 자기 자리로 되돌아왔다. 그는 다시 '0'을 하나 덧붙였다.

"어떻습니까? 조금 기분이 나아지셨죠?"

그가 빈정거림과 희망을 반반씩 섞어서 물었다. 그녀는 물끄러미 아래를 내려다보면서 대답했다.

"많이 상쾌해졌어요. 이제는 아무렇지도 않은걸요."

"허, 그렇게 금방 말입니까?"

그가 비아냥거리듯이 말했다.

"정말이에요. 전혀 아무렇지도 않은걸요."

그녀가 재미있다는 듯이 말했다. 그가 쓰는 것을 멈추더니 만년필을 손가락 사이에 낀 채로 책상 위를 가볍게 톡톡 두드렸다.

"순서가 바뀐 것 같군요."

"내가 부탁이 있어 당신을 찾아간 것이 아니에요. 당신이 나에게 부탁하러 온 것이지."

그녀는 고개를 숙여 인사했다.

"그럼, 안녕히 가세요."

그는 만년필을 고쳐쥐었다. 잠시 후 그가 열려진 방문 쪽으로 가서 그녀에게 인사를 하려고 허리를 굽혔을 때 엘리베이터가 도착하고 문이 열렸다. 그의 손에는 종이가 한 장 들려져 있었다. 그것은 수첩에서 뜯어낸 것이다. 반으로 접혀져 그의 손가락 사이에 끼워져 있었다.

"귀찮게 방해해서 미안합니다."

자기가 나온 문을 향해서 이렇게 말하는 그의 옆 얼굴에 씁쓸한 미소가 떠올랐다.

"하지만 지루하시지는 않았죠. 너무 늦은 시간에 방문한 것 이해해 주세요. 문제가 너무 심각해서요."

그리고는 그녀가 뭐라고 했는지 이렇게 대답했다.

"그 일이라면 걱정마십시오. 지불정지를 당할 정도라면 처음부터 수표 같은 건 쓰지도 않았습니다. 게다가 뭐 적은 액수니까 신경 쓸 것 없습니다."

"내려가실 건가요?"

엘리베이터 보이가 그를 재촉했다. 그가 잠깐 뒤를 돌아보더니 말을 이었다.

"엘리베이터가 왔군요. 그럼, 안녕히 계십시오."

그는 예의바르게 모자를 벗어 들고 인사하고는 방문을 열어 놓은 채 엘리베이터 쪽으로 급히 걸어갔다. 그녀는 배웅하러 나오지 않았다. 문이 천천히 닫혔다. 그가 엘리베이터에 타더니 손가락 사이에 끼고 있던 종이를 내려다보았다. 갑자기 엘리베이터 보이에게 손짓을 했다.

"잠깐만! 그녀에게 받은 메모지에는 이름이 하나밖에 없잖아."

보이가 엘리베이터의 속도를 늦추더니 되돌릴 준비를 했다.

"되돌아갈까요?"

그는 그러라고 대답할 것처럼 하다가 손목시계를 보았다. 시간이 맞지 않는지 고개를 저으면서 말했다.

"아니, 됐소. 그냥 아래층으로 내려갑시다."

엘리베이터는 다시 속도를 내더니 아래층으로 향했다. 아래층 로비에 내린 그가 잠시 발걸음을 멈추고 그 종이를 쳐다보면서 프런트에 있는 보이에게 물었다.

"여기 적힌 곳으로 가려면 어떻게 가야 합니까? 방향을 잘 모르겠는데."

거기에는 고유명사 두 개와 번지가 적혀 있었다.

'플로라, 1번지, 암스테르담'

"겨우 끝났습니다."

롬버드가 브로드웨이에 있는 어떤 심야영업 약국에서 숨을 헐떡이며 버지스에게 전화를 걸고 있었다.

"이젠 붙잡은 것 같습니다. 단서가 하나 나타났는데, 이번에야말로 정말 결정적인 겁니다. 이야기할 틈이 없어요. 지금 그 근처에 있는데, 당장 그곳으로 가겠습니다. 곧 와 주실 수 있죠?"

버지스가 순찰차를 타고 쏜살같이 달려가는 바람에 하마터면 약속 장소를 지나칠 뻔했다. 다행히도 어느 건물 앞에 롬버드의 차가 멈춰 있는 것을 보았다. 한눈에 빈 차라는 것을 알 수 있었다. 그가 무모하게 달리는 순찰차에서 훌쩍 뛰어내려서 롬버드의 차 쪽으로 달려갔다. 인도로 올라가서 가까이가니 비로소 계단에 앉아 있는 롬버드의 모습이 나타났다. 지금까지는 차에 가려서 보이지 않았던 것이다.

롬버드는 등을 구부리고 계단에 앉아 있어서 처음엔 그가 몸이 좋지 않은 것이라고 생각했다. 그는 윗몸을 무릎까지 구부리고 머리는 땅에 닿을 정도로 늘어뜨리고 있었다. 그런 자세를 본다면 누구라도 위경련이 시작되기 일보 직전이라고 생각할 것이다. 당장이라고 발작으로 뒹굴듯한 자세였다. 셔츠 위로 멜빵을 맨 남자가 두세 발자국 떨어진 곳에서 담배 파이프를 손에 쥐고 안됐다는 듯 그를 쳐다보고 있었다. 발 아래에는 개 한 마리가 얼굴을 삐죽 내밀고 있었다. 버지스의 요란한 발소리가 들려오자 롬버드는 창백한 얼굴을 들었다. 그것은 만사가 귀찮다는 듯한 얼굴이었다.

"도대체 어떻게 된 거요? 당신은 그곳에 가 있겠다고 했잖소?"

"아직 못 갔습니다. 바로 저쪽입니다."

입이 크게 벌어진 동굴처럼 생긴 출입구를 가리켰다. 청동 파이프가 똑바로 서 있는 것이 보였다. 앞쪽 현관에는 검은판에 금색 글자가 새겨져 있었다.

뉴욕 시 소방서

"여기가 그 번지입니다."

롬버드는 손에 들고 있던 메모지를 흔들었다. 옆에 있던 점박이 개가 다가와서 그 종이조각에 콧등을 갖다댔다.

"이름을 '플로라'라고 하더군요. 그런데 여러 사람에게 물어본 결과……."

버지스가 그를 부축해서 일으키고 자동차 문을 열면서 명확한 말투로 말했다.

"얼른 돌아갑시다. 한시가 급합니다."

롬버드가 몸으로 문을 밀었지만 열리지 않았다. 그가 힘겹게 숨을 몰아쉬자 버지스가 만능열쇠를 갖고 올라왔다.

"안에서 아무 소리도 들리지 않아요. 아래층에서 건 전화는 받지 않을까요?"

"아직도 벨이 울리고 있소."

"혹시 도망친 것은 아닐까?"

"불가능합니다. 그녀가 밖으로 나오면서 사람들 눈에 띄지 않을 방법이 없소. 자, 이걸로 열어봅시다. 기를 쓰고 덤비면 다 열리게 되어 있소."

문이 열리자 두 사람은 재빨리 안으로 들어갔다. 그들은 그 자리에 서서 방 안을 살폈다. 현관 홀에서 한 칸 낮게 내려간 곳에 기다란 거실이 있었지만 거기에는 아무도 없었다. 하지만 그 방의 분위기는 두 사람에게 무언가를 암시하고 있었다. 그들은 곧 그것을 깨달았다.

전등은 모두 켜져 있었다. 담배 한 개비가 아직 불이 붙은 채로 발달린 재떨이 위에 놓여 있었다. 옅은 푸른빛의 연기가 나선 모양으로 둥글게 원을 그리며 피어오르고 있었다. 마루의 폭 정도로 큰 창문은 열려져 있고 밤공기 속으로 칠흙같이 검은 하늘을 보여주고 있었다. 한쪽으로는 커다란 별이, 반대쪽에는 그것보다 작은 별이 빛나고 있었다. 마치 등화관제용의 검은 천에 앞정을 눌러놓은 것처럼 보인다.

창문 앞에 은색 구두 한 켤레가 뒤집힌 보트처럼 옆으로 쓰러져 있었다. 기다란 윤이 나는 융단이 마루를 반으로 자르듯이 바로 한 칸 낮게 내려간 곳에서부터 창가까지 깔려 있었다. 그리고 그 융단은 문 쪽의 끝에 잔물결처럼 주름이 잡혀 있었다. 누군가 나가다가 발을 잘못 디뎌서 비틀린 모양이었다.

버지스가 벽을 따라 빙 돌더니 창으로 갔다. 그리고 장식 역할도 하지 못하는 난간에서 몸을 쑥 내밀고 한참 동안 가만히 내려다보고 있었다. 잠시 후에 허리를 펴고 방 안으로 되돌아와서, 아까부터 어쩔 줄 모르고 서 있는 롬버드에게 조용히 고개를 끄덕였다.

"여자는 저기에서 곧바로 떨어졌소. 여기에서도 높은 담으로 둘러싸인 뒤편 빈터에 떨어져 있는 것이 보이는군. 마치 빨랫줄에서 떨어진 빨래 같소. 이쪽 편 창문이 모두 캄캄한 것을 보니 아무도 소리를 듣지 못한 모양이오."

이상하게도 버지스는 이 사건에 대해서 아무런 수습도 하지 않았다. 입도 꽉 닫고 말도 한 마디 하지 않았다. 그를 제외하곤 방 안에서 움직이고 있는 것은 단 하나뿐이었다. 롬버드도 아니다. 그것은 담배에서 피어오르는 연기였다. 버지스의 눈을 꼼짝 못 하게 한 것은 아마 그 연기가 틀림없다. 그는 걸어가서 담배를 집어들었다. 아직 1인치 정도 손가락으로 집을 부분이 남아 있었다. 그는 뭐라고 입속말로 낮게 중얼거렸다.

"우리들이 도착한 순간에 일어난 일이군!"

그는 자신의 담배를 꺼내어 그 두 개를 손가락으로 집어들고 끝을 맞춰 수직으로 세웠다. 연필을 꺼내더니 타다 남은 담배와 똑같은 길이에 표시를 했다. 표시된 자기 담배를 입에 물더니 불을 붙여서 가볍게 한 모금 빨았다. 그리고 담뱃재가 남아 있는 재떨이에 그것을 조심스럽게 얹어놓았다. 담배에서 눈을 떼고 손목시계를 쳐다보고 있었다.

"뭐하는 겁니까?"

롬버드가 관심이 없다는 듯 내키지 않는 목소리로 물었다.

"저 여자가 언제 떨어졌나 알아내려는 것이오. 그러나 이것이 믿을 만한 방법인지는 나중에 전문가에게 물어봐야 하겠지요."

그가 다시 재떨이를 자세히 들여다보다가 자리에서 일어섰다. 다시 담배를 들고 오더니 체온계를 보듯이 치켜올리고 들여다보았다. 다시 손목시계를 보고는 담뱃재를 털어내고 꽁초를 버렸다. 이미 해답을 얻은 모양이었다.

"그녀는 우리들이 들어오기 3분 전에 밑으로 떨어졌소. 내가 창가에서 아래를 확인하고 재떨이 쪽으로 가서 실험할 때까지 1분 정도 걸렸는데, 그 시간은 뺀 것이오. 아마 그녀는 나처럼 가볍게 한 모금밖에 피우지 못했을 것이오. 좀더 시간이 지났다면 담배는 더욱 짧아졌을 테지."

"킹 사이즈였는지도 모르잖습니까?"

"럭키 스트라이크요. 타다 남은 쪽에 있는 상표를 확인했소. 그런 것도 살피지 않을 사람으로 보입니까, 내가?"

롬버드는 그 말에는 대답하지 않고 말했다.

"그렇다면 그녀를 죽인 것이 우리가 아래층에서 건 전화일지도 모르겠군요. 전화벨 소리에 깜짝 놀라 창문 앞에서 미끄러졌든지, 아니면 굴러 떨어졌든지 했을지도 모르지요. 방 안의 모든 상황들이 그렇다고 말해주고 있소. 그녀가 창가에 몸을 기대고 밤 경치를 보고 있습니다. 바깥 공기를 가슴 깊이 들이마시면서 유쾌한 마음으로 장래 계획을 꿈꾸고 있었겠지요. 그때 전화벨이 울렸소. 그때 그녀가 바보 같은 짓을 한 겁니다. 문쪽으로 오려고 서둘렀는지, 몸의 균형을 잃었는지 아니면 구두 때문이었는지도 모르지요. 이 구두는 조금 뒤틀려 있잖소. 낡아서 한쪽으로 기울어진 것이지. 어쨌든 왁스로 깨끗이 닦아놓은 마루 위로 융단이 주르륵 미끄러졌소. 그녀의 발은 한쪽이나 아니면 양쪽이 다 융단에 얹혀져 있었겠지요. 그 발이 융단을 따라 미끄러지며 한쪽 구두가 쑥 벗겨져 공중으로 올라갔을 테고, 몸은 뒤로 기울어졌겠지요. 열려진 창 곁에 있지 않았다면 아무 일도 없었을지도 몰라요. 그냥 엉덩방아만 찧고 끝날 것을 재수 없게도 그녀는 뒤로 벌렁 나자빠지며 공중으로 날아가 저 밑으로 떨어져버린 거요."

그의 말이 끝나자 버지스가 말했다.

"그런데 그녀가 왜 당신에게 주소를 가르쳐주었는지 이해할 수가 없군요. 혹시 장난 아니었을까요? 당신이 볼 때 그녀의 태도는 어땠소?"

"아니요, 장난이라고는 생각지 않습니다. 정말 돈이 필요한 것 같았어요. 분명히 얼굴에 쓰여 있었다고요."

"당신에게 잘못된 주소를 가르쳐주고, 당신이 그곳을 찾아헤매는 동안에 수표를 현금으로 바꿔 도망치려고 했다면 말이 되지요. 하지만 여기에서 두세 구획밖에 떨어지지 않은 곳을 가르쳐준 것을 보면 그것도 아닌 것 같군요. 5분 내지 10분 정도면 당신이 다시 되돌아오리라는 것을 분명히 알고 있었겠지요. 당신은 어떻게 생각하오?"

"글쎄요, 혹시 문제의 그 여자에게 내가 간다는 것을 미리 알려주면서 내가 제시한 것보다 더 많은 액수의 돈을 손에 넣으려고 했던 것은 아닐까요? 그러니까 그 여자에게 연락하는 동안만 나를 따돌리려고 했던 거지요."

버지스는 그 정도 해석으로는 일이 이해되지 않는다는 듯 고개를 양쪽으로 흔들며 똑 같은 말만 여러번 되풀이했다.

"도무지 알 수가 없는 일이야, 도무지 알 수 없는 일이야……."

롬버드가 더 이상 버지스의 말을 기다리지 않고 몸을 돌려서 한쪽 끝으로 어슬렁어슬렁 걸어갔다. 그의 발걸음이 술에 취한 사람처럼 발이 질질 끌렸다. 버지스는 무슨 일이냐는 듯이 그의 행동을 바라보고 있었다. 롬버드의 발걸음은 지금 자기 주위에서 벌어지고 있는 모든 일에 흥미를 잃은 사람처럼 비틀거렸다. 그는 간신히 벽에 다다라서야 기운을 조금 차린 듯이 잠시 멈춰섰다. 끊임없이 계속되는 실망감으로 완전히 기진맥진해서 마침내 체념한 듯한 태도였다. 버지스가 그의 실망을 눈치채지 못한 듯이 멍청하게 바라보는 사이에 롬버드가 한쪽 손을 들었다. 그는 원수라도 때리듯이 눈앞의 벽을 마구 두드리며 소리쳤다.

"이, 병신 같은 놈!"

버지스는 깜짝 놀라서 소리쳤다.

"아니, 무슨 짓이오, 이게? 손이 부러지고 싶소? 벽하고 무슨 원수라도 졌냐고!"

롬버드는 병에 억지로 쑤셔넣은 마개처럼 엉망으로 몸을 웅크리며 비틀었다. 찌그러진 얼굴은 손이 아파서 느끼는 고통이 아니라 절망을 어쩌지 못해서 느끼는 분함을 참지 못하는 모습처럼 보였다. 그는 빠개질 듯 아픈 손을 배에 대고 문지르면서 목이 메이는 목소리로 울부짖었다.

"그놈들은 알고 있어요! 지금 알고 있는 것은 그놈들뿐입니다. 그런데 나는 그것을 알아낼 수가 없단 말이에요!"

20. 사형 집행 3일 전

그는 형무소가 있는 역에서 열차를 내려서 마지막 한 잔을 들이켰다. 하지만 몇 잔을 마신다 해도 현실을 바꿀 수는 없는 노릇이다. 자기가 알려줘야 하는 나쁜 소식을 좋은 소식으로 바꿀 수도 없고, 죽을 운명에 놓인 친구를 살려낼 방법도 없었다.

앞쪽에 우뚝 솟은 음침한 건물로 향하는 급경사의 비탈길을 터벅터벅 걸어가면서 그는 끊임없이 괴로워하고 있었다. 한 사람을 눈 앞에 두고, '너는 죽게 돼' 라고 어떻게 말할 수 있겠는가? 희망의 밧줄이 끊어졌다고, 마지막 빛도 그만 꺼져버렸다는 말을 어떻게 한단 말인가? 그는 자신이 없었다. 하지만 이제 곧 그런 말을 직접 해야만 한다. 차라리 만나지 말고 돌아가는 편이 낫겠다는 생각도 들었다. 지금은 만나봐야 아무 소용도 없을 테니까 나머지 시간이나 편하게 보내게 해주는 것이 사람의 도리가 아닐까?

하지만 그런 꺼림칙한 순간을 맞이해야만 하는 친구의 입장을 되새겨 보았다. 이미 정해진 일이 아닌가! 건물 안으로 들어가자 오싹한 기분이 피부를 파고 들어왔다. 하지만 그는 들어가지 않으면 안 되었다. 이제 와서 물러날 수는 없었다. 이제부터 고통스러운 사흘, 헨더슨을 어중간한 상태로 둔다는 것은 더더욱 견딜 수 없는 노릇이었다. 이젠 절대로 찾아올 희망이 없는 사형집행정지 소식을 기다리며, 금요일의 마지막 밤까지 그것만을 기다리게 할 수는 없었다. 가망도 없는 허무한 희망에 미련을 두고 형장으로 끌려가게 하고 싶지는 않았다.

간수를 따라 2층 독방으로 걸어가면서 그는 천천히 손등으로 입가를 문질렀다.

'오늘 밤 밖에 나가면 정신차릴 수 없을 정도로 술이나 마셔버리겠어!'

그는 고통스런 생각을 또다시 되씹었다.

'이 끔찍한 일이 끝날 때까지 술독에 빠져 병원에 입원이나 할까?'

간수가 옆으로 물러섰다. 드디어 그가 사형집행자가 되기 위해 감방 안으로 들어갔다. 이것이 바로 사형집행이다. 진짜 처형에 앞서서 피를 흘리지 않는 사형이었다. 모든 희망이 산산조각나버리는 순간이니, 간수의 발자국 소리가 낯선 여운을 남기며 멀어져 갔다. 그 뒤에 무서운 침묵이 찾아왔다. 두 사람 다 오랫동안 참을 수 없었다.

"역시 그렇게 됐군."

헨더슨이 조용히 입을 열었다. 그는 이미 모든 것을 이해하고 있다. 적어도 최악으로 극적인 긴장만은 풀린 것이다. 롬버드는 창가에서 되돌아와서 상대방의 어깨를 가볍게 두드리며 말을 꺼내려고 했다.

"이보게 헨더슨."

"괜찮네, 알고 있어. 자네 얼굴에 다 쓰여 있군. 자, 이제 그 얘기는 그만두세."

"그 여자를 또 놓쳐버렸어. 살짝 도망치더니, 이젠 영원히 잡을 수도 없게 되었네."

"그런 얘기는 그만두자고 하지 않았나!"

헨더슨이 짜증스럽게 말했다.

"자네 마음이 어떤지 나도 잘 알아. 하지만 이젠 제발 그만두세."

오히려 그가 롬버드를 위로하자 롬버드는 무너지듯 침대 끝에 주저 앉았다. 헨더슨은 손님에게 자리를 양보하고 자신은 일어서서 건너편 벽에 등을 기댔다. 잠깐이지만 방 안에는 헨더슨이 접는 바삭바삭하는 셀로판지의 소리만 들릴 뿐이었다. 그는 속이 텅빈 담뱃갑의 셀로판지를 둥그렇게 말았다가 정성껏 펴서 원래대로 되돌려놓았다. 이런 장난이라도 하지 않으면 따분해서 견딜 수 없어서 하는 행동 같았다. 이런 분위기에서 견딜 수 있는 사람은 드물 것이다. 드디어 롬버드가 입을 열었다.

"그만두게. 그 소리를 듣고 있으면 내가 미칠 것 같아."

헨더슨은 놀라서 자신의 손을 내려다보았다. 자기가 무엇을 하고 있었는지 깨닫지 못했던 것 같았다.

"이건 오래된 버릇이야. 그만둬야지 하면서도 잘 고쳐지지가 않는군. 자네도 기억하고 있겠지? 기차를 타면 열차 시간표를 이렇게 접었고, 병원에서 차례를 기다리면서 잡지를 한 장 한 장 이렇게 접고 있었지. 또 극장에 가면 프로그램을 갖고 이렇게 접었지."

그가 잠시 말을 멈추고 몽상가 같은 표정으로 롬버드 머리 근처의 벽을 바라다보았다.

"그날 밤 쇼를 보면서도 난 프로그램을 접었어. 참으로 이상한 일이군. 이제 와서 그런 일이 생각나다니. 더 중요한 것을 생각해 냈다면 자네에게 도움이 되었을지도 모르는데 말이야. 아니 왜 그런 얼굴로 나를 쳐다보는 거지? 이제는 더 이상 접지 않잖나?"

헨더슨이 구겨진 셀로판지를 옆으로 버렸다.

"자네, 그 여자와 함께 있었던 날 밤에 그 프로그램은 어쨌나? 극장의 의자나 바닥에 버리고 왔겠지?"

"아, 그 여자가 다 갖고 간 걸로 기억하고 있어. 그 여자가 내 것도 달라고 했어. 그날 밤의 기념으로 간직하고 싶다고 말했던 것 같애. 잘 기억이 나지 않지만 그렇게 말한 것 같아. 어쨌든 그녀가 두 장을 갖고 간 것만은 틀림없는 사실이야. 내 두 눈으로 그녀가 핸드백에 집어넣는 것을 분명히 보았거든."

롬버드는 서둘러 일어섰다.

"대수롭지 않은 단서처럼 보일지도 몰라. 하지만 잘 살펴보면 뭔가가 얻을 수 있을지도 몰라."

"그게 무슨 말인가?"

"지금 한 가지는 확실하다고 말할 수 있지. 그 여자가 그것을 가지고 있다는 것 말야."

"하지만 버리지 않고 지금까지 가지고 있을까?"

"처음에 버리지 않았다면 지금까지 가지고 있을 확률이 높아. 극장의 프로그램 같은 건 애초에 버리거나 아니면 오랫동안 보관해 두거나 하거든. 아무 생각없이 그 자리에서 버리든가, 기념으로 몇 년씩이나 보관해 두는 게 보통이라네. 프로그램을 발견하면 거기서 무언가를 발견할 수 있을지도 모르겠군. 그것만이 자네와 그녀를 연결하는 유일한 공통분모였던 걸세. 그것은 표지부터 맨 뒤까지 위쪽 오른편 귀퉁이가 모두 접혀져 있을 테니까 말야. 무슨 수를 써서라도 그녀가 그 프로그램을 갖고 오게 할 수만 있다면 그녀는 반드시 모습을 나타내게 될 거야."

"그럼 신문광고라도 내겠다는 말인가?"

"응, 그렇게 해볼 생각이네. 주변에는 갖가지 사소한 물건을 열성으로 모으는 사람들이 참 많아. 이를테면 우표, 조개껍질, 성냥갑 같은 것들 말야. 그런 사람들은 그것들을 모으기 위해 정말 많은 돈을 쓰기도 하더라구. 다른 사람이 쓰레기처럼 보는 것들도 그들에게는 값을 계산하기 어려운 보물이 되니까. 한번 수집하기 시작하면 값을 상관하지 않고 무조건 덤벼들거든."

"그래서 어떻게 하겠다는 건가?"

"만일, 내가 극장 프로그램을 모으는 사람이라고 가정해 보자구. 더구나 돈을 여기저기 구애받지 않고 쓸 수 있는 팔자 좋은 백만장자라고 말일세. 또 프로그램 모으는 것이 내게 취미의 한계를 넘어서 일종의 집념이 되어 있다고 말일세. 나는 이 도시의 모든 극장에서 상연하는 프로그램을 전부 손에 넣지 못하면 마음이 편치 못하겠지. 지금 공연되는 것뿐만이 아니라 훨씬 옛날 공연 프로그램까지도 말이야. 내가 불쑥 나타나서 조그만 교환소를 차리고 신문에 광고를 내는 거야. 그러면 갑자기 소문이 퍼지겠지. 나는 광적인 수집가니까 쓰레기 같은 것이라도 프로그램이라면 돈을 준단 말야. 교환소가 생기면 사람들이 모여들게 마련이네. 그러면 신문에서는 사진을 싣고 관련 기사를 쓰겠지. 종종 등장해서 세상을 떠들썩하게 하는 미치광이 중에 한 명으로 말이야."

"그럼 자네가 차린 교환소는 금방 쓰레기장이 되겠군. 그러나 아무리 터무니없이 많은 돈을 쓴다고 해도 그 여자가 관심을 가져야 말이지? 돈 때문에 그걸 들고 나오지 않을지도 모르잖나?"

"아냐, 틀림없이 궁색할 걸세."

"설혹 그렇다고 해도 그녀가 함정이 도사리고 있다는 걸 알아차리지 못 한다고 단정할 수도 없지 않은가."

"그 프로그램은 우리에게는 군침을 흘릴 만한 것일 수도 있지만, 그녀에게는 아무것도 아닌 사소한 물건이야. 대체 그게 무슨 의미가 있겠어? 아마 프로그램의 모서리가 조금씩 접혀져 있다는 것조차 모르고 있을지도 몰라. 만일, 인식하고 있다고 해도 그것이 우리들이 궁금해 하는 것을 해결해줄 단서가 될 수 있다는 것은 꿈에도 생각하지 못할 거네. 자네도 조금 전까지는 생각하지 못 했잖아. 그녀도 아마 그럴 거야. 그녀가 천리안을 가진 것도 아니고, 지금 나와 자네가 이렇게 이 방에서 이야기하는 것을 알 리가 있겠나, 응?"

"아무래도 믿을 수 없는 이야기로군."

"물론 믿을 수 없는 이야기겠지. 그리고 가능성은 천분의 일이야. 그렇다고 해도 어떻게 해서라도 꼭 해보고 말 걸세. 우리 입장에서 이 것을 싫다 좋다 떠들 수는 없는 일 아닌가. 핸디, 나는 꼭 해낼 거야. 알 수 없는 일이지만, 나는 묘한 예감이 들어. 다른 시도는 모두 실패 했지만 이것만은 꼭 성공할 것 같다는 생각이 들어."

그는 등을 돌려서 문 쪽으로 다가갔다.

"그럼, 잘 가게."

헨더슨이 우울하게 가라 앉은 목소리로 인사를 했다.

"그럼, 다시 보세."

롬버드도 밝지 않은 목소리로 대답했다. 헨더슨은 그의 발자국 소리 가 간수와 함께 멀어져 가는 것을 들으면서 생각했다.

'저 친구에겐 지금 확신이 없어. 하기야 나도 마찬가지지만……'

'신문 광고. 전국 조간, 석간에 게재'

오래된 극장 프로그램을 삽니다. 부자 수집가가 자기 수집품의 완성 도를 높이기 위해 미수집품을 특별 가격에 구입합니다. 새 것과 헌것 모두 삽니다. 특히 필요한 것은 이곳에서 오랫동안 상연된 '알험브러' '벨베데르' '카지노' '콜로시엄' 극장의 프로그램입니다. 대량 취급자 및 전문업자의 물건은 사양합니다. 접수기한은 금요일 오후 10시까지 이고 그 후 이곳을 떠날 예정입니다. 프랭클린 스퀘어 15번지 J.L.

21. 사형 집행 당일

시계가 오후 9시 30분을 가리키고 있다. 이제는 쉴새없이 몰려오던 손님도 끊어지고 조용하게 쉴 수 있는 시간이 되었다. 마지막으로 보냈던 두 명의 손님들이 심하게 변덕스럽게 구는 바람에 힘이 들었다. 가게 안에는 롬버드와 그를 도와주는 젊은 남자만이 남아 있었다.

롬버드가 피곤에 지친 몸을 의자 깊숙이 파묻으면서 깊은 한숨을 내쉬었다. 아랫입술을 쭉 빼고 이마 쪽으로 한숨을 내뱉는 모습이 어지간히 지쳐보인다. 위로 올라간 바람이 이마에 헝클어져 있는 머리카락을 날린다. 롬버드가 맨 조끼차림인 채로 셔츠의 단추를 풀어재꼈다. 바지 뒷주머니에서 손수건을 꺼내어 얼굴을 닦자 손수건이 시커멓게 되었다. 손님들이 가져온 연극 프로그램은 온갖 오물과 먼지투성이여서 그것을 받는 사람은 그 먼지를 온통 뒤집어 쓸 수밖에 없었다. 사람들은 먼지가 많으면 비싸게 보인다고 생각하는 모양이었다. 롬버드는 손수건으로 손까지 닦고 나서 손수건을 바닥에 던지며 뒤를 향해 말했다.

"어이, 제리! 그만 퇴근하지. 문 닫을 시간이 다됐어. 바쁜 시간도 지났고 가게문도 30분 후면 닫을 거야."

온갖 종류의 연극 프로그램들이 어수선하게 쌓여 있는 틈새에 누워 있던 스무살도 채 안 돼 보이는 젊은 청년이 롬버드의 말이 끝나자마자 벌떡 일어서더니 주섬주섬 웃옷을 걸쳤다

"자, 3일치 일당이야. 15달러."

청년이 아쉬움이 남는 목소리로 말했다.

"내일부터 나오지 않나요?"

"그래, 나도 나오지 않을 거야."

롬버드도 덩달아 우울한 표정을 지으며 말했다.

"너만 괜찮다면 나중에 이것들을 고물상에 팔아도 좋아. 많지는 않아도 돈이 될 거야."

청년이 눈을 크게 뜨면서 말했다.

"사흘 내내 사서 모았는데 그걸 다시 고물상에 팔아버리다니요?"

"내가 원래 성격이 괴팍하거든. 하지만 그때까지는 잠자코 있어도 돼."

청년은 무언가 이상하다는 듯 롬버드를 흘끔흘끔 돌아보면서 밖으로 나갔다. 롬버드는 청년이 자기를 미친놈이라고 여길 거라고 생각하니 헛웃음이 났다. 하긴 스스로 생각해도 미친 짓이 틀림없었다. 그녀가 나타나서 일이 제대로 될 것이라고 기대한 것부터가 애시당초 잘못된 판단이었다. 너무 쉽게 일을 벌였다는 생각을 지울 수가 없었다.

청년이 밖으로 나가는 순간 어떤 젊은 여자가 가게 앞으로 지나갔다. 청년이 나가는 것을 눈으로 쫓고 있던 롬버드에게 여인이 앞을 가려서 청년이 보이지 않는 것이 조금 신경에 거슬렸다. 단순히 그런 느낌이었을 뿐이다. 여자가 문 앞을 지나가다가 잠깐 멈춰섰다. 걸음을 멈춘 것은 잠시였고 곧 다시 걷더니 텅 빈 쇼윈도우 건너편으로 자취를 감추었다. 그 짧은 순간에 롬버드는 왠지 그녀가 가게 안으로 들어올 것만 같다는 느낌에 사로잡혔다. 할 일 없이 앉아 있으려니 별 생각을 다한다고 느끼는 순간 짧은 휴식도 끝이 났다. 검은 색 안경을 낀 노인이 지팡이를 옆에 끼고 불쑥 가게 안으로 들어선 것이다. 털코트를 입고 있는 노인을 따라서 택시 기사도 가게 안으로 들어왔다. 택시 기사는 낡아빠진 작은 트렁크를 질질 끌면서 들어왔다. 가게로 들어온 노인 손님은 과장된 몸짓으로 다가오더니 롬버드가 업무를 보는 테이블 앞에 턱 버티고 섰다. 노인의 행동이 롬버드에게는 적지 않게 당황스러운 것이었다. 억지로 꾸민 듯 과장된 행동을 하는 게 처음에는 실제 상황이 아니고 연극을 보고 있다는 착각을 일으킬 정도였다.

롬버드가 잠시 당황하면서 천장을 쳐다본다. 프로그램을 가지고 오는 사람과 하루 종일 씨름했지만 이렇게 프로그램을 트렁크 한 가득 채워서 가지고 온 사람은 처음이었다.

"안녕하시오!"

우렁찬 목소리가 가게 안에서 쩌렁쩌렁하게 울렸다. 아주 오래전, 말하자면 가스등으로 스포트라이트를 비추던 시절의 연극배우가 무대에서 하는 말투 같았다. 평소에 이렇게 말하는 사람이라면 연극 분야에서 만만치 않은 실력을 가진 사람이라는 생각이 들었다.

"당신 정말 굉장한 행운을 잡은 거요. 당신 광고를 내가 보지 못했으면 어쩔 뻔 했소? 내가 가지고 있는 자료들이 얼마나 희귀한 것들인지 알면 깜짝 놀랄 거요. 아무도 가지고 있지 않은 자료들이 이 트렁크 속에 가득 차 있소. 자, 먼저 추억어린 제퍼슨 극장 것부터 보여드리겠소."

롬버드는 황급히 손사래를 치면서 거절했다.

"제퍼슨 극장 것들은 관심없습니다. 벌써 다 가지고 있어요."

"그래요? 그럼 올림피아 극장은 어떠신가요? 그것뿐 아니라……"

"아니, 보지 않아도 됩니다. 어떤 것들을 가지고 계신지 모르겠지만 이젠 살만큼 샀습니다. 여러 종류를 다 샀거든요. 이제 불 끄고 문 닫으려는 참이었습니다. 혹시 카지노 극장의 먼젓번 공연이라면 또 모르겠군요, 그것도 가지고 있으신가요?"

"카지노 극장이라고!"

노인이 약간 흥분했는지 롬버드의 얼굴에 침까지 튀기면서 소리쳤다.

"지금 나한테 카지노 극장의 프로그램이 있느냐고 묻는 거요? 그 따위 시원찮은 카지노 극장 것을 말이요! 나를 너무 우습게 보는거 아니오? 이래뵈도 왕년에는 이 미국 땅에서 가장 뛰어난 비극 배우라고 칭송받던 사람이 바로 나요!"

"아, 그러세요, 몰라봐서 죄송하군요."

롬버드가 시큰둥하게 대답했다.

"이거 참, 유감스러워서 어쩌나요. 저한테는 별로 필요한 게 없네요."

택시기사가 트렁크를 끌고 밖으로 나갔다. 뒤따라 나가던 트렁크 주인이 가게 문을 나가기 전에 멈춰섰다.

"허, 뭐라고, 카지노 극장이라니!"

그가 짤막하게 뱉듯이 말하고는 밖으로 휑하니 사라져버렸다.

그런데 조금 후에 막일을 하는 것처럼 보이는 허름한 노파 한 사람이 가게 안으로 들어왔다. 어디 외출이라도 하는지 커다란 모자를 쓰고 있는 노파였다. 모자 위에는 장미꽃 여러 송이가 장식으로 꽂혀있었다. 꽃이라고는 하지만 쓰레기통에서 주웠거나 아니면 어느 구석에서 수십 년 동안 처박혀 있었던 것처럼 보였다. 축 처진 양쪽 볼은 붉은 색을 띠고 있어서 열병이라도 걸리지 않았는지 걱정스러울 정도였다. 그 위에 세월의 흔적을 가리려는 듯 덕지덕지 화장한 것도 흔적이 적나라하게 나타났다.

롬버드가 동정하는 듯한 시선으로 노파를 쳐다보는 순간, 오그라진 노파의 작은 등 뒤로 아까 잠시 보였던 여인의 모습이 눈에 들어왔다. 그녀의 행동이 눈 깜짝할 사이에 지나가 버렸던 아까와는 조금 달랐다. 잠시 동안이지만 가게 앞에서 발걸음을 멈추고 서있었다. 더구나

자기가 선 곳이 가게 입구를 조금 지났다고 생각했는지 크게 뒷걸음질 쳐서 열려 있는 가게문의 정면에 멈춰서는 것이 아닌가. 그녀는 잠시 눈을 돌려 흘깃 가게 안을 훑어보더니 다시 걸어가 버렸다. 행동으로 보아 가게 안에 관심을 가지고 있는 것처럼 보였다. 하지만 이번 일은 지나다니는 사람의 관심을 끌기 위해서 광고와 선전을 많이 했기 때문에 어떤 여자가 관심을 가지고 두 번씩이나 기웃거렸다 해도 이상할 것은 없다. 문을 열었던 첫날에는 사진을 찍겠다고 카메라를 들고 몰려온 사람들도 많았다. 어디를 다녀오던 여자가 돌아오는 길에 다시 한 번 지나치면서 기웃거린 것일 수도 있다. 또 가던 길로 다시 돌아오는 것도 별다르게 생각할 일은 아니었다.

롬버드가 잠시 스치고 지나간 젊은 여자에 대해 신경을 쓰는 사이에 막일하는 것처럼 보이는 노파가 롬버드에게 다가오더니 주저주저 망설이면서 말했다.

"저, 젊은 양반, 낡아 빠진 프로그램을 사신다니, 정말이우?"

그가 노파를 쳐다보면서 간단하게 대답했다.

"어떤 물건인가요."

노파가 팔에 걸려있던 장바구니를 뒤적이더니 뭔가를 꺼내면서 말했다.

"몇 장 안 되지만 혹시나 해서 가져와 봤수. 모두 내가 합창단에서 일할 때 모아둔 것이라오. 전부 가져 온 거유. 내가 정말로 소중하게 간직하던 것들이야. '미드나잇 램블스'하고 1911년의 '플로릭스' 같은 것들도 있어."

주섬주섬 프로그램을 꺼내는 노파의 손이 아쉬움에 부들부들 떨렸다. 그리고 자기 말을 믿어달라는 듯이 노란색의 프로그램을 한 장씩 넘겨서 보여주었다.

"여길 보세요, 이게 내 이름이라우. 도리 골든, 내가 그때 쓰던 예명이지요. 이 마지막 공연에서 나는 청순한 아가씨 역을 맡았었지."

롬버드는 사람에게 시간보다 잔인한 것이 없다는 생각이 들었다. 아주 천천히 그리고 지독한 방법으로 사람을 죽이는 살인자 시간, 그러나 시간은 결코 처벌받는 일이 없다. 그는 프로그램은 쳐다보지도 않고 수없이 많은 고생으로 등껍질처럼 거칠은 노파의 손에만 눈길을 주었다.

"한 부에 1달러 드리겠습니다."

짤막하게 말하고는 지체없이 지갑을 꺼냈다. 그의 말에 기쁨이 넘친 노파가 울먹이며 연신 인사를 해댔다.

"정말 고맙수, 젊은 양반!"

노파가 갑자기 롬버드의 손을 잡더니 입을 맞추었다. 그가 미처 손을 빼낼 틈도 없었다. 눈물에 화장이 번져서 분홍색 눈물이 흘러내렸다.

"저것이 그 정도까지 비쌀 거라고는 상상하지도 생각지도 못했다오."

사실로 따지면 그런 가치가 있는 것들은 아니었다. 아니 단돈 한 푼어치의 값어치도 없어서 가치를 따질 필요조차 없는 것들이었다.

"그럼, 할머니, 이 돈을 받으세요."

그는 동정하듯이 돈을 꺼내주었다.

"아, 이제는 밥을 사먹을 수 있겠네. 맛있는 밥을 사먹어야겠어!"

뜻밖의 횡재에 놀란 노파가 비틀거리며 밖으로 나갔다.

노파가 사라지자 뒤에서 말없이 서 있던 젊은 여인의 모습이 눈에 들어왔다. 언제 왔는지 노파에 가려서 보이지 않았던 모양이다. 벌써 두 번이나 가게 앞을 지나갔던 그 여자였다. 지나갈 때 잠깐씩 보았지만 그 여자가 틀림이 없었다. 그런데 여태까지 젊다는 느낌이었지만 실제로 가까운 거리에서 보니 생각보다는 훨씬 나이가 많았다. 나이도 나이지만 여자로서의 매력도 모두 사라진 듯한 여인이었다. 아주 젊다는 느낌을 준 이유는 나이가 들었지만 젊었을 때의 날씬한 몸매가 아직 그대로 남아 있었기 때문인 것 같았다. 그녀의 인상도 굉장히 거친 편이었다. 거친 모습이 조금 다르기는 하지만 앞에 나간 노파와 거칠기는 매한가지였다.

롬버드는 날카로운 것으로 목 뒤를 찔린 듯한 느낌이었다. 그녀를 한 번 보고는 상대방과 눈을 마주치지 않으려고 다른 곳을 보거나 일부러 눈을 감기도 했다. 당황한 자기 얼굴을 상대방에게 들키지 않으려는 노력이었다. 짧은 순간 그의 머릿속에 여러 가지 생각들이 스쳤다. 바로 조금 전까지는 멋진 여자라고 생각했었다. 지금은 그녀에게서 아름다움이란 느낌이 급격히 사라져 버렸다. 물론 교양이나 지성미 그리고 세련된 품위 같은 것들은 어딘가 숨겨져 있을지도 모른다는 느낌은 있다. 하지만 그런 것들이 있다고 해도 내면의 깊은 곳에만 숨겨져 있을 뿐이다. 거칠고 딱딱해진 외모만을 본다면 숨겨진 그런 교양은 이제 영원히 나타날 수 없을 것 같았다. 이런 불행에서 허덕이는 그녀를 구하는 것은 불가능한 일처럼 보인다.

짧은 순간이었지만 그녀에 대한 생각이 꼬리에 꼬리를 물고 끝없이 계속되었다. 그녀가 이렇게 거칠게 변해버린 것은 참을 수 없는 절망에 빠져 밤낮없이 괴로워했기 때문인지도 모른다. 아니면 전에 없이 심한 가난에 빠져버렸거나 마음의 아픔으로 밤낮없이 술만 마셔댔기 때문인지 모른다. 많은 술을 마신 흔적은 그녀의 외양 여기저기에서 찾아 볼 수 있었다. 앞에 어떤 이유가 있었던 간에 그녀가 거칠어진 직접적인 원인은 술이었다. 한때는 참기 힘든 고민과 번뇌, 후회와 불안 같은 것들이 그녀의 가슴을 뒤집어 놓았을 것이다. 그리고 그런 괴로움을 참아내려고 술에 빠졌을 것이다. 이제는 원래의 괴로움이 어디에 있는지 알 수 없지만 술 때문에 망가진 몸은 고스란히 남아 있는 것이다. 그녀가 과거에 어떤 여인이었는지를 짐작할 수 있게 해주는 유일한 흔적은 그녀의 눈에 아직 생기가 남아 있다는 것이었다. 지금 비록 어려운 곤경에 처해 있지만 그녀에 눈에 남아 있는 생기에서 만만치 않은 여유가 묻어나고 있었다. 인생을 달관한 여유라고나할 수 있는 그런 것이었다. 인생의 막다른 코너에 몰리면 더 이상 추해지지 않고 변두리 여인숙에서 스스로 삶을 마감해 버릴 수 있는 여자에게서나 볼 수 있는 그런 여유였다.

자세히 보면 세끼 밥도 제대로 챙겨먹지 못하는 것 같았다. 양 쪽 볼이 움푹 파이고 앙상한 광대뼈가 거친 피부에 쌓여 있었다. 입고 있는 옷은 위아래 온통 검은빛이다. 검은 색이지만 미망인의 상복은 아니고 유행에 맞춰서 입은 옷도 아니다. 검은 옷은 때가 묻어도 표가잘 안 난다고 그 옷 한 벌만 입고 지냈는지 어쨌든 짙은 검은색이었다. 심지어 스타킹까지 검은 색이었다. 구두는 낡고 닳아서 뒤꿈치에하얀 초생달 무늬가 생겨 있었다.

그녀가 낮은 목소리로 말을 시작했다. 역시 밤낮없이 값싼 위스키만마신 것처럼 건조하고 갈라진 목소리였다. 쉰 목소리로 마구잡이 이야기를 하고 있었지만 어딘가 교양이 있을 거라는 느낌이 있었다. 그녀가 쓰는 비속한 단어들도 여러 사람들에게서 주워들은 것들이지 원래 그런 말밖에 모르고 세련된 단어는 쓸 줄 몰라서 그런 것은 아닌듯했다.

"프로그램 살 돈이 이미 빵꾸나 버린 것은 아니죠? 혹시 내가 너무늦은 건 아닌가요?"

"우선 물건이 어떤지 보기나 합시다."

롬버드가 가볍게 대하지 못하고 신중하게 대답했다. 그녀가 그럴듯하게 생긴 커다란 핸드백을 열더니 두 장의 프로그램을 꺼냈다. 두시즌 전에 리자이너 극장 무대에서 막을 내렸던 뮤지컬 프로그램이다. 두 장 모두 같은 날, 같은 공연의 프로그램이었다. 롬버드에게 갑자기 엉뚱한 생각이 스치고 지나갔다. '이 여자는 그때 어떤 남자와 함께 이 뮤지컬에 갔을까? 그때는 아마 생활도 넉넉했을 것이고 옷도 그럴듯하게 차려입었을 테지. 자기 형편이 이렇게 오그라지리라고 상상이라도 해봤을까?' 속으로 이런 생각을 했지만 겉으로는 장부를 펼쳐들고 수집에서 빠진 것들이 무엇인지 살펴보는 척했다.

"아, 이건 없는 거군요. 어, 7달러 50센트 드리지요."

순간 여자의 눈이 반짝 빛났다. 롬버드는 이걸로 그녀를 유혹해보자고 생각하면서 슬그머니 미끼를 던졌다.

"이게 다인가요? 기회는 오늘이 마지막입니다. 오늘 밤에 가게가 문을 닫으니까요."

그가 핸드백 쪽으로 눈길을 주면서 말하자 그녀도 잠시 주저하는 척했다.

"그런데 한 장짜리도 사실 수 있나요?"

"그럼, 지금 어떤 것을 가지고 계신데요."

그녀는 핸드백으로 다시 손을 넣더니 프로그램을 한 장 꺼냈다. 그가 얼른 핸드백 안쪽을 보려고 했지만 입구가 그녀 쪽으로 열려 있어서 안이 보이지 않았다. 그녀가 재빨리 핸드백을 닫아 버리더니 꺼낸 프로그램을 펼쳐서 롬버드 쪽으로 내밀었다.

'카지노 극장'

드디어 사흘 만에 처음으로 모습을 드러낸 최초의 프로그램이었다. 롬버드의 목구멍으로 침이 꿀꺽하고 넘어갔지만 아무렇지도 않은 듯 페이지를 넘겨보았다. 먼저 작품 소개가 있는 페이지를 펼치고 살펴보았다. 다른 프로그램과 마찬가지로 날짜가 주 단위로 표시되어 있었다.

'5월 17일부터 일 주일간'

그의 숨이 멈추는 듯했다. 바로 그 주다. 틀림없는 그 주다. 바로 5월 20일 밤의 것이다. 롬버드는 그녀가 자기 눈빛이 변한 것을 알아차리지 못하게 얼굴을 숙였다. 하지만 프로그램의 오른 쪽 귀퉁이가 접혀져 있는 페이지는 없었다. 접었다 편 흔적도 없었다. 만일 접었다면 틀림없이 접혀진 자국이 남아 있을 것이다. 이 프로그램은 애초에 접은 것이 아니다. 그는 시치미를 떼고 다른 이야기를 했지만 어딘가 어색하게 들린다.

"이것의 짝은 없나요? 대부분 두 장을 한 쌍으로 만드는데. 짝이 있으면 값을 많이 쳐드릴 수 있습니다."

그녀가 무언가 주저하는 눈치를 보이면서 롬버드를 쳐다보았다. 순간 핸드백을 잡은 그녀의 손에 힘이 들어가는 것이 보였다. 아주 작은 동작이었지만 그의 눈에 틀림없이 보였다. 그때 그녀가 살그머니 손을 놓으면서 말했다.

"내가 프로그램을 인쇄라도 하고 있다고 생각하시는 모양이죠?"

"가능하면 두 장을 한꺼번에 사고 싶은 겁니다. 당신 혼자서 그 쇼를 보러가지는 않았을 거 아닙니까? 다른 한 장은 어쩌셨나요?"

롬버드의 질문에 그녀 마음에 걸리는 것이 있었는지 불안한 눈빛으로 좌우를 살펴보는 행동을 취했다. 마치 자기가 무슨 함정에 빠지지 않았는지 살펴보는 것처럼 보였다. 이어서 테이블로부터 한 두 걸음 뒤로 물러나면서 말했다.

"내가 가지고 있는 것은 한 장이 전부예요. 사시겠어요, 안 사시겠어요?"

"그러면, 돈을 많이 드릴 수가 없어요."

그녀는 한시라도 빨리 밖으로 나가고 싶어하는 것 같았다.

"좋아요. 작아도 좋아요."

그녀는 선 자리에서 몸을 앞으로 숙이고 손을 뻗어 돈을 받았다. 롬버드가 그녀를 강제로 끌어서 다시 테이블 오도록 할 수는 없었다. 그녀가 그대로 나가려고 문 가까이로 갈 때 그가 소리를 지르듯이 말했다. 마음은 다급했지만 최대한 절제해서 온화한 목소리였다. 그녀가 조금이라도 경계심을 가지지 않도록 하기 위해서였다.

"잠깐만 여기로 오실 수 있나요? 중요한 것을 생각 못했었습니다."

그의 말이 떨어지는 순간 그녀가 뒤로 돌더니 의심에 가득 찬 눈빛으로 쳐다보았다. 그녀의 동작은 누가 불렀을 때 자연스럽게 돌아보는 동작이 아니었다. 얼굴 표정에 경계심이 가득했다. 롬버드가 자리에서 일어서면서 손가락을 까닥거리며 가까이 오라는 신호를 보냈다. 그 순간 누가 목이라도 조르는 것처럼 비명을 지르면서 쏜살같이 달려 나갔다. 눈 깜짝 할 사이에 가게문 밖으로 사라져 버리고 말았다.

롬버드가 험악한 기세로 앞을 가로막고 있는 테이블을 옆으로 재껴 버리더니 날듯이 뒤를 쫓았다. 그의 기세가 얼마나 험악했던지 그를 도와주던 젊은 청년이 힘들여서 쌓아 놓았던 프로그램 더미가 와르르 무너져서 온천지에 눈송이처럼 날렸다. 그가 문밖으로 나왔을 때 여자가 다음 모퉁이를 향해서 정신없이 달리고 있었다. 마음은 조급했지만 하이힐을 신고 있어서 제대로 달리지도 못했다. 뒤를 돌아본 그녀의 눈에 무서운 기세로 쫓아오는 롬버드의 모습이 보였다. 그녀는 아까보다 더 큰소리로 비명을 질러대며 죽어라고 달려서 도망쳤다. 그녀가 다음 모퉁이를 돌아 골목으로 접어들 때는 롬버드와의 간격이 이미 반으로 줄어 있었다.

여자는 멀리 도망치지 못하고 골목에 접어들자마자 롬버드에게 잡히고 말았다. 골목을 돌자마자 2, 3야드 앞에 주차된 자동차가 그녀의 앞을 가로막고 있었다. 마치 이런 상황이 있을 줄 미리 알고 차를 세워놓은 듯했다. 롬버드가 여자를 앞질러 길을 막더니 그녀의 양 어깨를 잡아채서 건물 벽으로 밀어붙였다.

"자, 꼼짝하지 마!"

그가 숨이 넘어가듯 헐떡이고 있었다. 그녀는 아무 말도 할 수 없었다. 술에 절어서 살아온 그녀는 숨조차 제대로 쉴 수 없는 상태였다. 질식하기 직전이다.

"마, 말할게요. 내, 내가 뭘 어쨌다고 이러세요?"

"그럼, 왜 도망쳤지?"

"기분이 안 좋았어요, 쳐다보는 당신 눈빛이……."

여자가 괴로움을 참으며 간신히 말했다.

"그럼, 핸드백 열어 봐. 어서 열엇! 안 열면 내가 열겠다."

"이 손 좀 놓으세요. 내가 열겠어요."

그는 더 이상 오래 실랑이를 벌이고 싶지 않았다. 세차게 핸드백을 잡아채는 바람에 끈이 끊어져버렸다.

여자가 도망가지 못하도록 벽으로 밀어붙인 다음 핸드백을 열고 손을 넣었다. 조금 전에 가게에서 내놓았던 것과 똑같은 프로그램이 한 장 더 있었다.

그는 핸드백을 땅에 팽개치고 나서 두 손으로 그것을 펼쳤다. 하지만 모든 면이 단단히 붙어 있어서 펼쳐지지 않았다. 비틀어서 찢듯이 잡아떼지 않으면 안 되었다. 표지부터 맨 뒤까지 모두 면의 오른쪽 귀퉁이가 꼼꼼하게 접혀져 있다. 가로등의 희미한 불빛에 얼핏 보니 앞의 것과 똑같은 날짜다.

스코트 헨더슨의 프로그램이다. 드디어 스코트 헨더슨의 구겨져서 볼품없는 프로그램이 되돌아온 것이다.

아무렇지도 않다는 듯이 그의 삶이 종지부를 찍는 운명의 날에야 간신히 돌아왔다.

22. 사형 집행 시간

오후 10시 55분 드디어 종말이다. 어떤 일이든 끝이라는 것은 정말로 슬프기 그지없다.

날씨가 따뜻했지만 그는 온몸으로 추위를 느끼면서 떨고 있다. 땀으로 흠뻑 젖은 그의 몸이 끊임없이 덜덜 떨리고 있었다. 그는 마음속으로 혼잣말을 계속해서 되풀이하고 있었다.

'나는 두렵지 않아.'

목사의 설교 따위는 귀에 들어오지 않는다. 그렇다고 귀에 들리지 않는 것은 아니다. 그저 귀에 들려올 뿐이지 제대로 들을 수는 없다. 그렇다고 그를 나무랄 수 있는가? 지금 그의 가슴으로부터 자연의 본능적인 감각으로 느낄 수 있는데.

그는 침대 위에 가만히 엎드려서 잠이라도 청해보려고 했다. 정수리를 짧게 깎은 머리가 침대 끝에서 마루로 축 쳐져 있다. 그의 옆에 앉은 목사가 두려움을 진정시키려는 듯이 한 손으로 어깨를 쓰다듬어주고 있었다. 그의 어깨가 들썩거릴 때마다 거기에 얹혀진 목사의 손도 한 몸처럼 같이 흔들거렸다. 하지만 목사는 앞으로 적어도 몇 십 년은 더 살 것이다. 어깨는 계속 일정하게 흔들리고 있다. 자신의 죽음을 안다는 것은 정말로 무서운 일이다.

목사가 시편 23장을 읽는 소리가 낮게 이어졌다.

"그가 나를 푸른 풀밭에 누이시며⋯⋯."

그 소리에 마음의 위로는 고사하고 기분만 더욱 상하게 할 뿐이었다. 그는 천국 같은 건 믿지도 않았다. 그가 믿는 건 오직 현세뿐이다.

몇 시간 전에 먹은 닭튀김하고 와플, 그리고 복숭아 케이크가 명치를 꽉 막고 있다. 어딘가 걸려서 전혀 소화가 되지 않는 느낌이다. 어차피 소화되지는 못할 것이다. 그만한 시간이 없을 테니까.

이어서 남은 시간이 담배 한 개비도 다 피우지 못하고 중간에 꺼야 할지 모른다는 생각도 들었다. 그들이 저녁식사를 가져오면서 담배도 두 갑 갖다 주었다. 아직 두세 시간밖에 지나지 않았지만 한 갑은 벌써 연기로 사라져버렸다. 남은 한 갑도 이미 반쯤은 비어 있을 것이다. 지금 이 순간에 고작 그런 것에 마음 쓴다는 것이 얼마나 바보스러운지는 그도 잘 알고 있다. 담배 한 개비를 끝까지 피우나 한 번 빨고 버리나 지금 이 시간에 달라질 게 뭐가 있단 말인가? 그러나 그는 평생을 그렇게 아끼는 것을 삶의 신조로 삼고 살아온 사람이었다. 일상 습관이란 그렇게 간단히 사라지는 것이 아니다. 그가 목사의 낮은 노래 소리를 가로막으며 그것을 물어보았다. 그러자 목사는 그의 물음에 답하지 않고 성냥불을 그어서 그에게 내미는 것이었다.

"한 개비 더 피우시오."

그 뜻은 결코 시간이 많지 않음을 말하는 것이다. 그가 머리를 떨군다. 창백해진 입술을 비집고 담배 연기가 뭉게뭉게 흘러나왔다. 목사의 손이 공포를 가라앉히려는 듯이 그의 어깨를 다시 감쌌다.

돌로 만들어진 바깥의 복도에서 조용하면서도 무서울 정도로 천천히 걸어오는 발소리가 들려왔다. 그 소리가 들리는 순간 길게 늘어서 있는 사형수 감방들이 침묵 속에 빠져들었다. 스코트 헨더슨은 머리를 들지도 못했다. 점점 더 아래로 수그려진다. 담배가 툭 떨어지더니 바닥에서 굴렀다. 그의 어깨를 누르고 있던 목사의 손에도 힘이 들어갔다. 마치 그를 침대에 고정시키려는 것 같았다. 발소리가 멈췄다. 헨더슨은 그들이 감방 앞에서 자기를 쳐다보고 있을 것이라고 느껴졌다. 그는 그쪽을 쳐다보지 않으려고 했다. 하지만 참을 수가 없다. 그의 마음과는 달리 머리가 들리더니 입구 쪽으로 향해서 물었다.

"마지막인가요?"

천천히 감방의 철문이 열리더니 형무소장이 말했다.

"이제, 시간이 되었습니다, 스코트."

스코트 헨더슨의 프로그램, 불쌍한 스코트 헨더슨의 프로그램이 버려져서 물 위에 떠다니는 빵처럼 보였다. 그가 물끄러미 그것을 쳐다보았다. 여자에게서 낚아챈 핸드백은 그대로 발밑에 구르고 있었다. 여자가 그 틈을 타서 자기의 어깨를 움켜잡고 있는 그의 손을 벗어나려고 몸을 비틀었다.

그는 우선 프로그램을 안주머니에 조심스럽게 쑤셔 넣었다. 그리고 두 손으로 여자를 잡아채더니 보도 위로 질질 끌면서 자기 차가 있는 곳으로 갔다.

"자, 어서 타라! 인간의 탈을 쓴 이 냉혈한 같으니! 함께 갈 데가 있다! 이미 알고 있겠지만, 지금 너는 도저히 돌이킬 수 없는 짓을 한 거야!"

여자가 한참 동안 차에 타지 않으려고 반항했지만, 결국은 밀려서 차안으로 들어가고 말았다. 그녀가 무릎으로 기어들어가 자리에 앉았다.

"부탁입니다. 내려주세요."

그녀가 울면서 소리쳤다.

"어떻게 이런 짓을 할 수 있어요! 누구 좀 도와주세요! 여기는 이런 깡패를 잡아갈 경찰이 한 명도 없나요!"

"경찰이라고? 경찰이라면 얼마든지 있지. 지금부터 싫증날 만큼 만나게 해주마. 나중에는 경찰을 보기만 해도 속이 메슥거릴 거다."

그는 반대편 문으로 도망치지 못하도록 재빨리 여자를 태웠다. 자기에게 덤벼드는 여자를 밀어붙이면서 그도 자기 쪽의 문을 간신히 닫았다. 여자가 시끄럽게 날뛰자 조용히 하라고 뺨을 두 번 후려갈겼다. 처음 한 대는 단순한 위협이었지만, 두 번째는 정말로 입을 닥치게 하기 위한 것이었다. 그가 운전대로 몸을 굽혔다.

"나는 지금까지 여자를 이렇게 거칠게 다루어 본 적이 없었어. 하지만 너는 여자가 아니야. 여자의 탈을 쓴 괴물, 쓰레기야!"

그가 허연 이를 드러내면서 소리쳤다. 자동차가 방향을 바꾸더니 쏜살같이 달려나갔다.

"당신, 지금부터 진저리치도록 신나게 드라이브할 거야. 가능하면 조용히 있는 게 좋을 거야. 운전하는 도중에 큰소리치거나 이상하게 행동하면 그때마다 아까처럼 선물을 줄 테니까. 모든 게 당신 하기에 달렸으니까, 알아서 하라고!"

그녀도 무모하게 날뛰기를 포기했는지 공기가 빠진 풍선처럼 좌석에 파묻혀서 멍하니 눈만 껌뻑이며 앉아 있었다. 차는 몇 번이나 길모퉁이를 돌았다. 앞에서 달리는 다른 차들을 추월하면서 빠른 속도로 달리고 있었다. 차가 빨간 신호에 걸려서 멈췄을 때 그녀가 물었다. 이제는 도망갈 생각을 아예 포기했는지 목소리가 차분했다.

"도대체 나를 어디로 데려가는 건가요?"

"몰라서 물어? 모르는 거야, 모르는 척 하는 거야?"

그의 목소리가 날카롭게 날이 서 있었다.

"그럼……, 그 사람이 있는 곳?"

여자의 목소리에 체념이 묻어났다.

"맞아, 그가 있는 곳, 이제야 좀 사람 같네!"

그가 다시 가속페달을 힘차게 밟았다. 두 사람의 머리가 동시에 뒤로 흔들린다.

"당신 같은 여자는 욕을 바가지로 얻어먹어도 싸. 아무 죄도 없는 사람을 생죽음을 당하게 만들다니. 당신이 나와서 한마디만 했어도 그는 살 수 있었잖아."

"역시 내 생각대로 그것 때문이군요."

그녀가 힘없이 말하더니 고개를 숙여서 눈을 내리깔고 자기 손을 쳐다보았다. 잠시 말없이 있더니 다시 입을 열었다.

"그게 언제지요? 오늘 밤인가?"

"그래, 오늘 밤이야."

속도계 유리에 빛나고 있는 여자의 눈이 희미하게 비쳤다. 상황이 그렇게 급박한지 미처 몰랐다는 표정이다.

"몰랐군요. 상황이 그렇게 급한 일인 줄은요."

그는 꿀꺽 침을 삼키더니 거칠게 쉰 목소리로 말했다.

"그래, 하지만 이젠 끝났어. 당신을 내 손으로 잡아가면 모든 게 끝이라니까."

차가 다시 신호에 걸려서 멈춰섰다. 그가 큰 손수건을 꺼내더니 얼굴을 닦았다. 이어서 또 다시 두 사람의 몸이 뒤로 크게 흔들렸다. 그녀는 앞만 바라보고 있다. 하지만 앞에서 무엇을 보고 있는 것은 아니었다. 유리창 밑에는 아무것도 없었다. 백미러에 비치는 그녀의 얼굴이 그에게도 보인다. 그녀가 속으로 무엇인가를 생각하고 있을 것이다. 자기의 과거를 생각해 보고 있을까? 자신이 지금까지 살아온 길을 압축해서 반성하고 있는 것은 아닐까? 지금은 그녀를 도피시켜 줄 위스키도 없다. 차가 달리는 동안 그녀로서는 조용히 앉아 앞만 바라보는 길밖에는 다른 도리가 없다.

"당신은 톱밥 인형이야. 다른 꿍꿍이를 써 봐야 별볼일 없어."

그가 말하자 그녀의 입에서 뜻밖의 말들이 술술 이어졌다.

"그 일로 내가 얼마나 괴로워했는지 아시나요? 거기까지는 생각조차 해보지 않았겠죠? 내가 지금까지 얼마나 많은 고민을 했는데 나한테 그것도 모자란단 말인가요? 그 남자에게 생긴 일을 왜 나 혼자 모두 뒤집어써야 하나요? 그 남자가 도대체 나에게 무슨 존재죠? 아무 상관도 없는 남남이잖아요? 그 사람이 오늘 밤에 죽는다고요? 하지만 나는 그 일 때문에 이미 오래 전부터 죽었어요. 나는 이미 죽은 사람이에요. 지금 당신하고 있는 나라는 여자는 죽은 사람이란 말이에요."

그녀의 목소리는 신경질적으로 화를 내며 울부짖는 날카로운 여자의 소리가 아니었다. 가슴 깊숙한 곳에서 울려나오는 슬픈 호소였다. 침통한 그녀의 목소리는 남자 소리인지 여자 소리인지도 구별하기 어려울 정도였다.

"나는 가끔 꿈속에서 한 여자를 만나곤 합니다. 그녀는 행복한 가정을 가지고 있지요. 자기를 사랑해주는 남편 그리고 돈과 아름다운 가구들. 모든 친구들이 부러워하는 안정된 생활을 하고 있지요. 그래요, 불안 없이 안정된 생활이에요. 그것은 그녀가 죽을 때까지 계속되도록 약속받은 거였어요. 영원히 깨지지 않는 약속이요. 그런데 그 여자는 내가 아닌 것만은 확실해요. 나는 그런 안정을 약속받지 못했어요. 그런데 위스키를 마시면 그것이 나라고 생각되는 거예요. 당신도 알잖아요, 꿈이란 허망하게……."

그는 아무 말없이 앞에서 들어오는 암흑만을 뚫어지게 쳐다보았다. 그것은 전조등의 은색 빛에 의해서 중간이 둘로 나뉘었다가 그들 뒤에서 다시 하나로 합쳐지고 있었다. 마치 신비하게 요동치는 커다란 파도를 보는 듯했다. 자갈돌처럼 부릅뜨고 그것을 응시하고 있는 눈은 조그만 동요도 없어 보였다. 그녀의 말이 울리기는 했지만 귀 기울여 듣지 않는 듯했다. 그녀의 고민 따위는 들을 필요도 없다는 태도였다.

"갑자기 길거리에 내동댕이쳐진다는 기분이 어떤지 아시나요? 말

그대로 한밤중에 내동댕이쳐진 적이 있었지요. 잠옷 차림으로. 현관은 커다란 자물쇠로 잠겨 있었고, 하녀에게는 나를 집 안에 들여놓기만 하면 즉각 쫓겨날 거라는 명령이 내려졌죠. 첫날밤은 공원 벤치에서 뜬눈으로 새웠어요. 다음 날은 하녀한테서 빌린 5달러로 방을 얻어서 겨우 밤이슬만 피할 수 있었지요. 하지만 그 사람의 압력은 거기서 끝이 아니었다구요. 만에 하나라도 내가 자기의 명예나 지위를 더럽히는 말을 내뱉으면 나를 알코올 중독자들 수용소에 가둬버리겠다고 하더라구요. 그에게는 권력과 돈이 있었어요. 그런 일쯤은 식은죽 먹기처럼 해낼 수 있지요. 그렇게 되면 나는 어떻게 되나요. 다시는 햇빛을 볼 수 없겠지요. 그뿐 아니라 난폭한 죄수에게나 입히는 스트레이트 재킷에 싸여서 찬물에 처박히기나 하는 신세가 되는 거예요."

"그 따위가 변명이 될 거라고 생각하나. 우리가 얼마나 당신을 찾고 있었는지 당신도 알잖아. 하지만 지금까지 모른 척 숨어있었다는 것은 당신이 양심조차 없다는 뜻이야. 당신은 비겁하다는 말이야. 그게 바로 당신의 진짜 모습이지. 하지만 당신이 여태까지 착한 일을 한 번도 해본 적이 없고, 앞으로도 착한 일을 할 생각이 전혀 없다고 해도 지금은 그럴 수가 없어. 지금은 해야 해. 당신이 스코트 헨더슨을 위해서 증언해주면 그를 살릴 수 있단 말이야."

그녀가 오랫동안 말없이 앉아 있다가 천천히 머리를 들고 간신히 말했다.

"좋아요. 그렇게 하지요. 사실은 나도 지금 그렇게 하고 싶은 마음이 생겼어요. 지난 몇 달 동안 나는 눈먼 장님과 같았지요. 세상을 있는 그대로 볼 수 없었어요. 그리고 지금까지 그 사람 일에 대해서 별로 생각하지 않았지요. 오히려 그 사람 때문에 내가 얼마나 많은 것을 잃었는지에 대해서만 화를 냈지요."

여자가 잠시 머리를 들더니 그를 쳐다보았다.

"하지만 이제는 단 한 번이라도 보람있는 일을 해보고 싶어요. 마음을 정리하기 위해서라도."

"지금부터 당신은 그렇게 해야 돼. 그날 밤 당신이 술집에서 그와 만난 것은 몇 시였지?"

"6시 10분이었어요. 그때 앞에 걸린 시계를 보았으니까요."

"당신이 그걸 증언해 줄 수 있겠지? 맹세할 수도 있지?"

"그렇게 하지요. 기꺼이 증언하겠어요."

그녀의 목소리는 모든 것을 포기한 듯 힘이 없었다.

"하나님, 이 여자가 그에게 지은 모든 죄를 용서해 주소서!"

드디어 모든 것을 끝낼 순간이 왔다. 그녀의 얼어붙은 마음이 눈처럼 녹아버린 것인가? 아니면 그가 처음에 짐작했던 것처럼 그녀를 둘러싸고 그녀를 죽음으로 몰고 갈 것처럼 옥죄고 있는 단단한 껍질이 벗겨져 버리는 것일까? 그녀가 갑자기 두 손을 올려서 얼굴을 감싸 안았다. 고개는 그대로 숙인 채로 미동도 하지 않는다. 소리도 없다. 그녀의 몸이 하나씩 해체되는 것 같은 착각이 든다. 그녀는 언제까지라도 그렇게 움직이지 않을 것 같았다.

그도 더 이상 말을 하지 않았다. 백미러를 통해서 볼 뿐이지 고개를 돌려서 직접 그녀를 쳐다보지는 않았다. 어느덧 그녀의 자세가 바뀌어 있다는 것도 한참 후에야 알았다. 두 손을 아래로 떨구고 있던 여자가 입을 열었다. 그에게 말한다기보다는 자신에게 하는 말처럼 들렸다.

"기분이 오히려 맑아졌어요. 지금까지 두려워하던 것을 이제야 할 수 있게 되었다고 생각하니 편해요."

자동차는 조용히 달리고 있었다. 계기판의 붉은 불빛만이 두 사람의 모습을 희미하게 비추고 있다. 차들의 행렬도 점점 뜸해져 갔다. 대부분이 이쪽을 향해서 달려오는 차들 뿐이다, 그들과 같은 방향으로 달리는 차는 거의 없었다. 두 사람을 태운 차가 시의 경계를 넘어서 일직선으로 곧게 뻗은 도로를 따라 북쪽으로 달려나갔다. 반대편에서 달려오던 차들이 전조등 불빛만 남긴 채 스치듯 뒤쪽으로 사라져갔다. 두 사람이 탄 차가 그렇게 빠른 속도로 달리고 있었던 것이다.

"왜 이렇게 멀리 가지요?"

그녀가 약간 걱정스러운 표정으로 물었다.

"법원으로 가는 게 아닌가요?"

"지금 곧장 형무소로 달려가는 길이야 그 길이 제일 빠른 방법이야. 여기저기 행정 수속절차를 거치지 않아도 되니까."

대답하는 그의 목소리가 약간 긴장하고 있었다.

"오늘 밤이 확실한가요?"

"앞으로 한 시간 반 정도 남았어. 아마도 간신히 시간에 맞출 수 있을 것 같은데."

잠시 뒤 나무들이 울창한 곳에 다다랐다. 허리 높이에 흰색 칠이 되어 있는 나무들이 캄캄한 어둠 속에서 도로의 경계를 보여주고 있다. 인가의 불빛조차 보이지 않았다. 시내로 들어가는 차들이 간간이 있을 뿐이다. 시내로 들어오는 차들은 멀리 흰 빛으로 다가와서 교차하는 순간에 잠시 불빛을 줄이고 모자를 까딱이는 것으로 인사를 대신하고 사라져 간다.

"그런데 뜻밖의 사고가 나서 시간 안에 가지 못하면 어떻게 하나요? 미리 전화라도 해두는 것이 좋지 않을까요?"

"모든 준비가 되어 있어. 지금에야 갑자기 걱정이 되는 모양이지."

"예, 맞아요. 나는 지금까지 눈뜬 장님이었으니까요. 아무 것도 볼 수 없는 장님이요. 그러나 이제는 알았어요. 무엇이 꿈이고 무엇이 현실인지."

그녀의 말투에 한숨이 배어 나왔다.

"대단한 것을 발견했군. 5개월이나 되는 긴 세월 동안 당신은 그를 위해서 손톱만큼도 한 일이 없어. 그런데 이제 와서, 단 15분도 채 될까 말까 하는 짧은 시간에 마치 정의의 화신처럼 행동하시는군."

그가 비웃듯이 말했다. 그녀도 부정하지 않았다.

"이상하게 들리겠지만, 정말이에요. 갑자기 모든 것이 긍정적으로 보이기 시작하네요. 남편도, 그가 요양소에 집어넣겠다고 날 협박한 것도 이제는 모두 우습게 보여요. 당신 덕분이라고 생각해요. 이제 모든 것을 다른 각도에서 볼 수 있게 되었어요."

그녀가 피곤을 걷어 내려는 듯 손등으로 눈가를 문지르며 내뱉듯이 말했다.

"한 번만이라도 꼭 용기 있는 일을 하고 싶어요. 이렇게 비겁하게만 살다가 죽는다면 정말 끔찍할 것 같아요."

잠깐 동안 아무도 말이 없었다. 그녀가 다시 걱정스러운 표정으로 말했다.

"내가 증언만 하면 그 사람을 살릴 수가 있을까요?"

"최소한 연기할 수는 있지. 오늘 밤의 사형집행을 연기할 수만 있다면, 변호사의 도움을 받아서 확실한 조치를 만들어 낼 수 있단 말이야."

무심히 앉아 있던 그녀는 갈림길에서 차가 왼쪽으로 접어든다는 것을 알았다. 그러더니 차가 어느덧 뒷골목처럼 울퉁불퉁한 비포장도로를 달리고 있었다. 그녀가 이상하게 느낀 것은 그런 도로를 달린 지 한참의 시간이 흐른 다음이었다. 차는 점점 심하게 흔들리기 시작했다. 이제 반대쪽에서 오는 차는 한 대도 보이지 않는다. 길 위에서 움직이는 것이라고는 아무것도 없다.

"왜 이런 데로 가고 있지요? 주 형무소는 남북 하이웨이로 가야 할 텐데요. 이미 지난 것 같은데. 혹시 그 사람이 거기에 없나요?"

"지름길이야. 시간을 아껴야지."

그는 차갑게 대답했다. 바람소리도 커져서 구슬픈 신음처럼 들리는 음산한 곳으로 차가 달리고 또 달렸다. 그제서야 그가 다시 입을 열었다. 이번에는 턱을 핸들에 바짝 붙인 채로 아무 표정도 없다. 눈도 깜박거리지 않고 말했다.

"이제부터는 천천히 여유를 가지고 달리지."

자동차에 타고 있는 사람이 두 명만이 아니라는 느낌이다. 누군지 모르지만 제3의 인물이 끼어 들어와서 두 사람 사이에 자리잡고 앉아 있는 것 같다. 언제부터인지 모르지만 두 사람 사이의 침묵도 계속되고 있다. 두 사람 사이에 자리를 차지하고 앉아 있는 듯한 제3의 인물 그의 존재는 얼음 같이 싸늘한 공포였다. 그의 보이지 않는 팔이 그녀를 차갑게 감싸고 있다. 그의 싸늘한 손가락이 그녀의 목젖을 어루만진다.

10분 동안 그들이 탄 차의 전조등 불빛 외에는 아무런 불빛도 보이지 않았다. 두 사람은 한 마디도 주고받지 않았다. 길 양쪽으로 나무들이 희미하게 기복을 보이며 스치고 지나갔다. 바람이 심하게 불던 것이 어떤 경고였는지도 모른다. 하지만 이제는 그 경고를 알았다 해도 이미 때가 늦었다. 앞 유리에 비치는 두 사람의 얼굴이 마치 유령의 모습과 같다.

그는 차의 속력을 줄여서 서더니 약간 후진했다. 다시 샛길로 접어들어서 차를 몰았다. 비포장보다 더 심한 온통 진흙투성이 길이다. 나무와 나무 사이의 샛길 같았다. 길이 심하게 울퉁불퉁해서 차도 크게 흔들렸다. 배기통으로 뿜어 나오는 가스에 마른 나뭇잎들을 공중으로 날렸다가 바사삭하는 소리를 내며 떨어진다. 전조등이 나무 사이를 이리저리 비추면서 동굴을 탐험하듯 앞으로 나갔다.

가까운 곳에 있는 나무는 밝은 불빛을 받아서 석순처럼 반짝였고, 먼 곳의 나무들은 검은 그림자를 길게 드리우고 있었다. 마치 동화에 나오는 마법의 숲 속처럼 기분 나쁜 곳이었다. 무언가 불길한 일이 벌어질 것 같은 이상한 숲이다. 그녀가 고통스러운 목소리로 말했다.

"도대체 무슨 짓이에요? 당신 행동이 이상해요. 왜 이러는 거예요."

말을 꺼내자 더욱 심한 공포가 그녀를 엄습한다. 등줄기를 타고 차가운 기운이 오싹하게 지나갔다.

갑자기 차가 멈추었다. 이제는 끝장이다. 그녀는 엔진 소리가 사라지고 나서야 차가 멈춘 것을 깨달았다. 엔진이 꺼지자 주위는 온통 정적에 휩싸여 있었다. 차 안에도 차 밖에도 움직임이 없다. 두 사람은 조금도 몸을 움직이지 않았다. 자동차도, 남자도, 여자도, 그리고 그녀의 공포도 움직이지 않았다. 아니 정확하게 말하면 하나를 제외하고다. 아직 핸들에 놓여 있는 그의 손가락 세 개가 꿈틀거리고 있다. 피아노 건반을 두드리듯 차례로 오르락내리락하고 있었다. 그녀가 불안과 공포를 걷어내려는 듯이 자기 가슴을 치면서 소리쳤다.

"왜 이러는 거예요. 무슨 말 좀 해봐요. 뭐라고 설명해 달라고요. 그렇게 앉아만 있지 말고. 왜 이런 곳으로 온 거지요? 당신은 지금 무슨 생각을 하는 거죠? 왜 그런 얼굴을 하고 있냐구요?"

"내려."

그가 턱으로 앞을 가르키면서 차갑게 내뱉었다.

"싫어요. 무슨 짓이에요? 싫다구요. 안 내리겠어요."

그녀는 점점 커져가는 공포심에 몸을 떨면서 그를 흘겨보았다. 그가 손을 뻗더니 그녀 쪽의 문을 열었다.

"내리라니까!"

"싫어요. 무슨 짓을 하려는지 당신 얼굴에 쓰여 있는데……."

그가 팔을 뻗더니 그녀를 자기 쪽으로 힘껏 잡아당겼다.

잠시 뒤에 자동차 옆에는 누런 낙엽 속에 구두를 파묻은 채 두 사람이 서 있었다. 그가 손을 뒤로 돌리더니 차 문을 닫는다. 숲에는 습기가 많았고 주위는 칠흑 같은 어둠뿐이다. 자동차 전조등에서 나오는 불빛만이 신비스러운 굴처럼 길게 뻗어나가고 있었다.

"따라와."

그가 낮은 소리로 말하더니 그녀의 팔을 잡아끌고 자동차 불빛 속으로 걸어나갔다. 현실에서는 도저히 경험할 수 없을 것 같은 정적 속으로 바삭거리는 낙엽 소리만 울려 퍼졌다. 두 사람은 차에서 멀어지면서 조금씩 앞으로 걸어갔다. 그녀가 힘들게 몸을 비틀면서 그의 얼굴을 올려다보았다. 그녀는 자기의 거친 숨소리가 나무 꼭대기에서 메아리쳐 되돌아오는 것까지 들을 수 있었다. 하지만 그의 숨소리는 아주 조용했다. 두 사람은 말없이 걸어갔다. 그들의 발걸음은 자동차 불빛이 점점 희미해져 금방이라도 꺼질 것 같은 곳까지 이어졌다. 드디어 빛이 끝나고 그림자와 만나는 경계선에 이르자 그가 걸음을 멈추었다. 그녀를 잡고 있는 손도 놓았다. 그가 손을 놓자 그녀가 중심을 잃고 흐느적이며 비틀거린다. 그가 여자를 부축해서 바로 일으켜 세우더니 다시 손을 놓았다.

그가 담배 한 개비를 꺼내서 그녀에게 권했다. 그녀가 고개를 흔들어서 사양한다.

"자, 괜찮으니까 피워."

거칠게 말하면서 그녀의 입에 담배를 물려주었다. 성냥불을 켜서 두 손으로 보호하면서 그녀에게 내밀었다. 그가 행하는 이런 친절은 어떤 의식을 치르는 것 같은 기운이 감돌았다. 그녀를 안심시키기는커녕 오히려 공포심만 더 크게 만들었다. 한 모금 빨린 담배가 힘없이 땅으로 떨어졌다. 입술이 마음대로 움직일 수 없을 정도로 자신의 힘으로 그것을 물고 있을 수 없었던 것이다. 그가 낙엽으로 불이 옮겨 붙기 전에 발로 짓이겨 버린다.

"좋아, 그럼 이제 차로 돌아가. 이 빛을 따라가서 차에 타고 나를 기다리고 있어. 분명히 말한다. 절대로 뒤돌아보지 말 것. 똑바로 걸어가기만 하는 거야."

그녀는 도무지 영문을 알 수 없었다. 더구나 너무 무서워서 걸음을 제대로 옮길 수도 없었다. 그가 무서워하지 말고 가라고 말했다. 그녀는 비틀거리면서 낙엽 위를 걷기 시작했다.

"그래, 내가 말한 것처럼 불빛을 따라서 똑바로 차로 돌아가는 거야."

그의 목소리가 뒤에서 들려왔다.

"뒤돌아보면 안 돼."

그녀는 역시 여자였다. 심한 공포에 질려있는 여자다. 그의 경고가 오히려 그녀의 행동을 부추기는 것 같았다. 도저히 참을 수 없게 된 그녀가 뒤를 홱 돌아보고 말았다. 그녀의 눈에 권총을 들고 있는 그의 손이 보였다. 아직 자기를 겨냥하고 있지는 않았지만, 이미 절반쯤 올라가 있었다. 그녀가 등을 돌리고 걷기 시작했을 때 조용히 꺼내 든 것이다.

그녀가 죽어가는 새처럼 날카롭게 단발마의 비명을 질렀다. 캄캄한 나무숲을 방향 감각도 없이 이리저리 부딪치며 날아다니다가 마지막 날개짓과 함께 힘없이 숨을 거두는 불쌍한 새의 비명소리다. 그녀가 다시 그에게 되돌아갔다. 가까이 가면 안전하고, 멀어지면 위험해지는 것처럼 그를 향해 걸음을 옮겼다.

"움직이지 말고 서 있어!"

그가 냉혹한 목소리로 내뱉었다.

"나는 너를 편하게 해주려는 거야. 돌아보면 안 된다고 했잖아."

"제발 그만하세요. 왜 이러는 거예요?"

그녀는 울음 섞인 목소리로 말했다.

"다 증언하겠다고 했잖아요! 분명히 그렇게 말했잖아요. 내가 그렇게 하겠다고 약속했잖아요!"

"필요 없어."

그의 목소리는 침착하다 못해 공포가 담겨 있었다.

"넌 증언할 수 없을 거야. 이제 내가 절대로 증언할 수 없게 만들어 줄 거야. 지금부터 한 시간 반 뒤면 그가 너를 따라서 저승으로 갈 거야. 그때 그가 널 따라오거든 증언해주시지."

헤드라이트의 희미한 불빛을 등에 지고 서 있는 그녀의 그림자가 뚜렷하다. 그것은 마치 덫에 걸린 것처럼 그녀가 꼼짝하지 못한다. 빛이 닿지 않는 어둠으로 달아나고 싶어도 움직일 수가 없을 것만 같다. 이러지도 저러지도 못하고 어물거리는 사이에 그녀의 몸이 완전히 한 바퀴 돌아서 아까처럼 그와 마주보게 되었다.

그녀에게 이제 시간이 별로 없다.

그때 숲 속을 가르는 요란한 총소리가 울렸다. 동시에 그녀의 비명 소리도 들렸다. 두 사람의 거리가 아주 가깝지만 그의 총에 맞은 것 같지는 않았다. 그러나 지금 그녀에게는 그 이유가 무엇인지 따질 여유가 없었다. 하지만 그녀는 아무것도 할 수가 없었다. 아무 느낌도 없었다. 그저 멍하니 서서 도망치지도 못했다. 그곳에 박힌 듯 서서 선풍기에 묶인 리본처럼 흔들흔들 흐느적거릴 뿐이었다.

비틀거린 쪽은 오히려 남자 쪽이었다. 그는 옆 나무에 기대어 나무 껍질에 얼굴을 비비고 있었다. 마치 지금 자기가 한 일을 후회하고 있는 것처럼 보였다. 그가 한 손으로 자기 어깨를 누르고 있는 것이 보였다. 그의 손에서 떨어진 권총이 낙엽 위에서 말없이 빛나고 있었다. 헤드라이트의 불빛을 받은 그 물건은 불붙은 석탄 덩어리처럼 보였다.

그때 그녀의 뒤편에서 어떤 사람이 그림자처럼 나타나더니 헤드라
이트 불빛을 따라 재빨리 그에게 다가갔다. 그는 중심을 잃고 나무에
기대어 있는 롬버드에게 권총을 겨누고 있었다. 그가 잠깐 몸을 구부
리자 낙엽 속에서 빛나던 물건이 사라졌다. 그 남자가 롬버드에게 다
가가자 그의 손목에서 무언가 번쩍거리더니 나뭇가지 부러지는 듯한
소리가 들렸다. 더 이상 버티지 못하고 롬버드의 몸이 휘청거리더니
중심을 잃고 남자에게 쓰러졌다. 남자가 넘어지는 그를 잡았다. 잠시
후에 그가 자세를 바로 잡았다.

무거운 침묵 속에서 남자의 목소리가 또렷하게 그녀의 귀에 들렸다.

"마셀라 헨더슨 살해혐의로 당신을 체포한다!"

버지스다. 그의 손이 입으로 가더니 요란한 호각 소리가 길게 꼬리
를 물면서 메아리쳤다. 그리고는 또다시 침묵의 장막이 세 사람을 감
쌌다.

버지스가 걱정스러운 표정으로 허리를 굽히더니 낙엽 위에 무릎 꿇
고 앉아 있는 그녀를 부축해서 일으켜 세웠다. 그녀는 두 손으로 얼
굴을 감싸고 흐느껴 울고 있었다. 버지스가 그녀를 위로해 주었다.

"짐작이 갑니다. 얼마나 끔찍했을지 짐작이 가요. 이젠 모두 끝났소.
모두 끝났어요. 당신이 해낸 겁니다. 당신이 그를 구했습니다. 내게
기대세요. 자, 실컷 울어요, 울고 싶은 대로 맘껏 우세요."

그 말을 듣고 그녀가 울음을 뚝 그쳤다.

"이젠 울고 싶지 않아요. 괜찮아요. 나는 이런 시간에 누가 여기까지
오리라고는 상상도 못 했어요."

"당신들을 미행해서 따라오기는 거의 불가능합니다. 더구나 그 친구
들 운전 솜씨로는 어림도 없지요."

버지스가 말을 시작할 때 쯤 멀리서 자동차 브레이크 밟는 소리가

들렸다. 롬버드가 차를 세웠던 샛길 저 쪽 어디쯤일 것이다. 차를 타고 그들을 미행하던 사람들은 아직 현장에 도착하지 못했던 것이다.

"나도 그럴 자신이 없었습니다. 그래서 나는 처음부터 당신들의 차를 타고 여기까지 온 겁니다. 뒤의 트렁크에 숨었지요. 그 안에서 두 사람의 이야기도 다 들었습니다. 나는 당신이 그 가게로 들어갈 때부터 그 속에 들어가 숨어 있었습니다."

그가 뒤를 향해서 큰 소리로 외쳤다. 사람들이 차에서 내렸는지 번쩍번쩍 손전등 빛들이 이리저리 움직이는 것이 나무 사이로 보였다.

"그레고린가? 여기까지 오지 않아도 되네. 그쪽 길모퉁이로 되돌아가서 공중전화로 지방검사 사무실에 전화부터 해주게. 이제 시간이 2~3분밖에 남지 않았어. 나도 이 차로 곧 뒤따라가겠네. 검사에게는 잭 롬버드를 체포했다고 말해주게. 그가 헨더슨 부인을 죽였다고 자백했으니 형무소장에게도 연락하라고……."

"무슨 증거가 있다고 그런 말을 해."

롬버드가 고통을 참으며 온 힘을 다해서 말했다.

"바로 몇 분 전까지 당신이 한 행동이면 증거로 충분해. 당신, 겨우 한 시간 전에 만난 여자를 잔인하게 죽이려고 한 것은 무슨 이유지? 더구나 그녀의 증언은 헨더슨을 살릴 수 있는 유일한 것인데 말이야. 당신은 그녀가 증언하면 안 된다고 생각했겠지. 그녀가 증언하면 사건을 처음부터 다시 재판해야 되니까 말이야. 말하자면 당신의 정체가 탄로 날 가능성이 높아진다는 말이지. 그게 바로 당신이 범인인 증거야."

주정부의 경찰들이 발소리를 내면서 몰려왔다.

"어떻게 할까요?"

"이 여자분을 차로 모시고 가게. 상당히 피곤하실 테니까 잘 모시게. 이 남자는 내가 알아서 하겠네."

몸집이 건장한 경찰이 양팔로 그녀를 부축하면서 버지스에게 물었다.

"이 여자는 누굽니까?"

"아주 중요한 사람이네."

범인을 끌고 가던 버지스가 뒤에서 대답했다.

"그러니까 정중하게 모시게. 좀 천천히 걷게. 자네가 부축하고 있는 여자 분이 바로 헨더슨의 젊은 연인인 캐롤 리치몬 양이야. 우리에게 많은 도움을 주었지. 자네는 아주 운이 좋은 사람이군."

23. 사형 집행일 하루 뒤

그들은 모두 잭슨 하이츠에 있는 버지스의 아파트 거실에 모여 있었다. 석방되자마자 여기서 모인 것이다. 버지스가 두 사람을 위하여 준비한 모임이다. 헨더슨이 기차로 달려오는 동안 버지스가 그녀를 이곳에 데려다 놓았다. 버지스는 그녀에게 이렇게 말했다.

"형무소 문 앞에서는 만나지 않는 것이 좋겠습니다. 당신들은 형무소라면 아주 질렸을 테니까 내 집에서 기다리는 게 좋을 겁니다. 월부로 산 가구들이지만 감방에 있는 것보다는 나을 거요."

두 사람은 부드러운 스탠드의 불빛 아래 놓인 소파에 서로 몸을 맞대고 나란히 앉아 있었다. 깨지 않을 꿈 속에서 헤매는 것처럼 행복했다. 헨더슨이 그녀를 끌어안고 그녀의 머리를 자기 어깨에 비벼대고 있었다. 방으로 들어선 버지스도 두 사람의 모습에 가슴이 벅차오르는 모양이었다.

"그래, 기분은 좀 어떻소?"

그는 자기 기분을 밖으로 드러내지 않으려는 듯 좀 거칠게 말했다.

"정말이지 하나에서 열까지 모든 것이 아름다울 뿐입니다."

헨더슨이 감격에 겨워서 말했다.

"세상이 이렇게 아름답다는 것을 미처 몰랐습니다. 마루에 덮인 융단, 부드러운 스탠드 빛, 소파의 쿠션……, 자, 보세요, 모든 것들이 아름답지 않나요?"

그가 턱으로 그녀의 머리를 지그시 누르며 말했다.

"이제 모두가 내 것입니다. 다시 내게 돌아온 거예요. 앞으로 적어도

40년은 내 것이겠지요."

버지스와 그녀가 그 말에 공감한다는 듯 서로 눈짓을 나누었다.

"지금 지방검사 사무실에 갔다 오는 길이오. 그 녀석이 모든 것을 자백했습니다."

버지스가 말하자 헨더슨이 고개를 흔들었다.

"나는 아직도 이해할 수 없는 게 있습니다. 지금도 믿을 수가 없어요. 그런 짓을 할 배경이 도대체 뭡니까? 마셀라와 바람이라도 났다는 말인가요? 내가 알기론 그 녀석은 마셀라를 두 번밖에 만나지 않았어요."

"물론 당신은 그렇게 알고 있겠지."

버지스가 무뚝뚝하게 말했다.

"그러면 내 눈을 피해서 몰래 만났나요?"

"부인이 자주 외출하는 것을 모르고 있었나요?"

"알기는 했지만, 별로 특별하게 신경쓰지는 않았지요. 나와 집사람 사이에 애정 같은 것은 이미 오래전부터 없었기 때문에."

"문제가 바로 거기 있었어요."

그가 왔다갔다 하면서 말했다.

"헨더슨 씨, 당신이 확실히 알아야 할 것이 하나 있습니다. 새삼스럽게 뭘 알아야 하느냐고 할지 모르겠지만, 당신 부인에게 편애증(偏愛症)이 있었다는 것이오. 다시 말하면 롬버드는 당신 부인을 사랑했지만 당신 부인은 롬버드를 조금도 좋아하지 않았단 말이오. 그를 사랑했다면 부인은 아마 죽지 않았을는지도 모르지요. 그녀는 자기 이외에는 아무도 사랑하지 않는 사람이었소.

당신 부인은 다른 사람과 함께 어울리거나 그들의 관심을 받는 것은 좋아했습니다. 일시적 불장난이나 바람을 피워서 남자들과 재미보는 것은 좋아했지요. 그런 게임을 즐기다가는 아홉 사람까지는 무사할지 몰라도 열 번째는 목숨을 잃는 법이지. 그녀에게 그런 일들은 사소한 불장난이었지요. 또 한편으로는 당신에 대한 작은 복수라고 생각하고 있었던 겁니다. 남편으로서의 당신의 존재란 자기에게 필요없다는 것을 스스로에게 인식시켜 주는 거지요.

그런데 운이 나쁘게도 그 남자가 열 번째 사람이었지요. 롬버드는 남과 어울리기 힘든 남자였습니다. 더구나 인생의 대부분을 황량한 유전지대에서 생활했기 때문에 여자들과 접촉할 기회도 적었습니다. 그러니 당신 부인처럼 복잡한 감정에 쉽게 적응할 수 없었지요. 그는 그녀의 행동을 진정으로 받아들였습니다. 그녀는 그것이 더욱 신나는 일이었겠지요. 그래서 더욱 불장난에 열중했었을 겁니다. 그녀의 행동이 지나쳤으리라는 건 쉽게 짐작이 갑니다.

끝이 어디인지 뻔히 보이지만 그를 마지막까지 질질 끌고 다녔겠지요. 그에게 미래에 대한 설계를 꾸미라고 부추기기도 했을 겁니다. 하지만 그와 함께 산다는 마음은 애초부터 털끝만큼도 없었지요. 하지만 그는 그녀를 위해서 남미의 석유회사와 5년간 계약을 맺었지요. 그녀와 함께 살 방갈로도 구하고 여러 가지 시설과 가구를 갖추었지요. 두 사람은 그곳에 도착하는 즉시 당신과 이혼하고 결혼하기로 약속했던 겁니다. 그런 판에 여자가 배신을 한 거지요.

남자도 어린애가 아니니 배신당한 충격이 얼마나 컸을지 짐작이 되지요. 그녀는 남자에게서 서서히 멀어져 갔습니다. 그런데 남자를 단념시키는 대신에 엄청나게 잔인한 방법을 택했소. 힘들게 손에 넣은 과자를 쉽게 내놓지 않겠다는 속셈이었겠지요. 그녀가 그에게 전화를 걸고, 함께 점심을 먹거나 저녁식사 약속과 데이트, 택시 속에서의 키스 등 이런 행위들은 그녀에게 당연한 필수품이었지요. 이미 습관화되어 있었으니 그걸 그냥 버리는 게 몹시 아쉬웠던 겁니다. 그래서 두 사람 관계도 오래 질질 끌게 되었을 거고요. 드디어 그들이 배를 타고 남미로 떠나야 할 밤이 다가왔습니다. 당신이 아파트에서 나오면 롬버드가 그녀를 데리고 부두로 가려고 당신 집에 찾아갔었습니다.

그녀가 살해당한 것은 너무 당연하다고 생각됩니다. 죽지 않았다면 오히려 더 이상하게 생각했을 거요. 롬버드의 말에 의하면 당신이 창백한 얼굴로 아파트를 뛰쳐나가기 전까지 위층으로 올라가는 계단에 숨어서 조용히 기다리고 있었다고 하더군요. 다행히 그날 밤은 현관 담당 경비원도 없어서 그가 들어오고 나가는 것을 아무도 보지 못했던 겁니다.

그가 방으로 들어온 뒤에도 그녀는 화장대 앞에 앉았습니다. 그가 출발할 준비가 되었느냐고 묻자 큰 소리로 웃어버리고 말았죠. 그날 웃지 못하면 영원히 웃지 못하는 사람처럼 웃어대기만 했던 겁니다. 그리고 자기가 남미의 그런 촌구석에 가서 뼈빠지게 고생할 사람으로 보이느냐고 말했습니다. 그런 말을 믿었냐고 비웃었답니다. 지금의 이런 생활을 버리고, 당신이 결혼하자면 결혼하고 싫다면 포기하는 그런 여자로 보이냐고 비웃으면서 말했다더군요.

게다가 이젠 자기가 놓아줄 테니까 어디 가서 다른 여자나 찾아보라고 내뱉더라는 겁니다. 그 말이 그에게는 결정적인 충격이었지요. 그녀의 고약한 성격이 그대로 표현된 거지요. 당신 부인은 그 따위 불장난을 위해서 확실하고 안정된 생활을 내팽개칠 그런 여자는 아니었던 겁니다. 그러나 그의 마음을 제일 뒤틀리게 한 것은 그녀의 비웃는 웃음, 바로 그 웃음이었답니다. 그 친구 말이 비록 헤어지자고 해도 그녀가 눈물 섞인 말로 말하거나 아니면 최소한 진정으로 호소하는 표정이었다면 조용히 물러섰을 거라고 하더군요. 그대로 밖으로 나와서 취해서 정신을 잃을 때까지 술을 마셨지, 그녀를 죽이기까지는 않았을 거라고 고백하더군요. 사실 나도 거기엔 동감이오.”

"그래서 아내를 죽였군요."

헨더슨이 조용히 중얼거렸다.

"그래요, 그래서 죽인 겁니다. 당신이 매려다가 떨어뜨린 넥타이는 그대로 그녀 뒤쪽의 마루에 떨어져 있었지요. 그가 그것을 집어 들어서 자기도 모르는 사이에 그녀의 목을 조르고 만 것이오."

버지스가 손으로 목을 조르는 시늉을 해보였다.

"그 사람만을 비난할 수는 없네요."

캐롤이 한숨을 쉬면서 시선을 떨어트렸다.

"그래요."

버지스도 동감했다.

"그러나 거기까지입니다. 그 다음부터 그가 한 짓에 대해서는 한 치도 용서할 수 없습니다. 그는 주도면밀하게 머리를 썼습니다. 자기의 죄를 둘도 없는 친구에게 몽땅 뒤집어씌우려 했던 겁니다. 친구가 범인이 될 수밖에 없도록 사방에 손을 써놓았던 거지요."

"그 친구가 뭘 어떻게 했습니까?"

헨더슨이 묻는 말에서 친구를 미워하는 마음은 느껴지지 않았다.

"말하자면 이런 거였소. 그는 그녀가 왜 갑자기 태도를 바꿨는지 그때까지 이해하지 못했답니다. 아니 지금도 이해할 수가 없다고 말하더군요. 그녀가 그렇게 막무가내로 자기를 거절한 이유가 무엇인지 알 수 없다는 거지요. 당신 부인이 그런 여자라는 것을 전혀 모르고 있는 거지요. 그랬으니 그녀의 마음이 당신에게 다시 되돌아갔다고 오해했던 겁니다. 그래서 당신을 증오하게 되었던 거요. 자기가 그녀를 잃은 것은 모두 당신 때문이라고 생각했지요. 그래서 당신이 죽이고 싶도록 미웠고 당신에게 복수해야겠다는 생각도 생긴 겁니다. 잘못된 질투심에 사랑하는 상대가 갑자기 죽게 되자 더욱 난폭하게 변한 거지요. 지금까지는 이것이 가장 가능성 있는 동기일 겁니다."

"너무 어처구니 없습니다."

"그는 사람들 눈을 피해서 당신 아파트를 나와서 당신의 뒤를 쫓아 갔습니다. 계단에서 엿들었던 부부간의 말다툼으로 충분한 꼬투리를 만들 수 있었지요. 그 꼬투리로 자기 죄를 뒤집어씌울 수 있다고 생각했던 겁니다.

처음에는 길에서 우연히 당신을 만난 것처럼 꾸며서 함께 있다가 계속해서 당신을 뒤따르면서 결국에는 당신 스스로가 범행을 인정할 수밖에 없도록 만들려는 계획이었다고 하더군요. 당신이 부인의 죽음과 밀접한 관계가 있는 것이 분명하도록 만드는 것이지요. 그가 당신에게 '아니, 자네, 부인과 함께 있었던 게 아닌가?' 하고 묻는다면 당신이 '그 여자하고 한바탕하고 나왔어' 라고 대답하겠죠. 당신 입으로 부부 싸움을 말해야 합니다. 자기가 계단에 숨어서 엿들었다면 의심받겠지만 당신이 입으로 털어놓으면 그럴 염려가 없잖아요. 그것이 바로 당신 입으로 그 얘기를 하도록 해야 하는 이유입니다. 내 말 아시겠지요?

보통 때도 당신이 더 마시고 싶다면 떡이 되도록 마시게 해주었잖소. 아파트까지 당신을 데려다주곤 했잖아요. 정신을 잃은 당신을 데려다주다가 부인이 죽은 것을 발견하게 하고, 술에 취한 당신에게서 부인과 한바탕하고 뛰쳐나왔다는 것을 들었다고 진술하려는 계획을 세웠던 거요. 자기 손으로 여자를 죽이고, 그 현장에 그녀의 남편과 함께 간다니 정말 아이디어는 기발했지요. 그의 계획대로라면 그는 범죄 현장에 우연히 끼게 된 방관자가 되고 혐의조차 받지 않는 겁니다. 이런 얘기는 모두 그가 한 이야기입니다. 술술 불더군요. 하지만 후회하는 빛은 조금도 보이지 않았다는 것도 알아 두시요."

"엄청난 사람이네요."

캐롤이 우울한 목소리로 중얼거렸다.

"그는 당신이 혼자 움직일 것이라고 생각했지요. 당신이 갈 곳도 알고 있었지요. 오후에 만났을 때 당신한테 메종 블랑에서 저녁먹고 카지노 극장에 간다는 얘기를 벌써 들었으니까요. 물론 당신이 불쑥 들어갔던 그 술집은 모르고 있었답니다. 그는 서둘러 메종 블랑에 가서 몰래 안쪽을 살핍니다. 당신의 모습도 찾아냈지요. 아마 당신이 막 도착할 때쯤일 텐데 생각지도 않은 동행이 있는 겁니다. 이 때문에 그의 계획이 완전히 바뀝니다. 동행이 있으니 당신과 술을 마시면서 부부싸움 이야기가 나오도록 유도할 수 없게 됐지요. 또 그녀를 언제 만났는지도 모르고, 그녀가 당신의 알리바이를 밝혀줄 수도 있다는 생각을 한 겁니다. 그의 계획에서 그 여자는 이미 사건에서 빠질 수 없는 중요한 인물이 되어 있었지요.

일단 밖으로 나온 그는 아무도 보이지 않을 만한 거리에서 식당을 감시합니다. 당신이 카지노 극장으로 가리라는 것은 알고 있었지만 혹시 다른 곳으로 갈지도 몰랐으니까요. 당신이 나와서 택시를 타자 그도 택시를 타고 뒤를 쫓아서 카지노 극장으로 갔습니다.

여기가 정말 중요한 부분입니다. 카지노 극장에서 그는 입석표를 삽니다. 보통 시간이 없어서 일 막밖에 볼 수 없는 사람들이 싸게 입석표를 사지 않습니까? 그는 기둥에 몸을 숨기고 당신들의 행동을 하나도 빠짐없이 다 보고 있었습니다. 공연이 끝나고 당신들을 뒤따라 나오는데 너무 복잡해서 하마터면 놓칠 뻔 했다더군요. 이리저리 찾아다니다가 택시를 타는 당신들을 볼 수 있었지요. 그로서는 행운이지요. 그 사이에 있었던 장님 거지 일은 전혀 모르고, 길이 막혀서 택시가 지체하는 동안 다른 택시를 타고 당신들을 뒤따라 갈 수 있었습니다.

당신들을 따라서 그가 마지막으로 간 곳은 술집 안젤모였습니다. 물론 그도 그때까지는 그 술집이 이번 사건의 중심이 될 것이라고는 생각하지 못했지요. 술집이 좁아서 안으로 들어가지 못하고 밖에서 서성거렸습니다. 잠시 뒤에 혼자 밖으로 나오는 당신을 발견합니다. 그 순간 여자를 따라갈 것인가? 당신을 따라갈 것인가? 갈피를 잡지 못합니다. 아파트에서 뛰쳐나오던 당신이 하던 말이 생각났습니다. 그 여자는 '거리에 나가서 맨 처음 만나는 여자를 당신 대신 데리고 가지!' 라는 말을 실제로 실행해서 만난 여자일 텐데 어느 쪽을 따라가는 것이 자신에게 유리한지 판단하기 어려웠다고 합니다.

주저할 시간이 없어서 그냥 직감적으로 선택했지만 그에게는 다시 행운이 찾아왔습니다. 그가 타려고 했던 배가 떠날 시간이 다 되었던 겁니다. 그는 꼭 그 배를 타야만 했기에 어쩔 수 없이 당신을 포기하고 여자를 따라가기로 했습니다. 만약 당신을 따라갔다면 그의 계획도 거기서 끝났을 겁니다. 당신에게 살인 올가미에게 씌우기는커녕 자기 범죄가 다 드러났을지 모릅니다. 그때는 거기까지 생각하지 못했겠지요.

그는 숨어서 다시 여자를 감시하고 있었답니다. 여자가 밤늦게까지 술집에 있지는 않을 것이고 틀림없이 어디론가 돌아갈 것이라고 생각했던 거지요. 얼마 지나지 않아서 그녀가 밖으로 나가자 몰래 뒤를 따라갑니다. 빈틈없는 그가 섣부르게 그녀에게 얘기를 걸 리는 없겠지요. 그러면 여지없이 자기 정체가 드러나고, 나중에 그녀가 당신의 알리바이를 입증해 준다면 자기 죄가 드러나는 것은 두 말할 필요도 없으니까요.

그는 교활하게 계획을 짰습니다. 일단 여자의 정체와 주소를 확인하는 선에서 끝내려고 생각했지요. 필요할 때 언제라도 찾아 갈 수 있으니까요. 그리고 여자를 자유롭게 두고 보는 겁니다. 그리고 한편으로는 그녀가 당신에게 유리할 건지 불리할 건지를 알아보는 거지요. 그러기 위해서 당신이 그녀를 처음 만난 장소를 알아야 했습니다. 가장 중요한 것은 당신이 아파트를 뛰쳐나오고 시간이 얼마나 지났을 때 그녀를 만났는지를 확인하는 겁니다. 또 한가지 중요한 것은 사건에서 여자가 중요하다면 그녀가 나타나지 못하게 만들 방법도 찾아야 했지요.

여자에게 입을 다물어 달라고 말하면 순순히 받아들일 것인지도 확인해야 했지요. 순순히 말을 듣지 않으면 여자를 죽여버리겠다는 생각을 마음속으로 했다고 말하더군요. 처음 범죄를 숨기려고 제2, 제3의 범죄를 저지르는 거지요. 어쨌든 그렇게 여자를 미행하게 됩니다. 그런데 여자가 그 깊은 밤에 한없이 걷기만 하는 겁니다. 걸어서 가니까 놓칠 염려도 없이 미행하기는 쉬웠답니다. 그런데 그녀의 집이 술집 근처일 것이라고 생각했는데 한없이 멀리 가고 있으니 별별 생각이 다 들었겠지요. 그중에 자기가 따라오고 있는 것을 여자가 벌써 알고 있을 수도 있다는 생각도 들었답니다. 자기를 따돌리려고 일부러 저러고 있다는 거지요. 하지만 경계하는 기색도 없고, 목적지도 없이 흐느적거리며 걷는 것을 보니 그럴 가능성은 거의 없다는 결론을 내렸습니다. 자기를 따돌리려면 택시를 타거나 만나는 경찰에게 알려 주면 될 텐데 여기저기 기웃거리면서 방황할 리가 없었지요. 걸어가는 동안 경찰도 대여섯 명 만났답니다.

렉싱턴 57번가에서 서쪽으로 돌아 5번가로 나오더니 북쪽으로 걸어가서 셔먼 장군 동상이 있는 광장 벤치에서 잠시 쉬더랍니다. 마치 한적한 오후 3시에 시내 산책하는 것 같았지요. 차들이 몇 대 공원으로 들어오더니 그녀 앞에서 속도를 줄이면서 '야 타!'를 해대자 그녀가 벤치에서 일어나서 다시 걷기 시작했답니다. 또 다시 59번가 동쪽을 향해 어슬렁어슬렁 걸어가면서 여기저기 가게의 진열장을 들여보고 있으니 롬버드는 머리가 돌 지경이었지요. 이렇게 흐느적거리면서 퀸즈버리 다리를 건너 롱아일랜드까지 가겠다는 생각이 들었답니다.

그런데 갑자기 59번가 끝에 있는 작은 여관으로 들어가더랍니다. 가까이 가서 보니 프런트에서 숙박계를 쓰고 있더랍니다. 이게 무슨 장난인가 싶었겠지요.

그래서 자기도 방을 빌리면서 그녀의 이름을 알아보기로 했답니다. 숙박계를 쓰면서 바로 윗칸을 보니 '프랜시스 밀러', 214호실이었습니다. 그는 여관 주인이 안내하는 방들을 이런저런 트집을 잡아서 거절하는 방법으로 그녀의 바로 옆방인 216호실을 얻을 수 있었지요. 다 쓰러져가는 여관이어서 트집 잡을 것들은 많았다더군요.

그녀가 오늘 밤에 여기서 잘 것인지 아닌지를 확실히 알아보기 위해서 2층 복도를 서성거렸습니다. 시간이 좀 지나자 더 이상 기다릴 수만은 없다는 판단이 들었답니다. 워낙 낡은 건물이어서 움직이는 소리도 들리더랍니다. 잘 들어보니 여자가 뭘 하고 있는지도 짐작할 수 있었고요. 그녀가 옷을 벗어서 낡은 옷장에 넣는 소리도 들렸고 콧노래를 부르며 왔다갔다하는 소리도 들렸답니다. 그날 극장 쇼에서 보았던 '치카 치카 붐 붐' 노래였지요. 그리고 수돗물 소리가 들리더니 잠시 뒤에 불이 꺼졌습니다. 낡은 침대가 삐걱거리면서 그녀가 누웠다는 것도 알려주더랍니다.

그는 자기 방에서 불을 켜지 않은 채 창밖으로 몸을 내밀어 보았지요. 바깥은 지저분한 막다른 골목이었고 여자의 방도 자세히 볼 수 있었답니다. 커튼이 쳐져 있었지만 창문에 올라서서 몸을 옆으로 하니까 그녀의 침대까지 보였지요. 두 방의 창문 사이에는 배수관이 있었고 배수관을 벽에 고정시키기 위해 박아놓은 고리들은 발받침으로 쓰기에 제격이라는 것까지 봐두었지요. 필요하다면 그것을 밟고 옆방으로 들어갈 수도 있었으니까요.

이제 잠시 동안 여자에게 신경쓰지 않아도 되었으니 다음 계획을 이어가야 했습니다. 시간은 새벽 2시가 조금 못됐지요. 그는 다시 택시를 타고 안젤모 술집으로 다시 옵니다. 술집이 한가한 시간이기 때문에 바텐더와 얘기도 하고 정보도 얻을 수 있겠다고 생각한 겁니다. 그는 의심받지 않도록 적당한 기회를 잡아서 바텐더에게 그녀에 대한 이야기를 꺼냈지요.

'아까 저기 끝자리에 앉아 있었던 여자를 아시오?'

그런 일하는 사람들은 대부분 손님에게 친절하지요. 그 바텐더도 그녀가 6시쯤 들어와서 어떤 남자와 있다가 나갔고, 다시 돌아와서 남자가 먼저 가고 혼자 앉아 있었다는 것까지 줄줄 말해주었답니다. 그가 재미있다는 듯 몇 가지 질문을 하니까 자기가 제일 궁금해 하는 것을 들을 수 있었답니다. 당신이 들어오자마자 그 여자에게 말을 걸었다는 것 그리고 6시에서 불과 2, 3분밖에 지나지 않은 시간이라는 것도 알게 됩니다. 그에게는 불리한 내용들이었지요. 그녀가 당신을 위해 알리바이를 확실하게 증명해 줄 수 있는 존재였지요. 당장 손을 써야 했습니다, 아주 급히.

그는 즉시 실행에 옮깁니다. 아직 손님이 한두 명 남아 있었지만 거래를 시작했지요. 그런 바텐더는 돈이면 끝이니까 쉽게 움직일 수 있었지요. 그 술집에서 거래를 시작한 거요. 그 바텐더는 약간의 팁으로도 간단히 움직일 수 있는 사람이었소. 그는 익을 대로 익어서 건드리기만 하면 그냥 톡 떨어지는 그런 인물이었던 거요. 신중한 한두 마디, 카운터 너머로의 악수―이것으로 이야기는 끝났소.

'그들이 여기서 만났다는 것을 기억에서 지워버릴 수 있나요? 아니 남자가 온 것은 잊을 필요 없어요. 여자만 잊으면 돼요, 얼마면 될까요?'

바텐더는 아주 작은 돈이면 된다고 말했지요.

'경찰서에 가서도 절대로 말하면 안 됩니다.'

그러자 바텐더가 잠시 주저했지요. 그러자 롬버드는 그가 오래 생각할 시간을 주지 않고 바텐더가 말한 액수의 50배를 안겨버립니다. 1,000달러요. 바텐더는 당연히 약속할 수밖에요. 거래가 이루어지자 롬버드는 거의 협박에 가까운 말투로 약속을 재확인 시킵니다. 협박은 그의 전문이니 죽음의 그림자까지 보여주었겠지요. 바텐더도 그런 협박을 대충 넘어갔다가는 큰일을 당하겠다고 겁을 먹고 완전히 입을 다물어 버린 겁니다. 사건이 다 밝혀진 후에도 그는 아무 말도 하지 않을 정도였다니까요. 돈 때문이 아니고 목숨이 두려웠던 거지요. 다른 사람들에게도 같은 방법을 썼겠죠. 클리프 밀번을 생각해 보면 알 수 있지요. 롬버드는 사회성을 키우지 못한 환경에서 오래 있어서 그런지 정말 잔인한 성격의 인간입니다.

바텐더의 입을 막은 뒤에 그는 또 다른 사람들을 찾아갔습니다. 온 거리를 뒤지고 포레스트 힐스까지 가서 잠자고 있는 사람도 흔들어 깨웠지요. 그렇게 모든 일을 끝내고 나니 새벽 4시였답니다. 그가 만난 사람은 택시 운전사인 앨프, 메종 블랑의 지배인 그리고 카지노 극장의 매표원이었지요. 당연히 적당한 액수의 돈을 쥐어주었고요. 택시 운전사는 그저 여자를 못 봤다고 말하면 되고, 지배인은 테이블 담당 보이에게 돈을 조금 떼어주고 입을 다물라고 말하면 되는 거였소. 극장 매표원은 굉장히 큰 돈을 받았기 때문에 사실상 그와 공모자가 된 것입니다.

매표원은 오케스트라 단원 중에 특이한 여자를 보았다고 떠벌리는 소리를 들었다며, 그 사람 입도 막아 놓는 게 좋을 거라고 충고까지 했다더군요. 하지만 롬버드는 다음 날까지 돌아다닐 수는 없는 상황이었지요. 그리고 우리도 그런 인물에 대해서는 조금도 신경을 쓰지 못했으니……, 롬버드가 그를 만나지 않았어도 안전할 수 있었지요.

동이 트기 한 시간 전쯤에 그는 모든 일을 끝냈습니다. 수단과 방법을 가리지 않고 여자의 존재를 지워버렸지요. 이제 남은 것은 단 한 사람뿐이지요. 그는 마지막 일을 마무리하기 위해 여관으로 돌아갑니다. 가면서 영원히 침묵시키는 방법을 쓰려고 마음먹었답니다. 그래야 다른 누군가가 배신해서 입을 연다고 해도 증거가 없어서 안전하니까요.

그는 여관 방으로 들어가서 어둠 속에 앉아 계획을 세웠답니다. 이번에는 당신 부인을 죽일 때와는 상황이 달랐던 겁니다. 자기가 범인으로 주목받을 위험이 너무 컸던 거지요. 그래도 숙박계에 잭 롬버드가 아닌 그저 흔해빠진 이름을 써놓았으니 자기 정체가 탄로날 위험은 없었지요. 그는 일이 끝나자마자 배를 타고 떠나서 다시는 돌아오지 않을 생각이었지요. 자기가 범인으로 지목되더라도 자기가 누군지 탄로날 염려는 없을 거라고 생각했지요. 무슨 말인지 이해가 가지요?

그가 복도로 나가서 여자의 방문에 귀를 대보았습니다. 모두 잠든 시간이었으니 주위는 고요했지요. 손잡이를 돌려보니 역시 잠겨 있었지요. 아까 보아두었던 배수관이 제일 좋은 방법이었어요. 다시 방으로 돌아와서 창문으로 고개를 내밀고 보니까 아까처럼 커튼이 쳐져 있더랍니다. 창밖으로 나가서 배수관을 밟고 여자의 방으로 들어갈 수 있었답니다. 침대 시트를 사용할 계획이었기 때문에 손에는 아무것도 들고 있지 않았고요.

그는 캄캄한 어둠 속을 지나 침대에 다가섰소. 그리고 두 팔을 올려 약간 부풀어 오른 침대 시트를 힘차게 눌러버렸소. 허나, 그것은 힘없이 찌그러들고 말았지요. 그 안이 비어 있었던 겁니다. 여자가 없던 거지요. 사라졌어요. 그녀는 처음부터 잠시 쉴 생각이었어요. 잠깐 침대에 누워 있다가는 날이 밝기 한 시간쯤 전에 밖으로 나간 겁니다. 화장대 위에는 담뱃재와 꽁초가 이리저리 뒹굴고 있을 뿐이었지요.

뜻밖의 상황에 그는 가슴이 철렁 내려앉았습니다. 허나 마음을 가라앉히고 프런트로 가서 대놓고 그녀에 대해서 캐물었던 모양입니다.

자기가 돌아오기 조금 전에 내려와서 열쇠를 반환하고 조용히 나가버렸다는 대답을 들었지요. 어디로 갔는지 방향조차 짐작할 수 없었답니다. 말 그래로 바람같이 나타났다가는 바람처럼 사라져버린 거였지요.

자기가 놓은 올가미에 자기가 걸려든 꼴이 되어버렸지요. 밤새도록 그 많은 돈을 들여서 그녀를 헨더슨, 즉 당시의 환상 여인으로 만들어 놓았는데 이제는 오히려 자기의 환상 여인이 되어버린 거지요. 전혀 예기치 못한 상황 때문에 불안감에 떨었겠지요. 언제 어디서 그녀가 불쑥 나타날지 모르니까요.

그때부터 지옥 같은 맛을 느껴야만 했겠지요. 배를 포기하고 비행기로 간다 해도 그 시간에 무엇을 할 수 있겠소? 아시다시피 뉴욕이란 도시에서 그렇게 짧은 시간에 사람을 찾을 수 있는 곳이 아니니까요. 그도 그 점을 충분히 알고 있었지요. 그래도 그냥 있을 수는 없었답니다. 미친 듯이 닥치는 대로 쏘다니며 찾아 헤맸지요. 그러나 모두 헛수고였어요. 부인을 죽인 지 사흘째 되는 날 비행기를 타고 뉴욕을 떠났답니다. 마이애미를 거쳐 하바나 항구에서 사흘 전에 떠난 그 배를 다시 탈 수 있었지요. 승무원에게는 술에 너무 취해서 시간을 놓쳤다고 변명했다고 하더군요.

하루하루 불안해했던 참에 내가 당신 이름으로 전보를 친 겁니다. 그에게는 구원의 밧줄이었지요. 불안한 것들을 마무리할 수 있는 절호의 기회가 찾아왔지요. 그것을 핑계로 회사 일을 내팽개치고 황급히 돌아온 겁니다. 흔히 살인범은 본능적으로 사건 현장을 다시 보고 싶어하지요. 그도 역시 자석에 끌리듯이 돌아왔고, 이제 당당하게 당신을 위하는 척하면서 그녀를 찾을 수가 있게 됐지요. 마음속으로 다짐을 했답니다. 만약 경찰이 그녀를 찾는다고 해도 그녀는 이미 시체가 된 후일 거라고."

"그러면 당신은 감방에서 내 이름으로 전보를 친 그날도 이미 그를 의심하고 있었다는 말이군요, 그를 처음으로 의심하기 시작한 것은 언제부터였나요?"

"확실하게 몇 월 며칠 몇 시부터라고는 말할 수 없어요. 하지만 나는 당신이 무죄일 거라는 직감이 커질수록 점점 더 그에게 관심이 쏠리기 시작하더군요. 하지만 진범이라는 결정적인 증거는 애당초부터 없었소. 그래서 그렇게 한참이나 돌고 도는 방법을 쓸 수밖에 없었던 거죠. 아파트에도 그의 지문은 없었어요. 틀림없이 손댄 곳을 깨끗이 닦아놓았겠지요. 손잡이에 지문이 몇 개 있었지만 누구 것인지 가려낼 수 없었소.

처음에 그는 당신이 심문받을 때 지나치면서 말했던 사람에 불과했었지요. 부인 때문에 아주 친한 친구의 송별 파티마저도 참석 못했다고 말했지요. 그때는 그저 당신의 배후관계에 대해서 알아보기 위해서 그의 신변을 간단하게 조사하고 끝이었지요. 그리고 당신 말대로 배를 타고 멀리 떠났다는 것도 알게 되었으니 그만이었지요. 그런데 우연찮게 선박회사에서 그가 사흘 뒤에 하바나까지 가서 배를 탔다는 사실을 알게 되었습니다. 그리고 배 예약도 두 사람으로 했다는 것도 알았지요. 자기와 자기 부인입니다. 물론 부인은 끝까지 배를 타지 않았고요. 그래서 좀 더 자세히 조사해 보았더니 그는 결혼했다는 기록이 없는 겁니다.

물론 그것만으로 그가 범인이라고 단정할 수는 없지요. 예약하고 배를 못타는 일은 흔히 있으니까요. 결혼도 정식으로 하지 않고 미루는 경우는 얼마든지 있잖아요. 그래서 나도 처음에는 별로 이상하게 생각하지는 않았습니다. 그냥 지나치려는데 배를 타지 못하고 사흘 뒤에 뒤쫓아가서 배를 탔다는 점이 계속 머릿속에 맴도는 겁니다. 그것도 혼자서 갔다는 게. 경찰에게 의심받으면 결론은 뻔한 겁니다. 어느 순간부터 당신이 죄가 없을 것이라는 확신이 커지면서 그에 대한 의심도 그만큼 커져갔지요."

"그러면서 나한테는 한마디도 말씀 안하셨군요."

"할 수 없지요. 결정적인 것이 하나도 없었으니까요. 사실이지 그날 밤에 그가 리치몬 양을 차에 태우고 숲 속으로 데리고 갈 때까지도 당신에게 말해주는 것이 불가능했어요. 만일 내가 말했다면 당신은 분명히 반대했겠지요. 우정이라는 허울을 이기지 못하고 그에게 귀띔해주었을 겁니다. 아니 그렇게까지 하지는 않더라도 내가 당신의 친구를 뒷조사했다는 것에 감정이 상해서 당신 스스로를 배신했을 겁니다. 이상하게 행동하는 당신 태도에서 그가 곧바로 눈치를 챘을 거고요. 모든 계획은 물거품이지요.

그래서 내가 생각한 방법이 당신을 통해서 그를 움직이게 하는 거였습니다. 당신을 일종의 리모콘처럼 이용하는 방법입니다. 물론 당신에게는 그 사실을 알려주면 안 되지요. 말이 쉽지만 그리 간단한 일은 아니었습니다. 예를 들면 극장 프로그램으로 쇼를 벌인 것도 그 방법의 하나였죠."

"지금이니까 말이지 나는 당신 머리가 좀 돌았다고 생각했었습니다. 그렇지 않으면 내 머리가 돌 지경이었지요. 당신은 내게 똑같은 질문을 반복, 반복, 반복하고 또 동작 하나하나, 말 한마디 한마디를 모조리 반복하게 했으니까요. 당신은 이미 내가 어떻게 생각하는지 모든 것을 꿰뚫어보고 있었던 겁니다. 나는 당신이 내 고통을 덜어주려고 그런다고 생각했어요. 시시각각 목을 죄어오는 죽음의 고통이오. 그래서 나는 아무 생각 없이 당신을 따라 행동했었던 겁니다. 물론 반쯤은 장난삼아 말이오."

"당신한테는 반 장난이었지만, 나는 심장이 목구멍까지 올라오는 기분이었다오."

버지스는 씁쓸하게 웃으며 말했다.

"당신이 그를 뒷조사하는 동안 발생한 사건들도 모두 그 친구가 관계된 건가요?"

"그렇소. 전부 관계가 있소. 한 가지 이상한 점은 분명히 타살인 것 같은데 클리프 밀번이 자살이라고 밝혀진 겁니다. 또 바텐더는 정말 교통사고로 죽었소. 그러나 사고로 알려졌던 장님과 피에레트 더그러스의 죽음은 모두 살인이라고 밝혀졌소. 그가 손을 쓴 살인사건이오. 두 사건 모두 흉기는 쓰지 않았지만 끔찍했소. 특히 장님은 정말 소름끼칠 정도로 잔인한 방법으로 살해되었죠.

그는 밖에 가서 전화로 나를 부른다는 핑계를 대고 장님을 방에 혼자 남겨둔 채로 방에 나왔소. 사기꾼들이 그렇듯이 그 장님도 경찰을 싫어한다는 것을 알고 있었지요. 경찰이 오기 전에 거기서 도망치려고 할 것이 분명하다고 생각했던 겁니다. 그에게는 확신이 있었지요. 그는 방을 나가자마자 양복점에서 쓰는 튼튼한 검은 실을 계단 맨 꼭대기 부분에 쳤습니다. 발목 높이로 나지막하게 가로세로 여러 줄 쳤지요. 그리고 한쪽은 문 손잡이에 다른 한쪽은 벽에 박혀있는 못에 매어둔 겁니다. 당신도 알다시피 장님은 앞을 볼 수 있기 때문에 전등불을 껐습니다. 그리고 일부러 계단을 쿵쿵 울리면서 밑으로 내려가서 몸을 숨기고 기다렸답니다.

장님은 롬버드가 경찰을 데리고 오기 전에 도망치려고 허둥지둥 방을 뛰쳐나왔지요. 불쌍하게도 롬버드의 계략에 걸려들고 만 거요. 실이 발에 걸리면서 계단 밑으로 몇 바퀴 구르다가 벽에 머리를 부딪쳤지요. 실은 끊어졌지만 그는 이미 굴러 떨어지고 있었으니 아무 소용이 없었어요. 하지만 죽지는 않고 두개골에 금이 갈 정도로 정신을 잃고 쓰러져 있었지요.

롬버드는 잽싸게 뛰어서 실을 모두 걷어 치우고 장님에게 다가갔지요. 손을 잡아 보니 아직 살아서 숨을 쉬고 있더랍니다. 머리가 약간 비틀려서 벽에 기대 있어고 목이 가느다란 다리처럼 받치고 있었지요. 롬버드는 목을 약간 옮기고 한쪽 발을 들어 무거운 구두로 목뼈를……."

캐롤이 신음 소리를 내며 얼굴을 돌렸다.

"미안합니다."

버지스가 사과했다. 그녀가 다시 앞을 쳐다보면서 말했다.

"그것도 모두 이번 일과 관계있으니까 다 들어야겠군요."

"그런 다음에 그가 밖으로 나와서 나에게 전화를 한 겁니다. 그리고 아래층 현관문 근처에서 왔다갔다 하다가 순찰중인 경찰에게 말을 걸면서 내가 오기를 기다리고 있었던 겁니다. 혹시라도 의심받을 경우까지 생각해 두었던 겁니다."

"당신은 금방 알아차렸나요?"

"그날 밤 늦게 그를 돌려보내고 시체보관소에 가서 조사해 보았습니다. 자세히 살펴보니 장님의 발목 앞쪽에 가느다란 붉은 줄이 있더군요. 그 실자국이지요. 또 목 뒤에도 흙이 묻어 있는 것도 발견했소. 무슨 일이 있었는지 짐작이 갔습니다. 하지만 증거도 없으니 그의 짓이라고 단정하기는 무리였소. 조금 잔인하지만 더 큰 사건의 범인으로서 그를 체포하고 싶었소. 장님 사건만으로는 당신 부인 살인이나 다른 사건의 범인이라고 단정하기는 무리니까요. 또 증거도 없이 체포했다가 놓아주어야 한다면 모든 게 끝이니까요. 그가 꼼짝달싹 못할 때 잡아 넣어야 했습니다. 그래서 줄을 좀 느슨하게 풀어주고 마음대로 움직이도록 내버려 두었던 겁니다.."

"마리화나 피우던 남자와는 관계가 없다구요?"

"면도날이 좀 이상하지만, 그 사건은 유일하게 그의 짓이 아닌 것 같소. 클리프 밀번은 마약 금단으로 인해 우울증과 공포감를 느끼고 발작적으로 자살했습니다. 선반 위에서 발견된 안전 면도날은 그전에 살던 사람이나 밀번의 친구가 사용하고 버린 것 같습니다. 아마 행동 심리학자들은 그 사건에 깊은 관심을 보일 겁니다. 행동심리학자들은 사람이 자살할 때라도 도구는 본래 용도로만 사용하는 게 본능이라고 합니다. 아내가 아무 생각 없이 면도칼로 연필을 깎았다고 남편이 핏대를 올리며 화를 내는 것도 그런 이유지요."

캐롤이 조용히 중얼거리듯이 말했다.

"그날 밤 이후로 나는 면도칼 근처에도 가지 못하겠어요."

"피에레트 더글러스의 죽음은 그의 짓이었다죠?"

이번에는 헨더슨이 흥미있다는 듯이 물었다.

"그것은 앞에 것보다 방법이 더 교묘했지요. 그녀의 방은 마루로 되어 있고 그 위에 긴 융단이 입구에서부터 창문까지 깔려 있었소. 마루는 잘 닦아서 번쩍번쩍 윤이 날 정도였지요. 롬버드는 자기가 그 마루에 미끄러져서 넘어질 뻔 했던 것을 이용해서 그녀를 죽였지요. 그가 넘어질 뻔 했을 때 그녀가 깔깔거리고 웃는 것을 보고 생각했다고 하더군요. 융단이 일자로 길게 깔려 있으니까 어디쯤 서 있을 때 잡아당기면 균형을 잃고 창문, 그 프랑스풍으로 생긴 창문으로 넘어질 것인지를 치밀하게 계산한 겁니다. 그는 그곳에 보이지는 않지만 X표를 해놓았겠지요. 이런 행동은 간단해 보이지만 상대방과 자연스럽게 행동하면서 두 사람의 구도를 맞춘다는 것은 쉬운 일이 아닙니다. 이 방법은 나도 그가 쓴 진술서를 읽어 보고서야 이해가 되었습니다.

그는 수표에 사인을 한 뒤에 수표를 손에 들고 바깥 공기에 잉크를 빨리 말리는 체하면서 창가로 갑니다. 그곳은 자기 머릿속에 있는 X표 근처였지요. 자기는 융단이 없는 곳에 서서 그녀를 그리로 유도하려고 수표를 내밉니다. 그가 내미는 수표에 이끌려서 그녀가 바로 그 장소에 도착하는 순간 손가락에 힘을 빼고 수표를 건네줍니다.

그녀가 수표를 확인하느라고 그 자리에서 머뭇거립니다. 그때 재빨리 걸어서 밖으로 나가는 것처럼 입구로 걸어갔답니다. 문을 나서기 직전에 돌아서서 그녀에게 인사를 건넵니다. 크게 '안녕히 계시오!' 하고 소리쳤지요. 그 소리에 그녀가 고개를 들고 그를 마주 바라봅니다. 그녀의 등 뒤는 바로 프랑스식의 창문이지요. 그것도 그의 계산대로 정확하게 맞아 있었지요. 그녀의 앞쪽이나 옆쪽이 창문을 향하고 있다면 몸의 균형을 잃어도 순식간에 무언가 잡을 수 있으니까 실패할 확률이 큽니다. 그러나 등을 지고 있는 자세에서는 사람의 관절 모양이 그렇게 할 수가 없는 겁니다.

그가 재빨리 엎드리면서 융단 끝부분을 잡고 일어서며 팔을 죽 머리 위로 치켜올렸다가 다시 내렸소. 그가 한 것은 그것이 전부였지요. 하지만 그녀는 바람에 날리듯 프랑스식 창문 밖으로 떨어졌고요. 비명도 지르지 못했답니다. 발에서 벗겨진 은빛 구두가 마루에 툭 떨어졌을 때 그녀는 이미 보이지 않더랍니다."

캐롤이 눈살을 찌푸리며 말했다.

"그건 칼이나 권총 같은 흉기를 쓰는 것보다 더 비겁하군요. 일종의 배신과 같은 거예요."

"예, 그렇습니다. 하지만 배심원들을 이해시키기는 쉬운 일이 아니지요. 6~7미터 떨어진 곳에서 손도 대지 않고 그녀를 죽였다는 것을 설명해 줘야 하니까요. 내가 그곳에 갔을 때 융단은 그대로 있었지요. 조금 비뚤어졌지만 원래 모양대로 깔려 있더군요. 난 직감적으로 그 방법을 알아챘습니다. 그의 말대로 그녀가 미끄러졌다면 그녀가 서있던 곳에 주름이 있어야 되거든요. 그런데 실제로는 그가 서 있던 곳에 주름이 잡혀 있었어요.

내가 갔을 때 방에는 그녀가 피우던 담배가 연기를 내고 있더군요.

내게 전화한 시간이 15분 전인데 그때까지 타고 있는 담배를 보면 우리가 도착하기 직전에 떨어진 것처럼 보이지요. 그리고 나와 소방서 앞에서 만나고도 그는 8분이나 10분쯤 나와 같이 움직였거든요. 그러니 담배가 타고 있는 시간을 비교하면 그가 한 짓이라고 쉽게 단정하기는 어려웠던 겁니다. 나도 그의 수작을 파악하는 데 꼬박 사흘이 걸렸답니다.

그 아파트에는 스탠드식 재떨이가 있는데 그 한가운데 구멍이 있고 재를 털면 긴 대통을 통해서 저절로 아래로 떨어지게 되어 있지요. 그 재떨이에 뚜껑이 있는데 그가 그 뚜껑이 계속 열려 있도록 조작했지요. 그리고 보통 담배를 세 개 이어서 불을 붙여 놓은 거지요. 담뱃불은 입으로 빨아들이지 않아도 잘 꺼지지 않습니다. 아주 조금씩 타들어가지요. 처음 두 개비는 다 타서 대통을 통해서 흔적도 없이 밑으로 사라졌고, 우리가 들어갔을 때는 마지막 세 번째 담배가 하늘하늘 연기를 내면서 타고 있었던 겁니다.

얼마나 치밀하고 대단한 조작인지 짐작이 가시지요. 그러나 이렇게 치밀한 알리바이가 자기를 오히려 불리하게 만들 줄은 예상하지 못했겠지요. 이런 조작을 하지 않는 편이 그에게는 더 좋았을 겁니다. 자기가 치밀하게 조작해 놓은 담배 때문에 그는 멀리 가지 못했습니다. 자기가 갈 수 있는 거리가 한정되고 만 겁니다. 담배가 다 타기 전에 그는 다시 돌아와야 했거든요. 그래서 그는 우리가 헤매지 않고 찾을 수 있는 장소 중에서 그녀의 수작에 당했다고 생각되는 곳을 그 근처에서 찾아야만 했던 겁니다. 모두 담배 때문이었지요. 그래서 찾아낸 곳이 뉴욕 시 소방서였지요. 그곳이라면 우리가 금방 찾고 또 빠르게 그녀의 방으로 되돌아 갈 수 있었을 테니까요.

그녀가 정말로 수표를 현금으로 바꿔서 도망칠 생각이었다면 아무 주소도 알려주지 않거나 아주 멀리 떨어진 장소를 알려주는 것이 이

치상 맞거든요. 그러면 우리는 있지도 않은 주소를 들고 온종일 시내를 뒤지고 다녔겠지요. 그런데 왜 금방 들통날 장소를 더군다나 바로 자기 코앞에 있는 곳으로 알려주겠어요. 우리로서는 당연히 의심할 수밖에 없지요. 그렇다면 그녀에게 원래부터 수표를 가지고 도망갈 의도가 없었다고 생각되는 거예요.

하지만 그것도 그의 실수는 아닙니다. 그는 그녀의 의도가 의심되게 하더라도 자기가 살인혐의를 받지 않게 하려고 했던 겁니다. 그는 이미 장님 사건에서도 혐의를 완전히 벗지 못했기 때문에 이중으로 살인혐의가 겹치게 되는 것이 두려웠던 거지요. 그래서 그런 실수를 할 수밖에 없었던 거구요. 사실 이 실수만 제외한다면 그의 수법은 거의 완벽에 가까운 것이라고 해도 좋습니다.

엘리베이터 보이에게 들리도록 아무도 없는 방을 향해 이야기 한 것이나, 자기가 나온 뒤에 그녀가 문을 닫은 것처럼 보이려고 등 위에서 문 닫는 시간을 늦춘 것은 정말로 치밀하게 계산된 행동이었지요. 어떻습니까. 이 사건만으로도 충분한데 왜 그를 잡아넣지 않았냐는 생각이 들지 않나요?"

버지스가 이야기를 끝내려는 듯이 이렇게 말했다.

"그러나 그것만으로 당신 부인을 죽였다는 증거가 되지는 못합니다. 당신에게는 도움이 되지 못할 수도 있는 거지요. 그래서 한 번 더 그의 행동을 지켜보려고 작정을 한 겁니다. 나는 그가 또 한 번 같은 행동을 하도록 유인하려고 했지요. 이번에는 우리가 선택한 상대를 미끼로 던져서 그를 자극시켰던 겁니다."

"캐롤이 그 여자로 변장하도록 한 것도 당신 계획이었군요? 내가 몰랐으니 가능했지, 만일 알았더라면 못하게 했을 겁니다."

"내 생각이 아니라 사실은 리치몬 양이 제안한 겁니다. 나는 다른 젊은 여자를 찾아서 시키려고 생각했었소. 그래서 여자를 구했는데 리치몬 양이 하겠다고 나선 거지요. 그 마지막 밤, 사형 집행이 눈앞에 다가와 있었지요. 우리가 프로그램 가게 앞에서 그를 감시하고 있는데 리치몬 양이 오더니 막무가내로 고집을 부리더군요. 말려도 소용이 없었지요. 두 여자를 모두 보낼 수도 없고 다른 도리가 없었지요. 리치몬 양을 보내는 수밖에요. 극장에서 일하는 분장가를 불러 교묘하게 변장시켜서 그 가게에 들여보내게 된 겁니다."

캐롤이 당연한 일인데 뭘 그러냐는 듯 말했다.

"한번 생각해보세요. 2달러에 고용된 아마추어 여배우가 과장된 연기로 모든 것을 다 망쳐버리는 것을 나보고 보고만 있으라는 건가요? 연습이 아니잖아요. 두 번 할 수 있는 일도 아니고. 더구나 그게 마지막 순간이었고요."

"그럼, 그 여자는 끝까지 못 찾은 거군요?"

헨더슨이 말하면서 답답하다는 표정을 지었다.

"내 말은 정말입니다. 나는 누군지도, 어디서 왔는지도 모르는 여자와 영원히 끝나지 않을 게임을 하고 있었던 겁니다."

버지스가 말을 받았다.

"사실 그녀가 숨으려는 것은 아니오. 게임을 즐기고 있는 것도 아니고."

"그렇다면 더 이상한 일이군요?"

헨더슨과 캐롤이 약간 이상하다는 표정으로 동시에 몸을 앞으로 내밀었다.

"당신이 어떻게 그런 것까지 알지요? 그녀의 정체를 알고 있나요? 누구인지 정말 알아낸 겁니까?"

"아, 물론 알고 있습니다."

버지스가 힘없이 말했다.

"아주 오래 전부터 알고 있어지요. 벌써 몇 주일 전, 아니 몇 달 전에 그녀가 누구인지를 알아냈소."

"오, 저런! 그러면 그 여자가 죽은 건가요?"

헨더슨이 놀라며 물었다.

"아니, 그렇지는 않습니다. 몸은 아직 살아 있지만 어떻게 보면 죽은 거나 마찬가지요. 정신이 완전히 나가서 지금 정신병원에 있거든요."

그는 천천히 주머니에 손을 넣더니 봉투와 서류를 따로따로 꺼내놓았다. 두 사람은 얼어붙은 것처럼 꼼짝 못하고 그것을 바라보았다.

"나는 그 병원에 가봤소. 한 번이 아니라 몇 번이나 가서 그녀와 이야기를 나누어 보았죠. 그녀는 꿈꾸는 사람처럼 멍하니 앉아 있었지만 겉으로는 조금도 미친 사람처럼 보이지 않았지요. 하지만 기억은 아무것도 못하더군요. 어제 일도 기억 못하고 과거의 모든 것들이 통째로 안개에 싸여서 보이지 않는 듯했습니다. 그러니 우리에게 아무런 도움도 될 수가 없었던 거지요. 증언은 아예 꿈에도 생각할 수 없는 처지였습니다. 이런 거 저런 거 죄다 알았기 때문에 어쩔 수 없이 다른 대역을 만들어 내는 방법을 택해야겠다고 결론을 내렸던 거지요. 마지막으로 쓸 수 있는 방법이었습니다."

"그녀가 언제부터 그렇게 되었나요?"

"당신과 함께 있었던 밤에서 3주일 채 지나지 않아서 병원에 수용되었소. 그때는 그래도 가끔씩 정신이 오락가락하는 정도였는데, 그 뒤로는 영원히 막이 내려진 거지요."

"당신은 어떻게 그녀를 찾았나요?"

"새삼스럽게 떠벌리고 싶지는 않지만, 정말 복잡한 방법으로 알아냈습니다. 제일 먼저 그 모자가 어느 고물상에서 발견되었소. 못쓰게 된 것들을 몇 센트 헐값에 사들이는 변두리 고물상이지요. 우리 요원이 찾아 냈어요. 우리는 모자에서 시작해서 하나씩 거꾸로 실마리를 풀어나갔습니다. 롬버드도 나중에는 같은 것을 찾아 헤맸지만, 그는 우리와 반대방향으로 진행했던 것 같더군요.

그 모자는 어느 노파가 쓰레기통에서 주워 고물상에 팔았소. 우리는 몇 주일에 걸쳐서 노파가 모자를 주웠다는 쓰레기통 근처의 집을 철저히 조사했지요. 그렇게 해서 모자를 버렸다는 가정부를 찾아냈습니다. 그녀가 얼마 전에 정신병원에 들어간 자기 여주인에 대해서 말해 주더군요. 나는 그 여주인의 남편과 가족들을 한 사람씩 모두 조사했지요. 그러나 당신과의 일을 정확히 알고 있는 사람은 아무도 없었습니다. 오직 그 여자만 알고 있는 거지요.

그러나 그들이 말하는 것을 종합해 보면 그 여자가 틀림없다는 확신이 들었지요. 그녀가 얼마 전부터 이상한 행동을 하고 다녔다고 하더군요. 늦은 밤중에 혼자 나가서 안 들어오거나, 혼자 호텔에 들어가거나, 어떤 때는 새벽에 나가서 공원 벤치에 앉아 있는 것을 데리고 들어온 적도 있다고 하더군요. 아, 그렇지! 그때 이걸 얻어왔소."

그가 스냅 사진 한 장을 헨더슨에게 건네주었다. 어떤 여자의 사진이었다. 헨더슨이 한참 동안이나 그것을 뚫어지게 쳐다보다가 고개를 끄덕이며 혼잣말하듯이 중얼거렸다.

"맞아."

캐롤이 그에게서 사진을 빼앗았다.

"이제 보지 마세요. 그 여자 때문에 당신은 평생 잊을 수 없는 생고생을 했잖아요. 그 여자에 대한 것을 기억할 필요도 없어요. 전부 잊어버리세요. 자, 이 사진 다시 가져가세요."

"그래, 이 여자 때문이지."

버지스가 사진을 넣으면서 말했다.

"그날 밤 캐롤을 변장시켜 보낼 때 이 사진이 역할을 했지요. 분장가들이 이 사진을 보고 똑같이 변장시킬 수 있었거든요. 그 녀석도 깜빡 속았지. 그도 그날 밤에 컴컴한 불빛 아래서 먼발치로 본 정도니까."

"그 여자의 이름이 무엇입니까?"

캐롤이 재빨리 손으로 가로막았다.

"안 돼요. 말하지 마세요. 나는 그 여자를 생각조차 하고 싶지 않아요. 우리는 새 출발 할 거예요. 환상은 이제 끝이에요."

"당신 말이 맞습니다. 이젠 모두 끝났소. 모두 잊고 두 분의 미래를 만드세요. 나도 잊어야겠습니다."

세 사람은 한동안 아무 말 없이 앉아 있었다. 각자 마음 속으로 그 여자를 생각하는 듯했다. 그들은 살아 있는 한 그녀의 존재를 쉽게 잊을 수는 없으리라. 이런 일은 쉽게 잊혀지지 않는 법이니까.

헨더슨이 캐롤과 팔짱을 끼고 나가다가 문 앞에서 버지스를 돌아보고 말했다. 뭔가 불만이 있는 듯한 표정이다.

"이번 사건에는 뭔가 교훈 같은 게 있지 않나요? 사람이 사는 도리 같은 것 말입니다. 나하고 캐롤은 이런 경험에서 아무것도 얻지 못할 거라고 생각하는 거 아닙니까? 그래도 어딘가에 교훈이 되는 것이 있지 않겠어요?"

버지스는 빨리 가라는 듯이 그의 등을 쳤다.

"굳이 교훈이 필요하다면 한 가지 말해주겠소. 다음부터는 생판 모르는 사람과 극장에 함께 갈 때는 우선 상대의 얼굴부터 잘 기억해 두도록 하시오."

작가와 작품에 대해서

  윌리엄 아이리쉬는 그만의 독특한 분위기와 감미로운 문체로 전 세계 미스터리 소설팬들을 거느리고 있는 작가다. 1968년 9월 25일 뉴욕의 한 병원에서 64살로 그 생애를 마칠 때까지 개성이 뚜렷한 작품들을 끊임없이 발표했다.

  윌리엄 아이리쉬가 쓴 장편추리 소설은 모두 열여섯 편인데, <검은 옷을 입은 신부(The Bride Wore Black, 1940)> <환상의 여인(Phantom Lady)> <밤은 천개의 눈을 가지고 있다(Night Has a Thousand Eyes, 1945)> 등 세 개가 그의 대표작들이다.

  특히 <환상의 여인>은 그의 최고 걸작일 뿐만 아니라 세계추리문학에서 최고의 걸작품이라는 찬사를 받고 있다. 특히 서스펜스 소설로서 이 작품을 능가할 만한 소설이 없을 정도다. 이 소설은 1944년에 유니버설 영화사에서 로버트 시오드마크 감독, 프란쇼트 톤 주연으로 영화화되었다. 다른 두 작품도 영화화되었다.

  개성이 뚜렷했던 그의 미스터리 소설은 추종자나 모방자도 없을 만큼 독특하다는 평가를 받고 있다. 그의 작품은 매우 짜임새 있고 문학적 향기가 짙은 문체를 자랑한다. 윌리엄 아이리쉬처럼 자기만의 독보적인 문학세계를 구축한 작가는 찾아보기 힘들 것이다.

  윌리엄 아이리시(William Irish)의 본명은 코넬 조지 호플리—울리치(Cornell George Hoply—Woolrich, 1903~1968)이다. 그는 코넬 울리치(Cornell Woolrich), 윌리엄 아이리시(William Irish)등 여러 필명을 사용한 것으로 알려진다. 공포추리의 걸작인 <밤은 천 개의 눈을 가지고 있다>는 중간 이름만 따서 조지 호플리(George Hopley)라는 이름으로 쓰기도 했다. 뉴욕에서 태어난 아이리쉬는 출생연도가 불분명할 뿐만 아니라 그의 가정 생활에 대해서는 알려진 바가 없다.

　가정형편 때문에 소년시절을 1910년부터 1912년까지 혁명 당시의 멕시코, 쿠바, 바하마 섬에서 보냈다고 한다. 그후 혁명이 끝나고 뉴욕으로 돌아가 1925년에 명문 컬럼비아 대학을 졸업했다. 졸업하던 해 병을 앓게 된 그는 회복기의 여가시간을 이용하여 독서에 몰두하게 되고, 충동적으로 소설을 한 편 발표한다. 이것이 바로 1926년에 출판된 그의 처녀작 <Cover Charge>이다. 이때 받은 인세가 인연이 되어 작가의 길로 들어서게 되었다. 이어서 5년 동안 그는 해마다 한 권씩 소설을 출판한다. 또한 1927년에 출판한 <Children of the Ritz>가 칼리지 유머 잡지의 상을 획득하고, 상금 1만 달러를 받지만 파리에 놀러가서 한꺼번에 써 버렸다고 한다. 1920년 대에는 칼리지 유머, 매클레스, 스마트 셋 등의 참신한 잡지에 단편과 중편을 기고했던 듯하다. 그 뒤 1930년 대에는 블랙 마스크 및 그 밖의 미스터리 소설 관계의 여러 잡지에 미스터리 소설을 쓰기 시작했다. 트릭이 교묘하게 숨겨진 많은 단편과 중편을 발표하게 되었던 것이다. 1940년에 발표한 미스터리 장편 <검은 옷을 입은 신부>는 애인이 피살된 처녀가 범인을 차례차례 죽이는 복수담을 묘사한 것으로, 그의 실력을 아낌없이 발휘한 걸작이다.

　그러나 세계적인 명성을 얻게 된 것은 1942년에 발표한 <환상의 여인>이다. <환상의 여인>은 아내를 죽인 혐의를 받고 사형선고를 받은 남자가 연인의 도움을 받아 자신의 알리바이를 입증해 줄 수수께끼의 여자를 찾는 이야기다. 시시각각으로 다가오는 사형집행일이 각장의 제목으로 되어 있으며, 이 작가가 지닌 특이한 서스펜스를 조성하여 마지막에는 전혀 뜻밖의 결말을 맺게 되는 기상천외한 스토리를 갖고 있다. 이 작품은 전 세계적으로 미스터리 소설 베스트 10의 상위권에 올라 있는 걸작이다.

 아이리쉬의 가정 생활은 베일에 가려져 있으며, 한 번 결혼한 듯하지만 곧 헤어졌다고 하고 오로지 사랑하는 어머니와 뉴욕의 호텔에서 살았다고 한다. 그는 장편 이외에도 250편이 넘는 단편을 남겼으며, 1948년에는 단편 추리소설 분야에서 미국추리작가협회의 에드거 앨런 포우 상을 수상하기도 했다.

옮긴이

이승원 : 경희대학교를 졸업하고 현재 편집인과 기획과 번역자로 활동하고 있으며, 번역서로는 <영단어 기억술> <뉴욕에서 만난 유령>, <위험지대>, <하늘마을>, <사이먼싱의 암호의 과학>(공역) 등이 있다.

환상의 여인(Phantom Lady)

2010년 4월 20일 2쇄 인쇄
2010년 4월 25일 2쇄 발행

지은이 · 윌리엄 아이리시(William Irish)
옮긴이 · 이승원
편집인 · 조동림 / 이은우
펴낸이 · 이규인
펴낸곳 · 도서출판 **장**
등록번호 · 제15-454호
등록일자 · 2004년 3월 25일

주소 · 서울특별시 마포구 합정동 388-28번지 합정빌딩 3층
전화 · 322-2686, 2687 / 팩시밀리 · 326-3218
홈페이지 · http://www.changbook.co.kr
e-mail · changbook1@hanmail.net

ISBN 978-89-7453-157-7 03840
정가 9,000원

* 잘못 만들어진 책은 <도서출판 **장** >에서 바꾸어 드립니다.